말리와 함께한 4745일

말리와 함께한 4745일

존 그로건 지음 | 이창희 옮김

JUST books

말리와 함께한 4745일

초판 1쇄 발행 2018년 10월 15일

지은이	존 그로건
옮긴이	이창희
펴낸이	강경혜
펴낸곳	저스트북스
책임편집	주지현
디자인	박은진
마케팅	이종률

출판등록 2016년 2월 11일
주소 서울시 마포구 월드컵북로 400, 문화콘텐츠센터 5층 8호
전화 010-6321-4744
팩스 070-8627-4744
이메일 khkang11@gmail.com
ISBN 979-11-960894-6-7 03840

이 도서의 국립중앙도서관 출판예정도서목록(CIP)은 서지정보유통지원시스템 홈페이지(http://seoji.nl.go.kr)와 국가자료공동목록시스템(http://www.nl.go.kr/kolisnet)에서 이용하실 수 있습니다.
(CIP제어번호 : CIP2018030175)

나의 아버지 리처드 프랭크 그로건에게 이 책을 바친다.
아버지의 따뜻한 마음은 이 책의 갈피마다 살아 있다.

차례

들어가기 전에 최고의 개   9

1 개까지 세 식구   13
2 뼈대 있는 집안의 개 말리   27
3 집으로   33
4 강아지의 몸부림   45
5 진단 시약   58
6 멍든 마음   64
7 주인과 종   80
8 힘겨루기   91
9 수컷의 본성   108
10 좋은 기운이 가득한 아일랜드   122
11 말리의 뱃속   136
12 가난한 이들의 병동   150
13 한밤의 비명   164
14 조산   179
15 산후 통첩   195
16 오디션   214
17 보카혼타스의 땅에서   232

18 야외 식사 250

19 천둥 번개 263

20 개들의 해변 276

21 북쪽으로 가는 비행기 292

22 연필베이니아에서 304

23 닭들의 행진 319

24 말리 전용 화장실 333

25 희박한 확률과의 싸움 348

26 덤으로 사는 시간 360

27 잊지 못할 그해 겨울 371

28 벗나무 아래에서 383

29 나쁜 개 클럽 395

감사의 말 408

저자의 말 411

존 그로건과의 인터뷰 415

옮긴이의 말(초판) 조건 없는 사랑이란 429

옮긴이의 말(개정완역판) 반려동물의 위대한 힘 434

래브라도레트리버 Labrador retriever

개의 한 품종. 17세기 초 캐나다 뉴펀들랜드섬에서 처음 유래한 개로 알려져 있다. 체질이 강건하고 수영을 잘하는 데다 영리하여 맹인안내견, 수색견, 새 사냥견으로 쓰인다. 특히 총에 맞은 새를 회수하는retrieve 능력이 뛰어나 '레 트리버'라는 이름이 붙었는데, 방수성이 좋은 짧고 빽빽한 털 때문에 원래는 북대서양 얼음물에 뛰어들어 어부들이 물고기를 잡기 위해 쳐놓은 어망을 회 수하거나 운반을 돕는 개였다고 한다.

19세기 초, 이 개의 능력을 알아본 영국의 사냥꾼들이 자국에 데려갔고, 여 러 레트리버와 교배되면서 조렵견으로 개량되었다. 현재의 이름은 1830년대 에 맘스버리 백작이 개의 유래를 래브라도로 잘못 알고 부른 데서 '래브라도 레트리버'라는 이름이 굳어진 것으로, 1903년에 영국애견협회(UKC)에서 공 인되었다.

래브라도레트리버는 보통 30킬로그램 정도의 중형견으로, 털빛은 밝은 황 색과 검은색, 적갈색(초콜릿색)이다. 가슴 폭이 넓고 두꺼우며, 늘어진 귀에 작 고 단단한 발과 수달 같은 꼬리(ottertail로 불림)가 특징이다. 성품은 온순하고, 행동이 민첩하고, 후각이 뛰어나며, 물을 아주 좋아한다. 또한 적응력이 우수 하고, 쾌활한 데다 사람에게 매우 살갑게 굴며, 헌신적인 반려견으로 인기가 높다. 래브라도레트리버는 특히 뛰어난 지능으로 인해 마약 및 지뢰 탐지 등 을 하는 경찰견으로 큰 능력을 발휘하고 있다.

래브라도의 종류는 잉글리시 래브라도와 아메리칸 래브라도로 나뉘는데, 잉글리시 계통은 체격이 좀 더 작고 다부진 데다 성격도 온순하여 애완견으 로 많이 기르는 반면, 아메리칸 계통은 덩치가 크고 날씬하며 흥분을 잘하는 데다 에너지가 넘쳐 사냥견으로 주로 쓰인다. 이 책의 주인공 '말리'는 아메리 칸 래브라도로 추정되며, 보통의 래브라도보다 훨씬 쾌활한 성격으로 그려지 고 있다.

최고의 개

열 살이 되던 해인 1967년 여름, 아버지를 끈질기게 졸라댄 끝에 개를 사주시겠다는 허락을 받아냈다. 아버지의 스테이션왜건을 타고 미시간주의 시골에 자리 잡은 농장으로 가니, 못생긴 아주머니와 그녀의 늙은 어머니가 우리를 맞이해주었다. 이 농장은 오직 개 사육만을 전문으로 하는 곳이어서 크기와 모양, 나이, 성질이 다른 온갖 개가 모여 있었다. 이 개들의 공통점은 딱 두 가지뿐이었다. 모두 혈통을 알 수 없는 잡종이라는 점과 팔려고 내놓은 개라는 점, 한마디로 똥개 집합소였던 것이다.

"천천히 골라보렴." 아버지께서 말씀하셨다. "일단 고르면 몇 년을 같이 살아야 할 테니까."

나이 먹은 개들은 자선사업가들에게나 가야 한다고 생각한 나는 곧장 강아지들이 있는 곳으로 달려갔다. "겁이 없는 놈을 고르는 게 좋아." 아버지께서 조언해주셨다. "개 우리를 두들겨도 겁먹지 않는 놈을 찾아봐."

그래서 나는 철망을 홱 당겼다가 놓아서 탕, 소리를 냈다. 십여 마리의 강아지가 구석으로 도망쳐 자기들끼리 뒤엉키는 바람에 마치 커다란 털공이 생긴 것 같았다. 그런데 딱 한 마리가 제자리에 버티고 있었다. 황금색 털에 가슴에는 흰 줄이 있는 이 강아지는 오히려 앞을 향해 달려 나오며 겁 없이 짖어댔다. 그러고는 뛰어오르더니 철망을 잡고 있는 내 손가락을 마구 핥는 것이었다. 우리는 첫눈에 서로에게 반해버렸다.

골판지 상자에 녀석을 담아 집으로 데려와서 손이라는 이름을 지어주었다. 손은 개라는 생물종의 자랑거리가 될 만한 녀석이었다. 손은 내가 가르치는 것을 힘들이지 않고 다 터득했고, 얌전하게 굴었다. 빵 껍질이 바닥에 떨어져도 허락받기 전에는 먹지 않았다. 부르면 왔고 옆에 있으라면 있었다. 밤에도 안심하고 내보낼 수 있었다. 볼일이 끝나면 반드시 돌아오리라는 것을 알았기 때문이다. 자주 있는 일은 아니었지만 몇 시간씩 집에 혼자 둘 수도 있었다. 사고를 내거나 뭔가를 망가뜨리지 않았기 때문이다. 차와 나란히 달리기는 했지만 차 꽁무니를 쫓아가는 일은 없었고, 목줄 없이도 내 옆에 붙어 걸었다. 가끔은 연못으로 뛰어들어 바닥에 가라앉은 돌을 물어오곤 했는데, 하도 커서 더 이상 입을 벌릴 수 없을 때도 있었다. 차를 타고 가족 여행이라도 가게 되면 뒷좌석의 내 옆에 앉아 창밖으로 흘러가는 경치를 바라보며 몇 시간이고 얌전히 있었다. 아마 가장 신나던 일은 나를 태우고 자전거를 끌도록 훈련시킨 일이었을 것이다. 이걸 성공하자 나는 친구들의 부러움을 한 몸에 받았다. 숀은 자전거를 위험한 곳으로 끌고 간 적이 한 번도 없었다.

숀은 내가 처음이자 마지막으로 담배 한 개비를 피울 때, 그리고 첫 여자 친구와 키스할 때 함께 있었다. 형의 차를 훔쳐 타고 처음으로 폭주를 즐기던 순간에도 바로 옆 조수석에 앉아 있었다.

숀은 활발했지만 설치지 않았고, 다정했지만 얌전했다. 게다가 깔끔하기까지 해서 볼일을 볼 때는 항상 관목들 쪽으로 가서 머리만 내밀었다. 그 덕에 우리는 마음 놓고 정원 잔디밭을 맨발로 다닐 수 있었다.

주말에 우리 집을 찾은 친척들은 숀(나중에 내가 '세인트숀'이라고 부르기 시작한)에게 홀딱 반했고, 개를 사겠다는 결의에 차서 자기 집으로 돌아가곤 했다. 농담처럼 시작한 '세인트(성인)'라는 호칭을 나중에는 가족 모두가 거의 말 그대로 믿게 되었다. 혈통을 알 수 없는 상태에서 태어난 숀은 미국의 흔한 수만 마리의 원치 않는 개들 중 한 마리일 뿐이었다. 그러다가 거의 신의 섭리라고나 할 만한 행운을 얻어 누군가가 숀을 원하게 되었다. 숀과 나는 서로의 삶 속으로 들어갔고, 그 과정에서 숀은 나에게 최고의 어린 시절을 선물해주었다.

숀은 우리 집에서 14년을 살았나. 그때쯤 이미 나는 어느 여름

날 강아지를 골판지 상자에 담아 집으로 가져온 소년이 아니었다. 대학을 졸업하고 제대로 된 첫 직장을 잡아 미시간주 여기저기를 바쁘게 다니고 있었다. 직장 때문에 집을 떠날 때도 세인트숀은 뒤에 남았다. 부모님의 집이 숀의 집이었기 때문이다. 이미 은퇴했던 부모님은 나에게 숀의 죽음을 알려주셨다. 나중에 어머니는 가끔 이런 말씀을 하셨다. "50년 결혼 생활 동안 너희 아버지가 우는 것을 딱 두 번 봤다. 첫 번째는 네 누나 메리 앤을 사산했을 때이고, 두 번째는 숀이 죽었을 때였지."

나와 어린 시절을 함께한 세인트숀은 최고의 개였다. 적어도 지금부터 나는 숀이 최고의 개였다고 기억하려 한다. 그때부터 나는 숀을 기준으로 모든 개를 판단하기 시작했다.

개까지 세 식구

우리는 젊었고 서로 사랑했다. 그리고 인생 최고의 황금기인 신혼 초기를 만끽하고 있었다. 그러나 지금 상황에 만족할 수가 없었다.

그래서 1991년 1월 어느 날 저녁, 결혼한 지 15개월 된 우리 부부는 함께 이른 저녁을 먹고 「팜비치 포스트Palm Beach Post」지 광고에 소개된 곳을 향해 출발했다.

우리가 왜 그랬는지는 나도 정확히 모르겠다. 그로부터 몇 주전 새벽에 눈을 떠보니 옆에 아내가 없었다. 제니는 잠옷 바람으로 커튼이 쳐진 베란다의 유리 탁자 앞에 앉아 펜을 쥐고 신문 위로 몸을 기울이고 있었다.

이것은 전혀 낯선 모습이 아니었다. 「팜비치 포스트」는 우리가 살고 있던 지역의 신문이었을 뿐만 아니라, 우리 가족 소득의 절반이 나오는 수입원이기도 했다. 나와 제니는 각각 다른 신문사에

서 일하고 있었다. 제니는 「팜비치 포스트」의 '액센트'라는 섹션
의 기고가였고, 나는 같은 지역인 남플로리다의 경쟁지 「선센티넬
Sun-Sentinel」의 기자였다. 「선센티넬」은 포트로더데일에서 남쪽으로
한 시간쯤 걸리는 곳에 자리 잡고 있었다. 매일 아침 제니와 나는
두 가지 신문을 펼쳐놓고 우리가 쓴 기사를 살펴보기도 하고, 경쟁
지와 비교하기도 하고, 마음대로 동그라미나 밑줄을 치기도 하고,
스크랩도 하면서 하루를 시작했다. 가까이 가보니 제니는 '애완동
물-개'라는 항목을 보면서 열심히 동그라미를 치고 있었다.

"제니." 나는 새신랑답게 부드럽고도 조심스러운 목소리로 그
녀를 불렀다. "내가 봐야 할 기사라도 있어?"

대답이 없었다.

"제니?"

"화분 때문이야." 약간 낙심한 듯한 목소리로 드디어 제니가 입
을 열었다.

"화분?"

"그놈의 화분 말이야, 우리가 죽인 거."

'우리'가 죽였다고? 누가 죽였느냐를 놓고 옥신각신하고 싶지
는 않지만, 사실을 분명히 해두자면 그 화분은 '내'가 사오고 '제
니'가 죽였다. 어느 날 저녁, 에메랄드 색과 크림색이 섞인 잎이 달
린 큼직하고 예쁜 이 디펜바키아 화분으로 제니를 놀라게 해주었
다. "오늘 무슨 날이야?" 제니가 물었다. 아무 날도 아니었다. 그저

이렇게 말하면서 화분을 안겨주고 싶었을 뿐이다. "결혼하니까 너무 좋지 않아?"

제니는 나의 마음과 화분이 모두 좋아서 내 목을 얼싸안고는 입술에 키스하는 것으로 고마움을 표했다. 그런데 바로 다음 날부터 제니는 내가 갖다준 선물을 암살자처럼 냉혹하고도 효율적으로 죽이기 시작했다. 그럴 의도가 있었던 것은 아니다. 간단히 말해 너무 많이 먹여 질식사시킨 것이다. 제니는 식물을 잘 기르는 타입이 아니었다. 생명을 가진 모든 것은 물이 필요하다는 생각만 했지 공기도 필요하다는 것은 잊은 채 제니는 화분에 매일 물을 주었다.

"너무 많이 주지 않게 조심해." 내가 말했다.

"알았어." 대답이 끝나기가 무섭게 제니는 또 물 한 바가지를 부었다.

시들어갈수록 제니는 물을 더 많이 주었고, 결국 화분은 물을 뚝뚝 흘리는 흙덩어리가 되어버렸다. 창가에 놓인 화분 속에서 시들어버린 디펜바키아를 바라보니 이런 생각이 들었다. '미신을 믿는 사람이면 나쁜 징조라고 실컷 떠들어대겠군.'

이제 제니는 화분 속에서 죽은 식물로부터 살아 있는 동물로 건너뛰어 애완동물 광고를 들여다보고 있다. '식물을 죽이고, 강아지를 산다. 흠, 물론 말은 되는군.'

제니 앞에 놓여 있는 신문을 자세히 들여다보니 어떤 광고 하나가 특히 그녀의 관심을 끌었음을 알 수 있었다. 큼직한 별표를 옆에 세 개나 그려놓았기 때문이다.

✿✿✿

래브라도레트리버 강아지. 황색. 미국 애견가 클럽 혈통 인증서. 예방접종 모두 마침. 부모견도 같은 농장에 있음.

"근데 말이야, 갑자기 동물로 전향한 이유가 뭐야?"

"있잖아." 제니가 나를 올려다보며 말했다. "화분을 열심히 키웠는데, 결과가 어땠어? 난 흔해빠진 식물 하나 키울 수가 없다구. 그게 뭐 어려운 일이라구. 그저 물만 주면 되는데 말이야."

이어서 제니는 중요한 얘기를 시작했다. "식물 하나 못 키우면서 어떻게 아기를 키울 수 있겠어?" 그녀는 곧 울음을 터뜨릴 것 같은 표정이었다.

내가 '아기 생각'이라고 이름 붙인 이 주제는 제니의 머리 한구석을 항상 차지하고 있었고, 하루가 다르게 자리를 넓혀가고 있었다. 미시간주 서쪽에 있는 어느 도시의 조그마한 신문사에서 처음 만났을 때 제니는 대학을 졸업한 지 몇 달 되지 않았고, 제대로 어른 노릇을 한다는 것은 까마득한 훗날의 일로 생각하고 있었다. 그리고 둘 다 그 신문사가 첫 직장이었다. 제니와 나는 피자와 맥주를 엄청나게 먹었고, 젊고 독신이며 거칠 것 없는 피자와 맥주 소비자의 상태에서 언젠가는 벗어나게 되리라는 가능성은 생각조차 하지 않았다.

그러나 시간은 가는 법이다. 데이트를 시작한 지 얼마 되지 않아 새로운 취업의 기회가 여기저기서 생기기 시작했고(게다가 나는 1년짜리 석사과정을 듣기도 했다), 이 때문에 미국 동부 이곳저곳으로 옮겨다녀야 했다. 처음에는 차로 한 시간 거리에 떨어져 있었다. 그것이 세 시간이 되더니 어느샌가 여덟 시간, 나중에는 24시간으로 늘었다. 결국 플로리다 남부에 정착해서 결혼했을 때 제니는 서른을 바라보고 있었다. 그리고 제니의 친구들 중에는 아이를 낳은 사람들도 있었다. 몸도 20대 초반과는 달랐다. 원한다면 얼마든지 아이를 가질 수 있을 것 같았던 시간도 거의 끝나가고 있었다는 얘기다.

나는 뒤에서 그녀에게 몸을 기댄 채 팔로 어깨를 감싸고는 머리 위에 입을 맞췄다. "괜찮아." 내가 말했다. 하지만 제니가 이 이야기를 꺼낸 것은 잘한 일임을 인정할 수밖에 없었다. 우린 둘 다 평생 동안 무엇이든 제대로 길러본 적이 한 번도 없었기 때문이다. 물론 집에 애완동물이야 있었지만 그것들을 쳐줄 수는 없다. 부모님이 잘 보살펴주시리라는 것을 알고 있었기 때문이다. 우리는 둘 다 언젠가 아이를 낳고 싶어 한다는 것을 알고 있었지만, 둘 중 하나라도 부모가 될 준비가 된 사람이 있었던가? 애들은 너무……

너무⋯⋯무섭다. 애들은 혼자서는 아무것도 못 하는 데다 연약하기까지 해서 떨어뜨리면 그냥 깨져버릴 것 같으니까 말이다. 제니가 웃음을 띠며 이렇게 말했다. "개를 기르면 연습이 될 거야."

어둠을 뚫고 차를 몰아 북서쪽으로 방향을 잡고 달리다보니 웨스트팜비치 교외의 주택가가 조금씩 물러나며 전원의 경치가 펼쳐지기 시작했다. 달리면서 개를 사기로 결정한 것을 다시 생각해보았다. 우리처럼 부부가 모두 풀타임으로 일을 하는 사람들에겐 개를 키우는 것이 큰 부담일 수밖에 없다. 그러나 또한 제니와 나는 개를 키우는 것이 어떤 건지 알고 있었다. 둘 다 개가 있는 집에서 자랐고, 개와 끔찍이도 친하게 지냈으니까. 우리 집에는 세인트숀이, 제니의 집에는 온 가족의 사랑을 받던 잉글리시 세터종인 세인트위니가 있었다. 둘 다 어린 시절의 가장 행복했던 추억 속에는 거의 항상 개가 등장했다. 둘 다 개하고 하이킹도 하고, 수영도 하고, 같이 놀기도 하고, 어려움도 함께 겪었다. 제니가 개를 기르는 이유가 단지 양육 예행연습 한 가지였다면, 나는 제니에게 무리하지 말고 금붕어나 키워보라며 달랬을 것이다. 언젠가 아이를 가지리라는 것을 스스로 알고 있었듯이, 우리는 발밑에 개가 엎드려 있지 않다면 우리의 가정은 완벽한 모습이 아니리라는 확신도 갖고 있었다. 데이트하던 시절, 그러니까 아이를 갖는 일은 상상조차 하지 않았던 훨씬 전부터 우리는 어린 시절의 개가 그립다는 이야기를 나누었고, 언젠가 우리 집을 사고 생활이 안정되면 개를 기르자는 이야기도 했다.

이 두 가지 조건이 갖추어졌다. 우리는 플로리다에 정착했고, 이곳을 떠날 계획은 아직 없다. 그리고 우리 소유로 된 집도 장만했다.

울타리가 쳐진 990제곱미터(약 300평_옮긴이)짜리 대지 위에 서 있는 조그마한 이 집은 개를 키우기엔 이상적이었다. 그리고 웨스트팜비치를 팜비치의 호화 주택지역과 갈라놓은 운하에서 한 블록 반쯤 떨어진 오래된 교외 주택가에 자리 잡고 있어서 위치도 적당했다. 우리가 사는 처칠가街의 끝에는 공원이 운하를 따라 길게 조성되어 있었고, 안에는 포장도로도 있었다. 그래서 조깅을 하거나 자전거 또는 롤러블레이드 같은 것을 타기에도 좋았고, 무엇보다도 개를 산책시키기에는 안성맞춤이었다.

1950년대에 지어진 이 집은 플로리다의 옛 정취가 풍기는 집으로 벽난로, 거친 회칠을 한 벽, 바람이 잘 드는 큼직한 창문, 그리고 우리가 애용하는 장소인 차양이 달린 뒷베란다로 통하는 프랑스식 창문 등을 갖추고 있었다. 마당은 조그마한 열대 낙원이어서 야자나무, 브로멜리아드, 아보카도 나무, 화려한 색을 자랑하는 콜레우스 등이 들어차 있었다. 이 중 가장 눈에 띄는 것은 집 전체를 내려다보고 서 있는 망고 나무였다. 매년 여름이면 무거운 망고가 떨어지면서 쿵, 하는 소리가 나곤 했는데, 기이하게도 마치 지붕에서 사람 몸뚱이를 내던지는 소리처럼 들렸다. 가끔 우리는 잠에서 깬 채 침대에 누워 쿵! 쿵! 쿵! 소리를 듣곤 했다.

제니와 나는 신혼여행에서 돌아온 지 몇 달 후 두 개의 침실에 화장실 하나가 딸린 방갈로인 이 집을 사들였고, 즉시 수리에 들어갔다. 전 주인이던 퇴직한 우체국 직원 부부는 녹색을 좋아한 모양이었다. 외벽도, 내벽도, 커튼도, 셔터도 모두 녹색이었다. 정문도 녹색으로 칠해져 있었고, 집이 잘 팔리게 하려고 팔기 얼마 전에 깔아놓은 듯한 카펫도 녹색이었다. 화사한 연녹색도, 쿨한 에메랄드 빛도, 심지어 대담한 라임 그린도 아닌 이 카펫은 완두콩 수프를 먹자마자 토해놓은 것 같은 녹색에다 가장자리는 카키색으로 둘러져 있었다. 하여간 집 전체가 군대 막사 같은 분위기였다.

이 집을 사자마자 우리는 카펫을 모조리 뜯어내어 길가로 내놓았다. 카펫을 벗겨내니 참나무 원목판으로 만든 마루가 마치 처녀림처럼 모습을 드러냈다. 살펴보니 구두 바닥으로 긁힌 적이 단 한 번도 없는 것 같았다. 제니와 나는 공들여 사포질을 하고 니스 칠을 해서 반짝반짝 윤이 나는 마루로 탈바꿈시켰다. 그러고 나서 거의 2주일 치의 봉급과 맞먹는 돈을 털어 손으로 짠 페르시아 카펫을 사다가 거실 벽난로 앞에 깔았다. 몇 달에 걸쳐 우리는 녹색으로 된 것을 다른 색으로 칠했고, 녹색으로 된 모든 액세서리를 다른 것으로 바꿨다. 우체국 직원의 집은 서서히 우리 집으로 바뀌어가고 있었다.

집이 제 모양을 갖추자 다음 순서는 당연히 덩치 크고 네 발 달린 룸메이트를 데려오는 일이었다. 이 룸메이트는 날카로운 발톱, 큰 이빨, 형편없는 영어 실력으로 무장하고 새 단장한 집을 마구 망가뜨릴 터였다.

"천천히 가, 안 그러면 지나칠지도 몰라." 제니가 주의를 주었다. "곧 나타날 거야." 칠흑 같은 어둠 속에서 우리 차가 달리고 있는 이곳은 과거에 늪지대였는데, 제2차 세계대전 후 농경지를 만들기 위해 물을 모두 빼냈고 나중에는 전원생활을 원하는 사람들이 몰려들어 지은 집들이 들어섰다.

제니가 말한 대로 우리가 찾던 주소가 씌어 있는 우편함이 전조등 불빛 안으로 들어왔다. 자갈길로 꺾어 들어가니 앞에는 연못이 있고 뒤에는 사육장이 있는 커다란 목조 건물이 나타났다. 로리라는 이름의 중년 여인이 우리를 맞이해주었고, 옆에는 덩치가 크고 얌전해 보이는 황금색 래브라도레트리버가 서 있었다.

"얘는 릴리예요, 엄마가 되었죠." 인사를 마치자 로리가 말했다. 출산한 지 5주 되었다는 릴리의 배는 아직도 불룩했고 젖꼭지는 튀어나와 있었다. 제니와 나는 개 옆에 무릎을 꿇고 앉았고, 릴리는 자신을 마음껏 쓰다듬게 해주었다. 릴리는 우리가 그리던 이상적인 래브라도의 특성(성격 좋고, 붙임성 있고, 얌전하고, 놀랍도록 아름다운)을 모두 갖추고 있었다.

"아빠는 어디 있나요?" 내가 물었다.

"아." 로리가 잠시 멈칫했다. "새미 보이 말이군요? 근처 어딘가에 있을 거예요." 그러고는 재빨리 말을 이었다. "강아지들 너무 보고 싶죠?"

로리는 우리를 이끌고 부엌을 가로질러 강아지 방으로 개조된 다용도실로 들어갔다. 바닥에는 신문지가 깔려 있었고, 한쪽 구석에는 둘레에 비치 타월을 걸어놓은 상자가 하나 놓여 있었다. 그러나 이런 것들은 거의 눈에 들어오지도 않았다. 자기들을 찾은 방문객을 반기느라 엎어지고 구르며 달려오는 아홉 마리의 황금색 강아지들이 있는 방에서 다른 어떤 것에 시선이 간단 말인가? 제니가 훅, 하고 숨을 들이마셨다. "세상에, 이렇게 예쁜 것들은 생전 처음 봐."

제니와 내가 바닥에 앉으니 강아지들이 우리 몸 위로 기어올라 왔고, 릴리는 신이 나서 꼬리를 흔들며 이리저리 뛰어다니다가 새끼가 잘 있나 한 마리씩 냄새를 맡아보곤 했다. 여기 와보자는 제니의 말에 동의할 때 나는 그저 한번 둘러보면서 이것저것 물어보기나 하고, 개를 집으로 데려올지 말지는 나중에 결정하자는 조건을 걸었다. "광고 보고 찾아가는 건 이 집이 처음이잖아. 성급하게 결정하지 말자구." 그러나 이 방에 들어선 지 30초도 안 되어 나는 졌다는 사실을 깨달았다. 오늘 밤 안으로 이들 중 한 마리가 우리 개가 된다는 사실에 의심의 여지가 없었다.

로리가 개 사육을 직업으로 하는 것은 아니었다. 순수한 혈통의 개를 사는 데 있어서 우리는 순수한 초보자였지만, 여기저기서 읽어본 바로는 이른바 '강아지 공장'은 피해야 했다. 이런 상업적 사육장에서는 자동차 공장에서 차를 만들어내듯 개들을 쏟아낸다. 대량생산된 차들은 품질이 균일하지만, 대량생산된 순종 개들은 엉덩이가 기형인 것에서부터 어릴 때 실명하는 것에 이르기까지 심각한 유전 질환이 생길 수 있다. 이런 병은 여러 세대에 걸쳐 근친교배를 하기 때문에 생긴다.

그러나 로리는 돈을 벌기 위해서라기보다는 개 키우기를 즐기는 사람이었다. 그녀는 암캐 한 마리와 수캐 한 마리만을 갖고 있었다. 각각 분명히 서로 다른 혈통이었고, 로리는 이를 증명할 혈통서도 갖고 있었다. 이번에 낳은 아홉 마리는 릴리의 두 번째이자 마지막 출산이 될 터였고, 이제 릴리는 은퇴해서 시골 가정의 애완견으로 즐거운 삶을 살 것이었다. 아빠 개와 엄마 개가 같은 집에 있으므로 강아지를 사러 온 사람은 직접 혈통을 확인할 수 있다. 물론 우리의 경우 아빠 개는 외출 중이라 볼 수가 없었지만 말이다.

아홉 마리 중 다섯 마리는 암컷이었는데 하나만 빼고 새 주인이 정해진 상태였고, 나머지 네 마리는 수컷이었다. 로리는 하나 남은 암컷은 400달러를, 그리고 수컷들은 한 마리에 375달러를 받길 원했다. 그런데 수컷들 중 한 마리가 특히 우리를 좋아하는 것 같았다. 녀석은 아홉 마리 중 제일 멍청해 보였는데, 우리에게 달려오더니 무릎 위에서 구르기도 하고 셔츠를 붙잡고 기어올라와서는 얼굴을 핥기도 했다. 그러고는 아기치고 놀랍게 뾰족한 이빨로 손가락을 물기도 하고, 몸 크기에 비해 우스꽝스러울 정도로 큰 누런 발로 비틀거리며 우리 주위를 돌기도 했다. "저 녀석은 350달러만 주세요." 로리가 말했다.

제니는 정가보다 싼 물건이면 정신없이 사들이는 사람이어서, 원하지도 필요하지도 않은데 그냥 지나치기에는 너무 싼 물건이라는 이유만으로 온갖 물건을 집 안으로 끌어들이는 것으로 유명했다. "당신 골프 안 치는 거 알아." 어느 날 제니는 중고 골프채 한 세트를 차에서 끌어 내리며 이렇게 말했다. "하지만 얼마나 싸게 샀는지 알면 믿지 않을 거야." 제니의 눈이 빛나기 시작했다. "여보, 이 정도면 세일 가격이야!" 제니가 속삭였다.

녀석이 꽤나 귀여운 것은 사실이었다. 까불거리기도 했다. 녀석은 내가 알아채지도 못한 사이에 시곗줄을 반이나 씹어먹었다.

"겁주기 시험을 해봐야 돼." 내가 말했다. 나는 제니에게 어릴 때 세인트숀을 사러 간 얘기를 몇 번이고 해주었다. 그때 아버지는 갑자기 움직이거나 큰 소리를 내서 겁 많은 강아지들과 그렇지 않은 강아지들을 가려내라고 말씀하셨다. 제니는 우리 집안의 독특한 전통을 들을 때마다 하는 것처럼 눈을 굴려 보였다. "정말이야, 효과가 있다구." 내가 말했다.

나는 일어서서 강아지들에게 등을 돌렸다가 홱 돌아서면서 갑자기 과장된 동작으로 발을 내디뎠다. 발을 쾅 구르며 나는 "헤이!" 하고 외쳤다. 아무도 별로 무서워하는 것 같지 않았다. 그런데 한 마리만이 열렬한 반응을 보였다. 세일 강아지였다. 녀석은 전속력으로 내게 달려와서는 몸을 붕 날려 내 발목에 대고 크로스바디 블록(레슬링에서 서 있는 상대를 향해 뛰거나 날아올라 상대의 몸 위로 떨어지는 공격 방법. 공격자의 몸은 가로로, 방어자의 몸은 세로로 십자 같은 모습이 되기 때문에 크로스라는 이름이 붙었다_옮긴이)을 시도하며 내 구두끈이 마치 반드시 제압해야 할 위험한 적이라도 되는 양 마구 두들겨댔다.

"얘랑 인연인가봐." 제니가 말했다.

"그런 것 같아?" 이렇게 말하며 나는 녀석을 안아 올려 한 손으로 잡고는 눈앞으로 가져와 얼굴을 들여다보았다. 녀석은 사람을 녹여내는 밤색 눈으로 날 바라보더니 내 코를 핥기 시작했다. 제니에게 건넸더니 제니의 코도 핥았다. "우리를 좋아하는 게 분명해." 내가 말했다.

결국 이렇게 되었다. 우리는 로리에게 350달러를 냈고, 로리는 세일 강아지가 8주째가 되어 젖을 떼는 시기인 3주 후에 데리러 오라고 말했다. 우리는 로리에게 고맙다고 말한 후, 릴리를 마지막으로 한 번 더 쓰다듬어주고는 밖으로 나왔다.

차를 향해 걸어가며 나는 제니의 어깨를 감싸 내 쪽으로 바싹 당겼다. "믿어져? 우리 개가 생겼다구!" 내가 말했다.

"3주를 어떻게 기다리지?" 제니가 말했다.

거의 차까지 갔을 때, 덤불 쪽에서 요란한 소리가 들려왔다. 숨을 헐떡이는 소리와 함께 뭔가가 잔가지들을 부러뜨리며 움직이고 있었다. 마치 공포 영화에서 나오는 소리 같았다. 소리는 우리 쪽으로 다가오고 있었다. 제니와 나는 얼어붙은 채 어둠 속을 쳐다보았다. 소리는 점점 커지면서 가까워지고 있었다. 그리고 눈 깜짝할 사이에 누런 덩어리 하나가 덤불에서 튀어나오더니 마당을 가로질러 우리를 향해 돌진해왔다. 아주 큰 누런 덩어리였다. 멈추지도 않고 우리를 거들떠보지도 않은 채 달려가는 녀석은 덩치 큰 래브라도레트리버였다. 놈의 모습은 방금 우리가 쓰다듬어 주었던 사랑스런 릴리와는 딴판이었다. 이놈은 온몸이 흠뻑 젖은 데다 배까지 진흙과 덤불로 범벅이 되어 있었다. 혀는 입 한쪽으로 늘어져 있었고, 달려가는 서슬에 턱에서 게거품이 날렸다. 눈 깜짝할 사이였지만 나는 놈의 눈이 신바람으로 번뜩이는 것을 보았다. 놈은 마치 유령을 보고 재미나서 어쩔 줄 모르는 것 같은 모습이었다.

놈은 달려가는 버팔로 떼처럼 쿵쾅거리며 집 뒤편으로 순식간에 몸을 감추었다. 제니가 짧은 한숨을 뱉었다.

뭔가 잘못된 느낌이 희미하게 드는 가운데 내가 말했다. "쟤가 아빠 갠가봐."

2
뼈대 있는 집안의 개 말리

개 소유주로서 우리가 치른 첫 번째 행사는 싸움이었다. 로리의 집을 떠나면서 시작된 싸움은 그다음 주까지 산발적으로 계속되었다. 우선 점찍어둔 강아지의 이름을 정할 수가 없었다. 제니는 내가 내놓은 이름들을 싫다고 했고, 나도 제니의 제안이 마음에 들지 않았다. 결국 싸움은 어느 날 아침 출근 직전에 절정에 이르렀다.

"첼시라구?" 내가 말했다. "그거 여자 이름이잖아. 첼시라는 이름표를 달고 다니는 수캐는 세상에 없을걸."

"개가 그걸 아나?" 제니가 말했다.

"헌터, 그래 헌터가 좋겠어." 내가 말했다.

"헌터? 농담해, 지금? 우리 개가 무슨 마초 운동선수야? 너무 남자 이름이잖아. 게다가 당신 평생에 사냥이라곤 해본 적도 없잖아."

"우리 개는 수놈이야." 내가 화를 내며 말했다. "남자 이름을 붙이는 게 당연해. 여성해방운동을 개 이름에까지 끌고 가진 말라구."

어려운 상황이었다. 나는 싸움을 끝내고 싶었다. 그래서 제니가 방금 한 말에 반박을 하려는 찰나, 나는 내가 가장 좋아하는 후보 이름을 다시 거론했다. "루이가 왜 안 된다는 거야?"

"나쁠 건 없어. 그저 주유소 종업원 이름 같아서 그렇지." 제니가 쏘아붙였다.

"말조심해! 그거 우리 할아버지 이름이야. 그럼 당신 할아버지 이름을 딸까? '착한 개 빌!'"

입씨름을 하면서 제니는 무심코 오디오로 다가가 테이프레코더의 플레이 버튼을 눌렀다. 이 행동은 제니의 부부 싸움 전략 중 하나였다. 승산이 없으면 상대를 소리의 바다에 빠뜨리는 전략 말이다. 밥 말리(1960년대와 1970년대에 활동한 자메이카 출신의 팝가수_옮긴이)의 경쾌한 레게 선율이 스피커를 타고 흘러나오자마자 제니와 나는 마음이 누그러지기 시작했다.

미시간에서 남플로리다로 옮겨오고 나서야 우리는 죽은 자마이카 출신 가수인 밥 말리의 음악을 알게 되었다. 온통 밀밭뿐인 미 중서부 북부의 시골에 살던 제니와 나는 밥 시거와 존 쿠거 맬런캠프(두 사람 다 컨트리풍 록을 대표하는 가수_옮긴이)의 음악에 길들여져 있었다. 그러나 남플로리다라는 활기찬 인종의 용광로에서는 밥 말리의 음악이 사후 10년이 지난 지금까지도 어디서나 들려왔다. 비스케인 불버드(플로리다주의 고속도로 중 하나_옮긴이)를 달리며 라디오를 틀면 카스테레오에서 그의 노래가 흘러나왔다. 리틀 아바나(마이애미에 있는 쿠바 이민자들의 집단 거주지로 쿠바의 수도 아바나에서 이름을 따왔다_옮긴이)에서 카페스 쿠바노스를 홀짝거릴 때나 포트로더데일 서쪽의 허름한 이민자 동네에서 벽에 구멍이 숭숭 뚫린 식당에 앉아 자마이카식 그릴 닭요리를 먹을 때도 그의 선율이 들려왔다. 마이애미의 코코넛 그로브에서 열린 바하마 굼베이 축제에서 처음으로 콘치 프리터를 맛볼 때나 키웨스트에서 아이티 미술품을 살 때도 우리는 밥 말리의 음악에 둘러싸여 있었다.

남플로리다에 대해 알수록 우리는 이곳이 좋아졌고, 서로에 대한 사랑도 깊어졌다. 그리고 가는 곳마다 그 배경에는 밥 말리가 있었다. 해변에서 선탠을 할 때도, 칙칙한 녹색 벽을 새로 칠할 때도, 날카로운 야생 앵무새 울음소리에 잠에서 깨어 창문 밖의 브라질 후추나무 잎새 사이로 흘러드는 새벽빛 속에서 사랑을 나눌 때도, 그의 음악은 항상 곁에 있었다. 음악 자체도 물론 좋았지만, 당시 우리는 더 이상 두 몸이 아니라 하나로 합쳐지고 있던 때라 밥 말리의 선율에 더욱 심취할 수 있었다. 기이하고 이국적이면서도 엉망인 구석이 있어서 우리가 살아본 어느 곳과도 다른 남플로리다에서 한 몸이 되어 시작한 삶의 배경 음악이 되어준 것도 밥 말리의 노래였다.

아프도록 아름답고 우리가 너무도 공감했기 때문에 제일 사랑했던 말리의 그 노래가 스피커에서 흘러나오고 있었다. "지금 내가 느끼는 게 사랑일까?"라는 가사의 코러스가 계속 반복되는 가운데 말리의 목소리가 방 안을 가득 채웠다. 그 순간 우리는 약속이나 한 듯, 몇 주씩 걸쳐 예행연습이라도 한 듯 이구동성으로 외쳤다. "말리!"

"그거야, 바로 그 이름이야!" 내가 외치자, 제니의 얼굴에 미소가 떠올랐다. 좋은 징조였다. 막 지은 이름을 한번 불러보았다. "말리, 이리 와!" 내가 개에게 명령하듯 말했다. "말리, 앉아! 그래, 착하지."

제니도 거들었다. "귀엽기도 하지, 우리 말리."

"이 이름이 딱이네." 내가 말했다. 제니도 같은 생각이었다. 싸움은 끝났다. 강아지의 이름이 결정되었으니까.

다음 날 저녁을 먹고 나서 침실에 들어가니 제니가 책을 읽고 있었다. 나는 이렇게 말했다. "개 이름에 치장을 좀 해야겠어."

"무슨 소리야?" 제니가 물었다. "그 이름 우리 둘 다 좋아하잖아."

나는 미국애견가협회American Kennel Club(우리나라에서는 AKC라고 부름_옮긴이)에서 온 등록 관련 서류를 보고 있었다. 순수 혈통의 래브라도레트리버로 부모가 모두 제대로 등록되어 있었기 때문에 말리는 당연히 AKC에 등록될 자격이 있었다. 물론 등록은 개를 애완견 대회에 내보내거나 종견으로 만들려고 할 때만 필요하다. 그러나 이런 일을 하려고 할 경우 이 등록 서류만큼 중요한 것이 없다. 물론 애완견으로 기르려고 할 경우 별 의미가 없지만. 그러나 나는 말리를 놓고 야심찬 계획을 세우고 있었다. 내 집안을 포함해서 내가 순수 혈통 비슷한 것과 인연을 맺어보기는 이번이 처음이다. 어릴 때 키우던 세인트숀처럼 나도 조상이 불분명한 잡종이었다. 내 조상들의 고국을 다 합치면 아마 유럽연합의 회원국 수보다 더 많을 것이다. 나와 관련해서 순수 혈통 근처에라도 간 것은 말리가 처음이며, 나는 이로부터 오는 기회를 그 무엇도 놓치고 싶지 않았다. 물론 내가 어느 정도 스타를 동경하는 것은 부인하지 않겠다.

"애완견 대회에 출전시키자." 내가 말했다. "대회에서 일등 하는 개 이름이 달랑 하나인 거 봤어? 그런 개들은 이름이 길고 거창하다구. 뭐 첼트넘의 다트워스 경이라든가."

"그 개 주인은 웨스트팜비치의 도크셔 경이지." 제니가 말했다.

"농담하는 거 아니야." 내가 말했다. "일등 하면 종견으로 써서 돈을 벌 수 있어. 최고로 쳐주는 종견이 교배할 때마다 얼마나 받는지 알아? 이런 개들은 다 멋있는 이름을 붙여준단 말이야."

"당신 마음 내키는 대로 해." 이렇게 말하면서 제니는 다시 책으로 시선을 돌렸다.

밤늦도록 개 이름을 가지고 대화를 나눈 다음 날 아침, 나는 세면대 앞에 서 있는 제니를 붙잡고 이렇게 말했다. "진짜 끝내주는 이름이 생각났어."

별로 믿어지지 않는다는 표정으로 나를 올려다보며 제니는 이렇게 말했다. "뭔데?"

"좋아. 잘 들어봐, 이거야." 나는 한 단어 한 단어를 끊어서 천천히 들려주었다. "그로건스……매저스틱……말리……오브……처칠Grogan's Majestic Marley of Churchill(처칠가에 사는 그로건의 위대한 말리)." 이렇게 말하고 나는 '정말 끝내주는 이름'이라고 생각했다.

"세상에, 어쩜 그렇게 멍청한 이름을 지었어?"라고 제니가 말했다.

아무래도 좋았다. 어차피 신청서를 쓰는 사람은 나였고, 이미 그 이름을 연필도 아닌 잉크로 써넣은 다음이었다. 마음껏 비웃으라지. 몇 년 후 그로건스 매저스틱 말리 오브 처칠이 웨스트민스터 케널 클럽(WKC, 미국의 유명 애견협회로 세계 최대의 도그쇼를 주최함_옮긴이) 애완견 대회에서 우승하고 내가 세계 각국의 TV 보도진이 모인 가운데 자랑스럽게 말리를 데리고 한 바퀴 돌 때면 우리는 웃게 될걸.

"우승견 주인 양반, 아침 드시지요." 제니가 말했다.

3
집으로

말리를 데려올 날을 손꼽아 기다리다가 뒤늦게 래브라도레트리버에 관한 자료를 읽기 시작했다. '뒤늦게'라고 말한 이유는 내가 읽은 모든 글의 저자가 한결같이 강력하게 다음과 같은 조언을 하고 있었기 때문이다. "개를 사기 '전에' 혈통을 철저히 조사해서 어떤 종류의 개인지를 확인해야 한다." 아니 이런!

예를 들어 아파트에 사는 사람이라면 세인트버나드가 적합하지 않다. 어린애들이 있는 집이면 종잡을 수 없는 성격의 차우차우는 피하는 편이 좋다. 소파에 누워서 개를 쓰다듬으며 TV나 보는 것을 즐기는 사람이 보더콜리를 키우면 미쳐버릴지도 모른다. 보더콜리는 그저 뛰어다녀야 신이 나는 개이기 때문이다.

래브라도레트리버를 얻기로 결정하기까지 제니와 내가 거의 아무런 조사도 하지 않았음을 고백하자니 부끄럽다. 우리의 판단 기준은 딱 한 가지, 길거리에서 마주친 래브라도레트리버들의 외모뿐이었다. 운하를 따라 나 있는 자전거 도로에서 제니와 나는 주인과 함께 있는 레트리버들을 보고 감탄하곤 했다. 큼직하고 느긋하며 당당하면서도 장난을 좋아하고 열정적으로 삶을 즐기는 (요즘은 사람도 이런 열정을 갖기가 힘든데 말이다) 모습이 마음에 들었다. 더 부끄러운 일은 제니와 내가 AKC가 만든 개 혈통 성서라고 할 만한 『애완견 백과*The Complete Dog Book*』나 이와 견줄 만한 권위 있는 안내서의 조언에 따라 결정을 내린 것이 아니라는 사실이다. 우리에게 영향을 준 것은 다른 측면에서 무게감 있는 개 관련 문헌이었는데, 이는 바로 개리 라슨의 「반대편」이라는 만화였다. 이 만화에서는 칸마다 위트 있고 세련된 래브라도레트리버들이 멋진 말과 행동을 한다. 개가 말을 한다는 얘기다! 이런 개를 어떻게 싫어할 수 있는가? 래브라도는 아주 재미있는 동물이었다. 적어도 라슨이 그려낸 개들은 그랬다. 개가 사는 재미를 더해준다면 누가 싫다고 하겠는가? 우리는 완전히 넘어갔다.

래브라도레트리버에 관해 좀 더 전문적인 책들을 뒤적이다보니, 아무것도 모르고 한 일이었지만 말리를 고른 것이 크게 잘못한 것은 아니라는 생각이 들어서 안심이 되었다. 이제까지 본 책과 자료들은 래브라도레트리버라는 종이 얼마나 사랑스럽고 차분한지, 아이들에게 다정한 데다 공격성도 없고 얼마나 주인을 기쁘게 하려고 노력하는지에 대한 생생한 증언들로 가득 차 있었다. 총명한 데다 순종적이어서 수색 및 구조 활동이나 맹인 또는 장애자의 안내견으로 첫손가락에 꼽히는 개도 래브라도였다. 얼마 안 있어 아이도 생길 집에는 딱 들어맞는 종이었다.

어떤 책에는 이렇게 나와 있었다. "래브라도레트리버는 총명하고 사람을 잘 따르며 재주가 많은 데다 임무를 반드시 완수하려는 사명감도 있다." 또 어떤 책은 래브라도의 놀라운 충성심을 이야기하기도 했다. 래브라도는 원래 새 사냥꾼들이 좋아하는 새 사냥개였다. 왜냐하면 찬물에 떨어진 꿩이나 오리를 물어오는 데 특히 뛰어나기 때문이다. 그러나 이제까지 말한 여러 가지 특징으로 인해 래브라도는 미국 가정의 애완견 스타로 떠올랐다. 1990년에 래브라도레트리버는 AKC 등록 수에서 코커스패니얼을 앞질러 미국에서 가장 사랑받는 애완견의 위치를 차지했다. 그 뒤 어떤 종도 래브라도의 근처에 가지 못했다. 2004년 현재 등록 수는 146,692마리에 이르러 15년째 AKC의 맨 윗자리를 지켰다. 훨씬 처진 2위로는 52,550마리의 골든레트리버가 차지했고, 셰퍼드가 46,046마리로 그 뒤를 이었다.

우연의 힘을 빌려 우리는 미국 사람들이 한 마리 얻으려고 이리저리 찾는 개를 구한 것이다. 이 개가 별것 아니라면 왜들 그렇게 찾겠는가? 우리 부부는 좋은 개를 얻은 것이다. 그런데 무시무시한 경고의 글도 넘쳐났다.

래브라도는 원래 일꾼 개로 번식되어 끝없는 에너지를 자랑한다. 사람의 손길을 늘 필요로 하기 때문에 혼자 오래 지내지 못했다. 어떤 개는 머리가 나쁘거나 훈련시키기 어려울 수 있다. 매일 실컷 운동을 하지 않으면 파괴적인 행동을 보이기도 한다. 심하게 설치는 개도 있어서 심지어 경험 많은 조련사도 다루기 어려운 경우가 있다. 어떤 개들은 심지어 3년씩이나 강아지 노릇만 하려고 하기도 한다. 뒤에 찾아오는 길고도 요란한 사춘기를 개 주인은 더 큰 인내심으로 무장하고 넘겨야 할 때도 있다.

래브라도는 수 세기에 걸쳐 근육질의 몸을 갖고 고통에 견디도록 길들여져서 어부들을 도와 북대서양의 얼음 같은 물에 뛰어들 수 있게 조련되었다. 그러나 보통의 가정에서는 이러한 특징으로 인해 '통제 불능으로 날뛰는 개'를 얻는 결과가 되기도 한다. 래브라도는 덩치가 크고 힘이 센 데다 술통 같은 몸집을 하고 있으며, 스스로 얼마나 힘이 센지 모르는 경우가 많다. 어떤 여자는 이런 얘기를 해주었다. 하루는 차고 앞에서 세차를 하며 개를 가까이 두려고 차고 문에 묶어놓았다고 한다. 그런데 마침 앞을 지나던 다람쥐를 보고 개가 달려드는 바람에 쇠로 된 문틀이 통째로 떨어져나갔다는 것이다.

그런데 어떤 자료를 읽고 나서 나는 완전히 공포에 사로잡혔다. "강아지의 성격은 부모를 보면 잘 알 수 있다. 새끼는 놀랍도록 많은 행동을 부모로부터 물려받는다."

그 순간 강아지를 보러 가던 날 밤, 온몸이 진흙범벅이 되어 침을 질질 흘리며 덤불에서 뛰어나온 도깨비 같은 녀석이 머리를 스쳤다. "아니 이런." 책의 저자는 개를 사러 갈 때는 가능하면 부모를 모두 보라고 누누이 강조하고 있었다. 그러자 그날 밤 아빠는 어디 있느냐는 질문에 개 주인이 잠시 머뭇거리며 "네, 네, 저······ 근처 어딘가에 있을 거예요"라고 대답하던 모습이 떠올랐다. 그리고 그녀는 금방 화제를 바꾸었다. 이제 모든 것이 분명해졌다. 뭘 좀 아는 사람이면 아빠를 반드시 봐야 한다고 버텼을 것이다. 그러면 어땠을까? 귀신에게 쫓기기라도 하듯 밤공기를 가르며 달려오는 모습을 봐야 했을 것이다. 나는 말리가 엄마의 성격을 닮았기를 소리 없이 기도했다.

부모로부터 어떤 성격을 물려받았든 순혈 래브라도는 공통적인 특징을 갖고 있다. AKC는 래브라도레트리버가 갖춰야 할 특징에 대해 다음과 같은 표준을 설정해놓았다. 신체적으로 볼 때 다부지고 근육질이어야 하며, 털은 짧고 빽빽해서 어떤 기후에도 견딜 수 있어야 한다. 색은 검정, 초콜릿색으로부터 여러 가지 노란색, 이를테면 밝은 크림색으로부터 여우털 같은 황갈색까지 있을 수 있다. 또 한 가지 래브라도레트리버만의 고유한 특징이라면 두껍고 굵고 힘센 꼬리로, 수달의 꼬리를 닮았으며 커피 테이블을 한번에 말끔히 쓸어버릴 수 있을 정도이다. 머리는 크고 뭉툭하며, 턱은 강력하고, 귀는 높이 붙어 있다. 대부분의 래브라도는 발바닥에서 어깨 꼭대기까지의 거리가 60센티미터 정도 되며, 다 자란 수컷은 체중이 30~36킬로그램까지 나가지만, 어떤 것들은 이

보다 훨씬 더 나가기도 한다.

그러나 AKC에 따르면, 외모만으로 래브라도레트리버가 되는 것은 아니다. AKC의 표준에는 다음과 같은 내용도 있다.

진정한 래브라도레트리버의 성격은 꼬리가 수달 꼬리 같아야 하는 것만큼이나 이 종의 분명한 특징이 된다. 기본적 성격은 다정하고 사교적이며 유순한 데다 주인을 기쁘게 하기 위해 열심이고, 사람이나 동물에 대해 공격성을 보이지 않는다는 것이다. 래브라도는 인간의 사랑을 받을 만한 요소를 많이 가지고 있다. 사람의 명령을 따르는 성질, 총명함, 적응력 등으로 인해 래브라도는 이상적인 애완견이 될 수 있다.

이상적 애완견! 이렇게 확실한 보장도 없다. 읽을수록 말리를 고르길 잘했다는 생각이 들었다. 이런저런 단점도 더 이상 무섭지 않았다. 제니와 나는 개에게 온 정성을 쏟고 온갖 관심과 사랑을 퍼부을 것이 분명했기 때문이다. 시간이 얼마가 걸리더라도 말리를 제대로 훈련시켜서 명령에 순종하고 환경에 적응하는 개로 만들 작정이었다. 제니와 나는 둘 다 걷는 것을 아주 좋아해서 일이 끝나면 거의 매일 저녁 강가 산책로를 찾았고, 아침에도 마찬가지였다. 어차피 걷는데 개를 데리고 나가면 될 터였다. 조그만 강아지가 먼저 지칠 것이다. 제니의 신문사는 2킬로미터도 채 떨어지지 않은 곳에 있었기 때문에, 그녀는 매일 점심을 먹으러 집에 왔다. 그러면 뒤뜰에서 공을 던져주면서 우리가 걱정했던 래브라도의 끝없는 에너지의 일부를 태워버릴 수 있을 것이다.

말리를 집으로 데려오기 일주일 전에 제니의 언니인 수전이 보스턴에서 전화를 했다. 수전 부부와 두 아이가 다음 주에 디즈니월드에 간다는 것이었다. 제니는 그쪽으로 가서 언니네 식구와 함께 며칠 있으려고 할까? 조카들과 친해질 기회를 잡지 못해 안달인 이모로서 당연히 제니는 너무도 가고 싶어 했다. 그런데 마음을 정하지 못했다. "말리를 데리러 같이 갈 수가 없네." 제니가 말했다.

"당신은 언니한테로 가." 내가 말했다. "말리는 내가 데리고 올게. 당신이 돌아올 때쯤 말리를 완전히 우리 집 개로 만들어놓을게."

자연스럽게 말하려고 애를 썼지만, 속으로 나는 며칠 동안 강아지를 독점하면서 남자들끼리의 끈끈한 유대를 맺으리라는 꿈에 부풀어 있었다. 물론 제니와 나는 말리를 키우는 일을 공평하게 나눠서 할 것이다. 그러나 개는 두 주인을 섬기는 법이 없으므로, 이 집안의 위계질서 속에서 누군가 우두머리가 되어야 한다면 그것은 나여야 했다. 최초 3일간을 독점한다면 내 입지가 유리해질 것은 당연했다.

일주일 후, 제니는 차로 세 시간 반 걸리는 올랜도를 향해 떠났다. 금요일이던 그날 오후, 퇴근길에 나는 우리의 삶에 합류할 친구를 데려오기 위해 로리의 집으로 향했다. 로리가 뒤꼍으로 가서 개를 데려오자 나는 훅, 하는 소리가 들릴 정도로 숨을 들이쉬었다. 3주 전에 우리가 고른 꼬마 강아지는 몸집이 두 배 이상 불어 있었다. 녀석은 구르듯 달려와 머리로 내 발목을 들이받고는 발치에 주저앉더니, 몸을 굴려 네 활개를 벌리고 반듯이 누워버리는 것이었다. 마치 애원하듯 말이다. 로리는 내가 놀란 것을 눈치챈 듯 명랑한 목소리로 이렇게 말했다. "한참 크는 사내아이잖아요. 개 사료도 얼마나 먹어대는지."

나는 몸을 구부려 녀석의 배를 쓰다듬으며 "집에 가야지, 말리?" 녀석의 이름을 실제로 불러보기는 처음이었는데, 그럴싸하게 들렸다.

조수석에는 말리를 편하게 앉히려고 비치 타월로 만들어놓은 아늑한 자리가 있었고, 나는 말리를 거기에 앉혔다. 그런데 큰길까지 나가기도 전에 말리는 벌써 몸부림을 치며 보금자리에서 빠져나오기 시작했다. 녀석은 낑낑대며 좌석을 가로질러 내 쪽을 향했다. 콘솔 박스에 다다른 말리는 살면서 무수히 만나게 될 장애물 중 첫 번째 장애물과 마주쳤다. 뒷다리는 조수석 쪽에, 앞다리는 운전석 쪽에 늘어뜨리고는 주차 브레이크에 배를 납작하게 붙인 상태에서 말리는 오도 가도 못하면서 네 발로 허공을 휘저었다. 몸부림도 쳐보고 몸을 전후좌우로 흔들어도 보았지만, 말리의 몸은 모래밭에 갇힌 대형 트럭처럼 꼼짝도 하지 않았다. 손을 뻗어 말리의 등을 쓰다듬었지만 조용해지기는커녕 몸부림이 더욱 심해지기만 했다. 말리의 뒷다리는 운전석과 조수석 사이에 카펫이 덮인 돌출 부분에서 필사적으로 발붙일 곳을 찾아 헤맸다. 조금씩 말리의 몸 뒤쪽이 들리기 시작했고, 엉덩이가 위로 올라갔으며, 꼬리는 연신 흔들리고 있었다. 결국 중력의 법칙이 말리를 살려냈다. 녀석은 머리부터 콘솔 박스 반대쪽으로 떨어졌고 내 발밑의 바닥으로 한 바퀴 구르고는 벌렁 누워버렸다. 거기서 무릎으로 올라오기는 식은 죽 먹기였다.

말리는 신이 났다. 신나서 죽을 지경인 모양이었다. 말리는 좋아서 낑낑거리며 머리를 내 배에 쑤셔 박고는 마치 메트로놈 바늘처럼 꼬리를 세차게 흔들어 운전대를 때리면서 내 셔츠의 단추를 핥았다.

그런데 말리에게 손을 대기만 해도 꼬리 흔드는 속도를 바꿀 수 있다는 사실을 곧 알게 되었다. 두 손이 다 운전대에 가 있으면 꼬리는 규칙적으로 1초에 세 번씩 운전대를 때렸다. 툭. 툭. 툭. 손가락 하나를 머리에 대면 왈츠 박자가 보사노바로 바뀌었다. 툭-툭-툭-툭-툭-툭! 손가락 두 개를 대면 맘보가 된다. 툭-투욱-툭-툭-투욱-툭! 손으로 머리를 완전히 감싸고 손가락으로 머리를 긁어주면 기관총 같은 초고속 삼바 리듬이 나왔다. 툭툭툭툭툭툭툭툭!

"얘가 박자를 아네." 내가 말했다. "너 레게 강아지구나?"

집으로 들어서자 나는 말리 목의 끈을 풀어주었다. 그랬더니 구석구석 돌아다니며 한군데도 빼지 않고 모두 냄새를 맡아보는 것이었다. 킁킁거리기를 끝낸 말리는 엉덩이를 땅에 대고 앉아서는 마치 이렇게 말하고 싶은 표정으로 나를 올려다보았다. '집 좋네요. 그런데 내 형제들은 어디 있죠?'

잘 시간이 되자 새로운 환경의 낯선 현실이 생생하게 다가왔다. 말리를 데리러 가기 전에 나는 집 옆에 붙어 있는, 차 한 대가 들어갈 만한 차고에 잠자리를 만들어놓았다. 제니와 나는 거기에 차를 세우는 일이 없었고, 그저 창고나 다용도실쯤으로 쓰고 있었다. 세탁기와 건조기, 다림질판 같은 것들도 거기에 있었다. 건조하고 아늑한 곳이었으며, 뒷문이 있어서 울타리를 친 뒤뜰로 나갈 수도 있었다. 게다가 바닥과 벽은 콘크리트로 되어 있어 견고했다. "말리." 개를 차고로 데리고 오면서 나는 밝은 목소리로 말했다. "이게 네 방이야."

나는 미리 개껌을 바닥에 흩어놓고 방 한가운데는 신문지를 놓아두었으며, 물통도 하나 마련했고, 골판지 상자 바닥에 낡은 침대 시트를 깔아 잠자리도 준비해놓았다. "넌 여기서 자면 돼." 이렇게 말하면서 나는 말리를 상자 안에 내려놓았다. 말리는 이런 잠자리에 익숙해져 있었지만 항상 형제자매들과 함께였다. 녀석은 상자 안을 어슬렁거리다가 쓸쓸한 시선으로 나를 올려다보았다. 녀석을 시험해보기 위해 나는 집으로 들어가 문을 닫고는 문 뒤에 서서 귀를 기울여보았다. 처음에는 아무 소리도 들리지 않았다. 그러다가 들릴락 말락 하게 낑낑대는 소리가 나기 시작했다. 그 소리는 이윽고 울부짖는 소리로 바뀌었다. 누가 녀석을 고문이라도 하는 것 같았다.

문을 열었더니 말리는 나하고 시선이 마주치자마자 소리를 그쳤다. 나는 손을 뻗어 한동안 쓰다듬어준 후 다시 방을 나왔다. 다시 문 뒤에 서서 숫자를 세기 시작했다. 하나, 둘, 셋……7초 후에 말리는 같은 과정을 반복하기 시작했다. 여러 번 실험을 해보았지만 결과는 항상 같았다. 피곤해진 나는 울다가 잠들게 내버려두기로 작정했다. 불을 켜둔 채로 차고를 나와 문을 닫고는 집 반대쪽에 있는 침실로 들어가 자리에 누웠다. 말리의 애처로운 울음소리는 콘크리트 벽도 뚫고 들려왔다. 침대에 누워 나는 곧 그치고 잠이 들겠지, 하면서 울음소리를 무시하려 했다. 그러나 말리는 그치지 않았다. 베개로 머리를 감싸도 소리는 여전히 들려왔다. 이윽고 말리가 생전 처음 살던 곳을 떠나 개 냄새라고는 맡을 수도 없는 낯선 방에 혼자 있다는 사실에 생각이 미쳤다. 엄마도 없고 형제자매도 모두 떠나왔다. 불쌍한 것. 나라도 이런 상황이 싫겠다.

30분쯤 더 버티다가 결국 말리에게로 가보았다. 나를 보자마자 녀석은 표정이 밝아졌고, 꼬리로 상자 벽을 치기 시작했다. 마치 이렇게 말하는 듯했다. '이리 들어와요. 상자가 아주 넓어요.' 나는 상자째로 말리를 들어 올려 방으로 데려와 침대 옆에 바짝 붙여 내려놓았다. 그러고는 침대 끝에 누워 한쪽 팔을 상자 안으로 늘어뜨렸다. 손을 말리의 배에 대고 숨쉴 때마다 배가 오르내리는 것을 느끼면서 우리는 잠으로 빠져들었다.

강아지의 몸부림

그로부터 3일 동안 나는 강아지에게 푹 빠져 지냈다. 바닥에 누워 있으면 말리가 내 온몸을 밟고 돌아다녔다. 레슬링도 했다. 낡은 타월로 줄다리기를 해보니 놈은 벌써 놀랍도록 튼튼해져 있었다. 말리는 내가 가는 곳마다 따라다녔고, 이빨을 댈 수 있는 것이라면 무엇이든 갉아보았다. 하루 만에 말리는 집에서 제일 신나는 장난감을 찾아냈다. 그것은 화장실 휴지였다. 말리는 가끔 욕실로 사라졌다가 5초쯤 뒤에 튀어나와서는 휴지 한쪽 끝을 입에 물고 종이 리본을 끌면서 온 집안을 돌아다녔다. 그 덕에 집 안은 할로윈 장식을 한 집처럼 되었다.

약 30분마다 나는 말리를 뒤뜰로 데리고 나가 볼일을 보게 했다. 집 안에서 말썽을 일으키면 야단을 쳤다. 밖에서 오줌을 누면 뺨을 문지르며 달콤한 목소리로 칭찬해주었다. 밖에서 똥을 누면 당첨된 로또 복권이라도 물어온 양 칭찬을 퍼부었다.

디즈니월드에서 돌아온 제니도 나처럼 말리에게 푹 빠져 지냈다. 참으로 놀라운 광경이었다. 며칠간 지켜보면서 나는 내 아내 속에 고요하고 부드러운 모성이 숨어 있음을 알게 되었다. 제니는 말리를 안아주고, 함께 놀아주었으며, 칭찬을 쏟아놓기도 했다. 가끔 말리의 털을 한 가닥씩 뒤져 벼룩이나 진드기가 있지 않은지 살펴보기도 했다. 밤에는(그것도 매일 밤) 두 시간마다 일어나 말리를 밖으로 데리고 나가 용변을 보게 했다. 무엇보다도 이로 인해 말리는 몇 주 만에 완전히 집 안에서 기르는 개가 되었다.

또 한 가지, 제니는 말리를 먹였다.

사료 포대에 쓰인 지시사항에 따라 우리는 매일 말리에게 강아지 사료를 큰 그릇으로 세 번씩 주었다. 말리는 몇 초 만에 한 톨도 남기지 않고 먹어치웠다. 물론 들어가면 나와야 하기 때문에 뒷마당은 얼마 안 있어 지뢰밭으로 변했다. 밖으로 나갈 때마다 눈을 부릅떠야 했다. 말리의 식욕은 엄청났고 배설량은 더욱 엄청나서, 겉보기에는 입으로 들어가는 양과 똑같은 양이 반대편으로 나와 똥더미를 만들어내는 것 같았다. 먹은 걸 소화는 시키는 걸까?

소화를 시키는 것 같았다. 말리는 쑥쑥 자랐다. 몇 시간 만에 온 집을 뒤덮는다는 열대 정글의 덩굴처럼 말리는 모든 방향으로 폭발하듯 부풀어갔다. 말리는 매일 조금씩 길어지고, 넓어지고, 높아지고, 무거워졌다. 처음 집으로 데려올 때 21파운드(약 10킬로그램)였던 녀석의 체중은 몇 주 만에 50파운드(약 23킬로그램)까지 불어났다. 집으로 데려오던 차 안에서 내 손안에 쏙 들어오던 귀엽고 자그마한 강아지 머리는 눈 깜짝할 사이에 크기와 모양이 대장간의 모루처럼 되었다. 발도 거대해졌고, 벌써 옆구리에는 근육이 실룩거렸으며, 가슴은 불도저만큼이나 넓어졌다. 책에 나온 대로 꼬리는 수달 꼬리만큼이나 굵고 튼튼해졌다.

정말 대단한 꼬리였다. 집 안에 있는 물건 중 무릎 높이보다 낮은 것들은 모두 말리가 휘두르는 거대한 살방망이에 맞고 나가떨어졌다. 말리는 커피 테이블을 쓸어버리기도 하고, 잡지를 흩어놓기도 했으며, 사진이 든 액자를 선반에서 떨어뜨리는가 하면, 맥주병과 와인 잔을 사방으로 흩날리기도 했다. 심지어 프랑스식 창문에 금이 가기도 했다. 바닥에 고정할 수 없는 것들은 모두 이 무시무시한 곤봉의 사정거리 밖에 있는 높은 곳으로 피신시켰다. 애가 있는 친구들이 우리 집에 놀러 오면 놀라서 이렇게 말하곤 했다. "애를 당장 풀어놔도 아무것도 망가뜨리지 못하겠군."

사실 말리는 꼬리를 흔들지 않았다. 오히려 어깨부터 시작해 뒤쪽으로 가면서 온몸을 흔든다고 하는 편이 옳다. 마치 하늘하늘한 옷이 개로 변신한 것 같았다. 제니와 나는 말리 몸속에 뼈가 있는 것이 아니라 온몸이 하나의 고탄력 근육으로 되어 있다고 이야기하곤 했다. 제니는 말리를 미스터 위글스Mr. wiggles(wiggle은 '몸부림'이라는 뜻_옮긴이)라고 부르기 시작했다.

입에 뭔가를 물었을 때 몸부림은 최고조에 달한다. 어떤 상황에서든 말리의 반응은 한결같았다. 제일 가까운 곳에 있는 구두, 베개, 연필(그 밖에 무엇이든 좋다)을 물고는 달리기 시작한다. 마치 머릿속에서 작은 목소리가 이렇게 속삭이는 듯하다. "달려! 있는 대로 침을 묻혀! 달리라구!"

어떤 물건은 아주 작아서 숨기기 쉬웠고, 말리는 이럴 때 특히 즐거워했다. 아마 들키지 않을 거라고 생각하는 모양이었다. 그런데 말리는 포커꾼이 아니었다. 뭔가 숨길 것이 있으면 기쁨을 감추지 못했다. 말리는 항상 야단법석을 떨었지만, 어떤 때는 마치 장난꾸러기 투명인간이 똥침이라도 놓은 것처럼 미친 듯 날뛰기도 했다. 몸을 떨다가 머리를 좌우로 흔들고는 엉덩이 부근이 마치 경련하듯 춤을 추는 것이었다. 여기에는 말리 맘보_{Marley Mambo}라는 이름이 붙었다.

"좋아, 이번엔 또 뭐냐?" 이렇게 말하면서 다가가기라도 하면, 말리는 엉덩이를 흔들거나 망아지처럼 고개를 들었다 내렸다 하면서 이리저리 피해다니는 시늉을 했다. 워낙 기뻐하며 날뛰기 때문에 뭔가를 숨겼다는 사실을 도저히 감출 수가 없었다. 결국 말리를 구석으로 몰아 입을 벌려보면 반드시 수확이 있었다. 쓰레기통이나 마루에서 집어 올린 것이 나오기도 했고, 점점 키가 크면서 식탁에서 곧장 집어온 것도 눈에 띄기 시작했다. 키친타월, 뭉쳐진 크리넥스, 채소 가게 영수증, 코르크 마개, 클립, 체스 말, 병뚜껑 등이 나와 마치 재활용품 처리장 같았다. 하루는 입을 억지로 열고 들여다보니 월급으로 받은 수표가 입천장에 달라붙어 있었다.

몇 주도 지나지 않아 제니와 나는 말리를 데려오기 전에 우리가 어떤 생활을 했는지 기억을 떠올리기조차 힘들어졌다. 곧 새로운 생활 패턴이 생겨났다. 아침마다 나는 커피를 마시기 전에 말리를 강변으로 데리고 나가 산책을 시켰다. 아침을 먹고 나면 샤워하기 전에 삽을 들고 뒷마당으로 나가 말리가 설치한 지뢰를 뒷마당 구석의 모래 속에 파묻었다. 제니는 보통 9시가 되기 전에 출근했고, 나는 10시 전에 나가는 일이 거의 없었기 때문에 제니를 보내고 나서 말리를 첫날밤에 들여보냈던 콘크리트 벙커에 가두고 물 한 통과 여러 가지 장난감을 넣어준 후 "말리 착하지, 잘 놀고 있어"라는 말을 남기고 집을 떠났다. 12시 30분이면 제니가 점심을 먹으러 와서 말리에게 사료를 먹인 후, 공 하나를 던져주고 뒷마당에 풀어놓아 지칠 때까지 놀게 해주었다. 처음 몇 주 동안 제니는 오후 근무 중에도 잠깐 집에 들러 말리를 풀어주었다. 저녁을 먹고 나면 보통 제니와 나는 말리를 데리고 물가로 나가 팜비치에서 온 요트들이 저녁 햇살을 튕기며 한가로이 떠다니는 강변을 산책했다.

'산책'은 적절한 단어가 아닌 것 같다. 말리는 마치 고삐 풀린 망아지가 '산책'하듯 산책했다. 뭐든 보이기만 하면 목줄을 팽팽히 당기며 튀어나가는 바람에 목이 졸려 쉰 소리를 냈다. 사람은 개를 뒤로 당기고, 개는 사람을 앞으로 당겼다. 줄다리기였다. 말리는 줄담배 피우는 사람이 목이 졸린 것처럼 기침을 하기도 했다. 우체통이나 덤불이 보이기만 하면 왼쪽이든 오른쪽이든 달려가서 킁킁거리거나 헐떡거리다가 미처 멈춰 서기도 전에 오줌을 싸는 바람에 과녁보다 제 몸에 오줌을 더 많이 묻혔다. 우리 주변을 뱅뱅 돌아서 목줄을 발목에 감고 나서는 갑자기 튀어나가는 바람에 넘어질 뻔한 적이 한두 번이 아니었다. 누군가 개를 데리고 지나가기만 하면 말리는 개 옆으로 달려가 뒷발로 서서는 목줄을 있는 대로 당긴 채 그 개와 친해지려고 했다. "얘는 사는 게 즐거운가 보군요"라고 어떤 개 주인이 말했는데, 말리에게 매우 걸맞은 표현인 것 같다.

말리가 아직 어릴 동안은 줄다리기에서 사람이 이겼지만, 한 주 한 주 지나면서 힘의 균형이 바뀌기 시작했다. 말리는 점점 힘도 세졌고 덩치도 커졌다. 얼마 지나지 않아 우리를 이길 것은 분명했다. 버릇을 제대로 가르쳐 말을 듣게 하지 않았다가는 개한테 끌려가 지나가는 차 바퀴에 깔려 죽는 황당한 꼴을 당할지도 몰랐다. 개 키우기에 이골이 난 친구들은 말 잘 듣는 훈련을 서둘 필요가 없다고 했다. 한 친구가 말했다. "아직 일러. 강아지가 귀여울 때 많이 즐겨. 그 시간은 금방 지나가. 그러고 나면 훈련을 제대로 시킬 수 있지."

물론 그렇게 했다. 하지만 그렇다고 말리를 완전히 방치했다는 뜻은 아니다. 몇 가지 규칙을 정해서 절대로 지키게 했다. 침대와 가구에는 손을 댈 수 없었다. 변기의 물을 마시거나 사타구니에 대고 킁킁대거나 의자 다리를 씹는 것은 물론 하기만 하면 야단을 맞았지만, 절대 금지는 아니었다. "안 돼!"는 우리 부부의 일상용어가 되어버렸다. 제니와 나는 이리 와, 거기 있어, 앉아, 엎드려 등의 기본 명령을 가르쳤지만, 결과는 별로 신통치 않았다. 말리는 어리고 흥분을 잘하는 데다 집중력은 아메바 수준이었고, 한순간도 가만히 있지 못했다. 조그마한 일에도 신바람이 났고, 말을 걸거나 건드리기만 하면 흥분제라도 먹은 듯 온 집안을 휘저으며 날뛰었다. 몇 년 후에야 알게 된 사실이지만, 그때 이미 말리는 특정한 증상의 전형적인 초기 단계를 보이고 있었다. 통제 불능인 데다 바지 속에 개미라도 들어간 것처럼 펄쩍펄쩍 뛰어다니는 무수한 초등학생들의 증상이 바로 이것인데, 전문 용어로는 주의력결핍 과잉행동장애라고 한다.

심한 개구쟁이였지만 말리는 우리 가족 관계에 대해 중요한 일을 하고 있었다. 날뛰기만 했지 스스로를 돌볼 능력이 없는 말리는 제니가 어린 생명을 보살필 수 있음을 증명할 기회를 주었다. 제니는 몇 주째 말리를 돌보고 있는데도 아직 죽이지 않았다. 오히려 말리는 무럭무럭 잘 자랐다. 제니와 나는 밥을 덜 먹여야 몸집도 덜 불고 난리도 치지 않을 것 같다는 농담을 주고받곤 했다.

냉혹한 식물 살해자로부터 자상한 개 엄마로 변신한 제니의 모습은 놀라울 뿐이었다. 내가 보기에는 제니 자신도 좀 놀란 것 같았다. 제니는 타고난 엄마였다. 하루는 말리가 심하게 컥컥거리기 시작했다. 뭔가 심상치 않다는 사실을 내가 미처 깨닫기도 전에 제니가 벌떡 일어났다. 덮치듯 말리 곁으로 달려간 제니는 한 손으로는 말리의 입을 벌리면서 다른 손을 집어넣어 침으로 범벅이 된 큼직한 비닐 덩어리를 끄집어냈다. 항상 있는 일이었다. 말리는 마지막으로 기침을 한 번 하고는 꼬리로 벽을 탕, 하고 치면서 마치 이렇게 말하는 듯한 표정으로 제니를 올려다보았다. '한 번 더 하면 안 돼요?'

말리가 새 식구로 들어왔다는 사실이 자연스런 일상이 되어가면서 제니와 나는 다른 방법으로 가족 수를 늘리는 데 대해 편안하게 이야기할 수 있게 되었다. 말리를 데려온 지 몇 주 후에 우리는 피임을 그만두기로 결정했다. 그렇다고 임신을 결정했다는 뜻은 아니다. 가능하면 아무것도 결정하지 않는 데 일생을 바쳐온 우리 두 사람에게 임신은 너무 대담한 일일 수밖에 없었다. 그러니까 정확히 말하면 임신을 안 하려는 노력을 안 하기로 결정하여 임신을 향해 뒷걸음쳐가기로 했다는 뜻이다. 복잡한 논리이긴 했지만, 이렇게 생각하니 둘 다 마음은 편했다. 부담감이 없으니까.

전혀 없었다. 우리는 기를 쓰며 아기를 가지려고 하지 않았다. 그저 일어날 일은 일어나게 내버려두자는 자세였다. 자연이 알아서 하겠지. 될 대로 돼라.

솔직히 말해 제니와 나는 겁이 났다. 우리의 친구 몇몇은 몇 달, 심지어 몇 년에 걸쳐 아기를 가지려고 애를 쓰는데도 임신이 되지 않아 이 사람 저 사람에게 하소연을 시작했다. 저녁이라도 같이 먹을라치면 의사에게 간 얘기, 정자의 수, 생리주기 같은 얘기를 끊임없이 늘어놓아 다른 사람들을 불편하게 만들었다. 뭐라고 해줄 얘기가 없어 불편했다는 뜻이다. "들어보니 정자 수는 충분한 것 같은데?" 이렇게 얘기라도 하란 말인가? 이런 상황은 고통스럽기까지 했다. 그리고 우리도 같은 꼴이 될까봐 너무나 무서웠다.

결혼 전에 제니는 자궁내막증으로 심하게 고생한 적이 몇 번 있는 데다 나팔관에서 손상된 과다 조직을 제거하는 복강경 수술까지 받았었다. 양쪽 다 임신을 위해서는 좋은 일이 아니었다. 더욱 걱정되는 일은 결혼 전의 우리 행동이다. 만난 지 얼마 안 되어 열정이 상식 비슷하게 생긴 것이면 모두 짓눌러버리던 시기에 우리는 주의력을 옷과 함께 구석에 팽개쳐버리고는 피임 조치 같은 것은 전혀 하지 않은 채 아무 생각 없이 섹스를 했다. 그것도 한 번이 아니라 여러 번. 믿을 수 없을 정도로 어리석은 짓이었고, 몇 년이 지난 지금 돌이켜보면 원치 않는 임신을 기적적으로 피하게 해준 데 대해 땅바닥에 입이라도 맞추며 하늘에 감사해야 할 판이었다.

그런데 오히려 이런 생각이 머리를 채웠다. '무슨 문제가 있나? 정상적인 커플이라면 피임도 안 하고 그 난리를 쳤으니 절대로 무사하지 않을 텐데.' 제니도 나도 임신은 쉬운 일이 아니라는 확신이 생겼다.

그래서 친구들이 아기를 가질 계획을 발표할 때마다 우리는 침묵을 지켰다. 제니는 그저 피임약 처방전을 약상자 속에 넣어놓고 그냥 잊어버릴 심산이었다. 임신을 한다면 신나는 일일 것이다. 안 한다면 뭐, 하려고 애쓴 것도 아니지 않는가?

웨스트팜비치에서 겨울은 가장 살기 좋은 계절이다. 밤은 선선하고, 낮은 맑고 따뜻하며 건조하다. 참을 수 없도록 긴 여름이 고인 물처럼 버티고 있을 때는 그저 냉방이 된 실내에 있거나 이글거리는 태양을 피해 나무 그늘에서 다음 나무 그늘로 건너뛰기 바쁘지만, 겨울이 오면 아열대 지방의 장점을 만끽할 수 있게 된다. 우리는 항상 뒷베란다에서 식사를 했고, 아침이면 뒷마당에 서 있는 나무에서 딴 오렌지를 짜서 주스를 만들어 마셨으며, 집을 빙 돌아가며 조그마한 허브 밭과 토마토 덩굴을 가꾸었다. 그리고 접시만 한 히비스커스 꽃잎을 따서 식탁 위에 놓인 물그릇에 띄우기도 했다. 밤에는 열린 창문으로 흘러들어오는 치자꽃 향기에 온몸을 맡긴 채 잠이 들었다.

이런 환상의 나날이 계속되던 3월 말의 어느 날, 제니는 버디라는 바셋하운드를 기르는 직장 동료를 집으로 초대했다. 개끼리 놀게 해주기 위해서였다. 버디는 동물보호소에서 데려온 개로, 내가 본 개들 중 가장 슬픈 얼굴을 하고 있었다. 두 녀석을 뒷마당에 풀어놓았더니 펄쩍하고 달려나갔다. 하지만 늙은 버디는 자신의 주변을 눈이 돌아가게 빠른 속도로 뱅뱅 도는, 이 기운이 넘치는 젊은 개를 두고 어찌할 바를 모르는 것 같았다. 그러나 버디는 말리의 움직임을 기분 좋게 받아들였고, 두 녀석은 한 시간을 넘게 뛰놀더니 완전히 지쳐 망고 나무 그늘에서 늘어져버렸다.

　며칠 뒤부터 말리는 끊임없이 몸을 긁어대기 시작했다. 하도 심하게 긁어서 피가 날까봐 걱정될 정도였다. 제니는 말리 옆에 무릎을 꿇고 앉아 늘 하는 신체검사를 시작했다. 털을 헤집으며 피부를 살펴보는 일이었다. 몇 초도 지나지 않아 제니는 이렇게 외쳤다. "이런! 이것 좀 봐." 제니의 어깨 너머로 털을 헤집은 곳을 내려다보니 조그만 점 하나가 털 사이로 막 자취를 감추고 있었다. 우리는 말리를 바닥에 엎드리게 하고 온몸을 꼼꼼히 살펴보기 시작했다. 말리는 두 사람이 한꺼번에 돌봐주는 데 신이 나서 꼬리로 바닥을 치며 씩씩거리고 있었다. 헤집어보는 데마다 벌레가 나왔다. 벼룩이었다! 그것도 무더기로 스멀거리고 있었다. 심지어 발가락 사이, 목줄 밑, 늘어진 귀 뒤쪽에서도 벼룩이 발견되었다. 벼룩의 동작이 느려서 잡기 쉽다 하더라도(그렇지 않았지만) 너무나 많아서 어디서부터 손을 대야 할지 알 수가 없을 지경이었다.

플로리다의 악명 높은 벼룩과 진드기 이야기는 벌써 들어서 알고 있었다. 얼음이 얼 정도로 추워지지도 않고, 서리조차 내리지 않는 기후라 이들의 위세를 꺾을 여건이 없는 상태에서 습하고 따뜻한 환경으로 인해 벼룩과 진드기는 마구 번성했다. 팜비치의 바닷가에 있는 백만장자의 대저택에도 바퀴벌레가 사는 곳이 남플로리다이다. 제니는 반쯤 정신이 나갔다. 벼룩 떼가 우리 집 강아지를 덮친 것이다. 물론 우리는 뚜렷한 증거도 없이 버디에게 책임을 돌렸다. 제니의 머릿속에서는 말리뿐만 아니라 온 집안에 벼룩이 득시글대는 그림이 그려지고 있었다. 제니는 차 열쇠를 집어들더니 밖으로 뛰쳐나갔다.

30분쯤 후 제니는 슈퍼펀드 작업장(슈퍼펀드는 미국의 화학 폐기물에 의한 환경 공해를 방지하기 위한 특별기금으로, 주로 화학물질로 오염된 토양의 복원을 목적으로 한다. 여기서는 대대적인 토양 정화 작업이라도 할 수 있을 만큼 많은 양의 소독약을 사왔다는 뜻_옮긴이)이라도 차릴 만한 약품이 가득 든 쇼핑백을 들고 나타났다. 벼룩 방지 목욕비누, 파우더, 스프레이, 거품, 살충액에다가 잔디에 뿌리는 살충제도 있었다. 가게 주인은 벼룩을 완전히 제압하려면 잔디도 손을 봐야 한다고 했단다. 벼룩의 알을 제거하는 특수 빗도 있었다.

쇼핑백 속에 들어 있는 영수증을 보고 나는 이렇게 외쳤다. "세상에, 여보! 이 정도면 농약 살포 비행기라도 빌릴 수 있겠군."

제니는 전혀 개의치 않았고, 다시 킬러 모드로 돌아가 있었다(이번에는 사랑하는 가족을 지키기 위해서였지만). 그리고 진지하게 작업을 시작했다. 복수의 집념으로 제니는 일에 매달렸다. 그리고 말리를 다용도실로 데려가 아까 사온 특수 비누로 씻겨주고는 살충액을 섞더니 말리의 온몸이 푹 젖을 때까지 뿌려댔다. 설명서를 보니 이 살충액의 성분은 잔디에 뿌리는 살충제와 같은 것이었다. 말리가 마치 초소형 다우케미컬 화학공장 같은 냄새를 풍기며 창고에서 몸을 말리는 동안 제니는 바닥, 벽, 카펫, 커튼, 가구 등을 진공청소기로 사정없이 밀어댔다. 그리고 나서는 스프레이로 살충액을 뿌렸다. 제니가 실내를 소독하는 동안 나는 실외를 해결했다. 마침내 작업이 끝나자 나는 이렇게 물었다. "벼룩 다 잡은 것 같아?"

"그런 것 같은데." 제니가 대답했다.

처칠가 345번지에 거주하는 벼룩 집단에 대한 전방위 공격은 성공적으로 막을 내렸다. 우리는 매일 말리의 발가락 사이, 귀 뒤, 꼬리 밑, 배를 비롯해서 말리의 몸을 들여다볼 수 있는 곳은 모두 들여다보았다. 그러나 어디에서도 벼룩의 흔적은 찾아볼 수 없었다. 카펫, 소파, 커튼 밑, 정원의 잔디도 살펴보았지만 아무것도 없었다. 적을 완전히 섬멸한 것이다.

5
진단 시약

    몇 주 후 어느 날 나란히 누워서 책을 읽고 있는데 제니가 책을 덮더니 이렇게 말했다. "아무것도 아닐 거야." 책에서 눈도 떼지 않고 내가 무심히 물었다. "뭐가 아무것도 아냐?"

    "생리 예정일이 지났어."

    정신이 번쩍 났다. "지났는데 안 해? 정말?" 나는 고개를 돌려 제니를 바라보았다.

    "가끔 그럴 때가 있어. 그런데 이번엔 일주일이 넘었어. 기분도 야릇하고."

    "어떻게 야릇한데?"

    "가벼운 위장독감이나 뭐 비슷한 것 같기도 하고. 얼마 전엔 저녁 먹으면서 와인을 한 모금 마셨더니 토할 것 같았던 적이 있어."

    "당신답지 않군."

    "술 생각만 해도 구역질이 나."

최근에 제니는 좀 까다로워지기도 했다. 뭐 어차피 그걸 지적하지는 않을 거였지만.

"당신 보기엔……." 내가 운을 뗐다.

"모르겠어. 당신은?"

"내가 도대체 어떻게 알아?"

"난 암말 안 했어." 제니가 말했다. "그냥 혹시나 해서. 입방정 떨기 싫다구."

그 순간 나는 이 일이 우리 두 사람에게 얼마나 중요한지 깨달았다. 부모가 되는 일이 갑자기 현실로 다가왔다. 그리고 우리는 아기를 가질 준비가 되어 있었다. 제니와 나는 나란히 누워 한동안 아무 말도 안 하고 천장만 바라보고 있었다.

"당신도 나도 잠 못 들 거야." 결국 내가 말문을 열었다.

"조마조마해서 죽을 지경이야." 제니가 받았다.

"일어나, 옷 입어." 내가 말했다. "약국에 가서 임신 진단 시약을 사오자."

반바지와 티셔츠를 대충 걸치고 문을 여니 말리가 튀어나와 앞장섰다. 야간 드라이브를 할 생각에 신이 났나보다. 녀석은 우리의 조그만 토요타 터셀 옆에 뒷다리로 서서 깡충거리기도 하고, 헐떡거리며 온몸을 흔들어 침을 사방에 흩뿌리기도 하면서 내가 뒷문을 열어줄 환상의 순간을 고대하며 정신없이 날뛰었다. "어휴, 네가 아빠 줄 알겠다." 내가 말했다. 문을 열자마자 어찌나 신나게 뛰어들었는지 뒷좌석엔 닿지도 않고 붕 날아 반대편 유리에 '빡' 소리가 나도록 머리를 부딪혔다. 다치진 않은 모양이었다.

약국은 새벽 1시까지 영업을 했고, 제니가 뛰어들어간 사이에 말리와 나는 차에서 기다렸다. 세상에는 남자가 사울 수 없는 물건들이 있는데, 임신 진단 시약은 이 금지 목록의 거의 꼭대기에 있는 품목이었다. 말리는 약국 문에 시선을 고정한 채 뒷좌석에서 왔다 갔다 하고 있었다. 흥분했을 때 항상 그런 것처럼(깨어 있는 동안 거의 항상 흥분 상태이지만) 말리는 씩씩거리며 침을 마구 흘렸다.

"제발 가만히 좀 있어." 내가 말했다. "뒷문으로 빠져나가서 우릴 놀래주기라도 할 생각이니?" 말리는 온몸을 부르르 떠는 것으로 대답을 대신했고, 그 바람에 나는 개의 침과 털을 뒤집어썼다. 우리는 말리가 차에서 하는 짓에 익숙해져 있었기 때문에 앞좌석에 큰 목욕 타월을 항상 놓아두고 있었다. 이 타월로 나는 침벼락을 맞은 몸과 차 내부를 닦았다. "가만있어." 내가 말했다. "이제 나오려나봐."

5분 뒤 제니는 조그만 쇼핑백을 들고 돌아왔다. 주차장을 빠져나오는데, 말리는 벌써 조그만 해치백인 우리 차의 앞좌석 사이로 어깨를 내밀고 두 앞발로 콘솔 박스를 밟아 균형을 잡고는 코가 백미러에 닿도록 몸을 내밀었다. 차가 방향을 바꿀 때마다 균형을 잃고 가슴부터 주차 브레이크에 부딪치며 넘어졌지만, 말리는 매번 이에 굴하지 않고 벌떡 일어나 더욱 신이 나서 불안한 전신 시소 놀이를 시작했다.

몇 분 후 집에 도착한 제니와 나는 욕실로 들어가 8달러 99센트 짜리 진단 시약을 세면대에 펼쳐놓았다. 내가 설명서를 소리 내어 읽었다. "오케이. 99퍼센트 정확하다고 써 있군. 우선 이 컵에 소변을 받아." 다음 단계는 가느다란 시험띠를 소변에 담그고, 이어서 시험 세트에 들어 있던 작은 병 속의 용액에 담그는 것이었다. "5분간 기다려." 내가 말했다. "그러고 나서 용액에 15분간 담가 둬. 파란색이 되면 임신 확인이야!"

먼저 5분을 쟀다. 시험띠를 두 번째 용액에 넣고 나서 제니가 말했다. "여기 서서 보고 있을 수가 없네."

우리는 거실로 나가 잡담을 시작했다. 우리가 기다리는 것이 마치 주전자의 물이 끓는 정도의 하찮은 일인 것처럼. "그 마이애미 돌핀스(플로리다주 마이애미에 본거지를 둔 미식축구 팀 이름_옮긴이) 말이야." 내가 말을 시작했다. 하지만 가슴은 쿵쾅거리고 있었고, 뭔가 두려운 느낌이 뱃속으로부터 올라오는 것 같았다. 파란색이 나오면 신나는 거다. 우리 인생이 영원히 바뀌어버릴 테니까. 아니면 제니는 절망할 것이다. 나도 절망할 것 같다는 생각이 들기 시작했다. 영원 같은 시간이 흐른 뒤 타이머가 울렸다. "다 됐다." 내가 말했다. "결과가 어떻든 당신을 사랑해."

화장실로 가서 시험띠를 꺼냈다. 의심의 여지 없는 파란색이었다. 깊은 바다 같은 파랑. 진하고 선명한 네이비블루. 다른 어떤 색과도 혼동될 수 없는 독특한 파랑. "축하해." 내가 말했다.

지금 할 수 있는 유일한 말인 "세상에"를 외치며 제니는 내 품으로 뛰어들었다.

눈을 감고 서로 껴안은 채 세면대 앞에 서 있는데, 발밑에서 뭔가 동요가 느껴지기 시작했다. 내려다보니 말리가 몸을 흔들고 고개를 끄덕이며 꼬리로 욕실 문을 치고 있었다. 하도 요란해서 문에 흠집이 날까 걱정될 지경이었다. 허리를 숙여 툭툭 두들겨주려하니 녀석이 피해 달아나는 것이었다. 전형적인 말리 맘보 동작이었는데, 그 뜻은 딱 한 가지였다.

"이번엔 또 뭐니?" 이렇게 말하며 나는 말리를 쫓아갔다. 말리는 거실로 들어가 내 손이 닿지 않는 곳으로 도망쳤다. 가까스로 녀석을 잡아 입을 벌려보니 처음에는 아무것도 없는 것 같았다. 자세히 보니 혀뿌리 근처, 조금만 더 가면 돌아오지 않는 다리를 건널 지점에서 막 목구멍을 넘어가려는 물체가 눈에 띄었다. 물체는 가늘고 길며 납작했다. 그리고 심해처럼 푸른색이었다. 손을 뻗어 임신이 확인된 시험띠를 끄집어냈다. "실망시켜서 미안하다, 요 녀석아. 그런데 이건 스크랩북에 끼워야 돼."

제니와 나는 웃기 시작했고, 한참 동안 멈추지 못했다. 우리는 말리의 큼직한 머리통 속에 무슨 생각이 들어 있는지를 추측하며 재미있어했다. '흠. 내가 증거를 인멸하면 주인 부부는 이 달갑잖은 사태를 모두 잊어버릴 거고, 내 보금자리를 어떤 녀석하고 나

뭐 갖지 않아도 되겠지.'

제니는 말리의 앞발을 잡고 들어 올려 뒷다리로 세운 후 온 방 안을 돌며 춤을 추기 시작했다. "넌 이제 삼촌이 되는 거야!" 제니 가 노래하듯 말했다. 말리는 늘 하는 식으로 반응했다. 이 반응은 펄쩍 뛰어올라 축축한 혀를 제니 입 속에 곧장 집어넣는 것이다.

다음 날 제니가 회사로 전화를 했다. 들뜬 목소리였다. 집에서 해본 시험이 옳았다는 사실을 의사에게 방금 확인받은 다음이었 다. "다 정상이래." 제니가 말했다.

그 전날 밤, 우리는 임신이 된 날을 찾아내기 위해 달력에서 날 짜를 거꾸로 짚어가며 세어보았다. 제니는 몇 주 전 벼룩 박멸작 전을 대대적으로 펼치던 때 이미 임신이 되어 있었는지가 걱정이 었다. 그 엄청난 약품을 뿌리면서 들이마신 게 좋을 리는 없잖은 가? 의사에게 이 말을 했더니 걱정 안 해도 될 거라고 하면서 이제 부터는 벼룩약을 뿌리지 말라고 하더란다. 임산부에게 좋은 비타 민을 처방해주면서 의사는 3주 후에 다시 와서 초음파 검사를 하 자고 했다. 초음파 검사는 제니 뱃속에 있는 태아의 모습을 처음 으로 보여줄 전자 영상처리 기술이다.

"비디오테이프 잊지 말고 가져오래." 제니가 말했다. "그래야 대 를 물려서 보여주지."

나는 탁상일기에 이것을 기록해두었다.

6
멍든 마음

　토박이들은 남플로리다에 사계절이 있다고 한다. 차이가 미묘함을 인정하면서도 어쨌든 분명한 사계절이 있다고 주장한다는 얘기다. 이 말을 믿지 말라. 이곳에 계절이라곤 온화하고 건조한 시기와, 덥고 비가 많은 시기 두 가지뿐이니까. 눈 깜짝할 사이에 건기가 끈적끈적한 우기에 자리를 내줄 무렵의 어느 날, 우리는 우리 집 강아지가 이제는 강아지가 아니라는 사실을 깨달았다. 말리는 마치 겨울이 여름으로 바뀌는 것만큼이나 재빨리 늘씬한 사춘기 소년으로 성장한 것 같았다. 5개월 된 말리는 몸집이 불어나면서 전신을 덮고 있던 노란 털가죽의 주름이 모두 펴졌다. 몸집에 비해 너무 크던 발도 이젠 더 이상 우스꽝스럽지 않았다. 바늘 같던 아기 이빨은 튼튼한 성견成犬의 이로 자라났고, 몇 번만 씹으면 프리스비나 산 지 얼마 안 된 가죽 구두도 완전히 망가뜨릴 수 있었다. 짖는 소리도 우렁차고, 공포감을 줄 정도로 깊이가 묻어났다. 춤추는 러시아 서커스의 곰처럼 뒷다리로 일어서면 앞발을 내 어깨에 올려놓고 내 눈을 똑바로 들여다볼 수 있게 되었다.

말리를 처음 본 수의사는 나지막한 휘파람 소리를 내며 감탄하더니 이렇게 말했다. "이 녀석 엄청나게 자라겠는데요."

실제로 그랬다. 말리는 멋진 개로 컸고, 내가 전에 지은 말리의 공식 이름이 사실에서 그다지 벗어나지 않았다는 것을 제니에게 일깨워주어야 한다는 생각이 들 정도였다. 처칠 거리에 사는 그로건의 위대한 말리. 처칠 거리에서 사는 것만으로도 말리는 '위대한'이라는 수식어에 딱 어울렸다. 어쨌든 꼬리를 물려고 뱅뱅 도는 짓을 하지 않게 되면서 말이다. 가끔 하도 뛰놀아서 완전히 지쳐버릴 때면, 말리는 블라인드 사이로 비스듬히 들어오는 햇빛을 받으며 거실의 페르시아 양탄자 위에 엎드려 있곤 했다. 곧추세운 머리, 반짝이는 코, 몸 앞에서 발을 엇걸고 있는 모습을 보면 이집트의 스핑크스가 생각났다.

변화를 느낀 것은 우리만이 아니었다. 데리고 나가면 사람들은 말리를 피하기 시작했고, 마주치기라도 하면 움찔했다. 그렇다면 이들은 말리를 더 이상 해롭지 않은 강아지로 보지 않는다는 뜻이다. 그러니까 다른 사람들의 눈에 말리는 공포의 대상으로 자란 것이다.

우리 집 현관문에는 가로 10센티미터, 세로 20센티미터 되는 타원형 창문이 눈높이에 달려 있다. 말리는 사람과 함께 있는 것을 워낙 좋아해서 누가 초인종이라도 누르면 온 집안을 가로질러 달려가 현관 가까이에서 슬라이딩 모드로 바뀌면서, 몸을 기울이고 나무로 된 바닥을 지나 작은 양탄자들을 뒤집어엎으며 계속 미끄러져가서 결국 현관문에 쿵, 하고 부딪친다. 여기에 도착하면 뒷다리로 일어서서 마구 짖어대며, 그 큰 머리로 타원형 창문을 가득 채우고는 방문자가 누구든 현관문 반대편에 있는 사람을 정면으로 쳐다본다. 스스로를 집안의 의전 담당자라고 생각하는 말리의 입장에서는 환영의 몸짓이다. 그러나 방문 판매원, 집배원, 아니면 누구든 말리를 모르는 사람들은 스티븐 킹 소설에서 튀어나온 쿠조와 마주친 기분일 것이며(쿠조는 스티븐 킹의 동명의 공포 소설 『쿠조』에 나오는 광견병에 걸린 세인트버나드의 이름으로, 그 개가 온 마을을 피로 물들인다는 줄거리이다_옮긴이), 이 끔찍한 개와 방문자 사이에는 나무로 된 문짝 하나밖에 없다. 초인종을 누르고는 말리의 짖는 얼굴이 유리창을 채우는 모습을 보고 질겁해서 진입로 중간까지 물러나 우리 부부 중 한 사람이 나갈 때까지 기다린 방문객이 한둘이 아니었다.

그런데 우리는 이것이 반드시 나쁘지만은 않다는 사실을 알게 되었다.

우리가 사는 동네는 도시계획 전문가들이 변화 진행 지역이라고 부르는 곳이었다. 당초 1940년대와 1950년대에 추위를 피해온 사람들과 퇴직자들인 최초의 정착자들이 죽자, 다양한 그룹의 근로자 계층과 세입자들이 들어오면서 생기 있는 모습을 띠어갔다. 우리가 이사올 때쯤 이곳은 다시 한번 변화를 겪고 있었다. 이번에는 핑크 분위기의 아르데코 스타일 건축물과, 물가에 있다는 특징 때문에 동성애자들, 예술가들, 젊은 전문직 종사자들이 모여들어 고급스러운 분위기를 만들었다.

우리 집이 있는 블록은 온갖 풍상을 겪으며 버티고 있는 사우스 딕시 하이웨이와 물가에 늘어선 고급주택 동네 사이의 완충구역 역할을 하고 있었다. 딕시 하이웨이는 당초의 유에스원 국도로 플로리다의 동쪽 해안을 따라 달리고 있으며, 인터스테이트 하이웨이가 등장하기 전까지는 마이애미로 가는 주요 통로였다. 사정없이 내리쬐는 햇빛 속에 길게 누운 이 5차선 도로는 편도 2차선으로, 가운데 차선은 양방향 공용 좌회전 차선이었고 길 양쪽에는 조금씩 낡고 보기도 좋지 않은 중고가게, 주유소, 과일가게, 위탁판매장, 식당, 싸구려 여관 등 옛날에나 볼 수 있던 가게들이 늘어서 있었다.

사우스 딕시 하이웨이와 처칠가의 교차점 네 구석에는 각각 주류판매소, 24시간 편의점, 창문에 붉은 쇠창살이 가로질러 있는 수입품가게, 야외에 설치된 빨래방이 자리 잡고 있었다. 빨래방에는 밤늦게까지 사람들이 왔다 갔다 했는데, 다음 날 아침에 보면 종이 봉지에 든 술병이 근처에 굴러다니곤 했다. 우리 집은 이 블록 한가운데에 있었고, 모퉁이에서 여덟 번째 집이었다.

동네는 안전한 것처럼 보였지만 심상치 않은 흔적도 가끔 눈에 띄었다. 정원에 놓아둔 공구가 없어지는가 하면, 드물게 추운 날이 계속되던 때에는 집 바깥벽에 쌓아둔 장작을 누군가가 모조리 쓸어가버리기도 했다. 한번은 일요일 아침에 단골 식당으로 가서 우리가 항상 앉는 창가 자리에 앉아서 식사를 하던 중 제니가 우리 머리 바로 위에 있는 유리의 총알구멍을 가리키며 건조한 투로 이렇게 말했다. "지난번에 여기 왔을 때 저 구멍 분명히 없었어."

하루는 출근을 하려고 차를 몰고 블록을 빠져나오다가 손과 얼굴이 피범벅이 된 남자가 도랑에 누워 있는 것을 보았다. 뺑소니 차에 당했나 싶어서 차를 멈추고 얼른 뛰어가 웅크리고 앉으니, 술 냄새와 지린내가 코를 찔렀다. 그가 말을 시작하자마자 취했다는 것을 분명히 알 수 있었다. 나는 구급차를 부르고 옆에서 기다려주었다. 그러나 구급요원들이 도착하자 그는 치료를 거부했다. 구급요원들과 내가 서서 바라보는 것을 뒤로하고, 이 사람은 비틀거리며 주류판매소 쪽을 향해서 걸어갔다.

어느 날 밤에는 어떤 사람이 좀 다급한 기색으로 우리 집을 찾아와서는 옆 블록에 사는 사람을 찾아가는 중인데 휘발유가 떨어졌다고 하면서 5달러를 빌려달라는 것이었다. 다음 날 아침에 꼭 갚겠다고 하면서. '잘도 갚겠다.' 경찰을 불러주겠다고 했더니, 그는 말도 안 되는 변명을 중얼거리다가 사라졌다.

무엇보다도 심란한 것은 우리 집에서 대각선으로 맞은편에 있는 집에서 일어난 사건이었다. 우리가 이사 오기 겨우 몇 달 전에 그 집에서 살인 사건이 일어났다. 게다가 평범한 살인 사건도 아니고, 거동이 불편한 과부와 전기톱이 등장하는 끔찍한 사건이었다. 모든 매체가 이 사건을 보도했고, 이사 오기 전에 우리는 사건의 진상을 세부적인 내용까지 알고 있었다. 다만 현장의 위치를 제외하고 말이다. 이사를 와보니 범죄 현장의 바로 건너편에 우리 집이 있었다.

피해자는 루스 앤 네더미어라는 퇴직 교사로, 이 동네에 집이 처음 생기기 시작한 때부터 살던 토박이이며 살해될 당시에는 혼자 살고 있었다. 고관절 교체수술을 받은 희생자는 자신을 돌봐줄 간병인을 고용했는데, 이것이 치명적인 실수였다. 경찰이 나중에 밝힌 바에 따르면, 간병인은 피해자의 수표책에서 수표를 몰래 끊은 후 서명을 날조해 사용했다.

피해자는 늙기는 했지만 정신은 맑았으므로, 없어진 수표와 맞지 않는 은행 잔고에 대해 간병인을 추궁하기 시작했다. 공포에 사로잡힌 간병인은 피해자를 몽둥이로 때려 숨지게 하고는 남자친구에게 도움을 청했다. 남자 친구는 전기톱을 가져다가 간병인과 함께 시신을 절단했다. 두 사람은 거대한 트렁크에 절단된 사지를 넣은 후, 욕조를 깨끗이 씻어내고 그 집을 떠났다.

나중에 이웃 사람들에게 이야기를 들으니, 피해자가 실종된 것은 며칠 동안 미스터리였다고 한다. 미스터리는 어떤 남자가 경찰에 전화를 걸어 자기 집 차고에서 끔찍한 냄새가 난다고 신고한 뒤에 풀렸다. 경찰관들은 트렁크를 열어보고 끔찍한 내용물에 경악했다. 집주인에게 이 트렁크가 어디서 났느냐고 묻자, 그는 딸이 트렁크를 보관해달라고 했다며 사실대로 말했다.

이 끔찍한 살인 사건은 우리 블록이 생긴 이래 가장 큰 화젯거리였지만, 우리가 이 집을 사려고 했을 때 아무도 이런 사실을 알려주지 않았다. 부동산업자, 집주인, 건물 검사관도 입을 다물었던 것이다. 이사 온 지 일주일 만에 쿠키나 음식을 들고 찾아온 이웃 사람들에게서 그 이야기를 들었다. 밤에 침대에 누워 있으면, 우리 침실 창문에서 불과 30미터밖에 떨어지지 않은 곳에서 불구의 과부가 온몸을 톱으로 잘렸다는 사실을 생각하지 않을 수 없었다. 면식범의 소행으로 우리에게는 절대로 일어날 리가 없는 사건이었다. 그러나 그 집 앞을 지날 때마다, 창문을 통해 그 집이 눈에 들어올 때마다 사건을 떠올리지 않을 수 없었다.

그런데 말리가 집에 있고, 또 사람들이 말리를 두려운 시선으로 쳐다보기 시작하자, 다른 방법으로는 얻을 수 없는 마음의 평화가 들어섬을 느낄 수 있었다. 말리는 그저 덩치 크고 사랑스러운 멋진 개로, 침입자를 공격한다고 해봐야 죽도록 핥아주기만 할 녀석이었다. 그러나 침입자들이며 공격자들은 이 사실을 알 리가 없다. 그들에게 말리는 덩치 크고, 힘이 세며, 걷잡을 수 없도록 날뛰는 개일 뿐이다. 그리고 우리는 이 사실이 마음에 들었다.

제니는 임신에 잘 적응했다. 그녀는 새벽에 일어나 운동을 하고 말리를 산책시켰다. 식탁은 신선한 야채와 과일이 가득한 건강식으로 차려졌다. 카페인과 다이어트 음료를 멀리했으며, 알코올은 근처에도 가지 않았다. 심지어 내가 요리용 와인 한 스푼을 요리에 넣는 것도 못 하게 했다.

제니와 나는 태아가 충분히 자라서 유산의 위험이 없어질 때까지 임신을 비밀로 하자고 굳게 약속했다. 그러나 둘 다 이 방면에서는 서툴렀다. 너무 신이 난 나머지 매번 아무에게도 이야기하지 말자고 다짐하면서 이 사람 저 사람에게 말을 흘리기 시작했다. 결국 우리의 비밀은 전혀 비밀이 아니게 되었다. 우선 각자의 부모님에게 말씀드렸고, 이어서 형제들에게 이야기했으며, 가까운 친구들, 직장 동료, 이웃 사람들이 뒤를 이었다. 10주가 되자 제니의 배는 조금씩 부풀어 올랐고, 실감도 나기 시작했다. 이 기쁜 일을 세상에 알리지 못할 이유가 뭐란 말인가? 제니의 초음파 검사날이 다가오면 아마 이런 현수막을 내걸어도 좋을 것이다. '존과 제니가 엄마 아빠 된대요.'

의사를 만나기로 한 날 나는 오전 휴가를 내고, 의사가 지시한 대로 비디오테이프를 가지고 갔다. 그래야 엉성한 영상이나마 우리 아기의 첫 사진을 얻을 수 있을 테니까. 이날 의사와의 약속은 반은 검사, 반은 주의사항 전달이었다. 간호사 겸 조산원이 우리에게 배정되어 모든 질문에 대답을 해주고, 제니를 검사하고, 아기의 심장 소리를 듣고, 초음파로 뱃속에 들어 있는 아기의 조그만 몸을 보여주기로 되어 있었다.

제니와 나는 기대에 부풀어서 9시에 병원에 도착했다. 담당 조산원은 영국식 영어를 하는 점잖은 중년 여성으로, 우리를 작은 검사실로 안내하더니 즉시 이렇게 물었다. "아기 심장 소리 들어보실래요?" "물론"이라고 대답했다. 조산원이 스피커가 달린 마이크 비슷한 물건을 제니의 배 위에 대고 움직이는 동안 우리는 정신을 바짝 차리고 기다렸다. 얼굴에 미소를 띤 채 조용히 앉아 작은 심장 소리를 들으려고 정신을 집중했지만, 스피커에서는 지직거리는 소리만 흘러나올 뿐이었다.

조산원은 희귀한 일은 아니라고 말했다. "아기가 어떻게 누워 있는가에 따라 달라요. 아무것도 아닐 때도 있어요. 아직 이를 수도 있구요." 그러고 나서 곧장 초음파를 해보자고 제안했다. "아기를 한번 직접 봅시다." 그녀가 밝은 목소리로 말했다.

"그로건 2세와 오늘 상견례하겠네." 제니가 희색이 만면해서 말했다. 조산원은 제니를 초음파실로 데려가 옆에 모니터 스크린이 달린 검사대에 눕도록 했다.

"테이프 가져왔어요." 테이프를 그녀 앞에서 흔들어대며 내가 말했다.

"지금은 잠시 갖고 계세요." 이렇게 말하면서 간호사는 제니의 셔츠를 걷어 올려 크기와 모양이 하키퍽 비슷한 장치를 제니의 배

위에 올려놓고 움직이기 시작했다. 모니터상에는 형체 없는 회색 덩어리가 보일 뿐이었다. 조산원은 아주 담담한 목소리로 이렇게 말했다. "흠, 이 방법으로는 아무것도 볼 수가 없겠네요. 질을 통한 초음파 검사를 해봅시다. 그렇게 하면 더 잘 볼 수 있으니까요."

방에서 나간 조산원은 얼마 후 키가 크고 금발을 탈색한 데다 손톱에는 이름의 이니셜을 써넣은 간호사를 데리고 돌아왔다. 에시라는 이름의 이 간호사는 제니에게 팬티를 벗으라고 하더니, 라텍스로 표면이 덮인 장치를 제니의 질 속에 집어넣었다. 그녀의 말은 옳았다. 방금 한 초음파 검사보다 이쪽이 훨씬 더 선명했다. 간호사는 온통 회색의 바다인 영상 속에서 조그마한 것을 잡아내서 초점을 맞추었다. 그러고는 마우스를 클릭해서 확대하고, 한 번 더 클릭해서 또 한 번 확대했다. 그리고 또다시 확대했다. 그러나 이렇게 확대를 했는데도 문제의 자루는 그저 텅 비고 형체 없는 양말처럼 보일 뿐이었다. 임신 관련 책자에는 10주면 조그만 팔다리가 보인다는데 팔다리는 어디 있을까? 머리는? 뛰고 있는 심장은 어느 것인가? 고개를 옆으로 돌려 스크린을 바라보던 제니는 아직도 기대에 부풀어 간호사를 바라보며, 긴장 섞인 웃음과 함께 이렇게 물었다. "뭐가 있기는 한 거예요?"

에시의 얼굴을 바라보니 그녀의 대답은 우리가 듣고 싶은 것이 아니라는 사실을 알 수 있었다. 갑자기 계속 마우스를 클릭해서 영상을 확대하면서도 왜 그녀가 아무 말 하지 않았는지 알 수 있었다. 그녀는 감정을 억누르며 제니에게 이렇게 대답했다. "임신 10주 차에 볼 수 있는 영상은 아니군요." 나는 제니의 무릎에 손을 얹었다. 그리고 우리는 마치 우리의 의지로 그것에 생명을 불어넣을 수 있다는 듯 뚫어지게 스크린 속의 점을 바라보았다.

"제니, 문제가 있는 것 같군요." 에시가 말했다. "셔먼 선생님을 모셔올게요."

말없이 기다리는 동안, 나는 사람들이 왜 기절하기 직전에 메뚜기떼가 하늘에서 쏟아지는 것 같다고 말하는지를 알 것 같았다. 머리에서 피가 빠져나가는 느낌이었고, 귀에서 윙윙거리는 소리가 들렸다. 그리고 이런 생각이 들었다. '지금 앉지 않으면 쓰러져버릴 거야.' 얼마나 창피한가? 아내는 꿋꿋하게 현실을 견디고 있는데 바닥에 쓰러진 남편을 간호사들이 스멜링 솔트(탄산암모니아가 주성분인 약품으로, 냄새를 맡고 정신을 차리게 하는 데 쓰인다_옮긴이)로 깨우려고 하는 장면을 상상해보라. 진찰 침대 가장자리에 반쯤 걸치고 앉아 한 손으로 제니의 손을 잡고 다른 손으로 목을 쓰다듬어주었다. 제니의 눈에는 눈물이 고여 있었지만 울지는 않았다.

셔먼 선생은 키가 크고 품위 있어 보이는 사람으로, 무뚝뚝하지만 정중해 보였다. 의사는 태아가 죽었음을 확인해주었다. "살아 있으면 심장이 뛰는 게 보이죠." 의사가 말했다. 부드러운 목소리로 그는 책에서 읽어 이미 알고 있는 얘기, 그러니까 임신 6건 중 1건은 유산된다는 이야기를 해주었다. 그리고 이것은 약하고, 미숙하고, 심각하게 기형인 태아를 걸러내는 자연의 섭리라는 말도 덧붙였다. 제니가 벼룩 사냥을 걱정한 것을 기억해낸 모양인지 의사는 유산이 우리가 뭔가를 하거나 하지 않는 것과는 관계가 없다고 말해주었다. 그는 제니의 뺨에 손을 대고는 마치 키스라도 할 듯 몸을 굽혔다. "안됐군요." 의사가 말했다. "몇 달 뒤 다시 시도해 보세요."

우리는 그저 그 자리에 말없이 앉아 있었다. 우리 옆 의자에 놓인 공테이프가 갑자기 낭패감을 더해주는 것 같았다. 우리는 얼마나 맹목적이고 순진하게 다 잘될 걸로 믿었던가? 테이프를 없애 버리고 싶은 심정이었다. 아니 숨기기라도 하고 싶었다. 나는 의사에게 물었다. "이제 어떻게 하죠?"

"태반을 제거해야 돼요." 의사가 말했다. "몇 년 전만 해도 이렇게 일찍 유산 사실을 알 수 없었죠. 그저 출혈이 시작돼야 알 수 있었으니까요."

의사는 지금 하든지, 아니면 주말 동안 좀 쉬고 월요일에 다시 와서 해도 된다고 말해주었다. 이 작업은 진공 장치를 이용해 자궁에서 태아와 태반을 제거하는 것으로 낙태와 똑같은 과정이다. 그러나 제니는 이 사태를 빨리 과거지사로 하고 싶었다. 나도 마찬가지였다. "빠를수록 좋아요." 제니가 대답했다.

"그럼 좋습니다." 셔먼 선생이 말했다. 복도 끝에서 의사가 출산을 앞둔 임산부에게 재미있는 농담을 하며 반기는 소리가 들려왔다.

둘만 남은 방에서 제니와 나는 서로를 힘껏 끌어안았으며, 가벼운 노크 소리가 날 때까지 계속 그러고 있었다. 한 번도 본 적이 없는 나이 든 여성이 들어왔다. 서류 뭉치를 들고 온 그녀는 제니에게 "안됐어요, 새댁. 너무 안됐어"라고 말했다. 그러고 나서 그녀는 제니에게 태반 적출 수술의 위험을 인지한다는 서류 이곳저곳에 서명하라고 했다.

돌아온 셔먼 선생은 일을 착착 진행했다. 우선 제니에게 발리움을 투여하고 이어서 데메롤을 맞혔다. 이런 절차는 약간 고통스럽긴 하지만 신속하게 진행되었다. 약효가 돌기도 전에 일을 끝낸 것 같았다. 조치가 끝나자 제니는 진정제 기운이 제대로 퍼지면서 거의 의식을 잃은 채 누워 있었다. "숨을 계속 쉬는가만 살피면 돼요." 이렇게 말하면서 셔먼 선생은 방을 나갔다. 나는 이 말을 믿을 수가 없었다. 숨을 계속 쉬는지 살피는 것은 의사의 일이 아닌가? 제니가 서명한 서류 어디에도 "환자는 바르비투르산염 과용으로 인해 아무 때나 호흡을 멈출 수 있다"는 조항은 없었다. 어쨌든 나는 의사가 시킨 대로 제니에게 큰 소리로 말을 걸기도 하고, 가볍게 뺨을 때리기도 하고, 이렇게 말하기도 했다. "여보, 내 이름이 뭐야?" 제니는 아무 반응이 없었다.

몇 분 뒤 에시가 머리를 들이밀었다. 에시는 제니의 잿빛 얼굴을 보자마자 재빨리 몸을 돌려 뛰어나가더니 금방 젖은 수건과 스멜링 솔트를 들고 나타났다. 에시는 스멜링 솔트를 제니의 코 밑에 갖다댔고, 내 느낌으로는 한참이나 지나서야 제니가 겨우 잠깐 반응을 보였다. 나는 계속 제니에게 큰 소리로 이야기를 하면서, 내 손에 느낌이 올 정도로 숨을 깊이 쉬어보라고 말했다. 제니의 피부는 잿빛이었다. 맥박을 재어보니 1분에 60번 뛰고 있었다. 나는 젖은 수건으로 제니의 이마, 뺨, 목을 꼭꼭 눌러주었다. 결국 제니는 아주 어지러운 상태였지만 정신이 돌아왔다. "걱정했어." 내가 말했다. 제니는 도대체 내가 왜 걱정했는지 알아내기라도 하려는 듯 멍한 표정으로 바라보더니 다시 정신을 잃었다.

30분쯤 후 제니는 간호사의 도움을 받으면서 옷을 입었고, 우리는 다음과 같은 의사의 지시를 받은 뒤 병원을 나섰다. 앞으로 2주간 목욕, 수영, 샤워를 하지 말아야 하며, 탐폰도 쓰지 말고 섹스도 하지 말라.

그동안 제니는 줄곧 문에 기대어 창밖을 바라보며 침묵을 지키고 있었다. 눈은 빨갰지만 울고 있지는 않았다. 뭔가 위로의 말을 건네려고 했지만 잘 되지 않았다. 사실 무슨 말을 할 수 있단 말인가? 우리 아기를 잃었는데. 물론 한 번 더 해보자고 말할 수도 있었다. 다른 부부들도 같은 일을 겪는 경우가 적지 않다고 말할 수도 있었다. 그러나 이것은 제니가 듣고 싶은 이야기가 아니었고, 나도 얘기하고 싶지 않았다. 언젠가 옛이야기를 할 때가 오겠지만, 지금은 아니었다.

나는 집에 가는 길을 경치가 좋은 쪽으로 택했다. 병원이 있는 웨스트팜비치 북쪽 끝으로부터 우리 집이 있는 남쪽 끝까지 강을 따라 이어지는 플래글러 드라이브를 따라 달렸다. 강물이 햇살을 튕겨내고 있었고, 야자나무는 구름 한 점 없는 파란 하늘 아래 부드럽게 흔들리고 있었다. 놀기에 딱 좋은 날이었지만, 우리만은 예외였다. 제니와 나는 말없이 집으로 돌아왔다.

집에 도착하자마자 제니를 부축해서 집 안으로 들어가 소파에 눕힌 뒤, 말리가 기다리는 차고로 갔다. 말리는 항상 그런 것처럼 눈이 빠지게 우리를 기다리고 있었다. 녀석은 나를 보자마자 가죽으로 만든 개껌을 덥석 집어 물더니 의기양양하게 몸을 흔들며 방 안을 돌아다녔다. 꼬리는 마치 북채처럼 세탁기를 쉴 새 없이 두들겨댔다. 말리는 뼈를 빼앗아보라는 시늉을 했다.

"오늘은 아냐, 말리." 이렇게 말하면서 뒷문을 열고 밖으로 내보냈다. 말리는 비파나무에 대고 한참 오줌을 누더니, 곧장 집으로 들어와 사방에 물을 튀기며 물통에서 물을 실컷 마신 후, 거실로 돌아와 제니를 찾았다. 나는 뒷문을 잠그고 바닥에 흘린 물을 걸레로 닦아내고는 말리를 쫓아 거실로 들어갔다. 그 사이에 걸린 시간은 몇 초도 되지 않았다.

거실에 들어서자마자 멈춰 설 수밖에 없었다. 도저히 믿을 수 없는 광경이 눈앞에 펼쳐져 있었다. 항상 날뛰는 말리가 어깨를 제니 다리 사이에 끼우고는 큼직하고 뭉툭한 머리를 제니 무릎 위에 올려놓고 있었다. 꼬리는 축 늘어져 있었는데, 이 꼬리가 우리 두 사람 중 하나 아니면 무엇인가를 치지 않는 모습을 본 것은 이때가 처음이었다. 눈을 제니 쪽으로 향한 말리는 작은 소리로 낑낑대고 있었다. 제니는 말리의 머리를 몇 번 쓰다듬더니, 갑자기 얼굴을 말리 목의 두툼한 털가죽에 파묻으며 흐느끼기 시작했다. 창자를 짜올리듯 격렬하고 멈출 수 없는 흐느낌이었다.

사람과 개는 그런 모습으로 한참 있었다. 말리는 석상처럼 꼼짝도 하지 않았고, 제니는 마치 거대한 인형처럼 말리를 껴안고 있었다. 나는 마치 둘만의 시간을 방해하는 엿보기꾼처럼 옆에 서 있었다. 어떻게 해야 할지 알 수가 없었다. 한참을 그러고 있던 제니는 얼굴을 들지도 않은 채 내 쪽을 향해 팔을 뻗었고, 나는 소파에 앉아 있는 그녀의 몸을 감싸 안았다. 우리 셋은 그렇게 서로를 껴안은 채로 슬픔을 나누었다.

7
주인과 종

토요일인 그다음 날 아침, 새벽에 잠을 깨니 제니가 내 쪽으로 등을 대고 옆으로 누운 채 조용히 흐느끼고 있었다. 말리도 잠에서 깨어 침대 매트리스에 턱을 걸치고는 다시 한번 여주인과 슬픔을 나누고 있었다. 나는 일어나서 커피를 타고, 신선한 오렌지 주스를 짠 뒤 신문을 들여오고, 토스트를 구웠다. 몇 분 뒤에 잠옷을 입고 나타난 제니는 보송보송한 눈으로 꿋꿋하게 미소를 지어 보였다. 마치 이제 괜찮다는 듯이.

아침 식사를 끝낸 우리는 말리를 물가로 데려가 헤엄을 치게 해 주기로 했다. 물이 가까이에 있기는 했지만, 대형 콘크리트 방파제가 버티고 있는 데다 물가 여기저기에 큰 돌무더기가 있어서 들어갈 수가 없었다. 그런데 남쪽으로 대여섯 블록만 내려가면 방파제가 땅 쪽으로 굽어든 부분이 있고, 떠내려가던 나무가 여기저기 흩어진 조그만 모래밭이 나타난다. 개가 뛰어놀기에는 안성맞춤이다. 조그만 백사장에 도착하자 나는 말리의 눈앞에서 막대기를 흔들고는 목줄을 풀어주었다. 말리는 마치 굶주린 사람이 빵 한 덩이를 바라보듯 막대기에서 시선을 떼지 못했다. "집어와!" 이렇게 외치며 나는 물을 향해 있는 힘껏 막대기를 던졌다. 말리는 한 달음에 콘크리트 벽을 넘더니 모래밭을 달려가 얕은 물로 뛰어들었고, 물보라를 일으키며 내달렸다. 이것이야말로 래브라도레트리버의 천성에 맞는 일이다. 이것은 유전자에 새겨져 있으며, 사람을 위해 하는 일도 원래 이런 것이었다.

래브라도레트리버가 어떻게 해서 생겨났는지는 분명히 알려져 있지 않지만, 래브라도에서 생겨나지 않은 것만은 확실하다. 근육질에다 털이 짧고 물에 잘 뛰어드는 이 개는 1600년대에 래브라도에서 남쪽으로 수백 킬로미터 떨어진 뉴펀들랜드에서 처음 나타난 것으로 기록되어 있다. 당시의 관찰자들이 남긴 기록에 따르면, 뉴펀들랜드의 어부들은 작은 고깃배에 이 개들을 태우고 가서 어망을 끌어 올리거나 낚시로 잡은 물고기를 가져오는 일을 시켰다. 래브라도레트리버의 털은 빽빽하고 기름지기 때문에 얼음물에서도 버틸 수 있었으며, 수영 실력이 뛰어나고 지칠 줄 모르는데다 물고기 살을 짓이기지 않을 정도로 가볍게 물어오는 재주도 있어서 북대서양 어장의 혹독한 상황에서 일하는 개로는 안성맞춤이었다.

이 개들이 어떻게 뉴펀들랜드에 있게 되었는지는 알 수 없다.

이들은 뉴펀들랜드 토종도 아니지만, 그렇다고 이곳에 정착한 에스키모들이 래브라도레트리버를 데리고 왔었다는 증거도 없다. 가장 그럴듯한 이론은 유럽과 영국의 어부들이 뉴펀들랜드까지 왔을 때, 배에서 뛰어내려 해안에 무리를 짓고 살기 시작한 개들이 이들의 조상이라는 설이다. 이 개들 사이의 무작위적인 상호 교배 끝에 오늘날의 래브라도레트리버가 만들어졌다는 얘기다. 아마 오늘날의 래브라도레트리버는 덩치가 더 크고 털도 덥수룩한 뉴펀들랜드종과 같은 조상에서 나왔을지도 모른다.

근원이야 어쨌든 뉴펀들랜드섬의 사냥꾼들은 놀라운 능력을 가진 이 개들에게 잡힌 새나 물새를 가져오는 일을 시켰다. 1662년 뉴펀들랜드의 세인트존스라는 곳에 살던 토박이 W. E. 코맥은 섬 전체를 걸어서 둘러본 후 래브라도레트리버가 아주 흔한 것을 알아내고 이렇게 썼다. "이 개들은 잡힌 새를 찾아오는 일(영어로 to retrieve는 '회수하다'라는 뜻으로, 레트리버는 '회수해오는 개'라는 의미다_옮긴이)에 놀랍도록 잘 훈련되어 있으며……그 밖에도 쓸모가 많다." 영국인들도 결국 래브라도레트리버의 유용함을 알아냈고, 19세기 초가 되자 영국 사냥꾼들은 꿩, 뇌조, 자고 등의 사냥에 쓰기 위해 이 개들을 들여오기 시작했다.

1931년 래브라도레트리버의 혈통 보존을 목적으로 창립된 애호가 그룹인 래브라도레트리버 클럽에 따르면, 이 개의 이름은 지리에 어두웠던 것으로 보이는 맘스버리 제3대 백작이 1830년대쯤 부클류치 제6대 공작에게 편지를 보내 자신의 뛰어난 레트리버를 자랑하며 래브라도를 언급한 데서 비롯되었다고 한다. 백작은 "우리는 항상 이 개들을 래브라도 개라고 부릅니다"라고 썼다. 그때 이후 이 이름이 굳어졌다는 얘기다. 백작은 아울러 "이 종의 혈통을 가능하면 처음과 똑같이 유지하기 위해" 큰 노력을 기울였음을 덧붙였다. 그러나 다른 사람들은 백작처럼 순수 혈통에 신경을 쓰지 않았고, 오히려 뛰어난 특징을 서로 교환할 수 있으리라는 희망을 품고 래브라도 개들을 다른 레트리버와 교배시켰다. 세월이 지나도 래브라도의 유전자는 끝까지 살아남아 혈통을 유지했으며, 결국 1903년 7월 7일 영국의 케널 클럽은 래브라도레트리버를 독립된 하나의 종으로 인정하기에 이르렀다.

오랫동안 래브라도레트리버를 교배해온 애호가인 B. W. 지소는 래브라도레트리버 회지에 이렇게 썼다. "미국의 엽사들은 영국으로부터 이 종을 들여와 수렵의 필요성에 적합하도록 이들을 개발하고 훈련시켰다. 과거와 마찬가지로 오늘날에도 래브라도레트리버는 미네소타주의 얼음처럼 차가운 물에 들어가 총에 맞아 떨어진 새를 물어온다. 아니면 미국 남서부의 땡볕 속에서 하루 종일 비둘기 사냥에 투입되기도 한다. 이들이 받는 보수라고는 일 잘했다고 주인이 툭툭 두들겨주는 것뿐이다."

이것이 말리의 자랑스런 혈통이며, 말리는 적어도 이러한 특징의 절반은 물려받은 것 같았다. 말리는 표적을 쫓는 데는 귀신같았지만 잡은 것을 가져오는 데 대해서는 생각이 달랐다. 말리의 태도는 보통 이런 식이었다. '이 막대기가 그렇게 필요하면 주인님이 직접 물에 뛰어들어서 가져오시구려.'

말리는 막대기를 입에 물고 모래밭으로 돌아왔다. 나는 손뼉을 치며 이렇게 외쳤다. "이리 가져와!" 그러고는 "잘했어, 막대기는 날 줘!"라고 소리쳤다. 말리는 평소처럼 신이 나서 온몸을 흔들며 깡충거리다가 몸을 부르르 떨어 나에게 물과 모래 벼락을 안겨주었다. 그러더니 놀랍게도 막대기를 내 발치에 떨어뜨리는 것이었다. '아쭈, 제법이네?' 나는 호주 소나무 밑의 벤치에 앉아 있는 제니를 돌아보며 엄지손가락을 들어 보였다. 그런데 몸을 구부려 집어 들려고 하니 아니나 다를까, 말리는 막대기를 재빨리 낚아채더니 이리저리 돌며 모래밭 위로 도망다니는 것이었다. 한 번은 휙돌며 거의 나와 부딪힐 뻔하면서 쫓아오라는 몸짓을 했다. 나는 몇 번 녀석에게 달려들었지만 속도와 민첩성에서 상대가 되지 못했다. 난 이렇게 소리쳤다. "넌 래브라도레트리버야. 래브라도 도망꾼이 아니란 말야!"

그러나 나에게는 말리가 갖지 못한 것이 있었으니, 그것은 바로 진화의 결과 내 근육보다 적어도 조금 성능이 좋은 머리였다. 나는 막대기를 또 하나 집어 들고 요란을 떨기 시작했다. 머리 위로 들어 올리기도 하고, 한 손에서 다른 손으로 던지고 받기를 하다가 이쪽저쪽으로 휘두르기도 했다. 입에 물고 있는 막대기를 지키겠다는 말리의 결심이 무너져가는 모습이 보였다. 조금 전까지만 해도 세상에서 가장 자랑스런 전리품이었던 막대기가 갑자기 위력을 잃기 시작했다. 내 손에 잡힌 막대기가 말리를 유혹하고 있었기 때문이다. 말리는 조금씩 기어서 내 코앞까지 다가왔다. "사냥감이 계속 생기네. 안 그러니, 말리?" 이렇게 말하면서 나는 막대기를 말리의 코에 대고 문질렀다. 그러자 말리는 표적에서 시선을 떼지 않으려고 사팔뜨기가 되면서까지 막대기를 노려보았다.

물고 있는 막대기를 잃지 않고도 새 막대기를 얻을 방법을 생각하느라 말리의 머릿속에서 분주히 돌아가고 있는 톱니바퀴 소리가 들리는 듯했다. 단숨에 일석이조를 성취할 작전을 짜느라 말리의 윗입술이 떨리고 있었다. 나는 다른 한 손으로 말리의 입에 물려 있는 막대기를 꼭 잡았다. 막대기를 당기니 말리도 으르렁거리며 당겼다. 나는 두 번째 막대기를 말리의 콧구멍에 대고 눌렀다. "갖고 싶잖아." 내가 속삭였다. 유혹은 참을 수 없는 수준이 되었고, 막대기를 문 말리의 입에서 힘이 빠져나가는 것을 느낄 수 있었다. 드디어 말리가 생각을 행동으로 옮겼다. 말리는 첫 번째 것을 소유하면서 두 번째 것을 잡으려고 입을 벌렸다. 눈 깜짝할 사이에 나는 막대기 두 개를 모두 머리 위로 높이 올렸다. 말리는 몸을 돌리며 허공으로 솟아올라 짖어댔으며, 이렇게 정교한 작전이 어떻게 참담한 실패로 돌아갔는가를 알 수 없다는 표정이었다. "이래서 내가 주인이고 네가 개인 거야." 내가 말해주었다. 그러자 말리는 다시 한번 내 얼굴에 물과 모래를 흩뿌렸다.

나는 막대기 두 개 중 하나를 물을 향해 던졌고, 말리는 미친 듯 짖으며 달려나갔다. 이제 말리는 한 수 배웠다. 이번에는 조심스럽게도 내 근처에 오지 않으려 하는 것이었다. 말리는 막대기를 입에 물고 10미터쯤 떨어져서는 새로운 목표에 시선을 고정하고 있었다. 그 목표란 다름이 아니라 아까 말리가 물고 있던 첫 번째 막대기였다. 이제 목표는 내 머리 위에 얹혀 있었다. 말리의 머릿속에서 톱니바퀴가 다시 돌아가기 시작했다. '이번에는 주인님이 막대기를 던질 때까지 그냥 기다려야지. 그럼 주인님은 0개, 나는 2개야.' 나는 이렇게 말했다. "넌 내가 바보라고 생각하지, 말리?" 나는 몸을 뒤로 젖혔다가 과장된 소리를 크게 내지르며 물을 향해 있는 힘껏 막대기를 던졌다. 말할 것도 없이 말리는 막대기를 입에 꽉 문 채 물을 향해 돌진했다. 그런데 사실 나는 던지는 척만 했을 뿐이다. 말리가 이를 알아챘을까? 녀석은 강을 절반이나 건너고 나서야 막대기가 아직도 내 손안에 있다는 사실을 알아차렸다.

"잔인해!" 제니가 벤치에서 소리쳤다. 돌아보니 웃고 있었다. 모래밭으로 올라온 말리는 완전히 지쳐 벌렁 누워버렸지만, 막대기는 여전히 꽉 물고 있었다.

나는 말리에게 내 손에 있던 막대기를 보여주면서, 이것이 지금 입에 물린 것보다 얼마나 더 좋은가를 깨닫게 해주었다. 그러고는 이렇게 말했다. "뱉어!" 이어서 막대기를 던질 듯 팔을 뒤로 뺐더니 녀석은 멍청하게도 벌떡 일어나더니 다시 물을 향해 달려갔다. 말리가 돌아오자 나는 다시 한번 뱉으라고 명령했다. 몇 번을 반복했더니 결국 알아들었다. 물려 있던 막대기가 땅으로 떨어지자, 나는 들고 있던 막대기를 공중으로 날려주었다. 말리와 나는 이 과정을 여러 번 반복했고, 말리는 매번 내 생각을 좀 더 이해하는 것 같았다. 조금씩 내 의도가 말리의 두꺼운 두개골을 뚫고 스며들었다. 막대기를 나에게 갖다주면 새 막대기를 던져주는 패턴이 이해된 것이다. "이건 직장에서 선물 교환하는 것과 비슷해." 내가 말했다. "너도 내놓아야 받는다는 말이야." 말리는 펄쩍 뛰더니 모래투성이 입으로 내 입을 눌러댔다. 나는 이 제스처를 알아들었다는 뜻으로 이해했다.

지쳐 떨어진 말리는 제니와 나를 따라 집으로 돌아오면서 생전 처음으로 목줄을 당기며 앞으로 나가지 않았다. 나는 말리와 내가 오늘 해낸 것에 대해 우쭐해 있었다. 사실 이보다 앞서 몇 주 동안 제니와 나는 말리에게 기본적인 매너와 사회성을 가르치려고 했지만 거의 진전이 없었다. 마치 야생마를 길들여 본차이나 찻잔으로 차를 마시게 하려는 것과도 비슷했다. 한동안 나는 내가 설리번 선생이고 말리가 헬렌 켈러인 것 같다는 생각도 했다. 세인트숀이 생각났다. 당시 나는 열 살짜리 어린애였는데도 좋은 개가 되기 위해 필요한 모든 것을 숀에게 가르칠 수 있었다. 이번에는 내가 뭘 잘못하고 있는지 궁금할 정도였다.

그런데 오늘의 막대기 놀이로 약간의 희망이 생겼다. "여보." 내가 제니에게 말했다. "말리가 말귀를 좀 알아듣기 시작했나봐."

제니는 우리 옆에서 터덜터덜 걷고 있는 말리를 내려다보았다. 말리는 여전히 물과 모래범벅이었고, 입에는 침이 거품을 이루고 있었으며, 힘겹게 얻은 막대기를 여전히 꽉 물고 있었다. "난 별로 그런 것 같지 않은데." 제니가 말했다.

다음 날 아침 나는 또 한 번 제니가 조용히 흐느끼는 소리에 잠을 깼다. "여보." 이렇게 말하며 나는 한쪽 팔로 제니를 안아주었다. 제니가 얼굴을 내 가슴에 기대자, 눈물이 티셔츠를 적시는 것을 느낄 수 있었다.

"난 괜찮아. 정말 괜찮아……난 그저……알잖아."

물론 알고 있었다. 꿋꿋한 척하려 했지만 나도 묵직한 상실감에 시달리기는 마찬가지였다. 이상한 느낌이었다. 겨우 48시간 전만 해도 우리는 아기를 가졌다는 기쁨에 들떠 있었는데. 그러나 지금은 마치 제니가 임신을 전혀 하지 않은 것 같은 모양이 되고 말았다. 임신으로부터 유산에 이르는 전 과정이 마치 우리 두 사람이 깨어나지 못해 허우적대는 꿈속의 일처럼 느껴졌다.

그날 저녁에 나는 말리를 차에 태우고 식품점에 들렀고, 약국에서는 제니에게 필요한 것 몇 가지를 샀다. 집으로 돌아오는 길에 꽃집 앞에 잠시 차를 세운 나는 꽃병에 꽂힌 커다란 봄 꽃다발을 샀다. 이걸 보면 제니의 기분도 좋아지겠지. 나는 꽃다발을 뒷 좌석 말리 옆에 놓고 쓰러지지 않도록 안전벨트로 묶어두었다. 펫숍 앞을 지나다가 나는 말리도 뭔가를 사줘야겠다는 생각이 들었다. 어쨌든 헤어날 수 없는 슬픔에 빠진 제니를 나보다 더 잘 위로한 게 말리 아니던가. "얌전히 있어! 금방 올게." 가게로 뛰어들어간 나는 큼지막한 개껌을 하나 사들고 그 길로 돌아 나왔다.

몇 분 뒤 집에 도착하자 제니가 우리를 맞으러 나왔고, 말리도 차에서 튀어나와 제니 쪽으로 달려갔다. "당신 놀라게 해줄 거 갖고 왔어." 내가 말했다. 그러나 뒷좌석으로 고개를 돌린 순간, 놀란 사람은 나였다. 꽃다발에는 하얀 데이지, 노란 국화, 여러 가지 색의 백합, 밝은 빨간색 카네이션이 섞여 있었다. 그런데 유독 카네이션이 보이지 않았다. 자세히 들여다보니 카네이션은 모두 목이 잘린 채 줄기만 남아 있었다. 다른 꽃들은 그대로였다. 말리를 노려보니 녀석은 솔 트레인(흑인 전문 노래 방송. 음악상으로 유명하다_옮긴이) 무대로 나갈 것처럼 춤을 추고 있었다. "이리 와!" 내가 소리쳤다. 가까스로 녀석을 잡아 억지로 입을 열어보니, 범죄의 분명한 증거가 입속에 있었다. 동굴 같은 말리의 입속 뒤편에 씹는담배 덩어리처럼 들러붙어 있는 것은 바로 빨간 카네이션 한 송이였다. 다른 카네이션 몇 송이는 벌써 목구멍을 넘어간 모양이었다. 녀석을 죽이고 싶었다.

제니를 올려다보니 뺨에 눈물이 흐르고 있었다. 그런데 이번에는 너무 웃어서 나온 눈물이었다. 세레나데를 불러주기 위해 마리아치 밴드(멕시코의 길거리 악단_옮긴이)를 비행기로 데려왔어도 제니가 이렇게 좋아하지는 않았을 것이다. 나도 웃을 수밖에 없었다.

"저놈의 강아지." 내가 중얼거렸다.

"어차피 난 카네이션 대단히 좋아하지도 않아." 제니가 말했다.

말리는 우리가 웃고 좋아하는 것을 보더니 너무나 기쁜 나머지 뒷다리로 벌떡 일어나 브레이크 댄스를 추었다.

다음 날 아침 나는 브라질 후추나무 잎 사이로 쏟아져 들어온 햇살에 눈을 떴다. 시계를 보니 8시가 다 되었다. 제니를 돌아보니 평화롭게 자고 있었다. 제니는 길고 천천히 숨을 쉬었고, 이에 따라서 가슴이 조용히 오르락내리락했다. 나는 제니의 머리에 입을 맞추고 허리에 팔을 두른 후 다시 잠에 빠져들었다.

8
힘겨루기

말리가 6개월도 채 되지 않았을 때쯤 우리는 말리를 개 훈련소에 보내기로 했다. 훈련은 녀석에게 반드시 필요했다. 물론 그날 강가에서 막대기 훈련이 성공을 거두어 돌파구가 보이기는 했지만, 말리는 여전히 골치 아픈 녀석이었다. 둔하고 드세며 주의가 산만한 데다 넘치는 에너지를 스스로 주체하지 못했다. 제니와 나는 말리가 다른 개들과는 다르다는 사실을 깨달아가고 있었다. 한 번은 아버지가 오셨는데, 녀석이 아버지 무릎에 대고 교미하는 시늉을 했다. 아버지는 이렇게 말씀하셨다. "이 녀석은 나사가 하나 빠졌어." 전문가의 도움이 절실해졌다.

우리 수의사는 화요일 저녁마다 군사훈련장 뒤 주차장에서 기본 훈련을 제공하는 개 훈련 클럽이 있음을 알려주었다. 이곳의 교관들은 클럽에 소속된 무급 자원봉사자들로, 아마추어들이긴 하지만 자기 집 개 정도는 상당한 수준에 올려놓았을 것이 틀림없는 본격파 조련사들인 것 같았다. 교육은 주 1회 8주간 계속되었으며 비용은 50달러 정도였는데, 이 정도면 싸다는 생각이 들었다. 말리 녀석은 30초면 50달러짜리 구두 한 켤레를 완전히 망가뜨릴 수 있으니까 말이다. 여기서 교육이 끝나고 나면 래시(소설 『돌아온 래시』의 주인공 개로, 영화와 TV 드라마로도 만들어졌다_옮긴이)처럼 뛰어난 개가 된 말리를 데리고 집으로 갈 수 있을 것이다. 접수창구로 가니 말리가 속할 반을 담당할 여자가 우리를 맞이해주었다. 그녀는 근엄하고 진지한 조련사로, 교정이 되지 않는 개는 없으며 그저 의지가 약하거나 운이 나쁜 주인만 있을 뿐이라는 신념을 가진 사람이었다.

첫 시간에는 그녀의 신념이 맞아떨어지는 것 같았다. 미처 차에서 내리기도 전에 말리는 주인들과 함께 아스팔트에 늘어서 있는 다른 개들을 보았다. 신난다! 말리는 우리를 건너뛰어 차 밖으로 날아가더니 목줄을 질질 끌며 마구 내달렸다. 말리는 이 개에서 저 개로 돌아다니며 사타구니를 쿵쿵거리거나, 오줌을 싸거나, 침덩어리를 공중으로 흩날리곤 했다. 말리에게 이곳은 냄새의 축제장이었다. 쿵쿵거릴 사타구니는 많고 시간은 없고. 말리는 쫓아가는 내가 한 발짝만 뒤떨어지도록 거리를 잘 유지하면서 파티를 즐기고 있었다. 거의 잡았다 싶으면 1미터 정도 펄쩍 뛰어 달아났다. 드디어 말리가 사정거리 안으로 들어왔고, 나도 펄쩍 뛰어 두 발로 녀석의 목줄을 밟았다. 목줄이 홱 당겨지면서 갑자기 멈추는 바람에 나는 말리의 목이 부러지지 않았나 잠시 걱정했다. 말리는 몸이 뒤로 젖혀져서 등을 아래로 한 채 땅으로 떨어졌다가 몸을 일으켜 나를 바라보았다. 말리의 눈빛은 방금 헤로인을 맞은 마약 중독자처럼 나른해 보였다.

그동안 조련사는 줄곧 우리를 째려보고 있었다. 내가 옷을 홀랑 벗고 아스팔트 위에서 춤을 추었어도 그렇게까지 째려보지는 않았을 것이다. "자리 잡으세요." 그녀가 퉁명스럽게 말했다. 제니와 내가 함께 말리를 끌고 자리를 향해 가는 것을 본 조련사는 이렇게 덧붙였다. "누가 훈련을 맡을 것인지 결정하세요." 내가 집에서 제대로 말리를 훈련시킬 수 있도록 둘 다 이 과정에 참여하고 싶다고 말하려 하니, 그녀는 내 말을 자르며 이렇게 대답했다. "개는 말이죠." 단정적인 목소리로 그녀는 말을 이었다. "한 사람의 주인만을 섬깁니다." 내가 반박을 하려고 입을 열려는데, 그녀는 아까 그 째려보기로 입을 막았다. 아마 같은 째려보기로 개들에게 말을 듣게 하는 모양이었다. 그래서 나는 마치 꼬리를 다리 사이에 끼우는 개가 된 듯한 기분으로 옆으로 물러났다. 그리고 제니 주인님이 말리와 함께 섰다.

아마도 이것은 실수였던 것 같다. 말리는 벌써 제니보다 훨씬 힘이 세고, 자기가 그렇다는 사실을 알고 있었다. '지배녀'라고나 불러야 할 조련사가 애완견에 대해 지배권을 확보하는 것이 얼마나 중요한가를 말하기 시작한 지 얼마 되지 않아 건너편에 있는 푸들을 좀 더 자세히 관찰해야겠다는 생각이 든 말리는 제니를 질질 끌며 곧 생각을 실천에 옮겼다.

다른 개들은 모두 3미터 간격으로 주인 옆에 얌전히 앉아 다음 지시를 기다리고 있었다. 제니는 똑바로 서서 말리를 멈추려고 용감히 싸웠지만, 말리는 끄떡도 하지 않고 제니를 질질 끌며 주차장을 가로질러 예쁜 푸들의 사타구니 킁킁대기라는 목적을 달성하기 위해 달렸다. 제니는 마치 모터보트 뒤에 매달린 수상스키 선수 같았다. 사람들은 모두 둘을 쳐다보았다. 낄낄거리는 사람도 있었다. 나는 차라리 눈을 가려버렸다.

말리는 공식 교육을 받을 체질이 아니었다. 드디어 푸들 옆에 착륙한 말리는 즉시 코를 푸들의 다리 사이에 밀어 넣었다. 아마 이것은 수캐가 암캐에게 이렇게 말하는 방법인 것 같았다. "저, 여기 자주 오세요?"

말리가 푸들에 대한 산부인과 검사를 완전히 끝내고 나서야 제니는 녀석을 끌고 제자리로 갈 수 있었다. 지배녀가 차분한 목소리로 말했다. "여러분, 지금 저 개는 자신이 집단의 우두머리라고 생각하는 것을 방치한 사례입니다. 지금 이 순간 주도권을 잡고 있는 것은 개입니다." 그 말을 증명이라도 하듯 말리는 꼬리를 물려고 돌기 시작했다. 있는 힘껏 돌며 말리는 안 물리는 꼬리를 향해 허공에 대고 위아래 턱을 마주치기도 했다. 결국 돌다보니 목줄이 제니의 발목에 감겨 결국 제니가 꼼짝 못 하게 되었다. 나는 질겁했다. 내가 그 자리에 있지 않은 것이 다행이었다.

조련사는 우선 '앉아' 명령으로부터 수업을 시작했다. 제니는 단호한 목소리로 "앉아"라고 말했다. 그러면 말리는 뒷다리로 벌떡 일어나 제니의 어깨에 앞발을 올려놓는 것이었다. 제니가 엉덩이를 눌러 땅바닥에 앉힐라치면 이번에는 벌렁 누워 배를 긁어달라는 것이었다. 제자리로 끌고 가려고 하면 목줄을 입에 물고 마치 비단 구렁이와 레슬링이라도 하듯 좌우로 흔들어댔다. 보는 것만으로도 너무나 괴로웠다. 한번은 제니가 배를 깔고 아스팔트 바닥에 엎드렸고, 말리는 제니 위에 서서 신이 난다는 듯 헐떡이고 있었다. 나중에 들어보니까 제니는 '앉아' 명령의 시범을 보인 것이었다.

수업이 끝나고 제니와 말리가 내 곁에 오자, 지배녀가 우리를 가로막으며 이렇게 말했다. "저 개 정말 어떻게 하셔야겠네요." 그녀의 표정에는 비웃음이 깔려 있었다. '충고 고맙구려. 우리가 다른 개들이랑 개 주인들에게 코미디 쇼나 보여주려고 여기 등록했는 줄 아슈?' 우리 부부는 아무 말도 하지 않았다. 그저 부끄러움으로 가득 차서 차로 돌아가 말없이 집으로 돌아왔다. 차 안에서 나는 소리라고는 말리가 생전 처음 학교 구경을 하고 난 뒤 한껏 흥분된 마음을 가라앉히느라 헐떡이는 소리뿐이었다. 한참 후에 내가 말했다. "한 가지 알아낸 게 있어. 말리는 학교를 아주 좋아하는군."

그다음 주에는 제니는 집에 남겨둔 채 나 혼자 말리를 데리고 갔다. 아마 이 집에서 우두머리 수캐하고 그나마 가장 가까운 존재가 나일 것이라고 했더니, 제니는 잠시 갖고 있던 주인과 지휘자의 직함을 기꺼이 포기했고, 개 훈련소에 다시는 얼굴을 내밀지 않겠다고 맹세했다. 집을 떠나기 전에 나는 말리를 벌렁 눕혀놓고 일어서서 녀석을 내려다보며 내가 낼 수 있는 가장 위협적인 말투로 이렇게 말했다. "내가 왕이야! 네가 아니란 말이야! 알았어, 이 놈아?" 녀석은 꼬리로 바닥을 탕, 치더니 내 손목을 핥아댔다.

이날의 수업 과목은 주인 뒤를 따라 얌전히 걷는 것이었다. 내게는 이 수업이 매우 중요했다. 사실 나는 말리가 한 걸음 내디딜 때마다 승강이하는 데 지쳤다. 말리는 벌써 고양이를 쫓아가느라고 제니를 획 잡아당겨 제니의 무릎이 온통 까진 적이 있었다. 이제 말리는 조용히 우리 옆에서 걸을 줄 알아야 한다. 나는 훈련소에서 우리 자리를 찾아갈 때까지 개 앞을 지날 때마다 말리의 목줄을 잡아당겨가며 겨우 자리를 잡았다. 지배녀가 각 사람에게 양쪽 끝에 철로 된 고리가 용접되어 있는 짤막한 쇠줄을 가져다주었다. 그리고 그녀는 이 장치를 비밀무기로 활용해서 개들을 힘 안 들이고 얌전히 걷게 할 수 있다고 했다. '초커 체인choker chain'이라고 불리는 사슬은 놀랍도록 단순했다. 개가 주인 옆에서 얌전히 걸어 줄이 팽팽히 당겨지지 않은 상태라면 사슬은 목에 그냥 늘어져 있다. 그러나 앞으로 튀어나가거나 옆으로 빠져나가면 사슬이 올가미처럼 팽팽해지면서 사정없이 목을 조여 말을 듣게 만든다. 지배녀는 확신을 갖고 이렇게 말했다. "얼마 지나지 않아서 여러분의 개는 말을 듣든지 질식사하든지 선택해야 한다는 사실을 깨달을 것입니다." 악랄하지만 재미있겠다는 생각이 들었다.

초커 체인을 머리에 씌우려 했더니 녀석은 고리를 덥석 물어버렸다. 그래서 입을 억지로 벌리고 다시 한번 시도했다. 그러자 녀석은 또다시 물었다. 다른 개들은 모두 사슬을 착용했다. 그리고 모두 기다리고 있었다. 나는 한 손으로 녀석의 주둥이를 잡고 다른 손으로 집어넣으려고 해보았다. 그랬더니 몸을 뒤로 빼면서 다시 입을 벌리고 제 눈에는 은색 뱀으로 보이는 그 물건을 또 물려고 하는 것이었다. 결국 사슬을 녀석의 머리로 통과시키는 데는 성공했지만, 이번에는 땅바닥에 벌렁 눕더니 몸부림을 치며 사지를 허공으로 내뻗고 머리를 좌우로 흔들어, 결국 체인을 다시 입에 물고 말았다. 선생을 올려다보며 나는 이렇게 말했다. "사슬이 맘에 드나보네요."

교육받은 대로 말리를 일으켜 세우고 사슬을 입에서 빼냈다. 그리고 역시 교육받은 대로 말리의 엉덩이를 눌러 자리에 앉히고는 옆에 섰다. 내 왼쪽 다리가 말리의 오른쪽 어깨에 닿아 있었다. 셋을 세면 다음과 같이 말하기로 되어 있었다. "말리, 따라와!" 이렇게 말하면서 왼발(오른발이 절대로 아니다)을 내디디라는 것이다. 이때 말리가 옆길로 새면 목줄을 잠깐씩 단호하게 잡아채서 제자리로 돌아오게 한다는 것이 교육 내용이었다. "자, 셋을 세겠습니다."
지배녀가 말했다. 말리는 흥분으로 몸을 떨고 있었다. 반짝이는
동그란 물체가 목에 걸리니 신이 나는 모양이었다. "하나, 둘, 셋!"

"말리, 따라와!" 내가 명령했다. 한 발짝을 내딛자마자 말리는
마치 항공모함에서 이륙하는 전투기처럼 튀어나갔다. 목줄을 잡
아채자 사슬이 조여드는 바람에 심하게 캑캑거렸다. 말리는 잠시
얌전해졌지만, 사슬이 늦춰지자마자 숨이 좀 막혔던 것 따위는 말
리 뇌의 한구석을 차지하고 있다가 곧 과거 속으로 사라져버렸다.
녀석은 다시 앞으로 튀어나갔다. 나는 당연히 목줄을 당겼고 말리
는 한 번 더 캑캑거렸다. 주차장 끝까지 가는 동안 우리는 이 짓을
반복했다. 말리는 튀어나가고, 나는 당기고, 매번 강도는 더 높아
졌다. 말리는 캑캑거리거나 헐떡거렸고, 나는 투덜대며 땀을 흘리
고 있었다.

"그 개 좀 어떻게 해보세요!" 지배녀가 소리쳤다. 안 그래도 나
도 온 힘을 다해 그렇게 해보려고 했지만, 이 수업이 말리에게 먹
혀들지 않았다. 그리고 내가 보기에 이 수업이 먹혀들기 전에 말
리가 질식해버릴 것 같았다. 그런데 다른 개들은 주인 곁에서 얌
전히 걸었고, 가끔씩 길에서 벗어나도 지배녀가 가르쳐준 방법에
따라 제자리로 돌아갔다. "제발 말 좀 들어라, 말리." 내가 속삭였
다. "가문의 체면이 달린 일이야."

조련사는 모두에게 다시 줄을 맞춰서 한 번 더 해보라고 했다.

이번에도 말리는 눈이 튀어나올 정도로 목이 졸리면서도 아스팔트 위를 미친 듯이 헤집고 다녔다. 반대쪽 끝에 도착하자 지배녀는 전체 앞에서 말리와 나를 '어떻게 하면 안 되는가'의 예로 들었다. 그녀가 손을 내밀며 짜증 섞인 투로 말했다. "자, 시범을 보여드릴게요." 목줄을 건넸더니 그녀는 말리를 쉽게 끌어다 제자리에 데려다놓았고, 앉으라고 명령하면서 초커를 당겼다. 그랬더니 말리는 얌전히 앉아서 선생을 기대에 찬 눈초리로 올려다보는 것이었다. '젠장.'

목줄을 우아하게 당기면서 지배녀는 말리와 함께 출발했다. 그러나 그 순간 말리는 마치 썰매 끄는 선두 개처럼 튀어나갔다. 그녀는 물론 줄을 힘껏 당겨 말리의 균형을 빼앗았다. 말리는 나동그라져 헐떡대다가 다시 앞으로 튀어나갔다. 말리는 마치 조련사의 팔을 겨드랑이로부터 뽑아내려는 것 같았다. 당혹스러워해야 했지만, 오히려 나는 사실이 증명되었을 때 느껴지는 기이한 형태의 만족감을 맛보고 있었다. 당신이라고 별수 있겠어. 사람들은 낄낄대기 시작했고, 나는 뒤틀린 자존심이 가져다주는 기쁨을 누렸다. '우리 개는 아무한테나 다 저런다구. 나한테만 그런 게 아니야.'

이제 나만 바보가 아니라는 사실이 증명되었으므로, 나에게 이 장면은 차라리 구경거리였다. 말리와 조련사는 주차장 끝까지 갔다가 몸을 돌려 가다 서다를 반복하며 내 쪽으로 향했다. 지배녀는 화가 나서 얼굴이 뒤틀렸고, 말리는 말로 표현할 수 없을 정도로 신이 나 있었다. 여자는 미친 듯이 줄을 당겨댔고, 말리는 입에 거품을 뿜으면서 더 심하게 힘껏 앞으로 나아갔다. 말리는 아마 선생과 자기가 새로 개발한 줄다리기를 즐기고 있는 것이 분명했다. 내가 시야에 들어오자 말리의 신바람은 최고조에 달했다. 거의 초자연적인 아드레날린의 힘으로 말리는 나를 향해 돌진했고, 선생은 넘어지지 않기 위해 힘껏 달려야 했다. 끝내 말리는 평소와 다름없이 신바람이 나서 나에게 힘껏 부딪치고 나서야 멈추었다. 선생은 마치 내가 보이지 않는 선을 넘었고, 이제 그 선을 다시 넘어갈 수는 없다는 뜻이 담긴 표정으로 나를 노려보았다. 말리는 개와 개 훈련에 대해 그녀가 이제까지 한 모든 이야기를 웃음거리로 만들었다. 그러니까 조련사를 공개적으로 모욕한 것이다. 선생은 내게 목줄을 건네더니 다른 사람들과 개들 쪽으로 돌아서면서 마치 이 불행한 사태가 일어난 적도 없다는 듯 말했다. "자, 여러분 셋을 셀 테니까……."

수업이 끝난 후 선생은 나에게 할 이야기가 있으니 잠깐 기다리라고 했다. 그녀가 다른 학생들의 질문에 참을성 있게 대답하는 동안 말리와 나는 옆에서 기다렸다. 마지막 사람까지 떠나자, 그녀는 나에게 돌아서더니 이제는 좀 타협적인 어조로 이렇게 말했다. "선생님의 개는 체계적인 복종훈련을 받기에는 아직 어린가봐요."

"저희 개가 좀 버겁죠?" 똑같이 꼴사나운 지경을 당한 사람들 사이의 동지의식 같은 것을 느끼며 내가 말했다.

"이 개는 아직 준비가 안 됐어요." 그녀가 말했다. "좀 더 커야죠."

그제야 나는 그녀의 의도를 알아채기 시작했다. "그러니까 지금 그 말씀은……."

"다른 개들에게 방해가 돼요."

"그러니까 우리를……."

"너무 쉽게 흥분해요."

"쫓아낸다는 건가요?"

"앞으로 6개월이나 8개월이 지나면 아무 때나 다시 데려오실 수 있어요."

"그러니까 쫓아낸다는 거죠?"

"수업료는 전액 환불해드리겠어요."

"쫓아낸다는 거네요."

"네." 마침내 그녀가 대답했다. "쫓아낸다는 거예요."

말리는 마치 사람들의 대화를 알아듣기라도 한 듯 한쪽 다리를 들더니, 조련사의 다리에서 몇 센티미터도 떨어지지 않은 지점에 엄청난 오줌을 쏟아냈다.

사람은 가끔 화가 나야 비로소 진지해지는 경우가 있다. 지배녀가 나를 화나게 만들었다. 내 개는 외모가 뛰어난 순수 혈통 래브라도레트리버다. 맹인을 안내하고, 재난에 빠진 사람을 구조하고,

사냥꾼들을 도와주고, 바다의 파도 속에서 물고기를 물어 올리는 모든 작업을 영리하게 해낼 수 있는 자랑스런 종의 일원인 것이다. 어떻게 감히 지배녀 따위가 두 시간 만에 내 개를 쫓아낼 수 있단 말인가. 그래, 말리가 좀 설치기는 한다. 하지만 말리는 악의라고는 바늘 끝만큼도 없는 녀석이다. 나는 지배녀에게 그로건이 키우는 처칠 거리의 위대한 말리가 절대 포기하지 않는 녀석임을 증명하기로 작정했다. 웨스트민스터 애완견 대회에서 보자.

다음 날 아침 일찍 나는 말리를 뒷마당으로 데리고 갔다. "감히 그로건 집안 자식을 훈련소에서 쫓아낼 수 있는 인간은 없어." 내가 말했다. "훈련시킬 수가 없다구? 누가 훈련이 불가능한지를 보자." 말리는 위아래로 펄쩍펄쩍 뛰었다. "말리, 할 수 있지?" 말리가 온몸을 흔들었다. "안 들려! 할 수 있지?" 이번에는 말리가 짖었다. "그거야. 자, 이제 시작하자."

우선 '앉아' 명령부터 시작했다. 앉아 명령은 말리가 아주 새끼 때부터 시작했고, 이제 상당히 잘되는 명령이었다. 말리를 내려다보며 우뚝 서서 최대한 우두머리 개의 표정을 흉내 내며 단호하고도 조용한 목소리로 앉으라고 명령했다. 말리가 앉았다. 나는 칭찬을 해주었다. 이 연습을 몇 번 반복했다. 이어서 우리는 '엎드려' 명령으로 옮겨갔다. 이것도 둘이 오래 해본 것이었다. 말리는 흥미진진하다는 표정으로 내 눈을 들여다보면서 목을 앞으로 빼고 다음 명령을 기다렸다. 나는 천천히 손을 공중으로 올려 멈췄고, 말리는 명령을 기다리고 있었다. 손을 획, 하고 내리면서 손가락으로 딱, 소리를 내며 땅바닥을 가리키면서 이렇게 말했다. "엎드려!" 말리는 퍽, 소리가 나도록 땅바닥으로 떨어져 내렸다. 박격포탄이 뒤에서 터진다고 해도 그렇게 납작 엎드릴 수는 없을 것이다. 포치에 앉아 커피를 마시고 있던 제니가 이 광경을 보더니 "포탄이다!"라고 외쳤다.

'엎드려'를 몇 번 반복한 후, 다음 단계인 '이리 와' 명령으로 넘어가기로 했다. 이것은 말리에게는 특히 어려운 명령이다. 오는 것은 문제가 아니다. 말리에게 어려운 것은 얌전히 앉아서 우리가 오라고 할 때까지 기다리는 부분이다. 주의가 산만한 우리 개는 주인들 옆에 찰싹 들러붙지 못해서 안달이었기 때문에 우리와 떨어진 상태에서 얌전히 앉아 있는 것을 견디지 못한다.

나는 말리를 '앉아' 자세에서 나를 향하게 한 뒤 말리와 시선을 서로 고정했다. 눈을 떼지 않은 상태에서 나는 한 손을 들어 올린 후, 마치 건널목 안전 도우미처럼 내 앞에 정지시키고는 "거기 있어"라고 말하며 한 걸음 뒤로 떼어놓았다. 말리는 나에게 들러붙을 기회만 노리며 초조한 시선으로 꼼짝 않고 있었다. 네 발자국째 뒤로 가자, 말리는 더 이상 참지 못하고 앞으로 튀어나와 내게 달려왔다. 나는 말리를 야단치고 다시 시도했다. 그렇게 몇 번을 반복했다. 매번 나는 말리가 가만히 있는 상태에서 조금씩 더 뒤로 갈 수 있게 되었다. 결국 나는 발을 말리 쪽으로 뻗은 채 15미터까지 떨어졌다. 그러고는 기다렸다. 말리는 흥분에 몸을 떨며 그 자리에 그대로 있었다. 말리 몸 안에서 힘이 솟구치는 것이 느껴졌다. 마치 폭발 직전의 화산 같았다. 그러나 말리는 버텼다. 나는 열까지 세었다. 그래도 꼼짝 않고 있었다. 시선은 내게 고정되어 있었고, 근육은 꿈틀거렸다. '오케이. 고문 끝.' 나는 손을 내밀며 외쳤다. "말리, 이리 와!"

녀석이 나에게 돌진해오는 동안 나는 쭈그리고 앉아 손뼉을 치며 칭찬해주었다. 마당을 마구 뛰어다니지 않을까 생각했지만, 녀석은 직선으로 내게 달려왔다. '이거야!' 그때부터 말리는 "이리 와"라고 하면 곧장 나에게로 달려왔다. "천천히, 말리." 내가 말했다. 말리는 계속 내게로 달려왔다. "천천히!" 말리는 이 장난에 몰입해서 황홀한 표정으로 달려왔고, 부딪치기 직전 나는 말리가 통제 불능 상태라는 사실을 깨달았다. 황급히 나는 마지막 명령을 쏟아냈다. "멈춰!" 쿵! 말리는 전혀 속도를 늦추지 않은 채 내게 돌진했고, 나는 비틀거리며 뒤로 넘어져 땅바닥에 세게 부딪쳤다. 몇 초 뒤 눈을 떠보니 말리는 네 발로 내 몸을 누르고는 가슴에 올라타 기를 쓰고 얼굴을 핥고 있었다. '나 어땠어요 주인님?' 엄밀히 말하면 말리는 명령을 그대로 따랐을 뿐이다. 일단 나한테까지 오면 멈추라는 훈련을 시키지 않은 것은 내 잘못이니까.

"그래, 임무를 잘 완수했다!" 신음소리와 함께 내가 내뱉은 말이었다.

제니가 부엌 창문으로 내다보며 이렇게 외쳤다. "나 출근해! 이따 나갈 때 창문 닫는 거 잊지 마. 비 온대." 샤워를 하고 나도 출근했다.

그날 밤 집에 와보니 제니가 문간에서 나를 기다리고 있었다. 첫눈에 화가 났음을 알 수 있었다. "차고에 좀 가봐." 제니가 말했다.

차고 문을 열고 들어서니, 우선 풀죽은 모습으로 카펫 위에 엎드려 있는 말리가 눈에 들어왔다. 그 순간 녀석의 주둥이와 앞발이 성하지 않다는 것을 알 수 있었다. 평소에는 밝은 노란색이던 털이 피가 엉겨 붙어 진한 갈색으로 변해 있었다. 말리에게서 시선을 떼어 차고를 둘러보니 저절로 숨이 훅, 하고 쉬어졌다. 결코 무너뜨릴 수 없는 우리의 벙커인 차고가 엉망이 되어 있었기 때문이다. 조각 카펫들은 갈가리 찢겨졌고, 콘크리트 벽의 페인트는 죄다 벗겨졌으며, 엎어진 다림질판에는 너덜너덜해진 천 조각들이 늘어져 있었다. 최악은 내가 서 있던 문간으로, 목재 분쇄기의 공격을 당한 듯한 모습이었다. 문은 두께의 절반까지 패였고, 나뭇조각이 반경 3미터의 반원 안에 어지러이 널려 있었다. 문설주의 아래쪽 1미터 정도는 아예 사라져 눈에 띄지도 않았다. 말리가 앞발과 주둥이로 필사적으로 긁어댄 벽 이곳저곳에는 피가 흘러내린 자국들이 남아 있었다. "이런 젠장." 나는 화가 났다기보다는 놀라서 중얼거렸다. 그러자 건너편 집에서 전기톱으로 살해당한 네더미어 부인이 떠올랐다. 마치 범죄 현장의 한가운데에 서 있는 느낌이었다.

제니의 목소리가 뒤에서 들려왔다. "점심 먹으러 집에 왔을 때는 다 멀쩡했어. 그런데 꼭 비가 올 것 같더라구." 직장으로 돌아가보니 장대비와 천둥 번개를 동반한 폭풍우가 몰려오더라는 것이다. 특히 천둥은 어찌나 심한지 마치 가슴을 얻어맞는 듯한 느낌이었단다.

두어 시간쯤 후 집으로 돌아와보니, 말리가 필사적인 탈출 시도 끝에 스스로 만들어낸 폐허 속에서 완전히 공포에 질려 서 있었단다. 하도 불쌍해서 소리도 못 질렀다는 얘기다. 게다가 상황은 이미 끝난 다음이었다. 야단을 쳐봤자 왜 야단맞는지 알지도 못했을 것이다. 그런데 이 집에 얼마나 공을 들였던가? 그 생각을 하니 새 집이 마구 망가진 모습이 너무 가슴이 아팠던 제니는 말리도, 이 상황도 혼자서 감당할 수가 없었다. "아빠 올 때까지 기다려!" 제니는 말리에게 이렇게 위협적으로 말하고는 차고 문을 닫았다.

저녁을 먹으면서 우리가 '미쳐 날뛰기'라고 이름 지은 상태를 분석해보았다. 내 짐작으로는 혼자 있는데 폭풍이 몰아쳐 공포에 질린 말리가 '문밖으로 나가 집 안으로 들어가면 살 수 있겠다'고 생각한 것이다. 아마 말리는 까마득한 조상인 늑대로부터 물려받은 본능을 따랐으리라. 그래서 사람 같았으면 중장비를 동원해야 해낼 수 있는 일을 필사적이고도 효율적으로 수행했던 것이다.

설거지를 끝낸 후 나와 제니는 말리가 있는 차고로 갔다. 녀석은 정상으로 돌아와 있었고, 씹는 장난감을 하나 물어다가 우리 주변을 팔짝팔짝 뛰며 줄다리기를 하자고 했다. 제니는 내가 말리를 꼭 붙잡고 있는 동안 스펀지로 털에 묻은 녀석의 피를 닦아주었다. 말리는 제가 만들어놓은 난장판을 치우는 우리의 모습을 바라보며 연신 꼬리를 흔들어댔다. 우선 조각 카펫과 다림질판 커버를 내다버렸고, 문에서 떨어져 나온 나뭇조각을 치웠으며, 벽에 묻은 피를 닦은 후, 차고 내부를 수리하려면 어떤 재료가 필요한지 목록을 만들었다. 사실 이 작업은 말리의 생애가 끝날 때까지 내가 해야 했던 무수한 수리 작업의 시작에 불과했다. 말리는 자신이 시작한 리모델링 작업을 우리가 거들어준다고 생각한 모양인지 신바람이 났다. "너무 좋아하지 마." 이렇게 야단치듯 말했지만 그날 밤은 집 안에서 재웠다.

9
수컷의 본성

개에게는 훌륭한 수의사가 필요하다. 잘 훈련된 전문가의 도움을 받아야 개가 건강하고 튼튼하며, 질병에 대한 면역력을 잘 유지하는 상태에서 살 수 있다. 개를 처음 키우기로 작정한 사람에게도 무료로 조언을 해주고 안심시켜줄 수의사가 필요하다. 많은 수의사가 이러한 조언에 시간을 기꺼이 쏟아붓는다. 제니와 나는 좋은 수의사를 만나기까지 몇 번의 시행착오를 거쳤다. 한 사람은 워낙 바빠서 동물병원에 가보면 항상 고등학생 또래의 조수가 우리를 맞이해주었다. 또 한 사람은 워낙 나이가 많아서 치와와와 고양이를 구별 못 할 것이 틀림없다는 생각이 들 정도였다. 또 다른 사람은 돈 많은 팜비치의 상속녀들과 이들이 기르는 손바닥만 한 개들에게만 관심이 있었다. 그러다가 드디어 이상형의 의사를 만났다. 이름이 제이 뷰탄이었는데, 모두들 제이 선생님이라고 불렀다. 제이 선생은 젊고 총명하며 전문지식이 있는 데다 매우 친절했다. 그는 뛰어난 정비사가 차에 대해서 알 듯 직관적으로 개들을 알고 있었다. 그리고 물론 개를 좋아했지만 인간과 주객이 전도되도록 개를 떠받드는 사람도 아니었다. 처음 몇 달 동안 우리는 그의 번호를 저장해놓고 수시로 전화를 걸어 쓸데없는 걱정을 상담하곤 했다. 말리의 다리 관절 부위가 거칠게 각질처럼 변하기 시작하자, 나는 말리가 희귀한 전염성 피부 질환에 걸린 것이 아닌가 걱정이 되었다. "안심하세요." 제이 선생이 말했다. "방바닥에 자주 엎드리다보니 못이 박인 거니까." 하루는 말리가 입을 쩍 벌리며 하품을 할 때 보니 혀 뒤쪽에 기이한 자주색 반점 같은 것이 눈에 띄었다. '세상에, 암이로구나.' 나는 생각했다. 카포시 육종(피부에 생기는 드문 종양_옮긴이)이 입안에 생긴 거야. "안심하세요, 모반(태어날 때부터 있는 점_옮긴이)일 뿐이니까."

어느 날 오후 제니와 나는 점점 심해져가는 말리의 천둥 번개 노이로제에 대해 제이 선생과 이야기를 하고 있었다. 지난번에 차고 안을 엉망으로 만들어놓은 것은 그냥 한 번 있는 일이라고 믿고 싶었지만, 알고 보니 그날의 사건은 평생을 두고 계속되는 공포 반응의 시작일 뿐이었다. 래브라도는 뛰어난 사냥개로 유명하지만, 웬일인지 우리는 샴페인 병 터지는 소리보다 조금이라도 큰 소리가 나면 죽도록 무서워하는 래브라도를 만난 것이다. 폭죽 소리, 자동차 엔진이 '뻥' 하는 소리, 총소리 등을 말리는 모두 무서워했다. 그중에서도 천둥이 으뜸이었다. 폭풍우가 닥칠 기미만 보여도 말리는 완전히 움츠러들었다. 제니와 내가 집에 있으면 우리에게 몸을 찰싹 붙이고는 끝없이 떨면서 침을 흘려댔으며, 공포에 찬 눈을 사방으로 굴리면서 귀는 뒤로 붙이고 꼬리는 다리 사이에 꼭 끼우고 있었다. 천둥이 칠 때 혼자 두면 자기가 안전하다고 생각되는 곳으로 가는데, 방해가 되는 물건을 모두 망가뜨려놓았다. 어느 날 구름이 몰려들기 시작할 때쯤 제니가 집에 들어와보니, 말리가 겁에 질린 모습으로 세탁기 위에 올라가서는 발톱으로 에나멜 칠이 된 세탁기 위판을 두들기며 탭댄스를 추고 있었다. 어떻게 올라갔는지, 애당초 왜 올라가고 싶어 했는지는 전혀 알 수 없었다. 사람도 어처구니없는 짓을 하지만 우리가 아는 한 개도 마찬가지였다.

제이 선생은 노랗고 조그만 알약이 들어 있는 병을 내게 건네며 말했다. "폭풍이 불면 주저하지 말고 먹이세요." 그것은 안정제였는데, 제이 선생의 말에 의하면 "말리의 두려움을 덜어줄" 약이었다. 제이 선생은 이 약의 진정 효과의 도움을 받아 말리가 폭풍에 좀 더 차분하게 대처할 수 있을 것이고, 결국 천둥이 해롭지 않은 큰 소리일 뿐임을 알게 될 것이라고 했다. 그리고 선생은 천둥에 대한 공포는 개들에게 흔히 있으며, 습한 여름철 몇 달 동안은 거의 매일 오후 천둥과 번개를 동반한 폭풍이 전역을 훑고 가는 플로리다 같은 곳에서는 특히 그렇다고 했다. 말리는 빨리 약물에 의존하는 삶을 시작하고 싶기라도 한 듯 내 손안의 약병에 대고 쿵쿵거렸다.

제이 선생은 말리의 목을 긁어주면서 뭔가 말을 할 듯 입술을 달싹이고 있었다. 어떻게 시작해야 할지 모르는 모양이었다. 잠시 뜸을 들이더니 드디어 그가 입을 열었다. "중성화 수술에 대해 한번 진지하게 생각해보실 때가 된 것 같군요."

"중성화요?" 내가 되물었다. "그러니까……." 나는 말리의 뒷다리 사이에서 덜렁거리고 있는 우스꽝스럽도록 거대한 고환을 내려다보았다.

제이 선생도 그쪽으로 시선을 두더니 고개를 끄덕였다. 아마 내가 움찔하는 모습을 보이기라도 한 듯 선생은 재빨리 말을 이었다. "아프지 않아요, 그리고 개 자신이 훨씬 편해져요." 제이 선생은 말리가 얼마나 애먹이는 개인지 훤히 알고 있었다. 우리는 그에게 말리의 모든 것을 이야기했으며, 그는 참담한 실패로 끝난 개 훈련소, 희한한 바보짓, 망가뜨리는 습관, 주의산만함 등을 모두 알게 되었다. 7개월 된 말리는 최근 저녁 식사에 초대받은 손님을 비롯하여 움직이는 것은 모두 붙들고 교미하는 시늉을 시작했다. "중성화를 하면 넘치는 성적 에너지가 제거되어 더 행복하고 차분해질 겁니다." 선생이 말했다. 그리고 그는 수술을 한다고 해서 말리의 밝은 성격이 영향을 받지는 않을 것임을 분명히 덧붙였다.

"글쎄요, 모르겠네요. 워낙 돌이킬 수 없는 일이라서……." 내가 말했다.

그런데 제니는 전혀 망설이지 않았다. "그냥 해버리자."

"2세는 어떡하고?" 내가 물었다. "혈통을 이어가야지." 비싼 교배료를 받는 장면이 눈앞에 어른거렸다.

이번에도 제이 선생은 조심스럽게 말을 꺼냈다. "좀 더 현실적으로 생각해보셔야 할 것 같습니다. 말리는 그 댁에는 더없이 좋은 개지만, 교배용으로 인기가 있을 만한 특징도 갖추고 있는지는 확신할 수 없군요." 말은 최대한 정중하게 했지만 표정까지 감추지는 못했다. 그 얼굴은 마치 이렇게 외치고 있는 것 같았다. '하느님 맙소사! 미래 세대를 위해 자연의 실수가 세습되는 일은 기필코 막아야 한다!'

생각해보겠다고 말하면서 방금 받은 안정제를 챙긴 후 우리는 집으로 향했다.

이때쯤, 그러니까 우리가 말리의 중성화를 생각해보고 있을 때쯤 제니는 유례없이 적극적으로 나의 남성성을 요구하기 시작했다. 셔먼 선생은 임신을 다시 시도해도 괜찮다고 말해주었다. 제니는 마치 올림픽에 출전하는 선수처럼 외골수로 이 과업에 매진했다. 피임을 그만두고 임신이 되면 좋고 아니면 말고라는 식으로 관계를 갖던 날들은 과거지사가 되어버렸다. '수정 전쟁'에서 공격의 주도권을 잡은 것은 제니였다. 작전 수행을 위해 제니는 탄

약 보급로를 장악하고 있는 주요 우방인 내 도움이 필요했다. 대부분의 남자들처럼 나도 열다섯 살 때부터 깨어 있는 시간의 대부분을 어떻게 하면 여자에게 같이 잘 만한 남자로 보일까를 생각하며 지내왔다. 그리고 이제 내가 같이 잘 만한 남자라는 데 의견을 같이하는 여자를 찾아냈다. 나는 기뻐 날뛰어야 했다. 태어나서 처음으로 내가 여자를 원하는 것보다 나를 더 원하는 여자가 생긴 것이다. 남자에겐 천국이 아닐 수 없다. 애원도 구걸도 할 필요가 없어진 것이다. 최고의 종견처럼 나를 찾는 사람이 생겼다는 얘기다. 신바람이 나야 했다. 그런데 갑자기 이 모든 것이 일, 그것도 스트레스를 받는 일이 되어버렸다. 제니가 나에게서 갈망한 것은 즐겁게 장난치며 노는 것이 아니라 아기였다. 그렇다면 나에게는 수행해야 할 과제가 생긴다. 진지한 업무가 되어버린 것이다. 가장 즐거운 활동인 섹스가 하루아침에 기초체온 측정 결과, 생리주기와 배란일을 표시한 달력 같은 것에 따라 움직이는 임상 훈련이 되어버렸다. 마치 여왕의 시종이 된 기분이었다.

이렇게 되니 섹스나 세금 정산이나 다를 것이 없었다. 약간의 힌트만 주어도 신이 나서 달려드는 내 모습에 제니는 익숙해 있었고, 여전히 그렇다고 믿었다. 예를 들어 음식물 쓰레기 분쇄기를 고치고 있을라치면 제니가 달력을 들고 부엌으로 와서는 이렇게 말하는 것이었다. "지난번 생리를 17일에 했으니까, 가만있자……." 그러고는 잠시 계산을 해보더니, "그럼 지금 해야 돼!"

그로건 집안의 남자들은 스트레스를 잘 견디지 못하며, 나도 예외가 아니다. 내가 남자로서 겪을 수 있는 가장 부끄러운 사태, 그러니까 일을 치르지 못하는 사태를 겪는 것은 시간문제였다. 이런 일이 한번 벌어지자 그걸로 끝이었다. 나는 자신감을 잃었다. 한번 이렇게 되면 또 이렇게 될 수 있음을 나는 알고 있었다. 악순환이 시작되었다. 남편으로서의 의무에 대해 걱정할수록 항상 자연스럽게 해오던 일을 느긋하게 할 수가 없어졌다. 그때부터 혹시 제니를 자극할까 두려워 신체적 접촉으로 친밀감을 나타내는 행동을 억누르기 시작했다. 그리고 끔찍한 공포가 시작되었다. 이러다 언젠가 제니가 나에게 자기 옷을 갈기갈기 찢고 덮쳐달라고 할까봐 두려웠던 것이다. 오지의 수도원에서 금욕 생활을 하며 남은 생을 보내는 것도 나쁘지 않다는 생각이 들 지경이었다.

제니는 쉽게 포기하려 하지 않았다. 제니는 사냥꾼이었고, 내가 사냥감이었다. 어느 날 아침, 집에서 10분 거리에 있는 신문사의 웨스트팜비치 사무실에서 일을 하고 있는데, 제니가 자기 사무실에서 전화를 했다. '집에서 점심을 같이 먹자고? 단둘이 아무도 없이?'

"그보다 어디 식당에서 만나지." 내가 제안했다. 아주 붐비는 식당. 직장 동료 몇 명도 끼우고. 양가 어머니들도 모시면 더욱 좋겠지.

"그냥 집으로 와." 제니가 말했다. "재미있을 거야." 그러더니 목소리를 깔면서 거의 속삭이듯 이렇게 덧붙이는 것이었다. "오늘이 좋은 날 같아. 내가……보기에는……배란을 하는 것 같거든." 공포의 물결이 전신을 훑었다. '맙소사, 이젠 ㅂ으로 시작하는 단어도 듣기 싫다.' 포위망이 좁혀지고 있었다. 해내든지 망하든지 둘 중 하나였다. 문자 그대로 죽기 아니면 살기의 상황인 것이다. 제발 이러지 말라고 사정하고 싶었지만, 내 입에서 태연히 흘러나온 대답은 이것이었다. "좋아. 12시 30분 괜찮아?"

현관문을 열자, 여느 때처럼 말리가 나를 반겼지만 제니는 보이지 않았다. 나는 큰 소리로 제니를 불러보았다. "욕실에 있어. 금방 나갈게." 우편물을 정리하며 시간을 보내는 동안 이제 큰일 났다는 느낌이 온몸을 휘감았다. 중병으로 조직 검사를 받고 결과를 기다리는 사람의 심정이 이러리라 싶었다. "나 좀 봐." 뒤에서 들려오는 목소리를 따라 몸을 돌려보니, 제니가 상하로 된 실크 잠옷을 입고 서 있었다. 짤막한 윗옷은 실낱같은 끈으로 어깨에 매달려 있었고, 그 아래로 평평한 배가 드러났다. 다리는 어느 때보다도 길어 보였다. "나 어때?" 두 팔을 옆으로 들어 올리며 제니가 물었다. 눈부시게 예뻤다. 잠옷에 관한 한 제니는 헐렁한 티셔츠의 확고한 신봉자였기 때문에, 지금 이 야한 옷차림을 본인도 어색해하고 있는 것이 보였다. 그러나 어쨌든 옷은 제니가 의도한 효력을 발휘했다.

제니는 침실로 뛰어들어갔고 내가 뒤를 따랐다. 우리는 곧 서로를 껴안은 채 시트 위에 쓰러졌다. 눈을 감으니 저 밑에서 옛 친구가 잠을 깨는 것이 느껴졌다. '넌 할 수 있어, 존.' 나는 최대한 야한 생각을 하려 애썼다. '이번엔 될 거야!' 내 손가락이 가느다란 어깨 끈을 더듬어 찾고 있었다. '부담 갖지 말고 놀아봐.' 제니가 뜨거운 숨결을 내 얼굴에 내뿜고 있었다. 뜨겁고 촉촉하고 거친 숨결. '섹시하군.'

잠깐, 그런데 이 냄새는 뭐지? 제니의 숨결에서 뭔가 냄새가 묻어났다. 친숙한 것 같으면서도 낯설고, 불쾌하지는 않지만 그렇다고 매혹적인 것도 아닌 냄새였다. 맡아본 적은 있는데 뭔지 생각이 나지 않았다. 나는 갑자기 머뭇거리기 시작했다. '멍청아, 뭐해? 냄새 따윈 잊어버려. 집중!' 하지만 냄새를 머리에서 떨쳐버릴 수 없었다. '딴생각하지 마, 존. 딴생각하지 마!' 이게 뭐지? '옆길로 새지 마!' 그러나 호기심이 이기기 시작했다. '잊어버려, 존. 잊어버려!' 나는 킁킁거리기 시작했다. 음식 냄새였다. 그래, 그거였어. 근데 뭐지? 크래커도 아니고, 감자칩도 아니고, 참치도 아닌데. 거의 생각이 날 것 같았다. 이게⋯⋯밀크본(소가죽으로 만든 개껌으로 민트향이 입혀져 있어 개의 입 냄새를 좋게 한다_옮긴이)인가?

맞아, 밀크본이야! 제니의 숨결에서 밀크본 냄새가 났다. 그런데 왜지? 그리고 내 머릿속에서는 다음과 같은 질문이 울려 나왔다. '제니가 왜 밀크본을 먹었을까?' 게다가 제니의 입술은 내 목에 와 있다. 어떻게 내 목에 키스하면서 내 얼굴에 대고 숨을 내뿜을 수 있을까? 도대체 이게 말이……

'이런 세상에.'

눈을 떴다. 말리의 거대한 머리통이 코앞에서 시야를 가득 채우고 있었다. 턱을 매트리스에 걸치고 헐떡이며, 말리는 침으로 시트를 온통 적시고 있었다. 눈은 반쯤 감겨 있었고, 완전히 사랑에 빠진 모습이었다. "나쁜 놈!" 이렇게 외치며 나는 침대 반대편으로 물러났다. '안 돼! 안 돼! 돌아가!' 나는 미친 듯이 스스로에게 명령했다. '돌아가란 말이야!' 그러나 때는 늦었다. 마술은 풀렸고, 수도원이 현실이 되었다.

'열중 쉬어.'

다음 날 아침에 나는 말리의 중성화 수술을 예약했다. 앞으로 평생 나도 섹스를 못 할지 모르지만 말리도 못 할 판이었다. 제이 선생은 출근길에 말리를 데려다놓고 퇴근하면서 데려가라고 했다. 일주일 후 우리는 그대로 했다.

제니와 내가 출발 준비를 하는 동안, 말리는 외출한다는 기대에 들떠서 온 집안을 뛰어다녔다. 말리에게 밖으로 나가는 일은 언제나 대환영이었다. 어디를 가든 얼마나 오래 나가 있든 문제가 되지 않았다. 쓰레기 버리러 가요? 나도 가! 우유 가지러 가요? 나도 가! 죄책감이 느껴지기 시작했다. 불쌍한 말리는 이제 곧 어떤 일이 벌어질지 전혀 모르고 있었다. 녀석은 우리가 당연히 자기에게 좋은 일을 하리라고 생각하고 있는데, 제니와 나는 녀석을 거세할 모의를 하는 것이다. 이보다 더 음흉한 배신이 또 있을까?

"이리 와." 이렇게 말하며 나는 말리를 바닥에 쓰러뜨리고는 배를 실컷 긁어주었다. "괜찮을 거야. 가면 알게 돼. 그리고 섹스 뭐 별거 아냐." 지난 수주 동안 섹스에 관해서는 계속 운이 나빴던 나 자신조차 이 이야기를 믿지 않았다. 지금 누구를 속이고 있는 거지? 섹스는 별거다. 그것도 엄청나게. 이제 말리는 삶에서 가장 즐거운 부분을 잃을 판이다. 불쌍한 것. 너무 불쌍하다는 기분이 들었다.

휘파람을 부니 말리가 튀어나와 차에 올라탔다. 내가 자기에게 나쁜 일은 결코 하지 않을 것이라고 확신하는 녀석을 보니 기분이 더욱 착잡해졌다. 말리는 신바람이 났고, 어떤 모험이라도 즐길 자세를 완전히 갖추고 있었다. 제니가 운전을 하고 나는 조수석에 앉았다. 평소처럼 말리는 콘솔 박스에 앞발을 짚고 코가 백미러에 닿은 상태로 서 있었다. 제니가 브레이크를 밟을 때마다 머리가 앞 유리에 부딪쳤지만 말리는 상관하지 않았다. 지금 세상에서 제일 좋은 친구들의 차를 같이 탔는데, 무엇을 더 바라겠는가?

창문을 조금 열었더니, 말리는 창밖의 냄새를 맡으려고 내 쪽으로 몸을 기울였다. 그러고는 몸을 꿈틀대어 결국 내 무릎에 온몸을 맡기고 좁은 틈으로 코를 내미는 바람에 숨을 들이쉴 때마다 씩씩거렸다. '그래, 맘대로 해라.' 어차피 남성으로서 완전한 몸을 갖추고 차를 타는 것은 오늘이 마지막인데, 시원한 바람 좀 쐬게 해주지 뭐. 창문을 좀 더 열어 주둥이를 완전히 내밀도록 해주었더니 너무 좋아하길래, 조금 더 열었더니 머리가 완전히 밖으로 나갔다. 바람에 귀가 펄럭거렸고, 혀는 도시의 기운에 취한 듯 축 늘어져 있었다. 자식, 좋단다.

딕시 하이웨이를 달리면서 나는 제니에게 중성화 수술 때문에 얼마나 마음이 착잡한가를 이야기했다. 말할 필요도 없이 제니는 쓸데없는 걱정 말라는 요지의 이야기를 시작했고, 그 순간 말리가 반쯤 열린 창문으로 앞발을 둘 다 내민, 신기하다기보다는 걱정스런 상황을 목격했다. 곧 녀석의 목과 어깨까지 차 밖에서 덜렁거리기 시작했다. 실크 스카프와 고글만 있으면 영락없는 제1차 세계대전 당시 전투 조종사의 모습이었다.

"여보, 쟤 위험해 보여." 제니가 말했다.

"괜찮아." 내가 대답했다. "바람 좀 쐬……."

그 순간, 말리는 몸을 더 앞으로 빼 앞다리를 완전히 창밖으로 내밀고는 겨드랑이를 유리 모서리에 걸쳤다.

"여보, 말리 잡아! 잡아!"

어찌할 새도 없이 말리의 몸은 내 무릎을 떠나 달리는 차창 밖으로 스르르 빠져나가기 시작했다. 엉덩이는 하늘을 향해 치솟았고, 뒷다리는 받침대를 찾아 버둥대고 있었다. 녀석은 튀어나가려고 하는 것이다. 말리의 몸이 내 몸을 거의 다 빠져나갔을 때쯤 나는 달려들어 왼손으로 놈의 꼬리 끝을 겨우 잡을 수 있었다. 제니는 혼잡한 교통 속에서 브레이크를 힘껏 밟았다. 말리는 꼬리를 잡혀 거꾸로 매달린 채, 온몸이 달리는 차 밖으로 나가 대롱대롱 매달려 있었다. 몸이 한쪽으로 뒤틀려 있어 오른팔을 빼 녀석을 잡을 수도 없었다. 차가 멈추기까지 말리는 앞발로 아스팔트를 미친 듯이 옮겨 짚으며 버텼다.

제니는 가까스로 바깥 차선 쪽에 차를 세웠고, 순식간에 차들이 우리 뒤로 붙으면서 경적을 울려댔다. "이제 어쩌지?" 내가 외쳤다. 꼼짝달싹도 할 수가 없었다. 말리를 도로 끌어들일 수도, 문을 열 수도 없었다. 오른팔을 뺄 수도 없었다. 말리를 놓을 수도 없었다. 그랬다가는 우리 차를 피해 방향을 틀며 앞으로 달려가는 차들에 깔릴 것이 뻔했다. 내 얼굴은 덜렁대는 말리의 거대한 음낭 바로 앞에 있는 차 유리에 짓눌려 있었다.

제니는 비상등을 켜고 차에서 내려 내 쪽으로 와서는 말리의 목걸이를 잡았고, 그제야 나는 겨우 차에서 내려 제니와 함께 말리를 도로 차 안으로 밀어 넣을 수 있었다. 이 모든 사건은 주유소 바로 앞에서 벌어졌고, 제니가 차를 다시 출발시킬 때 보니 정비공들이 모두 나와 구경을 하고 있었다. 너무 심하게 웃어서 오줌을 지리지 않을까 걱정될 지경이었다. "고맙소!" 내가 외쳤다. "아침부터 좋은 구경을 시켜드렸네."

동물병원에 도착하자 나는 또 말리가 말썽을 피우지 못하도록 목줄을 바짝 당겨 쥐었다. 죄의식은 사라졌고, 결심이 굳어졌다. "너 정말 수술 받아야겠구나." 말리는 목줄을 팽팽히 당기며 다른 동물들의 냄새를 맡아보려고 계속 킁킁댔다. 대기실에서 말리는 고양이 두 마리를 공포의 도가니로 몰아넣었고, 팸플릿으로 가득 찬 스탠드를 넘어뜨렸다. 나는 말리를 제이 선생의 조수에게 넘기면서 이렇게 말했다. "수술시켜주세요."

　저녁에 데리러 가보니, 말리는 딴 개가 되어 있었다. 수술 자리가 아파서 천천히 걸었다. 마취 때문에 눈은 충혈되고 축 처져 있었으며, 아직도 비틀거렸다. 그리고 그렇게 늠름하게 매달려 있던 거대한 보물이 있던 자리에는…… 아무것도 없었다. 그저 작고 주름진 피부 조각이 붙어 있을 뿐이었다. 이제 말리의 혈통은 공식적으로 영원히 종말을 고한 것이다.

10
좋은 기운이 가득한 아일랜드

제니와 나는 점점 더 일에 묻혀 살기 시작했다. 신문사 일, 집안 일, 정원 가꾸는 일, 임신하려고 노력하는 일. 그리고 거의 풀타임에 해당하는 일이 있었으니, 그것은 말리 키우기였다. 여러 가지 면에서 말리는 어린아이와 같았고, 어린아이가 요구하는 시간과 돌보기를 요구했으며, 제니와 나는 아이가 생기면 당연히 느끼게 될 책임감 같은 것을 맛보기 시작했다. 그러나 여기에는 한계가 있었다. 아무리 아이 키우는 데 무지하다 하더라도, 제니와 나는 하루 종일 외출하려고 어린아이들을 물 한 바가지와 함께 차고 안에 가둬놓을 수는 없다는 것 정도는 알고 있었다.

결혼 2주년 기념일도 아직 다가오지 않았지만, 우리는 벌써 결혼 생활에 따라오는 여러 가지 고된 책임을 절감하고 있었다. 휴식이 필요했다. 일상의 의무로부터 멀리 벗어나 우리 둘만의 휴가가 필요했다는 애기다. 어느 날 나는 아일랜드행 비행기표 두 장

을 사서 제니를 놀라게 했다. 아일랜드에 3주 동안 머물 예정이었
다. 일정표도 없고, 가이드도 없고, 꼭 가봐야 할 곳도 없었다. 그저
렌터카 한 대, 지도 한 장, B&B Bed & Breakfast (시골의 작은 호텔. 숙박과
아침 식사를 제공한다고 해서 이런 이름이 붙음_옮긴이) 안내서 한 권이
면 충분했다. 비행기표만 봐도 훨훨 나는 기분이었다.

우선 몇 가지 일을 사람들에게 부탁해야 했는데, 그중 가장 중
요한 것이 말리였다. 일단 개 호텔은 제외되었다. 너무 어린 데다
말썽꾸러기여서 하루에 23시간을 우리에 가둬놓을 수는 없었다.
제이 선생이 예측한 것처럼, 중성화 수술을 했어도 말리의 극성은
조금도 줄어들지 않았다. 에너지도 여전히 왕성하고, 얼빠진 짓을
하는 것도 그대로였다. 물건 위에 올라타는 시늉을 하지 않게 된
것을 제외하면, 말리는 여전히 미쳐 날뛰는 강아지였다. 말리는
워낙 요란한 데다 겁에 질리면 닥치는 대로 물어뜯고 발톱으로 긁
기 때문에 친구네 집에 맡겨놓을 수도 없었다. 원수의 집에도 맡
길 수 없는 것은 마찬가지였다. 결론은 입주 베이비시터였다. 물
론 사람을 찾기가 쉽지 않을 것이다. 특히 상대가 말리라면 말이
다. 이 일을 감당하려면 책임감도 있고, 믿을 수 있으며, 인내심이
'매우' 강한 데다 힘도 세서 체중이 30킬로그램이 넘는 래브라도
레트리버가 날뛰는 것을 통제할 수 있어야 한다.

제니와 나는 친구, 이웃, 직장 동료 등 가능한 모든 사람의 이름
을 적은 후 하나씩 지워나가기 시작했다. 놀기 좋아함. 찍. 얼빠진

친구임. 찍. 개 침 흘리는 거 싫어함. 찍. 너무 얌전해서 래브라도는 커녕 닥스훈트도 제대로 못 다룰 사람. 찍. 알레르기 있음. 찍. 개똥 치우기를 싫어함. 찍. 이렇게 찍찍 긋다보니 겨우 한 명이 남았다. 캐시는 내 직장 동료였는데, 미혼에다가 사귀는 사람도 없었다. 중서부 농촌에서 자란 그녀는 동물을 사랑했고, 언젠가 아파트를 팔고 정원이 딸린 집을 사는 게 소원이었다. 몸은 튼튼했고 걷기도 좋아했다. 물론 숫기가 없는 데다 온순한 성격이어서 극성스런 말리를 다잡기가 힘겨울 수도 있지만, 그것만 빼면 모든 것이 완벽했다. 그리고 가장 중요한 것은 캐시가 우리 제안을 받아들였다는 점이다.

중병이 든 아이를 맡기고 가는 사람들도 이렇게까지는 하지 않으리라는 생각이 들 정도로 상세한 '말리 메모'도 만들었다. 말리 메모는 줄 간격 1줄로 6쪽이 넘는 방대한 저술이었으며, 그중 일부를 소개하면 다음과 같다.

먹이기: 말리는 한 번에 두 컵씩 하루에 세 번 먹습니다. 계량컵은 가방 속에 있어요. 아침에 일어나서 한 번, 퇴근 후 돌아와서 한 번씩 주세요. 낮에는 이웃 사람들이 와서 먹일 것입니다. 이러면 하루에 여섯 컵이 되는데, 배고픈 기색이 보이면 한두 컵 더 주세요. 아시다시피 들어간 것은 반드시 어디론가로 나옵니다. 아래 '개똥

순찰' 항목을 참조하세요.

비타민: 매일 아침 펫 탭 한 알씩을 먹입니다. 제일 좋은 방법은 한 알을 마루에 떨어뜨려놓고 못 먹게 하는 것입니다. 이렇게 하면 기를 쓰고 먹으려고 합니다. 이 방법이 안 통하면 스낵 속에 숨겨서 먹여보세요.

물: 날이 더울 때는 신선한 물을 항상 많이 준비해둬야 합니다. 우리는 물통을 항상 밥통 옆에 두고 줄어들면 채워놓곤 했습니다. 한 가지 주의하실 점은 말리가 물통에 주둥이를 박고 자맥질 놀이를 즐긴다는 사실입니다. 그러면 주위가 엉망이 되죠. 게다가 입속에 엄청난 물을 머금을 수가 있어서 가는 데마다 줄줄 흘립니다. 가만두면 녀석은 주둥이를 입고 있는 옷이나 소파에 대고 닦을 것입니다. 또 한 가지, 말리는 보통 물을 실컷 마시고 나면 몸을 부르르 떠는데, 그때 침이 사방으로 튀면서 벽, 램프 갓 등에 침방울이 들러붙습니다. 우리는 보통 마르기 전에 침방울을 닦아냅니다. 마른 다음에는 거의 지워지지가 않거든요.

벼룩과 진드기: 벼룩이나 진드기가 말리 몸에 붙은 것이 보이면 가방 속의 스프레이를 몸에 뿌려주세요. 그래도 안심할 수 없다고 생각되면 살충제를 카펫이랑 바닥에 뿌리셔도 좋습니다. 벼룩은 작고 민첩해서 잡기가 어렵지만, 겪어보니 사람을 무는 일은 별로 없더군요. 그러니까 큰 걱정 안 하셔도 됩니다. 진드기는 더 크고 굼뜨기 때문에 가끔 말리의 몸 위를 기어가는 게 보이기도 합

니다. (비위가 강하시다면) 보이는 대로 잡아서 휴지로 눌러 죽이거나(이때 반드시 손톱을 써야 합니다. 엄청나게 딱딱하거든요), 세면대 또는 화장실에 버리고 물을 내리면 됩니다(피를 잔뜩 빨아먹은 직후라면 이 방법이 최곱니다). 아마 진드기가 사람에게 라임병(발진, 발열, 관절통, 만성피로감, 국부 마비 등을 보이는 감염 질환_옮긴이)을 옮긴다는 것, 그리고 장기적인 건강 문제를 일으킬 수 있다는 얘기를 들으셨을 것입니다. 그러나 수의사들은 이곳 플로리다에서는 라임병에 걸릴 위험이 아주 적다고 하더군요. 하지만 안전을 위해 진드기를 잡은 다음에는 반드시 손을 잘 씻으세요. 진드기를 잡는 가장 좋은 방법은 말리 입에 장난감을 물려서 정신을 팔게 만든 후, 한 손으로 진드기가 있는 부위의 피부를 꼬집어 올린 뒤 다른 손의 손톱을 핀셋처럼 이용해서 잡아내는 것입니다. 말리한테서 냄새가 심하게 난다 싶으면(그리고 목욕시킬 배짱이 생기신다면) 뒷마당의 어린이 풀장(순전히 그 용도로 쓰입니다)을 이용하시면 됩니다. 수영복을 입으세요. 흠뻑 젖을 테니까요.

귀: 말리는 귀지가 많이 생기는데, 그냥 두면 감염이 생길 수 있습니다. 우리가 집을 비운 사이에 한두 번쯤 파란색 귀 청소액을 면봉에 적셔 귀지를 가능한 한 많이 제거해주세요. 상당히 지저분한 작업이라 꼭 헌 옷을 입고 하셔야 합니다.

걷기: 아침 산책을 시키지 않으면 말리는 차고에서 말썽을 부립니다. 그리고 자기 전에 한 번 더 운동을 시켜놓으면 사람이 편하지

만, 이것은 하셔도 좋고 안 하셔도 됩니다. 걸을 때 초커 체인을 쓰셔도 되지만, 초커 체인을 목에 건 상태에서 감시를 게을리하면 절대 안 됩니다. 제 목을 제가 조를 수 있고, 말리는 그러고도 남을 녀석이니까요.

기본 명령: 사람을 따라오게만 하면 걷게 하는 것은 그리 어렵지 않습니다. 항상 말리를 왼쪽에 앉힌 상태에서 시작하세요. 그리고 "말리, 따라와!"라고 명령하면서 왼발을 먼저 내디디면 됩니다. 앞으로 튀어나가려고 하면 목줄을 홱 당기세요. 대개 말을 듣거든요. (훈련소에서 배운 방법이랍니다!) 목줄을 놓쳐도 "말리, 이리 와!" 하면 곧잘 말을 듣습니다. 주의: 말리를 부를 때는 쭈그리고 앉지 말고 선 상태에서 부르세요.

천둥: 말리는 폭풍을 아주 무서워하며, 가벼운 소나기도 마찬가지입니다. 안정제(노란 알약)가 찬장 속 비타민 옆에 있습니다. 폭풍이 닥치기 30분 전에 먹이면 괜찮습니다. (이러려면 기상예보관이 돼야겠네요!) 그런데 약을 말리 목구멍으로 넘기는 작업이 거의 예술입니다. 비타민과 달리 약을 바닥에 떨어뜨리고 못 먹게 하는 척해도 안 넘어갑니다. 제일 좋은 방법은 녀석을 무릎에 걸터앉힌 후 한 손으로 입을 벌리고 다른 손으로 약을 목구멍 속으로 최대한 깊숙이 밀어 넣는 것입니다. 충분히 깊이 들어가지 않으면 캑캑거리며 뱉어버립니다. 그리고 목을 쓰다듬어서 넘기게 합니다. 물론 끝나면 씻으셔야겠죠.

개똥 순찰: 망고 나무 밑에 있는 삽이 이 목적으로 쓰입니다. 가끔 치우시든 자주 치우시든 편한 대로 하세요. 뒷마당을 얼마나 자주 산책하시는가에 달렸죠. 발밑 조심!

금지된 행동: 말리에게 허락하지 않는 행동이 있습니다.

❀ 가구 위에 올라가기.

❀ 가구, 구두, 베개 등 씹기.

❀ 변기 물 마시기(변기 뚜껑을 닫아놓는 것이 제일 좋지만, 코로 열 줄 안다는 사실에 주의하세요).

❀ 땅을 파거나 식물이나 꽃을 뿌리째 뽑기. 자신에게 주의를 기울이지 않는다고 생각하면 이런 행동을 합니다.

❀ 쓰레기통 뒤지기(싱크대 위에 놓는 것이 좋습니다).

❀ 사람에게 달려들거나, 사타구니를 쿵쿵대거나, 기타 꼴사나운 짓 하기. 특히 사람 팔 씹기(피가 나도록 씹는 것이 아니라 장난으로 살살 물었다 놓았다를 반복하는 짓_옮긴이)를 못 하게 하는데(사람들이 질색을 하죠), 아직 멀었어요. 이런 짓을 하면 주저 말고 엉덩이를 찰싹 때리며 "안 돼!" 하고 소리쳐주세요.

❀ 식탁에서 구걸하기.

❀ 현관이나 뒷베란다 방충망 문에 대고 밀어대기(벌써 몇 개 교체한 것을 보실 수 있습니다).

이 모든 일을 맡아주신 데 대해 다시 한번 감사해요, 캐시. 이 은

혜를 어떻게 갚아야 할지. 캐시가 아니었으면 너무도 막막했을 거예요. 캐시와 말리가 좋은 친구가 되었으면, 그리고 말리와 함께 있는 것을 우리만큼이나 즐거워할 수 있으면 정말 좋겠어요.

이 메모를 제니에게 보여주면서 빠진 것은 없느냐고 물었더니, 제니는 몇 분에 걸쳐 읽어보고 나서 나를 올려다보며 이렇게 말했다. "도대체 무슨 생각을 하는 거야? 이걸 어떻게 캐시한테 보여줘?" 메모를 내 코앞에서 흔들어대며 제니가 말을 이었다. "이걸 보여주면 아일랜드는 끝이야. 말리 맡아주려는 사람은 캐시밖에 없는데, 캐시가 이걸 보면 그 순간 끝장이라구. 그대로 튀어나가서 키웨스트(플로리다반도 남쪽 끝에 있음_옮긴이)까지 도망칠걸." 맨 처음에 한 말을 상기시키기라도 하듯 제니가 되풀이했다. "무슨 생각으로 이걸 보여주려고 했어?"

"왜, 좀 심한 것 같아?" 내가 물었다.

그러나 나는 모든 것을 말해야 한다고 생각했고, 결국 캐시에게 이것을 보여주었다. 캐시는 몇 번 표나게 움찔했는데, 특히 진드기 잡는 대목에서 그랬지만 결국 모든 걱정을 접어두기로 마음먹었다. 풀이 죽고 핏기가 없는 표정이었지만, 약속을 깰 정도로 독하지 못한 캐시는 승낙했다. "잘 다녀와요." 캐시가 말했다. "말리랑 난 잘 지낼 거야."

아일랜드는 우리가 꿈에 그리던 바로 그 모습이었다. 아름답고, 목가적이며, 느긋했다. 날씨는 거의 항상 청명해서 현지인들이 가뭄을 슬슬 두려워하기 시작할 지경이었다. 처음에 마음먹은 대로 우리는 어떤 일정도 정하지 않았다. 목적지 없이 해변을 따라 드라이브를 하다가 가끔 내려서 걷거나, 쇼핑을 하거나, 기네스 맥주를 쭉 들이켜거나, 그저 바다를 바라보기도 했다. 차를 세우고는 짚단을 옮기는 농부에게 말을 걸어보기도 하고, 길을 가로막은 양떼 속에서 사진을 찍기도 했다. 마음에 드는 길이 나타나면 곧장 그쪽으로 방향을 틀었다. 가야 할 곳이 없었기에 길을 잃을 일도 없었다. 미국에서 우리 어깨에 걸려 있던 여러 가지 책임과 과제는 먼 기억이 되어버렸다.

매일 날이 저물 때가 되면 묵을 곳을 찾기 시작했다. 우리가 찾아낸 숙소는 예외 없이 마음씨 좋은 미망인이 사는 집의 방 한 칸이었고, 주인은 우리를 반기며 차도 갖다주고 침대 시트도 바꿔주면서 한결같이 이런 질문을 했다. "곧 애 가질 생각이유?" 그러고는 우리만 남겨두고 방을 나가 등 뒤로 문을 닫으며 다 안다는 듯 씩 웃는 것이었다.

가는 데마다 침대 정면에 교황 또는 성모 마리아 사진이 크게 걸려 있어서, 나중에는 이렇게 하라고 이 나라 법에 정해져 있는 게 아닌가 생각될 정도였다. 어떤 곳에는 두 가지 사진이 다 걸려 있었다. 또 한 집에는 큼직한 묵주가 침대 머리판에 걸려 있기도 했다. 모든 여행자의 침대는 심하게 삐걱거려야 하며, 그저 한 번 돌아눕기만 해도 비상경보 같은 소리가 나야 한다는 '아일랜드 독신 여행자 관리법'이라도 있는 모양이었다.

이런 분위기라면 남녀 간의 사랑 나누기는 수도원에서만큼이나 어려워진다. 우리는 남의 집, 그것도 독실한 가톨릭 신자의 집에 와 있었으며, 벽은 얇고 성모와 성인의 상과 그림이 내려다보고 있는 데다, 벽 바로 건너편엔 호기심 많은 여주인이 귀를 세우고 있었다. 섹스를 하기에 이렇게 부적절한 환경도 없을 것이다. 그런데 바로 이 때문에 나는 제니를 더욱 열광적으로 탐하게 되었다.

불을 끄고 침대로 오를라치면 스프링이 우리 몸 밑에서 비명을 질러댔고, 나는 곧장 제니의 가슴과 배를 더듬었다.

"안 돼." 제니가 매번 속삭였다.

"왜 안 돼?"

"돌았어? 오플래허티 부인이 벽 바로 건너편에 있단 말야."

"그래서?"

"안 돼."

"괜찮아."

"다 들린단 말야."

"조용히 하면 되잖아."

"조용히도 하겠다."

"약속해. 안 움직이고 할게."

"그럼 교황 사진에 티셔츠라도 덮어." 결국 제니가 한 발 물러서며 말하곤 했다. "저분이 내려다보시는 한 나는 아무것도 할 수가 없어."

갑자기 섹스가 무슨 범죄처럼 되어버렸다. 고등학교 때 엄마의 눈을 피해 나쁜 짓을 하고 다니던 때와 똑같은 기분이 들었다. 이러한 환경에서 섹스를 한다는 것은 다음 날 아침 식사 시간에 난처한 지경을 당할 위험을 감수한다는 뜻이다. 오플래허티 부인은 달걀과 구운 토마토를 내놓으며 다 안다는 듯 미소 띤 표정으로 이렇게 물을 것이다. "그래, 침대는 편안하셨수?"

아일랜드는 동쪽 끝에서 서쪽 끝까지 섹스 금지 구역이었다. 그런데 이런 분위기가 내 욕망에 불을 당겼고, 여행 내내 우리는 미친 듯 사랑을 나누었다.

제니는 여행을 와서도 집에 두고 온 큰 아기 걱정을 떨쳐버리지 못했다. 며칠마다 제니는 동전을 한 주먹씩 바꿔다가 공중전화에 매달려 캐시의 상황 보고를 들었다. 나는 부스 밖에서 통화가 끝나기를 기다렸다.

"그랬어요? ……뭐라구요? ……차도 한가운데로요? ……캐시는 안 다쳤죠? ……다행이네요……나라도 비명을 질렀을 거예요……네? 구두를요? 지갑까지? ……수리비 드릴게요……남아난 게 없다구요? ……다 변상해드릴게요……네? ……젖은 시멘트 바닥? ……어떻게 그럴 수가 있죠?"

통화는 끝없이 계속되었다. 전화할 때마다 캐시는 말리의 비행을 낱낱이 고했고, 상황은 매번 더 나빠졌으며, 개 키우기의 백전노장인 우리 부부도 놀라자빠질 일들이 많았다. 말리는 구제불능 학생이었으며, 캐시는 운 나쁜 대리교사였다. 말리는 제 세상을 만난 모양이었다.

집에 도착하니 말리가 집 밖으로 뛰쳐나오며 우리를 반겼다. 문간에 서 있던 캐시는 피곤하고 긴장한 기색이 역력했다. 폭탄이 옆에서 터져 정신이 멍멍해진 병사가 방금 치열한 전투를 마친 뒤의 표정이 바로 이럴 것 같았다. 캐시는 가방을 싸서 현관에 놓아둔 상태였다. 당장 떠나려는 모습이었다. 손에 들린 자동차 열쇠를 보니, 빨리 도망치고 싶은 그녀의 마음을 읽을 수 있었다. 우리는 캐시에게 선물을 주고, 고맙다는 말을 수도 없이 한 뒤 집 안이 온통 엉망이 된 것은 신경 쓰지 말라고 말해주었다. 캐시는 정중하게 먼저 실례하겠다고 말하고는 떠나갔다.

들어가보니 캐시는 말리를 거의 통제하지 못한 것 같았다. 말리는 캐시에게 한 번 이길 때마다 더욱 과감해져서 따라오라는 명령 따위는 까맣게 잊은 채 제멋대로 아무 데나 캐시를 끌고 다녔다. 이리 오라는 명령도 듣지 않았고 구두, 지갑, 베개 등 맘에 드는 것은 닥치는 대로 물어뜯었으며 절대로 놓지 않았다. 캐시의 접시에서 음식을 훔쳐먹었고, 쓰레기통을 거침없이 뒤졌으며, 심지어 캐시의 침대를 빼앗으려고까지 했다. 어른들이 없는 동안 자기가 왕

노릇을 하려고 작심하고는 마음 약한 룸메이트가 이래라저래라 하면서 기분을 망쳐놓는 것을 결코 용납하지 않았다.

"불쌍한 캐시." 제니가 말했다. "시달린 것 같지?"

"기진맥진이라는 편이 옳겠는데."

"이제 다신 개 봐달란 소리 못 하겠네."

"당연하지." 내가 말했다. "안 될 거라고 봐."

나는 말리를 돌아보며 이렇게 말했다. "좋은 세월 다 갔어. 내일부터 다시 맹훈련이다."

다음 날 아침 제니와 나는 출근을 했다. 그 전에 우선 나는 말리의 목에 초커 체인을 채우고 걷기 시작했다. 물론 말리는 말을 듣는 척도 하지 않고 곧장 앞으로 튀어나갔다. "좀 녹슬었군, 그렇지?" 이렇게 말하며 있는 힘껏 줄을 당겼더니, 녀석은 네 발을 하늘로 향한 채 나동그라졌다. 녀석은 몸을 추스르더니 몇 번 캑캑거린 후, 이런 표정으로 나를 올려다보았다. '이렇게 심하게 안 해도 되잖아요. 캐시는 잡아당기지도 않았는데.'

"네가 적응해." 이렇게 말하며 '앉아'를 시켰다. 나는 초커 체인을 조정해 체인이 목 위에 높이 걸리게 했다. 경험상 이것이 가장 효과적인 위치였다. "좋아, 한 번 더 해보자." 녀석은 과연 될까 하는 표정으로 나를 바라보았다.

"말리, 따라와!" 이렇게 말하면서 목줄을 짧게 움켜쥐고 왼발부터 앞으로 나갔다. 워낙 바짝 잡아서 왼손은 거의 초커 체인 끝을 쥐고 있었다. 말리는 튀어나갔고 나는 사정없이 팽팽히 당겼다. "캐시가 얌전하다고 그따위로 대하다니 부끄럽지도 않니?" 산책이 끝날 때쯤 보니, 워낙 줄을 바짝 잡아서 손가락 마디가 하얗게 되었고, 그제야 말리는 내가 장난을 치는 것이 아님을 알았다. 실제 훈련이었다는 얘기다. 튀어나갈라치면 한 번도 예외 없이 숨이 막혔다. 얌전히 따라오면 줄을 느슨하게 잡아서 목줄이 있는 것도 거의 느끼지 못하게 해주었다. 튀어나가면 숨이 막히고, 순종하면 숨이 쉬어졌다. 워낙 간단해서 말리 같은 녀석도 이해할 수 있었다. 자전거 도로를 왕복하면서 우리는 이 짓을 하고 또 하고 또다시 했다. 조금씩 말리는 내가 주인이고 녀석이 애완견이라는 사실을 깨달아갔고, 이 상태는 변하지 않을 것이었다. 큰길로 나올 때쯤 되니, 막무가내 말리가 흠잡을 데 없을 정도는 아니더라도 봐줄 만하게 얌전히 나를 따라왔다. 말리는 생전 처음 순종, 적어도 그 비슷한 것을 했다. 내 승리였다. "그러면 그렇지. 두목님이 돌아오셨단 말야."

며칠 뒤 제니가 사무실로 전화를 걸었다. 셔먼 선생에게 다녀오는 길이었다. "아일랜드가 터가 좋은가봐, 나 또 임신했어."

11

말리의 뱃속

이번 임신은 달랐다. 유산으로부터 좋은 교훈을 얻은 우리는 결코 실수를 되풀이하고 싶지 않았다. 이번에는 처음부터 임신을 일급비밀로 취급했다. 제니를 담당한 의사와 간호사를 제외하고는, 심지어 양가 부모에게도 알리지 않았다. 친구들이라도 초대하면 제니는 의심을 사지 않기 위해 포도 주스를 와인 잔에 담아 홀짝거렸다. 비밀을 지켰을 뿐만 아니라, 심지어 아무도 없을 때조차 말을 조심했다. 그러니까 이런 식이었다. "모든 게 다 잘되면……" 이라거나 "아무 문제가 없으면……." 마치 임신에 대해 떠들어대면 부정이라도 탈 것 같은 태도였다. 너무 신난다고 떠들면 그게 부메랑처럼 돌아와서 우리를 칠 것 같았다.

우리는 우선 화학 세척제와 살충제를 모두 치웠고, 다시는 쓰지 않았다. 제니는 식초가 가진 천연 세척력의 신봉자가 되었는데, 과연 식초는 벽에 말라붙은 말리의 침 자국까지 녹여냈다. 우리는 살충력은 뛰어나지만 인체에는 무해한 붕산이라는 하얀 가루가 말리에게서 벼룩을 퇴치하는 데 상당히 효과가 있음을 알아냈다. 가끔 제대로 박멸 작업을 할 필요가 있을 때는 전문가들의 손을 빌렸다.

매일 아침 제니는 일찍 일어나 말리를 데리고 나가서 물가를 빨리 걸었다. 내가 자리에서 일어날 때쯤 둘은 갯내를 풍기며 돌아왔다. 제니는 모든 면에서 건강했지만 한 가지 문제가 있었다. 거의 매일 토할 것 같은 상태가 하루 종일 지속된다는 것이다. 하지만 불평하지 않았다. 매번 구역질이 날 때마다 제니는 기쁜 마음으로 이를 받아들이며 이를 악물고 참아 넘겼다. 구역질이야말로 제니 몸속의 작은 생명이 아무 탈 없이 잘 지내고 있다는 증거니까.

실제로 그랬다. 이번에는 에시가 내 비디오테이프를 받아서 우리 아기의 희미한 영상을 녹화해주었다. 심장이 뛰는 소리가 들렸고, 두 개의 심방과 두 개의 심실이 고동치는 모습도 볼 수 있었다. 머리의 윤곽도 더듬어볼 수 있었고, 네 개의 팔다리를 세어볼 수도 있었다. 셔먼 선생은 초음파실로 머리를 잠깐 들이밀고는 모든 것이 정상이라고 하면서, 제니를 보더니 특유의 울리는 목소리로 이렇게 말하는 것이었다. "울긴 왜 울어요? 신이 날 텐데." 에시는 클립보드로 선생을 한 대 탁 치더니 이렇게 말했다. "놔두고 좀 나가요." 그러고는 제니를 향해 마치 이렇게 말하려는 듯 눈을 굴렸다. "남자들이란! 대책이 없다니까."

임신한 아내를 다루는 데 있어서 대책 없기는 나도 마찬가지였다. 나는 제니가 혼자 있을 시간을 주었고, 구역질을 비롯한 고통을 안타까워했으며, 제니가 『예비 엄마를 위한 가이드*What to Expect When You're Expecting*』를 소리 내어 읽으며 들으라고 할 때도 인상 쓰는 것을 들키지 않으려고 노력했다. 배가 불러옴에 따라 외모를 칭찬해주기도 했다. 이런 식이다. "당신 예뻐. 정말이야. 방금 농구공을 훔쳐 셔츠 밑에 숨긴 날씬한 좀도둑 같아." 그리고 갈수록 해괴하고 비합리적으로 되어가는 제니의 행동을 받아주려고 했다. 시도 때도 없이 생전 처음 들어보는 향의 아이스크림이나 껌, 사과나 셀러리를 먹고 싶다고 하는 통에 근처 24시간 편의점을 하도 드나드는 바람에 이제는 점원과 이름을 부르는 사이가 되었다. "이거 정향 맞아요?" 이런 질문이 다반사가 되어버렸다. "꼭 정향을 사오랬어요."

임신 5개월쯤 되었을 때 제니는 아기 양말이 필요하다는 생각을 하기 시작했다. 물론 필요하지. 아기가 태어나기 전에 준비물을 모두 갖춰놓을 거야. 그러나 제니는 출산에 맞춰 사자는 얘기가 아니었다. 당장 사오라는 것이었다. "병원에서 집으로 돌아오면 아기 발에 신길 것이 아무것도 없잖아." 제니가 떨리는 목소리로 말했다.

출산 예정일이 넉 달이나 남았다는 사실은 아무래도 좋았다. 그때쯤 기온이 무려 36도나 되리라는 사실도 상관없었다. 나같이 대책 없는 사람도 아는 일이었지만 산부인과 병동을 떠날 때 아기를 머리끝에서 발끝까지 담요로 싸서 내보낸다는 사실도 전혀 걸림돌이 되지 않았다.

"여보, 생각을 해봐." 내가 말했다. "일요일 밤 8시야. 아기 양말을 어디서 사?"

"양말을 사야 돼." 제니가 되풀이했다.

"몇 주나 남았잖아." 내가 받아쳤다. "몇 달이나 남았다구."

"조그마한 발가락이 눈앞에 어른거려." 제니가 속삭였다.

달래도 소용이 없었다. 투덜대며 차를 몰고 나온 나는 이리저리 다니다가 문을 연 K마트를 찾아냈고, 색색의 아기 양말 여러 켤레를 살 수 있었다. 아기 양말은 너무 작아서 마치 손가락 워머같이 보였다. 집으로 돌아와 물건을 쏟아놓으니, 그제야 제니는 안심이 되는 모양이었다. 드디어 양말을 산 것이다. 전국에서 아기 양말 재고가 예고 없이 동이 나버릴 수도 있는데, 그 직전에 몇 켤레 남지 않은 물건을 건질 수 있었던 데 대해 하늘에 감사라도 해야 할 판이었다. 이제 우리 아기의 가냘픈 발가락은 안전하다. 제니와 나는 평화롭게 잠들 수 있었다.

임신이 진행되는 것과 함께 말리의 훈련도 진척되어갔다. 나는 녀석을 매일 훈련시켰고, "엎드려!"라는 명령으로 말리가 사지를 바닥에 붙이고 납작 엎드리게 해서 손님들을 감탄시킬 수준에 도달했다. 그런데 말리는 한번 들은 명령을 계속 수행했다(다른 개, 고양이, 다람쥐, 나비, 집배원, 물 위에 뜬 씨앗처럼 정신을 집중할 새로운 대상이 없는 한). 앉으라고 하면 계속 앉아 있었다(일어서고 싶은 강한 충동을 느끼지 않는 한). 따라오라고 하면 잘 따라왔다(위에서 말한 개, 고양이, 다람쥐 등이 나타나서 숨이 막히는 한이 있어도 튀어나가고 싶어지지 않는 한). 명령을 잘 따랐지만 그렇다고 해서 조용하고 말 잘 듣는 개로 변신해갔다는 뜻은 아니다. 말리 위에 버티고 서서 엄한 목소리로 꾸짖으면 대개 말을 들었고, 아주 잘 들을 때도 있었다. 그러나 말리의 기본 모드는 '영원한 구제불능'이었다.

말리는 하루에도 수십 개씩 뒷마당에 떨어지는 망고를 끝없이 먹어댔다. 망고 하나의 무게는 500그램 정도였는데, 어찌나 단지 이가 아플 지경이었다. 말리는 풀밭에 몸을 쭉 뻗고 엎드려서는 잘 익은 망고를 앞발 사이에 끼고 과육을 마지막 한 점까지 수술하듯 떼어먹었다. 그러고는 커다란 씨를 마치 덩어리 사탕처럼 입에 물고 있었는데, 뱉은 다음에 보면 마치 산성용액으로 세척한 것처럼 말끔해져 있었다. 녀석은 몇 시간씩 뒷마당에 엎드려 이런 식으로 망고를 게걸스레 먹어치웠다.

과일을 너무 많이 먹는 사람들이 흔히 그렇듯 말리도 체질이 변해갔다. 얼마 안 있어 우리 집 뒷마당 여기저기에는 묽고 밝은색을 띤 개똥 무더기가 생겼다. 한 가지 좋은 점이라면 장님이 아닌 이상 이것을 밟을 염려가 없다는 것이었다. 왜냐하면 망고가 있는 계절이면 마치 오렌지색 러버콘(도로 공사 등을 할 때 안전을 위해 세워놓는 고깔모자 모양의 장치_옮긴이)이 현란한 형광빛을 내며 마당에 줄지어 있는 것 같았다.

말리는 다른 것도 먹었다. 그리고 당연히 이것들도 뒤로 빠져나왔다. 매일 아침 삽으로 녀석의 똥더미를 뒤집을 때 보면 알 수 있었다. 장난감 군인도 나오고, 고무 밴드도 나왔다. 한 번은 찌그러진 콜라병 뚜껑이 나왔고, 볼펜 뚜껑이 짓씹힌 채 발견되기도 했다. 어느 날 아침에는 "이거 내 빗이잖아!"라는 말이 내 입에서 터져 나왔다.

목욕 타월, 스펀지, 양말, 사용한 휴지 등도 말리의 목구멍을 넘어갔다. 특히 좋아한 것은 행주로, 이것을 배설한 날 보면 마치 형광 오렌지색을 내는 산꼭대기에 작고 푸른 깃발이 꽂혀 있는 것 같았다.

그러나 모든 것이 매끄럽게 목구멍을 넘어가는 것은 아니었고, 말리는 마치 중증 대식증 환자처럼 주기적으로 토했다. 옆방에서 '웨에에엑' 하는 소리가 나서 달려가보면, 반쯤 소화된 망고와 개사료 범벅 속에 들어앉은 가정용품 하나가 눈에 들어오곤 했다. 말리는 자상하기까지 해서 나무로 된 바닥이나 부엌의 리놀륨으로 된 바닥에는 결코 토하지 않았으며, 항상 페르시아 카펫을 조준했다.

제니와 나는 잠깐 동안 집을 비워도 믿을 수 있는 개를 키우면 얼마나 좋을까 하는 멍청한 생각을 하기 시작했다. 집에서 나갈 때마다 녀석을 벙커에 가둬놓는 것도 지겨운 노릇이었고, 제니 말마따나 집에 돌아왔을 때 우리를 반겨줄 수 없는 개를 키우는 것이 무슨 의미가 있을까 싶었다. 폭풍이 불 것 같은 낌새라도 보이면 절대로 녀석을 집에 혼자 두면 안 된다는 것을 우리는 너무나도 잘 알고 있었다. 심지어 안정제를 먹은 상태에서도 말리는 마치 지구 반대편까지라도 갈 것처럼 바닥을 긁어대곤 했다. 그런데 날이 좋을 때면 잠깐 외출할 때까지 말리를 차고에 가둬놓고 싶지는 않았다.

그래서 우리는 잠깐 가게에 가거나 옆집에 들를 때 말리를 혼자 놔두기 시작했다. 어떤 날은 얌전하게 있어서 집이 온전했다. 이런 날이면 말리는 거실 창의 블라인드에 코를 들이밀고는 우리를 기다리고 있었다. 녀석이 뭔가를 저지른 날은 집에 들어서기도 전에 문제가 있음을 알 수 있었는데, 왜냐하면 녀석이 창가에 있지 않고 어딘가에 숨어 있었기 때문이다.

임신 6개월째인 어느 날, 한 시간도 채 안 되어 집에 돌아와보니 말리가 침대 밑에 들어가 있었다. 녀석의 덩치로 그리 들어가려면 고생깨나 했을 텐데 말이다. 말리는 마치 집배원을 살해한 듯한 모습이었다. 온몸에서 범죄의 냄새가 뿜어져 나왔다. 집은 괜찮아 보였지만, 우리는 녀석이 뭔가 어두운 비밀을 숨기고 있음을 알았기 때문에 이 방에서 저 방으로 놈이 저지른 말썽의 흔적을 찾아 다녔다. 결국 나는 오디오 스피커 중 하나의 앞면 스펀지 커버가 사라진 것을 알아냈다. 구석구석 찾아보았지만 흔적도 없었다. 다음 날 개똥 순찰시 내가 움직일 수 없는 물증을 발견하지 못했다면 녀석의 범죄는 그대로 넘어갔을 것이다. 스펀지 커버의 잔해는 며칠을 두고 발견되었다.

다음번 외출 때에는 앞선 스피커의 우퍼 콘이 깨끗이 도려내진 것이 발견되었다. 스피커가 쓰러진 것도 아니고 다른 피해가 발생한 것도 아니었지만, 마치 면도날로 도려낸 것처럼 콘만 깨끗이 사라진 것이다. 나중에 말리는 다른 쪽 스피커에 대해 똑같은 짓을 했다. 한번은 집에 와보니 다리가 네 개 달린 의자가 다리 세 개짜리로 탈바꿈한 것을 발견했는데, 다리 하나는 어디에서도 찾아볼 수가 없었고, 나뭇조각 하나도 발견되지 않았다.

남플로리다에는 결코 눈이 내리지 않는다고 장담할 수 있지만, 어느 날 문을 열어보니 거실에 눈보라가 몰아치고 있었다. 하얗게 떠다니는 물체가 거실 공간을 가득 채우고 있었다. 눈보라 속을 뚫고 자세히 살펴보니, 말리가 벽난로 앞에서 방금 사슴이라도 한 마리 잡은 양 깃털 베개를 물고 좌우로 맹렬히 흔들어대고 있었다.

대부분의 경우 제니와 나는 이런 일에 초연했다. 개를 키우다보면 가보라고 할 만한 물건이 가끔 망가지는 법이니까. 그런데 정말 녀석의 배를 갈라서라도 뭔가를 끄집어내고 싶은 충동이 생기는 순간이 한 번 있었다.

제니의 생일에 18K 목걸이를 사준 적이 있다. 작은 잠금쇠가 달려 있는 이 목걸이를 받자마자 제니는 목에 걸었다. 몇 시간 뒤 제니는 목을 만져보더니 이렇게 외쳤다. "내 목걸이가 없어졌어!" 아마 잠금쇠가 풀렸거나 제대로 잠기지 않은 모양이었다.

"놀랄 거 없어." 내가 말했다. "집에서 나간 적이 없잖아. 그러니까 집 안 어딘가에 있겠지." 제니와 나는 방마다 이 잡듯 뒤지기 시작했다. 그런데 이 방에서 저 방으로 다니다보니 말리가 보통 때보다 더 설치고 있음을 알게 되었다. 나는 허리를 펴고 말리를 바라보았다. 녀석은 마치 지네처럼 꿈틀거리기 시작했다. 내가 바라보는 것을 눈치채더니 녀석은 이리저리 도망치는 시늉을 했다. '이럴 순 없어, 말리 맘보로군.' 말리 맘보의 뜻은 딱 한 가지였다.

"아니 저거!" 제니가 입을 열었다. 목소리에 공포감이 묻어났다. "말리 입에서 대롱거리는 것이 뭐지?"

그것은 가늘고 정교한 물건이었다. 그리고 금으로 되어 있었다. "이런 젠장!"

"움직이지 마." 제니가 거의 속삭이는 목소리로 명령하듯 말했다. 우리는 모두 그 자리에 얼어붙었다.

"자, 괜찮아 말리." 나는 마치 인질극 현장에 출동한 경찰 특공대 협상 전문가처럼 개를 달래기 시작했다. "너한테 화난 거 아니야. 괜찮아. 그냥 목걸이만 찾으면 돼." 거의 본능적으로 제니와 나는 말리의 주변을 천천히, 아주 천천히 서로 반대 방향으로 돌기 시작했다. 말리의 몸에 고성능 폭탄이 매달려 있고 잘못 건드리면 그대로 터지기라도 할 듯이.

"말리, 괜찮아." 제니가 낼 수 있는 가장 침착한 목소리로 말했다. "괜찮다니까. 목걸이만 뱉으면 아무 일 없어."

말리는 머리를 우리 두 사람을 향해 좌우로 돌리면서 의심스러운 눈초리로 우리를 쳐다보았다. 물론 녀석은 포위되었지만, 말리는 자기 입속에 우리가 원하는 무엇인가가 들어 있음을 알았다. 녀석의 머리 돌아가는 모습이 보이는 것 같았다. 인질의 몸값을 계산해보는 거겠지. '밀크본 200개를 종이봉지에 넣어 갖다놓지 않으면 이 귀중한 목걸이를 다시는 볼 수 없을 것이다.'

"뱉어, 말리." 약간 전진하며 내가 속삭였다. 말리는 이제 온몸을 흔들어대고 있었다. 나는 조금씩 앞으로 나아갔다. 거의 알아볼 수 없을 정도로 제니도 옆으로 다가왔다. 드디어 한번에 덮칠 수 있는 거리에 말리가 들어왔다. 제니와 나는 말없이 시선만으로 서로의 생각을 읽을 수 있었다. 이 '재산 회수 훈련'을 한두 번 해본 것이 아니었기 때문이다. 보통 제니는 말리를 뒤에서부터 덮쳐 뒷다리를 눌러 도망치지 못하게 한다. 나는 머리를 향해 달려가 녀석의 입을 벌린 후 장물을 끄집어낸다. 운이 좋으면 작전은 몇 초 만에 끝난다. 우리가 시선으로 확인한 계획은 이런 것이었고, 말리는 올 것이 왔다는 눈치를 챘다.

우리는 말리에게서 60센티미터도 떨어지지 않은 곳에 있었다. 나는 제니에게 고개를 끄덕여 보인 후, "셋에 덤벼"라고 소리를 내지 않고 입술만으로 말했다. 그런데 덮치기도 전에 녀석은 머리를 뒤로 젖히더니 크게 쩝쩝거리는 소리를 냈다. 말리 입 밖에서 대롱거리던 목걸이 끝부분이 사라졌다. "삼키려나봐!" 제니가 외쳤다. 우리는 함께 녀석을 향해 몸을 날렸고, 제니가 뒷다리를 누르고 있는 동안 나는 놈에게 헤드록을 걸었다. 그러고는 입을 억지로 열어 손을 입속 그리고 목구멍까지 들이밀었다. 목구멍 이곳저곳의 튀어나온 부분과 패어 있는 부분을 샅샅이 뒤졌지만 아무것도 없었다. "너무 늦었어. 삼켜버렸네." 제니는 말리의 등을 찰싹찰싹 치며 이렇게 외쳤다. "뱉으란 말이야, 젠장!" 그러나 아무 소용이 없었다. 그저 말리의 입에서 나온 것이라고는 크고 만족스러운 트림뿐이었으니까.

말리가 당장은 이겼는지 몰라도 시간은 우리 편이며, 따라서 궁극적인 승리자는 우리였다. 시간이 가면 자연이 우리를 도와줄 것이기 때문이다. 어쨌든 입으로 들어간 것은 반대편으로 나오는 법이니까 말이다. 생각하면 역겹기도 했지만, 며칠을 두고라도 나는 녀석의 똥을 일일이 헤집어볼 결심을 했다. 그러면 찾을 수 있을 테니까. 문제의 목걸이가 은이었거나, 금도금을 한 것이었거나 기타 비싸지 않은 것이었다면 구역질이 나서라도 포기했을 것이다. 그러나 이번 물건은 도금된 것이 아니라 전체가 금이었고, 가격도 상당히 비쌌다. 그래서 구역질이 나든 말든 뒤져보기로 했다.

그래서 나는 말리가 좋아하는 설사약을 갖다주었다. 그것은 바로 농익은 망고를 썰어 커다란 그릇에 담은 것이었다. 이어서 나는 긴 대기 모드로 들어갔다. 3일에 걸쳐 나는 녀석이 변을 볼 수 있도록 밖으로 데리고 나갈 때마다 삽으로 배설물을 조심스럽게 받았다. 그리고 이것을 담장 밖으로 던져버리는 대신 잔디밭 위에 놓은 큰 판 위에 부린 후, 나뭇가지로 쑤셔가면서 호스로 물을 뿌려 배설물을 제거하고 뒤에 남는 이물질을 살펴보았다. 마치 사금을 캐는 광부와 같은 느낌이었다. 이렇게 한 결과 구두끈으로부터 기타 피크에 이르는 온갖 보물이 속속 발견되었다. 그런데 목걸이는 없었다. 어디로 갔을까? 지금쯤 나와야 하는 것이 아닌가? 혹시 내가 놓친 것이 아닌가 하는 생각이 들었다. 그랬다면 목걸이는 배설물과 함께 잔디밭으로 떨어졌을 것이고, 영영 찾을 길이 없게 된다. 그런데 길이가 50센티미터나 되는 목걸이를 어떻게 놓칠 수가 있단 말인가? 제니는 베란다에서 비상한 관심을 가지고 회수 작업을 지켜보다가 새로운 별명을 붙여주었다. "똥장군 아저씨, 잘돼가요?"

네 번째 날, 드디어 나의 인내심은 보상을 받았다. 말리의 똥을 같은 방법으로 뒤지는 동안 '내가 이 짓을 하고 있다니 믿을 수 없군' 하고 생각하면서 쑤시기와 물 뿌리기를 반복했다. 평소처럼 똥을 씻어내면서 목걸이의 흔적을 찾는 작업이 시작되었다. 아무것도 없었다. 막 포기하려는 찰나, 뭔가 이상한 게 눈에 들어왔다. 작은 밤색 덩어리였는데, 리마콩 정도의 크기였다. 크기도 목걸이에 비하면 턱없이 작았지만, 어쨌든 개똥에서 나올 물건이 아닌 것만은 분명했다. '똥 친 막대기'라고 공식 명명한 나뭇가지로 물건을 꾹 누르고 호스로 강력한 물줄기를 분사했다. 겉에 붙은 것들이 떨어져나가면서 뭔가가 반짝거리기 시작했다. 심봤다! 드디어 금맥을 찾았다.

목걸이는 엄청나게 압축되어 상상을 초월할 정도로 조그맣게 변해 있었다. 마치 어떤 외계의 힘, 예를 들어 블랙홀 같은 것이 목걸이를 우주의 신비스런 시공간으로 빨아들였다가 다시 뱉어놓은 것 같았다. 그리고 이것은 그리 틀린 말이 아니었다. 강력한 물줄기를 맞으며 단단한 덩어리가 느슨해지자, 엉킨 것이 풀리면서 금덩어리가 조금씩 본래의 모습을 드러내기 시작했다. 마치 새것 같았다. 아니, 새것보다 더 나아 보였다. 목걸이를 들고 들어가 제니에게 보여주었더니, 그게 지난 며칠 동안 어디 들어가 있었는가는 전혀 상관없다는 듯이 탄성을 질렀다. 어찌나 반짝이는지 우리둘 다 놀랄 지경이었는데, 처음 말리의 입으로 들어갈 때보다 더 광채가 나는 것 같았다. 말리의 위액이 놀라운 일을 해낸 것이다. 이렇게 반짝이는 금은 생전 처음 보았다. 휙 하고 휘파람을 불며내가 이렇게 말했다. "세상에. 귀금속 세척 사업이라도 시작해야겠군."

"팜비치의 돈 많은 과부들 사이에 인기 폭발이겠네." 제니가 맞장구를 쳤다.

"고객 여러분." 나는 최대한 그럴듯한 세일즈맨 목소리를 흉내 내며 말했다. "저희 세척 방식은 특허를 받은 것이라 다른 곳에서는 흉내 내지 못합니다. 독특한 말리 세척법으로 소중한 여러분의 귀금속을 눈이 부실 정도로 빛나게 닦아드립니다."

"그럴듯하네요, 그로건 씨." 이렇게 말하면서 제니는 다시 찾은 생일 선물을 소독하러 갔다. 제니는 몇 년에 걸쳐 이 목걸이를 걸었고, 볼 때마다 파트타임 금광 광부 노릇을 한 것이 생생하게 눈앞을 스쳐가곤 했다. 똥장군과 그의 믿음직한 '똥 친 막대기'는 일찍이 아무도 가보지 못한 영역에 발을 디뎠다. 그곳은 그 누구도 다시 가서는 안 될 곳이었다.

12
가난한 이들의 병동

웨스트팜비치에 있는 세인트메리 병원에서는 돈을 좀 더 내면 특급 산모용 병실을 주겠다는 제의를 해왔다. 첫아이를 매일 낳는 것은 아니기 때문에 우리는 이를 쾌히 수락했다. 특실은 마치 특급 호텔방 같았으며, 널찍하고 밝은 데다 나무결로 된 가구가 비치되어 있었다. 벽지와 커튼은 꽃무늬로 되어 있었고, 월풀 욕조가 갖춰진 데다, 특히 아빠들을 위해서 펼치면 침대가 되는 안락한 소파까지 마련되어 있었다. 일률적으로 제공되는 병원 음식 대신 '고객'들에게는 제대로 된 저녁을 먹을 기회도 주어졌다. 물론 샴페인도 한 병 주문하려면 할 수 있었지만, 이것은 주로 아빠들이 혼자 마시기 위한 것이었다. 왜냐하면 모유 수유를 하는 엄마들은 그저 축하의 의미로 한 모금 홀짝거리는 것 이상은 허락되지 않았기 때문이다.

"야, 이거 완전 휴양지로군!" 출산 예정일을 몇 주 앞두고 특실에 미리 가봤을 때, 아빠용 소파에 털썩 앉아보며 내가 외친 말이었다.

특실은 여피yuppie(대도시urban에 살면서 전문직professional에 종사하며 고소득을 올리는 젊은young 세대를 뜻하는 말_옮긴이)족 취향에 맞게 되어 있었고, 병원 측으로서는 의료보험으로 일부 해결되는 일반실 입원비보다 돈을 더 낼 여유가 있는 커플들로부터 현금을 얻어낼 수 있는 좋은 수입원이었다. 사치스러워 보일 수도 있지만 못 할 것도 없지 않은가?

예정일이 되어 준비물 가방을 챙겨 들고 병원에 도착하니, 문제가 있다는 것이었다. "문제라구요?" 내가 물었다.

"오늘 무슨 날인가봐요." 접수 담당자가 밝은 목소리로 말했다. "분만용 특실이 지금 만원이거든요."

만원이라구? 오늘은 우리 인생에서 가장 중요한 날이다. 푹신한 소파, 두 사람만의 로맨틱한 디너, 샴페인 축배는 다 어떻게 하란 말인가? "이봐요." 내가 불평을 시작했다. "우리는 벌써 몇 주 전에 예약을 했단 말이에요."

"죄송합니다." 내 말에 공감한다는 기색을 거리낌 없이 드러내며 접수 담당자가 대답했다. "언제 엄마들이 진통을 시작할지 병원 측에서 결정할 수 없는 노릇이잖아요."

그 말도 옳긴 했다. 어떤 사람에게 빨리 낳고 나가라고 할 수 없다는 건. 그녀는 일반실이 있는 다른 층으로 우리를 안내해주었다. 그런데 산부인과 병동에 도착하니, 그곳의 간호사 입에서는 더욱 충격적인 말이 나왔다. "못 믿으시겠지만 빈방이 하나도 없네요." 안 돼, 이럴 순 없어. 제니는 냉철한 자세를 잃지 않았지만, 나는 화가 나기 시작했다. "그럼 어쩌라구요? 주차장에서 낳으란 말입니까?" 내가 쏘아붙였다.

간호사는 신경이 곤두선 예비 아빠들을 무수히 다뤄본 백전노장답게 여유로운 미소를 띠며 이렇게 말했다. "걱정하지 마세요. 자리를 만들어드릴게요."

여기저기 전화를 걸고 난 간호사의 안내에 따라 긴 복도를 지나 이중문을 통과하니, 방금 있었던 산부인과 병동과 똑같이 생긴 곳이 나타났다. 단 한 가지 다른 점이라면, 환자들이 잘 차려입은 고소득 여피들이 아니라는 점이었다. 간호사들이 환자들에게 에스파냐어로 이야기하는 소리가 들렸고, 병실 밖 복도에는 갈색 피부의 남자들이 거친 손에 밀짚모자를 든 채 초조하게 기다리고 있었다. 팜비치 카운티는 대단한 부자들이 사는 곳으로 널리 알려져 있지만, 한 가지 별로 알려져 있지 않은 사실은 이곳에 거대한 농장이 끝없이 펼쳐져 있다는 것이다. 이 농장은 팜비치 서쪽 수 킬로미터 떨어진 곳에 있는 늪지의 물을 빼고 조성되었다. 주로 멕시코와 중앙아메리카에서 온 수만 명의 외국인 노동자들이 후추, 토마토, 상추, 셀러리 등 각 작물의 수확철마다 남플로리다로 몰려든다. 사실 겨울 한철 동안 미국 동부 지역의 채소 수요는 이곳에서 대부분 충족된다. 외국인 노동자들이 아이를 낳는 장소를 찾아낸 기분이었다. 가끔씩 고통에 찬 산모의 비명이 공기를 찢었고, 끔찍한 신음 소리와 "미 마드레(엄마)"라는 외침이 뒤를 따랐다. 마치 공포영화에 등장하는 집 안에 들어와 있는 것 같았다. 제니의 얼굴은 유령처럼 하얘졌다.

안내를 맡은 간호사는 우리를 침대 하나, 의자 하나, 여러 가지 전자 장비가 갖추어진 조그만 큐비클로 데려가서는 제니에게 가운을 주며 갈아입으라고 했다. 몇 분 후 셔먼 선생이 들어서더니 밝은 목소리로, "가난한 병동에 오신 것을 환영합니다!" 하는 것이었다. "방이 좀 삭막한 것에 속지 마세요." 셔먼 선생의 말에 따르면, 이 병원에서 가장 성능 좋은 의료 장비와 가장 훈련을 잘 받은 간호사들이 이 조그만 방들에 배치되어 있다고 한다. 왜냐하면 가난한 여성들은 출산 전에 제대로 보살핌을 받지 못하기 때문에, 출산 과정도 그만큼 위험이 크다는 것이다. "실력이 뛰어난 사람들이죠." 제니의 양수를 터뜨리며 선생이 말했다. 그러고는 나타난 것만큼이나 재빨리 그곳을 떠났다.

사실 제니가 연이어 몰려드는 끔찍한 진통과 싸우면서 오전을 보내는 과정에서, 우리는 정말 유능한 사람들의 손에 맡겨졌다는 생각이 들었다. 간호사들은 경험이 풍부한 전문가들로서 자신감과 따뜻함이 넘쳤고, 주의 깊게 제니 위에 몸을 굽히고서는 자기의 심장박동을 점검하기도 하고 제니에게 이런저런 조언을 해주기도 했다. 나는 그저 옆에 서서 뭔가 좀 도움을 주려고 몸부림쳐 봤지만 허사였다. 드디어 제니가 이를 악물고 나에게 이렇게 쏘아붙이는 지경까지 왔다. "어떠냐고 한 번만 더 물어보면 얼굴을 모두 할퀴어버릴 거야!" 내가 실제로 당한 표정이라도 지었는지, 간호사 하나가 침대를 돌아 옆으로 오더니 다 안다는 듯 내 어깨를 누르며 말했다. "아기 아빠, 동참해주셔서 감사합니다. 애 낳는 일이 이런 거예요."

가끔씩 방을 빠져나와 복도에서 기다리는 다른 남자들과 섞이기 시작했다. 남자들은 저마다 자기 아내가 비명을 지르고 신음하는 방문 옆 벽에 기대고 서 있었다. 폴로셔츠에 카키색 바지를 입고 가죽으로 된 캐주얼 구두를 신은 내 모습이 나 스스로는 우스꽝스럽게 느껴졌으나, 그렇다고 농장 근로자들이 나에게 반감을 가진 것 같지는 않았다. 우리는 곧 서로 미소를 교환하고 다 안다는 듯 고개를 끄덕여주기도 했다. 그들은 영어를 못 하고 나는 에스파냐어를 못 했지만 상관없었다. 우리는 한배를 탄 거니까.

'거의' 한배라고 해야 옳을 것이다. 그날 나는 미국에서 통증을 가라앉히는 일이 공짜가 아니라 사치라는 사실을 배웠다. 능력이 있는 사람, 아니면 우리처럼 의료보험이 진통까지 해결해주는 사람들의 경우, 병원 측에서는 중추신경계에 직접 작용하여 통각을 차단하는 약물인 에피두랄을 투여해주었다. 진통이 시작된 지 네 시간쯤 후 마취사가 나타나 제니의 척추를 따라 긴 바늘을 집어넣고는 정맥을 통해 마취약을 투여하기 시작했다. 몇 분도 되지 않아 제니는 허리 아래에 감각이 없어졌고 편안한 상태가 되었다. 그러나 옆방의 멕시코 여인들은 그렇지 못했다. 이들은 예로부터 전해 내려오는 방법대로 출산의 고통을 겪어야 했고, 여인들의 비명 소리가 계속해서 공기를 갈가리 찢고 있었다.

몇 시간이 지났다. 제니가 힘을 주었다. 나는 제니 곁을 지켰다. 밤이 되자 나는 축구공만 한 덩어리 하나를 손에 들고 복도로 나섰다. 나는 이민 노동자 친구들이 볼 수 있도록 갓 태어난 내 아들을 머리 위로 번쩍 치켜들고는 "우리 아이예요!"라고 에스파냐어로 외쳤다. 다른 아빠들은 만면에 미소를 띠며, 세계 어디서나 통용되는 격려의 손짓인 엄지손가락 쳐들기를 내게 해주었다. 개 이름을 지을 때 그렇게 싸웠던 것과는 딴판으로 제니와 나는 우리의 첫아들 이름에 대해 거의 즉시 합의를 보았다. 아일랜드의 리머릭으로부터 미국으로 건너온 그로건 가문의 조상을 기리기 위해 패트릭이라고 지었다(성패트릭은 아일랜드의 수호성인임_옮긴이). 간호사가 들어오더니 특실 하나가 막 비었다고 알려주었다. 이제 와서 방을 바꿔봐야 무슨 소용이랴 싶었지만, 간호사는 제니를 휠체어에 태우고 아이를 안겨준 다음 새 병실로 옮겨주었다. 고급 병실은 비싼 저녁 식사만 유명한 것이 아니었다.

아기를 낳기 전, 예정일이 다가오면서 제니와 나는 새 식구가 생기면 말리는 즉시 '최우선순위 부양가족' 지위에서 밀려날 텐데 어떻게 하면 녀석을 이 상황에 적응시킬지 의논했다. 우리는 말리가 순조롭게 이 상황에 적응하기를 원했다. 개들이 무시무시한 방법으로 새로 태어난 아기에 대해 끔찍한 질투심을 드러낸다는 이야기도 여기저기서 들은 터였다. 귀중한 물건에 오줌을 싸기도 하고, 요람을 쓰러뜨리기도 하고, 심지어 아기를 직접 공격하기도 했단다. 이런 개들은 대개 애완견 보호소로 보내지며, 다시는 돌아오지 못한다. 남는 침실 하나를 아기방으로 꾸미면서 우리는 말리를 이곳에 마음대로 들어가게 해 아기 침대, 이불보, 기타 여러 가지 아기 용품에 익숙해지도록 했다. 말리는 호기심이 다 채워질 때까지 이곳저곳을 킁킁거리기도 하고, 침을 질질 흘리기도 하고, 핥아대기도 했다. 출산 후 36시간 동안 제니가 병원에서 회복 중일 때, 나는 아기를 싼 담요를 비롯하여 아기의 냄새가 밴 물건을 이것저것 가지고 가서 말리에게 냄새를 맡게 했다. 한번은 아기가 똥을 싼 기저귀를 집으로 가지고 갔더니, 녀석이 얼마나 열심히 킁킁대는지 녀석의 콧속에 배설물이 빨려 들어가 동물병원에 엄청난 돈을 내야 할까봐 걱정이 되기도 했다.

마침내 제니와 아기를 집으로 데려왔을 때 말리는 차고에 있었다. 자동차용 베이비시트에 잠들어 있는 패트릭을 우리 침대에 내려놓은 제니는 나와 말리가 떠들썩한 재회를 하고 있는 차고로 곧 따라왔다. 말리가 미치도록 기뻐 날뛰는 상태에서 그저 대단히 행복한 상태로 진정이 되자, 우리는 녀석을 집으로 데리고 들어갔다. 우리의 계획은 굳이 아기가 있는지 알려주지 않은 채 각자 할 일을 하는 것이었다. 그저 가까이 있다가 말리가 스스로 새 식구의 존재를 알아내게 한다는 얘기다.

제니를 따라 침실로 들어온 말리는 제니가 준비물 가방을 풀기 시작하자 곧장 가방 속으로 코를 들이밀었다. 말리는 분명 우리 침대 위에 새로운 생명이 누워 있다는 사실을 전혀 모르고 있었다. 그런데 패트릭이 몸을 움직이더니 조그맣게 새 우는 소리 비슷한 소리를 냈다. 말리의 귀가 쫑긋 서더니 긴장했다. '이 소리가 어디서 나는 거야?' 패트릭이 다시 한번 소리를 냈고, 말리는 마치 새 사냥개처럼 발을 들어 소리 나는 방향을 가리켰다. 세상에, 아니 이 녀석이 사냥개가……먹이를 가리키는 것처럼 우리 아기를 가리키고 있다. 그 순간, 녀석이 물고 미친 듯 좌우로 흔들어대던 깃털 베개가 떠올랐다. 게다가 아기를 꿩하고 구별할 수 있을 정도로 똑똑한 녀석도 아니지 않은가?

말리가 뛰어나갔다. 그러나 '적을 죽이자'는 식의 공격적 돌진은 아니었다. 이를 드러내지도, 으르렁거리지도 않았다. 그러나 그렇다고 해서 '꼬마야, 만나서 반가워' 식의 돌진도 아니었다. 말리의 가슴이 매트리스를 힘껏 들이받는 바람에 침대 전체가 흔들렸다. 패트릭은 완전히 깨어나 눈을 크게 떴다. 녀석은 물러섰다가 다시 돌진했고, 이번에는 거의 아기의 엄지발가락까지 입을 가져갔다. 제니는 아기를 향해, 나는 개를 향해 몸을 날렸고, 양손으로 녀석의 목줄을 꽉 잡아 뒤로 당겼다. 말리는 어떻게 해서 들어왔는지 모르지만 우리의 성역까지 들어온 새로운 생명에게 다가가고 싶어 제정신이 아니었다. 녀석은 뒷다리로 섰고, 나는 여전히 녀석의 목줄을 뒤로 당기고 있었다. 마치 실버를 탄 론 레인저(미국 텔레비전 서부극의 주인공으로 가면을 쓰고 실버라는 이름의 말을 타고 다닌다_옮긴이)가 된 기분이었다.

제니가 베이비시트의 안전벨트를 풀고 패트릭을 안아 올렸다. 나는 말리를 다리 사이에 끼우고 양손으로 계속해서 목걸이를 붙잡고 있었다. 그러나 제니도 말리가 아기를 해치려 하지 않는다는 것을 알 수 있었다. 말리는 평소의 멍청한 표정을 하고 헐떡거리고 있었다. 눈은 밝게 빛났고, 꼬리는 계속 흔들렸다. 내가 잡고 있는 동안 제니는 조금씩 다가와 말리가 아기의 발가락, 발, 종아리, 허벅지의 냄새를 맡게 해주었다. 태어난 지 하루 반 만에 우리 아기는 벌써 진공청소기의 공격을 당하는 꼴이었다. 코가 기저귀에 닿자 말리는 뭔가 다른 정신 상태로 들어선 것 같았다. 그러니까 '기저귀가 유발하는 황홀경' 같은 것 말이다. 말리는 드디어 성스런 땅에 발을 디딘 것이었다. 신나하는 빛이 역력했다.

"섣부른 짓 하면 넌 그 순간 끝장이야." 제니가 말리에게 경고했다. 그것은 사실이었다. 아기를 향해 바늘 끝만 한 공격성이라도 보인다면 끝장이라는 얘기다. 그러나 말리는 결코 그렇게 하지 않았다. 나중에 곧 알게 된 일이지만, 진짜 문제는 말리가 아기를 해치지 못하게 하는 것이 아니었다. 우리의 문제는 녀석을 기저귀통으로부터 떼어놓는 것이었다.

며칠, 몇 주, 몇 달이 지나면서 말리는 패트릭을 가장 좋은 친구로 받아들이게 되었다. 어느 날 밤, 잠자리에 들려고 불을 끄다보니 말리가 아무데도 없었다. 아기 방에 가보니 패트릭의 요람 옆에 말리가 길게 엎드려 있었고, 두 녀석은 행복에 겨운 사이좋은 형제들처럼 스테레오로 코를 골고 있었다. 거칠 것 없는 야생마 같은 말리도 패트릭이 옆에 있을 때는 달라졌다. 말리는 패트릭이 연약하고 힘없고 조그만 인간이라는 것을 아는 듯했고, 그래서 아기가 옆에 있을 때는 아주 조심스럽게 움직였으며, 아기의 얼굴과 귀를 부드럽게 핥아주곤 했다. 패트릭이 기기 시작하자, 말리는 바닥에 얌전히 엎드려 패트릭이 등산하듯 제 몸을 타고 오르거나, 귀를 잡아당기거나, 눈을 찌르거나 털을 한 움큼씩 뽑아내도 얌전히 있었다. 패트릭이 아무리 귀찮게 해도 말리는 끄떡도 하지 않은 채 마치 석상처럼 그 자리에 있었다. 말리는 패트릭 주변을 맴도는 마음 착한 거인이었으며, 이제 2등으로 밀려난 것을 기꺼이 받아들이는 모습이었다.

우리는 말리를 맹목적으로 신뢰했지만 다른 사람들은 그렇지 않았다. 말리가 천방지축으로 날뛰는 데다 매우 힘이 센 것(체중이 이제는 거의 45킬로그램에 육박했다)을 본 사람들은 연약한 아기의 주변에 이렇게 힘센 동물을 그냥 두는 것이 어리석다고 생각했다. 내 어머니는 확실하게 이런 쪽이었으며, 거침없이 우리에게 걱정을 털어놓았다. 말리가 손자를 핥고 있는 모습을 보면 어머니는 고통스러워했다. "개 혀가 어디 있었는지 알기나 하니?" 어머니는 우회적으로 이렇게 묻곤 하셨다. 그리고 개와 아기는 단둘이 같은 방에 두면 결코 안 된다고 주의를 주기도 했다. 언제 포식자였던 조상들로부터 물려받은 본능이 튀어나올지 모른다고 하면서. 이 집이 어머니의 집이었다면, 어머니는 말리와 패트릭을 콘크리트 벽을 사이에 두고 떼어놓으셨을 것이다.

미시간주에서 사는 어머니가 우리 집에 오신 어느 날, 어머니가 거실에서 비명을 질러대는 것이었다. "존, 빨리 와! 개가 아기를 물어뜯어!" 나는 반쯤 벗은 상태에서 침실을 뛰쳐나가 거실로 가보았지만, 패트릭은 즐거운 표정으로 그네를 타고 있었고, 말리는 그 밑에 엎드려 있었다. 물론 말리는 패트릭을 향해 윗니와 아랫니를 마주치고 있었지만, 어머니가 자지러질 만한 상황은 결코 아니었다. 말리는 패트릭의 그네가 통과하는 지점 중 그네가 뒤로 물러났다가 잠깐 멈춘 후 다시 앞으로 나가는 최고점에 머리를 두고 있었다. 바로 그 지점을 향해 기저귀를 찬 패트릭의 엉덩이가 밀려왔고, 거기 도달하면 말리는 장난스럽게 이를 부딪치면서 주둥이로 궁둥이 사이를 툭툭 치고 있는 것뿐이었다. 패트릭은 신이 나서 소리를 질러댔다. "어머니, 아무것도 아니에요. 말리는 그저 패트릭 기저귀라면 사족을 못 써요."

제니와 나는 일과를 정했다. 밤에는 제니가 몇 시간마다 한 번씩 일어나서 패트릭에게 젖을 먹이고, 아침 6시가 되면 제니가 잘 수 있도록 내가 패트릭을 먹이기로 했다. 잠이 덜 깬 상태에서 나는 패트릭을 아기 침대에서 안아 올려 기저귀를 갈아주고 유동식한 병을 탄다. 그러고는 자그마하고 따뜻한 아기의 몸을 내 배에 꼭 붙이고 뒷베란다에 앉으면 패트릭은 병에 담긴 것을 열심히 빨아먹었다. 어떤 때는 아기의 머리에 내 얼굴을 묻고 정신없이 졸기도 했다. 어떤 때는 라디오를 들으며 새벽하늘이 자주색에서 분홍색으로, 다시 파랗게 변하는 과정을 지켜보기도 했다. 다 먹이고 나서는 패트릭의 등을 두드려 시원하게 트림을 시킨 후, 아기에게 옷을 입히고 나도 옷을 갈아입은 뒤 휘파람으로 말리를 불러셋이 물가로 산책을 나갔다. 큰 자전거 바퀴 세 개가 달린 유모차를 끌고 나가면 모래 위로도 다닐 수 있었고, 차도와 인도의 경계를 넘는 것도 어렵지 않았다. 매일 아침 우리 셋은 볼 만한 구경거리를 제공했다. 말리는 마치 썰매 끄는 개처럼 앞장서서 뛰었고,

나는 뒤에서 개가 너무 빨리 뛰지 못하게 기를 썼으며, 가운데 앉은 패트릭은 신이 나서 마치 교통경찰처럼 팔을 허공에 대고 이리저리 휘두르고 있었으니 말이다. 집에 돌아올 때쯤이면 제니가 일어나 커피를 끓여놓은 다음이었다. 그럼 패트릭을 널찍한 아기 의자에 앉히고 벨트를 매어준 뒤, 앞에 놓인 접시에 치리오(아주 작은 도너츠 모양으로 생긴 시리얼의 상표명_옮긴이)를 부어주었다. 말리는 우리의 시선이 다른 곳으로 가기만 하면 머리를 옆으로 해서 혀를 내민 후 패트릭 앞의 접시에 있는 치리오를 훔쳐먹었다. '아기 걸 훔쳐먹다니, 도대체 말리 녀석은 어디까지 하려는 거야?' 그런데 패트릭은 이 장난을 너무 재미있어했으며, 얼마 안 있어 시리얼 조각을 테이블 옆으로 해서 떨어뜨려 말리가 바닥을 기며 주워먹는 모습을 구경하는 방법을 터득했다. 패트릭은 또 치리오 조각을 무릎에 떨어뜨리면 말리가 식탁 밑으로 머리를 뻗어 패트릭의 배를 밀면서 시리얼 조각을 집어먹게 하는 방법을 발견했고, 그럴 때마다 신나게 웃어대는 것이었다.

제니와 나는 부모 노릇이 적성에 맞는다는 것을 곧 알게 되었다. 아기에게 생활의 리듬을 맞추었고, 애를 키우면서 얻는 작은 기쁨에 즐거워했으며, 힘들 때는 찌푸리기도 했지만 당장은 힘들어도 다 좋은 추억이 될 것이라는 사실도 깨달았다. 우리에게는 모든 것이 있었다. 소중한 아기도 있다. 멍청한 개도 있다. 물가에 위치한 작은 집도 있다. 물론 제니에게는 내가, 나에게는 제니가 있었다.

11월에 신문사에서는 나를 모두가 탐내는 자리인 칼럼니스트로 승진시켜주었고, 이에 따라 나는 일주일에 세 번씩 섹션 첫 페이지에 내가 원하는 것이면 무엇이든지 쓸 수 있게 되었다. 사는 게 즐거웠다. 패트릭이 9개월 되던 어느 날, 제니는 애를 또 하나 갖는 것이 어떻겠느냐고 물었다.

"어, 글쎄, 모르겠어." 항상 아이 하나로는 부족하다고 생각은 했지만 언제쯤 둘째를 가져야겠다고 생각해본 적은 없었다. 첫아이 때 우리가 겪은 모든 일을 되풀이하는 것은 그렇게 서둘 만한 일이 아니었다. "그럼 말이야, 이번에도 피임을 중단하고 어떻게 되는지 보자."

"아, 옛날처럼 케세라세라Que será, será 가족계획을 하자는 말이군." 제니가 대답했다. "우습게 보지 마. 지난번엔 됐잖아."

그래서 우리는 그대로 했다. 내년 아무 때나 임신이 되면 적당한 타이밍이라고 생각되었다. 계산을 해보더니 제니가 이렇게 말했다. "앞으로 임신까지 6개월이 걸린다고 치면 아기 낳을 때까지만 9개월이 더 필요하네. 터울은 두 살 이상이 되는 거지."

꽤 괜찮은 것 같았다. 2년이면 아직 멀었다. 거의 영원이나 마찬가지다. 현실감도 들지 않았다. 이제는 내가 수태를 시킬 능력이 있음이 증명된 이상 스트레스를 받을 일도 없었다. 일어날 일은 일어날 것이다.

그로부터 일주일 후 제니는 임신했다.

13
한밤의 비명

다시 아기를 갖고 나니 한밤중에 희귀한 음식을 먹고 싶어 하는 제니의 이상한 버릇이 되살아났다. 어떤 날은 루트 비어(식물 뿌리에서 짠 즙에 이스트를 넣어 발효시킨 음료로 알코올 성분이 거의 없음_옮긴이), 또 어떤 날은 자몽이었다. 어느 날은 자정 바로 직전에 이렇게 묻는 것이었다. "우리 초콜릿바 없나?" 지난번 임신 때처럼 24시간 편의점을 자주 드나들어야 할 판이었다. 휘파람으로 말리를 불러 목줄을 맨 후 함께 편의점으로 갔다. 주차장에서 금발을 거꾸로 빗어 올리고, 밝은 자주색 립스틱을 칠하고, 이제까지 본 것 중 가장 굽이 높은 하이힐을 신은 젊은 여성이 우리에게 말을 걸었다. "어머, 개 귀엽다!" 여자가 호들갑을 떨었다. "안녕? 넌 이름이 뭐니?" 말리는 말할 것도 없이 새로운 대상을 사귀게 되어 뛸 듯이 기뻐했지만, 나는 녀석이 그녀의 자주색 미니스커트나 흰 탱크톱에 침을 흘릴까봐 목줄을 단단히 쥐고 있었다. "너 나한테 뽀뽀하고 싶지, 그렇지?" 입술을 내밀고 쪽쪽 소리를 내며 여자가 말했다.

이야기를 하는 동안에도 나는 이 예쁜 여자가 이 시간에 딕시 하이웨이 도로변 주차장에서 혼자 무얼 하고 있는지 의아스러웠다. 차가 있는 것 같지도 않았다. 편의점으로 들어가려고 하는 것 같지도 않았고, 방금 나온 기색도 아니었다. 마치 주차장 도우미처럼 사람이나 개가 다가오면 반갑게 맞이하는 게 일인 것 같았다. 손님을 반기는 월마트 직원처럼. 도대체 왜 이렇게 친절할까? 예쁜 여자들은 결코 친절하지 않으며, 적어도 한밤중에 주차장에서 만난 낯선 남자에게 친절할 리가 없다. 그때 차가 한 대 들어오더니 나이가 좀 든 사람이 창문을 내리며 외쳤다. "당신이 헤더요?" 그녀는 마치 이렇게 말하려는 듯 나를 향해 야릇한 미소를 던졌다. '먹고 살려면 어쩔 수 없어요.' 그러고는 서둘러야겠다며 차에 오른 뒤 말리에게 잘 가라고 한마디를 던지고는 사라졌다.

"헛물켜지 마." 그 차가 떠나자 나는 말리에게 말했다. "저 여잔 네 능력 밖이야."

며칠 후 일요일 아침, 10시쯤 말리와 함께 「마이애미 헤럴드 Miami Herald」 한 부를 사려고 같은 편의점에 들렀더니, 이번에는 확실하게 십대로 보이는 여성 둘이 우리에게 다가왔다. 둘 다 마약을 한 데다 마약중독자들 같았고, 초조해 보였다. 지난번에 만난 여자와는 달리 이들은 대단히 예쁘지도 않았고, 예뻐 보이려는 노력도 하지 않았다. 둘 다 빨리 마약을 하기 위해 안달이 난 표정이었다. 둘 중 하나가 나에게 물었다. "해럴드?" 아니라고 대답하면서 이런 생각을 했다. '매춘하는 여자를 만나러 오면서 래브라도 레트리버를 데리고 올 사람이 있다고 생각하니?' 처음에 얘들은 내가 얼마나 황당한 인간이라고 생각했을까? 편의점 앞 매대에서 진열된 신문 한 부를 뽑아 드는 순간 차 한 대가 들어왔고(아마 해럴드였을 것이다), 여자들을 태우더니 바로 사라졌다.

딕시 하이웨이에서 성업 중인 매춘 현장과 마주친 사람은 나뿐만이 아니었다. 한 번은 우리 누나가 수녀처럼 얌전하게 입고 우리 집을 찾아오는데, 차를 타고 지나가던 모르는 남자들이 수작을 걸어왔다고 한다. 그것도 두 번이나. 어떤 손님은 우리 집에 도착하더니, 한참 운전을 하고 오는데 길가에서 어떤 여자가 자기를 향해 가슴을 드러내 보이더란다.

주민들의 원성이 높아지자 시장은 수작을 걸다 적발된 남성들을 공개적으로 망신 주겠다고 약속했고, 경찰은 평복을 입은 여성 경찰관을 요소요소에 배치하여 미끼를 무는 남성들을 체포할 계획도 세웠다. 미끼로 나선 이 여성 경찰들은 내가 본 매춘부 중 가장 안 어울리는 모습이었다. 에드가 후버(미국 FBI국장. 1972년 은퇴할 때까지 48년간 FBI의 수장으로 있으면서 고급 정치정보를 이용해 대통령과 직거래를 할 정도로 권력을 누렸다_옮긴이)가 여장을 하고 있다고 생각해보라. 그런데도 수작을 거는 남성들이 있었다. 어떤 사람은 바로 우리 집 밖 보도에서 TV 뉴스 촬영 팀이 대기 중인 가운데

걸렸다.

문제가 매춘부와 그들의 고객에 그쳤으면 그저 신경 안 쓰고 살 수도 있었겠지만, 범죄행위는 여기서 그치지 않았다. 우리 동네는 날이 갈수록 위험한 곳이 되어가는 것 같았다. 하루는 물가를 산책하고 있던 중 입덧이 갑자기 심해진 제니가 나와 패트릭, 말리는 계속 산책하게 내버려두고 혼자 집으로 돌아간 적이 있었다. 샛길로 들어갔더니 차가 천천히 멈추는 소리가 들렸다. 제니는 이웃 사람이 인사를 하려고, 아니면 어떤 사람이 길을 물어보려고 차를 세운다고 생각했다. 뒤를 돌아 차 안을 들여다보니 아랫도리를 완전히 벗은 사람이 자위를 하고 있더란다. 원하던 반응을 구경한 운전자는 즉시 후진기어를 넣고 번호판이 보일세라 마구 달려갔다고 한다.

패트릭이 한 살도 채 되기 전에 우리 블록에서 살인 사건이 또다시 벌어졌다. 네더미어 여사의 경우처럼 이번에도 피해자는 혼자 사는 할머니였다. 딕시 하이웨이를 벗어나 처칠 거리로 들어서자마자 첫 번째 집이 그녀의 집이었는데, 바로 24시간 영업을 하는 노천 빨래방 뒷집이었다. 나는 지나가다가 그저 손이나 흔들 정도로 할머니와 아는 사이였다. 그러나 네더미어 여사의 경우와는 달리 이번에는 면식범이니까 다른 사람은 괜찮겠지 하는 마음의 위안을 가질 수 없었다. 무작위로 피해자를 고른 범인은 토요일 오후 할머니가 뒷마당에서 빨래를 널고 있는 동안 집 안으로 침입했다. 할머니가 안으로 들어오자, 범인은 손목을 전화선으로 묶고 할머니를 매트리스 밑에 집어넣은 후 돈을 찾느라 집 안을 몽땅 뒤졌다. 놈은 훔친 물건을 가지고 달아났고, 힘없는 할머니는 매트리스의 무게에 눌려 서서히 질식해갔다. 경찰은 빨래방 근처를 어정거리는 부랑자를 즉시 체포했다. 그의 주머니를 털어보니 훔친 물건이 다 나왔는데, 모두 합해봐야 16달러에다가 동전 몇 푼이었다고 한다. 인간의 생명을 대가로 얻은 것이었다.

이렇게 범죄가 들끓는 가운데 사람들이 말리를 실제 이상으로 무서워하는 것은 고마운 일이 아닐 수 없었다. 녀석이 대책 없는 평화주의자라서 가장 심한 공격이라고 해봐야 침 바르기뿐이면 어떤가. 모르는 사람이 찾아오면 제일 먼저 하는 짓이 테니스공을 물고는 공놀이를 하자는 것이면 또 어떤가. 침입자들은 이런 사실을 알 필요가 없다. 모르는 사람이 문간에 나타나면 우리는 말리를 가둬놓고 문을 열어주곤 했지만 더 이상 그렇게 하지 않았다. 말리가 위험한 개가 아니라고 안심시키는 것도 그만두었다. 그 대신 우리는 희미하게나마 공포스러운 경고를 흘리기로 했다. 예를 들면 "요즘 얘가 점점 종잡을 수 없어지네요"라든가 "몇 번만 더 들이받으면 이 문이 망가지겠네요."

우리에게는 아기가 있었고, 또 한 아기가 태어나려 하고 있었다. 안전이라는 것을 이제 더 이상 쉽게 보아 넘길 상황이 아니라는 얘기다. 제니와 나는 자주, 누군가가 패트릭이나 우리를 해치려고 하면 말리가 어떤 반응을 보일까 궁금해했다. 나는 녀석이 그저 펄쩍펄쩍 뛰거나 헐떡거리며 짖기만 할 것이라고 생각했다. 그러나 제니는 말리를 좀 더 신뢰하고 있었다. 제니는 우리에 대한, 특히 치리오를 나눠주는 패트릭에 대한 말리의 특별한 충성심을 확신하고 있었다. 위기가 닥치면 말리의 마음속 깊은 곳에 자리 잡은 이 충성심이 솟아나 격렬한 원초적 본능에 따른 보호심을 발휘하리라는 것이 제니의 생각이었다. 나는 이렇게 말했다. "그럴 리가 없어. 녀석은 그저 나쁜 놈의 사타구니에 코를 쑤셔 박고 신나게 킁킁대기만 할걸." 그러나 어느 쪽이든 말리는 사람들에게 엄청난 공포감을 주었다. 그것으로 충분했다. 말리의 존재만으로도 집 안에서 우리가 위험하다고 느끼는가, 아니면 안전하다고 느끼는가가 달라졌다. 말리가 보호자로서 얼마나 쓸모 있느냐에 대해 제니와 나의 입씨름은 계속되었지만, 어쨌든 말리를 옆에 두고 우리는 편안하게 잠들었다. 그런데 어느 날 이러한 논쟁에 종지부를 찍는 사건이 일어났다.

때는 10월이었고, 날씨는 아직 건기로 바뀌기 전이었다. 밤은 찌는 듯 무더웠고, 에어컨을 틀어놓아 창문은 닫혀 있었다. 11시 뉴스가 끝난 후 말리를 데리고 나가 오줌을 누게 한 뒤 패트릭이 잘 자고 있는지 본 다음, 불을 끄고 이미 깊이 잠든 제니 옆에 누웠다. 말리는 항상 그런 것처럼 내 쪽 침대 옆에 널브러지며 숨을 크게 내쉬었다. 막 잠이 들려는데 찢어질 듯한 비명이 길게 이어지며 닫힌 창문으로 파고들었다. 나는 잠이 번쩍 깼고, 말리도 마찬가지였다. 말리는 어둠 속에서 귀를 쫑긋 세우고는 침대 옆에 꼼짝 않고 있었다. 다시 한번 비명이 창문을 뚫고 에어컨의 기계 소리를 넘어 고막을 때렸다. 비명. 의심의 여지 없이 크고 분명한 여자의 비명 소리였다. 처음에는 십대 애들이 길거리에서 장난을 치나, 하는 생각이 들었다. 흔히 있는 일이었으니까. 그러나 방금 들린 것은 신나게 놀면서 내지르는 소리가 결코 아니었다. 절박감과 공포가 소리에 묻어나왔고, 누군가가 위기에 빠졌다는 생각이 들기 시작했다.

"가자, 말리." 침대에서 빠져나오며 내가 속삭였다.

"나가지 마." 제니의 목소리가 어둠 속에서 흘러나왔다. 제니가 잠에서 깨어 듣고 있는 줄은 몰랐다.

"경찰에 전화해. 조심할게."

사각팬티 바람에 말리에게 초커 체인을 달고 현관을 나서니, 마침 물가 쪽으로 쏜살같이 달리는 사람 그림자가 눈에 들어왔다. 비명 소리는 반대 방향에서 나고 있었다. 벽과 유리창이 없는 바깥으로 나와보니 공포 영화에서나 들어보던 끔찍한 비명 소리가 밤공기를 거침없이 가르며 날아와 귀에 꽂혔다. 여기저기 다른 집 현관에도 불이 들어왔다. 길 건너편 집에 세 들어 살던 젊은이 두 명이 짧은 청바지 차림으로 튀어나와 비명 소리가 나는 쪽으로 달렸다. 나는 신중하게 거리를 두고 따라갔고, 말리는 내 곁에 바짝 붙어 있었다. 두 청년은 몇 집 건너 어떤 집의 잔디를 가로질러 가더니 곧 돌아서서 내게로 달려왔다.

한 명이 뒤를 가리키며 "쟤한테 가봐요! 찔렸어요!" 하고 외쳤다.

"우린 범인 쫓아가요!" 다른 하나가 소리쳤고, 둘은 맨발로 아까 그림자가 사라진 방향으로 뛰어갔다. 겁 없는 독신녀인 내 이웃 배리는 네더미어 여사가 살던 집 옆의 다 쓰러져가는 방갈로를 완전히 수리해서 사는 사람인데, 차에 뛰어오르더니 범인 추격 대열에 합류했다.

나는 말리의 목줄을 놓고 비명 소리가 나는 쪽으로 달렸다. 세 집을 건너가니 열일곱 살 난 동네 소녀가 자기 집 진입로에 몸을 구부리고 서서 울며 숨을 헐떡이고 있었다. 갈비뼈 쪽을 누르고 있는 소녀의 손 밑으로 피가 블라우스에 붉은 원을 그리며 배어 나오고 있었다. 모래 색깔의 머리가 어깨 아래로 흘러내리는 가냘 프고 귀여운 소녀였다. 소녀와 같이 사는 엄마는 이혼녀로, 야간 근무 간호사로 일하고 있는 쾌활한 여성이었다. 엄마하고는 몇 번 이야기를 나눈 적이 있지만 아이하고는 그저 눈인사나 하는 정도 였으므로, 나는 아이의 이름조차 알지 못했다.

"소리 지르면 찌르겠다고 했어요." 가쁜 숨을 몰아쉬다가 헐떡 이기도 하면서 소녀가 울먹이며 말을 이어갔다. "그래도 소릴 질 렀죠. 그랬더니 찌르더군요." 내가 못 믿겠다고 하기라도 한 듯 소 녀는 블라우스 자락을 들어 올려 칼이 갈비뼈 사이를 뚫고 들어간 자리를 보여주었다. "차 안에 앉아서 라디오를 듣고 있는데 어디선가 불쑥 나타났어요." 소녀의 팔에 손을 올려 진정시키려고 하는데, 벌써 소녀의 다리가 풀리기 시작했다. 마치 새끼 사슴처럼 무릎을 꺾으며 소녀는 내 품 안으로 쓰러졌고, 나는 소녀를 살그머니 땅바닥에 내려놓고 머리를 받쳐주었다. 목소리는 작고 조용해졌으며, 눈을 뜨기 위해 애쓰고 있었다. "소리치지 말라고 했어요." 소녀가 되풀이했다. "손으로 입을 막더니 소리치지 말라고 했어요."

"잘한 거야." 내가 말했다. "소리치니까 놈이 무서워서 도망갔지."

소녀가 쇼크 상태에 빠지는 게 아닌가 하는 생각이 들었고, 이 순간 어찌해야 할지 전혀 알 수가 없었다. '도대체 구급차는 왜 안 오는 거야.' 소녀를 안정시키기 위해 내가 할 수 있는 일은 딱 한 가지, 마치 내 아이한테 하듯 머리를 쓰다듬어주고, 한 손으로는 뺨을 어루만져 눈물을 닦아주는 것뿐이었다. 소녀가 기운을 잃어가자 나는 구급차가 곧 온다, 기운을 내라고 계속 말했다. "괜찮아"라는 말을 되풀이하면서도 사실 자신이 없었다. 소녀의 피부는 잿빛이었다. 그런 자세로 땅바닥에 몇 시간을 앉아 있었던 것 같은데, 나중에 경찰 보고서를 보니 기다린 시간은 딱 3분이었다. 그제야 말리 생각이 났다. 고개를 드니 말리는 우리로부터 3미터쯤 떨어진 곳에서 길 쪽을 향해 일찍이 본 적이 없는 황소 같은 단호한 자세로 서 있었다. 투사의 모습이었다. 목 근육은 튀어나왔고, 입은 굳게 다물고 있었다. 어깨뼈 위의 털은 곤두섰고, 눈은 도로를 응시하고 있었는데, 언제라도 튀어나갈 자세였다. 그 순간 제니가 옳다는 생각이 들었다. 칼을 든 범인이 돌아왔다면 먼저 말리를 상대해야 했을 것이다. 말리는 놈이 우리에게 다가오지 못하도록 죽기를 각오하고 싸울 것이라는 분명한 믿음이 생겼다. 어차피 나는 내 품 안의 소녀가 죽을지도 모른다는 생각에 감정이 북받친 상태였다. 말리가 그렇게 믿음직하고 단호한 태도로 우리를 지키고 서 있는 모습을 보자, 눈물이 나기 시작했다. 개가 인간의 가장 좋은 친구라고? 너무 맞는 말이다.

"내가 있잖아." 소녀에게 이렇게 말했지만 내가 하려던 말, 해야 했던 말은 '우리'였다. 말리하고 나 말이다. "경찰이 오고 있어. 버텨. 조금만 더 버텨."

눈을 감으며 소녀가 말했다. "제 이름은 리사예요."

"난 존이야." 이런 상황에서 마치 동네잔치에 참석한 이웃끼리 통성명하듯 서로를 소개하는 모습은 우스꽝스러웠다. 거의 웃음이 나올 지경이었지만, 웃는 대신 나는 소녀에게 이렇게 말해주었다. "이제 살았어, 리사."

하늘에서 내려온 대천사처럼 한 경찰관이 보도를 달려오는 모습이 보였다. 나는 말리에게 휘파람을 불면서 이렇게 말했다. "괜찮아, 좋은 사람이야." 이 휘파람으로 마치 마술이 풀린 것 같았다. 어느새 말리는 착하고 철없는 개로 돌아와 있었고, 주변을 뛰어다니며 헐떡거리기도 하고 킁킁거리기도 했다. 말리를 갑자기 투사로 만든 조상들의 본능이 무엇인지는 몰라도 하여간 지니는 다시 램프 속으로 들어갔다는 얘기다. 경찰들이 계속 달려와 우리를 에워쌌고, 곧 구급차가 도착해 들것과 소독 거즈를 든 요원들이 뛰어내렸다. 나는 비켜서서 경찰관들에게 아는 대로 상황을 말해주고, 깡충대는 말리를 데리고 집으로 돌아왔다.

제니는 현관에서 기다리고 있었고, 우리는 함께 앞 창문을 통해 거리에서 벌어지는 상황을 구경했다. 우리 동네는 마치 수사극 촬영장으로 탈바꿈한 것 같았다. 터지는 카메라 플래시의 불빛이 창문을 뚫고 들어왔고, 경찰 헬리콥터가 머리 위를 돌며 이 집 저 집의 뒷마당과 골목으로 탐조등 빛을 쏟아냈다. 경찰은 도로 차단기를 설치하고 보도로 동네를 이 잡듯 뒤졌다. 그러나 이들의 고생은 모두 헛수고가 될 터였다. 어떤 용의자도 잡히지 않았고, 동기조차 확인할 수 없었다. 범인을 추격한 두 청년은 범인의 그림자도 보지 못했다고 나중에 이야기했다. 결국 제니와 나는 다시 잠자리에 들었지만, 둘 다 오랫동안 깨어 있었다.

"같이 있었으면 당신도 말리를 자랑스러워했을 거야." 내가 말했다. "놀라웠어. 어쩐 일인지 녀석이 보통 일이 아니라는 걸 알더란 말이지. 그냥 알았어. 위험하다는 걸 느꼈나봐. 그러더니 완전히 딴 개가 되더라구."

"내가 뭐랬어." 제니가 말했다.

헬리콥터는 계속 상공을 맴돌고 있었고, 제니는 옆으로 돌아눕더니 이렇게 말하고 잠들었다. "이 동넨 맨날 이래." 나는 손을 아래로 뻗어 어둠 속에서 내 옆에 잠들어 있는 말리를 만져보았다.

"너 오늘 대단했어, 말리." 귀를 긁어주며 내가 속삭였다. "밥값 톡톡히 했군." 말리의 등에 손을 댄 채 나도 잠에 빠져들었다.

자기 집 앞에서 차에 타고 있다가 칼에 찔린 소녀의 이야기를 다음 날 아침 신문이 단 여섯 문장으로 처리한 것을 보면 남플로리다라는 곳이 얼마나 범죄에 둔감한지 알 수 있다. 「선센티넬」지는 3B면의 단층 칼럼에 '소녀 피격 상해'라는 제목으로 간단히 다루었을 뿐이다.

신문은 물론 나나 말리, 그리고 반쯤 벗은 상태에서 범인을 추격한 이웃집 청년들에 대해서는 전혀 다루지 않았다. 범인을 차로 추격한 배리도 등장하지 않기는 마찬가지였다. 그리고 모두 나와 현관 등을 켜고 경찰에 신고 전화를 건 이웃들에 대한 언급도 없었다. 걸핏하면 강력 범죄가 발생하는 남플로리다에서 어젯밤 우리 동네의 사건쯤은 딸꾹질에 불과했다. 사망자도 없고 인질극도 벌어지지 않았는데, 뭐가 대단하단 말인가.

칼은 리사의 폐를 뚫었고, 소녀는 5일간 입원을 한 데다 몇 주간 집에서 회복 기간을 거쳐야 했다. 리사의 엄마가 이웃 사람들에게 회복 과정에 대해 알려주었지만, 소녀는 집 안에 머물 뿐 밖으로 나오지 않았다. 나는 아이가 칼에 찔렸을 때 받았을 정신적 상처가 걱정되었다. 안전한 집을 놔두고 마음 놓고 외출이나 할 수 있을까. 소녀와 함께 보낸 시간은 3분밖에 안 됐지만, 나는 마치 오빠가 어린 여동생에게 느끼는 것 같은 유대감을 느꼈다. 물론 프라이버시도 존중해주고 싶었지만 동시에 소녀도 보고 싶었고, 소녀가 정신적으로나 육체적으로 괜찮다는 사실을 내 눈으로 확인하고 싶었다.

어느 토요일, 말리를 옆에 묶어놓고 세차를 하다가 고개를 들었는데, 소녀가 서 있었다. 지난번보다 더 예뻐진 모습이었다. 피부가 좀 탔으나 건강하고 탄탄해 보였으며, 간단히 말해 다시 멀쩡해진 모습이었다. 리사가 미소를 짓더니 물었다. "저 기억하세요?"

"글쎄." 기억이 안 나는 척하며 나는 말을 이었다. "글쎄, 본 것 같기도 하네. 아, 지난번 톰 피티 콘서트 때 내 앞자리에 서서는 앉으라고 해도 말 안 듣던 학생이었나?"

리사는 웃음을 터뜨렸고 내가 물었다. "어떻게 지내니, 리사?"

"잘 지내요. 다 정상으로 돌아왔어요."

"너 아주 좋아 보인다. 지난번보다 더 건강해 보이는데."

"네." 이렇게 말하면서 리사는 발치를 내려다보았다. "끔찍한 밤이었어요."

"그래, 맞아."

그날의 사건 이야기는 거기서 끝이었다. 이어서 리사는 병원, 의사, 자기에게 이것저것 물어본 형사 이야기, 끝없이 들어온 과일 바구니, 다 나을 때까지 집에서 꼼짝 못 하고 있을 때의 지루함 등을 이야기했다. 그러나 찔린 것에 대해서는 아무 이야기도 하지 않았고, 나도 그 부분은 피했다. 과거 속에 묻어버리는 것이 가장 좋은 일인 경우도 있는 법이다.

그날 오후 리사는 우리 집에 한참 동안 있으면서 내가 이것저것 정원을 돌볼 때 따라다니기도 하고, 말리와 장난치기도 하고, 잡담도 나누었다. 뭔가 할 얘기가 있는 것 같은데 꺼내지 못하는 것처럼 보였다. 하긴 겨우 열일곱 살이 아니던가. 적절한 표현을 찾아내기 어려울 것이다. 우리 두 사람은 생판 남이었다가 알 수 없는 폭력으로 인해 불시에 마주쳤다. 보통 이웃들끼리 나누는 인사를 나눌 틈도 없었다. 적당한 거리를 유지할 여유도 없었다. 그저 눈 깜짝할 사이에 리사와 나는 위기 속에서 한 덩어리가 되었다. 사각팬티를 입은 아빠와 피에 젖은 블라우스를 입은 십대 소녀가 서로 뒤엉켜 있는 상황 말이다. 그리고 뭔가 친밀함 같은 것이 있었다. 어떻게 없을 수 있겠는가. 물론 어색하기도 하고 약간 당혹스럽기도 했다. 왜냐하면 그 순간 서로의 적나라한 모습을 봐버린 것이니까. 말은 필요 없었다. 달려와준 것에 대해 리사가 감사하고 있음을 나는 안다. 그리고 서툴긴 했지만 내가 자신을 진정시키려고 애쓴 데 고마워하는 것도 안다. 내가 리사를 깊이 걱정했고, 그녀의 어려움 속에 뛰어들었다는 사실을 리사도 알고 있었다. 삶의 여러 가지 면모를 극명히 드러내주는 짧고도 선명한 순간을 나와 리사는 함께한 것이고, 둘 다 그 순간을 쉽게 잊지 못할 것이다.

"와줘서 고마워." 내가 말했다.

"저도 만나뵈어서 반가웠어요." 리사가 말했다. 리사와 헤어질 때쯤 나는 소녀에 대해 자신감이 생겼다. 소녀는 강했다. 그리고 꿋꿋했다. 리사는 계속 건강한 삶을 살아갈 것이다. 그 후 몇 년 뒤 실제로 그랬다는 사실이 증명되었다. 왜냐하면 리사가 TV 방송국에서 잘나가고 있다는 이야기를 들었기 때문이다.

14

조산

"여보."

잠에 빠져 있던 나는 누가 나를 부르고 있음을 조금씩 느끼기 시작했다. "여보, 일어나봐." 제니가 나를 흔들고 있었다. "여보, 애가 나오려나봐."

나는 팔꿈치로 몸을 괴고 일어나 눈을 비볐다. 제니는 옆으로 누워서 무릎을 가슴까지 끌어 올리고 있었다. "애가 어쨌다구?"

"진통이 자꾸 와. 진통 간격을 재고 있었어. 셔먼 선생에게 연락해야 할 것 같아."

잠이 확 달아났다. '애가 나온다구?' 나는 두 번째 아이를 목을 빼고 기다리고 있었다. 초음파 검사 결과, 얘도 아들이었다. 그런데 지금은 나올 때가 아니다. 절대로 아니란 말이다. 임신 21주째로 40주 임신 기간 중 겨우 절반밖에 지나지 않은 때니까 말이다. 제니가 사온 예비 엄마 책 중에는 태아의 모습을 일주일 단위로 찍어놓은 고해상도 사진 모음이 있었다. 그 책을 펼쳐놓고 21주째에 해당하는 사진을 들여다보며 우리 아기가 자라는 모습에 제니와 내가 감탄한 것이 바로 며칠 전이다. 21주 된 태아는 손바닥 위에 올려놓을 수 있다. 무게도 500그램이 채 안 된다. 눈은 꼭 닫혀있고, 손가락은 마치 자잘한 나뭇가지 같으며, 폐는 대기 중에서 산소를 걸러낼 힘도 없다. 21주라면 살아남기가 힘들 것이다. 자궁 밖에서 생존을 유지할 확률은 물론 낮으며, 장기적이고도 심각한 건강상의 문제를 겪지 않고 살아남을 가능성은 더욱 낮다. 자연이 인간의 아기를 자궁 속에 열 달이나 두는 데는 다 이유가 있다. 그러니 21주라면 가능성이 희박할 수밖에 없다.

"별일 아닐지도 몰라." 말은 이렇게 했지만 산부인과에 단축 다이얼로 전화를 걸어 메시지를 남기는 내 가슴은 마구 쿵쾅거리고 있었다. 2분 후 셔먼 선생이 졸린 목소리로 전화를 했다. "가스가차서 그런지도 몰라요. 그래도 한번 보는 게 좋겠네요." 선생은 제니를 당장 병원으로 데려오라고 했다. 그래서 즉시 온 집안을 돌아다니며 혹시 밤을 샐 경우에 대비해 준비물을 가방에 집어넣고 아기 먹을 것을 준비한 후 기저귀 가방도 쌌다. 제니는 얼마 전에 아기를 낳은 직장 동료 샌디에게 전화를 해 패트릭을 맡아줄 수 있느냐고 물었다. 샌디는 몇 블록 건너에 살고 있었다. 말리도 깨어나 몸을 쭉 뻗고 하품을 한 뒤 신이 나서 쫓아다니기 시작했다. '심야의 드라이브로구나!' "안 돼, 말리. 미안." 이렇게 말하며 녀석을 차고로 데려가니 실망하는 빛이 역력했다. "넌 본부를 지켜."
애가 깨지 않도록 조심스럽게 아기 침대에서 안아 올려 자동차 뒷
자리에 앉히고 벨트를 채워준 후 제니와 나는 길을 떠났다.

세인트메리 병원의 신생아 중환자실 간호 팀은 즉시 행동에 들
어갔다. 간호사들은 제니를 환자복으로 갈아입히더니 자궁 수축
과 아기의 심장박동을 측정하는 장치를 제니의 몸에 부착했다. 제
니는 6분마다 진통을 겪고 있었다. 가스가 결코 아니라는 뜻이다.
"애가 빨리 나오고 싶은가봐요." 한 간호사가 말했다. "하지만 아
직 나오지 못하게 최선을 다해볼게요."

셔먼 선생이 전화를 걸어 제니의 산도가 확장되었는지를 물었
다. 한 간호사가 장갑 낀 손가락으로 확인해보더니 1센티미터 확
장되었다고 대답했다. 좋은 징조가 아니라는 것을 나도 알 수 있
었다. 10센티미터면 자궁 경부가 완전히 확장되며, 정상 분만의
경우 엄마는 이때부터 힘을 주기 시작한다. 고통스런 자궁 수축이
한 번 올 때마다 제니의 몸은 점점 더 돌이킬 수 없는 지점을 향해
가고 있었다.

셔먼 선생은 링거액을 투여한 다음 진통 차단제인 브레틴을 주
사하라고 지시했다. 자궁 수축은 멈췄으나 두 시간도 되지 않아
더욱 격심하게 다시 시작되었고, 이 때문에 브레틴을 또 한 번 맞
아야 했으며, 이어서 한 번 더 맞았다.

그로부터 12일간 제니는 입원해 있었고, 출산 의료 전문가들이

줄줄이 찾아와 이리저리 진찰을 해보았다. 그동안 제니의 몸에는 줄곧 여러 가지 모니터와 정맥주사 바늘이 꽂혀 있었다. 나는 휴가를 내어 패트릭을 돌보면서 집안을 꾸려가려고 무진 애를 썼다. 세탁, 아기 먹이기, 내 밥 챙겨먹기, 각종 청구서 지불하기, 집안일, 정원 관리. 아, 그리고 우리 집에 사는 또 하나의 생물, 불쌍한 말리의 가족 내 지위는 이등 시민에서 아예 밑바닥으로 떨어졌다. 내가 무시를 해도 말리는 항상 내게 들러붙었으며, 나를 제 시야 밖으로 벗어나게 내버려두지 않았다. 한쪽 팔에 패트릭을 안고 다른 손으로는 진공청소기로 청소를 하거나 세탁기를 돌리거나 식사 준비를 하느라 집 안을 바쁘게 돌아칠 때도 녀석은 착실히 쫓아다녔다. 부엌으로 뛰어들어가 접시 몇 개를 식기세척기에 쓸어 넣을라치면 어느새 녀석이 다가와 내 주위를 대여섯 번 돌고는 정확한 위치를 선정해서 바닥에 엎드리곤 했다. 하지만 엎드리는 동작이 끝나자마자 나는 돌아서서 세탁실로 달려가 세탁기에서 옷을 꺼내 건조기에 집어넣는다. 녀석은 또 따라와서 내 주위를 돌다가 조각 카펫들을 제 취향에 맞게 정렬하고는 또다시 엎드리는 것이다. 그러면 나는 거실로 달려가 신문을 집어 든다. 이런 식으로 계속 돌아치는 것이었다. 그저 운이 좋으면 미친 듯 뛰어다니던 내가 녀석의 등을 한두 번 툭툭 두들겨줄 수 있을 뿐이었다.

어느 날 밤 패트릭을 가까스로 재우고 나서 지쳐 떨어져 소파에 널브러져 있었다. 말리가 달려와서는 줄다리기 장난감을 내 무릎에 떨구고는 커다란 밤색 눈으로 나를 올려다보았다. "말리, 나 완전히 지쳤어." 말리는 주둥이를 장난감 밑으로 넣더니 고개를 뒤로 젖혀 하늘로 띄워 올렸다. 나더러 잡아보라는 것이었다. 그래놓고 제가 낚아채려고 말이다. "미안하다, 말리. 오늘은 못 하겠어." 말리는 눈살을 찌푸리더니 머리를 뒤로 젖혔다. 말리의 평온하던 일상이 갑자기 뒤죽박죽이 되었다. 여주인은 어디로 갔는지 보이지 않고, 주인아저씨는 놀아주지도 않으며, 모든 것이 달라졌다. 작은 소리로 낑낑거리는 모습을 보니 녀석이 나름대로 상황 파악을 위해 고심하는 것을 알 수 있었다. '주인은 왜 나랑 놀아주지 않지? 아침 산책은 왜 안 나가는 거야? 거실에서 레슬링은 왜 안 하지? 그리고 도대체 안주인은 어딜 간 거야? 설마 옆 동네 달마시안하고 달아난 건 아니겠지?'

그러나 상황이 말리에게 꼭 나쁘게만 돌아가지는 않았다. 좋은 면을 보자면, 우선 내가 결혼 전의 (그러니까 게으른) 생활양식으로 재빨리 돌아간 것이다. 집안의 유일한 성인이라는 지위를 이용하여 나는 '부부 가정 관리법'의 효력을 정지시키고 과거에 폐지되었던 '총각법'의 부활을 온 집안에 선포했다. 제니가 병원에 있는 동안 셔츠는 이틀 아니면 사흘까지 입었으며, 겨자 얼룩이 묻은 채로 입기도 했다. 우유는 팩을 따서 바로 마셨고, 변기 시트는 큰일을 볼 때 이외에는 항상 올려져 있었다. 무엇보다도 말리가 신났던 것은 욕실 문 24시간 개방 정책이었다. 어차피 남자들밖에 없는데 뭘. 이렇게 되자 말리는 욕실이라는 좁은 공간과 친근해졌다. 욕조에 달린 수도꼭지에서 물을 받아 마시는 일은 당연한 과정이었다. 제니가 봤으면 기겁을 했겠지만, 내가 보기에는 변기물을 마시는 것보다 훨씬 나았다. 변기의 시트를 올려놓는 정책(이는 당연히 변기 뚜껑 열어놓기 정책을 수반한다)이 튼튼하게 뿌리를 내리자, 주둥이를 박으라고 유혹하는 도자기 변기 대신 말리의 주의를 끌 만한 다른 대상이 필요해졌다.

말리가 시원하고 신선한 물을 마실 수 있도록 욕실에 있는 동안 욕조 수도꼭지에서 물이 똑똑 떨어지게 틀어놓는 버릇이 생겼다. 집 안에 급류 타기 놀이 기구를 만들어주었어도 이렇게까지 좋아하지는 않았을 것이다. 말리는 목을 비틀어 머리를 수도꼭지 밑에 갖다대고는 꼬리로 욕조를 탕탕 치며 신나게 물을 받아 마셨다. 말리의 갈증은 끝이 없었으며, 결국 나는 녀석이 전생에 낙타였을 것이라는 확신에 도달했다. 얼마 후 나는 녀석을 욕조의 괴물로 만들었음을 깨달았다. 말리는 곧 혼자서 욕실로 들어가 수도꼭지를 하염없이 바라보며 몇 방울 남아 있는 물을 핥기도 하고, 욕조 바닥의 마개를 여닫는 손잡이를 튕겨보기도 하는 것이었다. 그러면 더 이상 보고 있을 수 없게 된 내가 가서 물을 틀어주곤 했다. 갑자기 물그릇은 거들떠보지도 않게 된 것이다.

샤워를 하면서 말리와 나는 다음 단계의 야만 상태로 떨어져 내려갔다. 말리는 샤워 커튼 속으로 머리를 들이밀 줄 알게 되었고,

그 순간 방울방울 떨어지는 물이 아닌 폭포수도 있다는 사실을 발견했다. 씻고 있으면 말리의 커다란 머리통이 불쑥 들어와서는 물을 꿀꺽꿀꺽 마셔댔다. "엄마한텐 비밀이야.'

제니에게는 힘 안 들이고 집안을 잘 꾸려가는 것처럼 이야기해 두었다. "우린 잘 지내고 있어." 이렇게 말하고는 패트릭을 돌아보며 "안 그런가, 동지?"라고 덧붙였다. 그러면 패트릭은 이렇게 대답했다. "다다!"(패트릭은 모든 질문에 이렇게 대답했다.) 그리고 나서는 천장에 붙은 팬을 가리키며 "패애애애앤!"이라고 외쳤다. 속아넘어갈 제니가 아니었다. 하루는 패트릭을 데리고 병원에 가니, 제니가 믿을 수 없다는 듯 우리를 바라보며 물었다. "당신 도대체 애한테 무슨 짓을 한 거야?"

"무슨 소리야, 애한테 무슨 짓을 하다니? 패트릭은 잘 지내. 그렇지, 패트릭?"

"다다! 패애애애앤!"

"애 옷 말야, 도대체 이게……."

그제야 깨달았다. 원피스로 된 패트릭의 옷, 그러니까 우리 아빠들은 '원시onesie'라고 부르는 패트릭의 옷이 좀 이상했다. 지금 보니 패트릭의 통통한 허벅지가 좁은 팔 구멍으로 들어갔고, 구멍이 조이는 통에 피가 안 통할 지경이었다. 칼라가 달린 목 부분은 다리 사이에서 마치 염소의 젖통처럼 덜렁거리고 있었다. 패트릭의 머리는 단추를 잠그지 않은 사타구니 부분으로 튀어나왔고, 팔은 펄렁펄렁한 바지통 속에 숨어서 보이지 않았다. 볼 만한 광경이었다.

"멍청하긴, 거꾸로 입혔잖아."

"그건 당신 생각이지." 내가 받아쳤다.

그러나 게임은 끝났다. 제니는 병원 침대 옆 전화기를 집어 들더니 몇 군데에 전화를 걸었다. 이틀쯤 지나고 나니 십대 때 아일랜드에서 미국으로 건너와 간호사로 일하다가 이제는 퇴직해서 플로리다주 반대쪽에 살고 계신 애니타 고모가 트렁크를 끌고 마술처럼 집으로 들어서서는 질서를 회복하기 시작했다. 총각법은 다시 폐기되었다.

마침내 제니를 담당한 의사들은 엄격한 주의사항 몇 가지와 함께 그녀를 집으로 돌려보내주었다. 건강한 아기를 낳으려면 가능한 한 꼼짝 않고 침대에 누워 있어야 한다. 욕실에 갈 때만 일어서는 것이 허락된다. 하루에 한 번만 간단한 샤워를 할 수 있을 뿐, 그 밖의 시간은 침대에서 보내야 한다. 요리, 아기 기저귀 갈아주기, 우편물 찾으러 가기, 물건 들기(칫솔보다 무거운 것은 다 안 됨)가 모두 금지되었다. 특히 패트릭을 안아줄 수 없는 것은 죽도록 고통스러운 일이었다. 제니를 담당한 의사들은 초기의 진통을 잘 막아냈다. 이제 목표는 이렇게 진통이 없는 상태에서 앞으로 12주를 더 버티는 일이다. 그때쯤이면 35주가 되는데, 아직 조그맣지만 그 정도면 바깥세상을 감당할 수 있는 수준이 된다. 그러려면 제니는 그야말로 꼼짝달싹하지 말아야 한다. 착한 애니타 고모는 오랜 기간 우리 집에 머물기로 했다. 말리는 새로운 놀이 상대를 찾았고, 금세 애니타 고모를 훈련시켜 욕조의 수도꼭지를 틀어주게 만들었다.

병원에서 사람이 한 명 찾아와 제니의 넓적다리에 카테터를 끼우고 갔다. 제니의 다리에는 배터리로 작동되는 작은 펌프가 묶여 있어서 카테터를 통해 진통을 방지하는 약을 혈액 속으로 조금씩 흘려보냈다. 그것만으로는 모자란 듯 병원 직원은 마치 고문 기구처럼 생긴 모니터 장치를 제니에게 부착해놓았다. 여러 가지 전선이 비어져 나와 있는 거대한 컵 모양의 이 물체는 전화에 연결되었다. 고무 밴드로 제니의 배에 붙여놓은 이 컵은 아기의 심장박동과 자궁 수축 등을 기록했다가 하루에 세 번씩 모니터를 체크하는 간호사에게 결과를 송신하여 문제가 있으면 알 수 있도록 했다. 나는 책방으로 달려가 읽을거리를 한 아름 사왔고, 제니는 이모두를 사흘 만에 읽어치웠다. 제니는 밝은 기분을 유지하려고 애썼지만, 지루한 데다 뱃속 아기의 건강이 불확실한 상태라 자꾸 기분이 가라앉는 것을 어쩔 수가 없었다. 특히 고통스러운 부분은 15개월 된 아들을 둔 엄마가 아이를 안아 올리지도 못하고, 같이 뛰지도 못하고, 젖도 못 먹이고, 더러워지면 씻겨주지도 못하고, 애가 울 때 안아 올려 뽀뽀도 해줄 수 없다는 사실이었다. 그래서 나는 가끔 패트릭을 침대 위 제니의 얼굴 근처에 앉혀주었는데, 그러면 아기는 엄마의 머리카락을 잡아당기거나 손가락을 엄마의 입에 넣곤 했다. 그러고는 머리 위에서 돌아가는 팬을 가리키며 "마마, 패애애애앤!"이라고 외쳤다. 제니는 미소를 지었지만 예전 같은 미소가 아니었다. 그리고 움직이지 못해서 점점 안달을 하기 시작했다.

제니의 옆을 굳건히 지킨 것은 말할 것도 없이 말리였다. 말리는 온갖 장난감과 개껌을 침대 옆에 늘어놓고 바닥에 진을 치고 엎드려서는 갑자기 제니가 생각을 바꿔서 벌떡 일어나 줄다리기 놀이를 해줄 순간을 고대하고 있었다. 말리는 밤낮을 가리지 않고 보초 근무에 임했다. 회사에서 돌아오면 애니타 고모는 부엌에서 저녁 준비를 하고 있고, 패트릭은 고모 옆에 놓인 유아용 의자에 앉아 있었다. 침실로 들어가보면 말리가 침대 옆에 서서 턱을 매트리스에 괴고 꼬리를 흔들며 코를 제니의 목에 처박고 있고, 제니는 책을 읽거나 졸거나, 아니면 팔을 말리 등에 두른 채 멍하니 천장을 바라보고 있었다. 나는 하루하루가 가는 것을 달력에 표시해서 보여주었지만, 제니에게는 그저 시간이 얼마나 더디게 흐르는가를 절감하게 해줄 뿐이었다. 어떤 사람들은 그저 게으르고 느긋하게 삶을 보내는 데 만족한다. 제니는 그런 타입이 아니었다. 활동적인 유전자를 갖고 태어난 제니는 이렇게 본의 아니게 침대에 묶여 있게 되자, 매일 조금씩 눈에 띄지 않을 정도로 우울해져

갔다. 제니는 마치 항해 중 무풍지대로 들어간 배의 선원이 돛을 가득 채워 다시 배를 밀어줄 한 줄기 바람을 애타게 기다리는 것과 비슷한 모습이 되어갔다. 나는 "일 년만 지나면 웃으면서 옛이야기를 하게 될 거야"라는 등의 이야기를 하면서 기분을 살려주려고 했지만, 그녀의 마음 한구석이 스르르 빠져나가는 것이 느껴졌다. 어떤 날은 시선이 허공을 향해 있기도 했다.

제니가 침대에 누워만 있어야 할 기간이 한 달이나 남은 어느 날, 애니타 고모는 짐을 싸서 우리에게 작별을 고했다. 사실 고모는 할 만큼 해준 것이고, 우리 집에 있는 기간을 몇 번 연장하기도 했다. 그러나 고모가 농담 반 진담 반으로 고백한 바에 따르면, 고모부는 혼자서 즉석식품이나 먹고 ESPN 채널이나 보는 상태로 오래 내버려두면 포악해진다. 또다시 우리 가족만 남았다.

배가 가라앉지 않도록 몸부림치는 선장처럼 나는 꼭두새벽에 일어나 패트릭을 씻기고, 옷을 입히고, 오트밀과 당근 퓌레를 먹인 후 아이와 말리를 데리고 잠깐이라도 산책을 했다. 그러고 나서 패트릭을 샌디의 집에 맡기고는 퇴근하면서 데려왔다. 점심시간에도 잠깐 집으로 돌아와 제니에게 점심을 해먹이고 우편물을 갖다주고는(제니의 하루 중 제일 기쁜 순간) 말리에게 막대기를 던져준 다음, 마치 방치한 놋그릇에 조금씩 녹이 슬어가듯 지저분해져

가는 집 안을 정리했다. 잔디는 무성하게 자랐고, 세탁물은 쌓여 갔으며, 뒤뜰로 나가는 스크린 도어는 마치 말리가 만화에 나오는 것처럼 다람쥐를 쫓아 뚫고 나간 후와 여전히 같은 모습이었다. 몇 주에 걸쳐 찢어진 스크린은 바람에 나부꼈고, 말리는 침대에 묶인 제니와 함께 혼자 집에 있는 긴긴 시간 동안 이 문자 그대로의 개구멍을 통해 뒤뜰과 집 안을 마음대로 들락거렸다. "고칠게. 할 일 목록에 올라 있어." 그러나 제니의 눈빛에서는 실망이 배어 나왔다. 제니는 벌떡 일어나 집 안을 올바른 모양으로 바꾸고 싶은 충동을 억제하기 위해 최대한 자제력을 발휘하고 있었다. 밤에는 패트릭이 잠든 다음 먹거리를 사러 나갔고, 어떤 때는 심야에 마트를 어슬렁거리기도 했다. 우리 가족은 테이크아웃 음식이나 치리오, 인스턴트 파스타 등으로 연명했다. 몇 년씩 꼼꼼하게 써오던 일기도 갑자기 중단했다. 시간도 없고 기력도 없었다. 일기의 마지막 문장은 이랬다. "삶이 좀 힘겨워졌다."

그러던 어느 날, 그러니까 임신 35주째가 거의 다 되어가던 날 병원에서 사람이 찾아와 이렇게 말했다. "축하합니다. 해내셨어요. 이제 일어나도 됩니다." 그러고는 펌프와 카테터를 떼고 모니터를 포장하더니, 의사가 써준 지시사항을 제니에게 알려주었다. 제니는 정상적인 생활로 돌아왔다. 모든 금지가 풀렸다. 투약도 필요 없었다. 심지어 섹스도 할 수 있었다. 아기는 이제 확실하게 안전한 상태가 되었다. 진통은 때가 되면 올 것이다. "애썼어. 당신

해방이야." 제니가 말했다.

제니는 패트릭을 높이 던졌다 받기도 하고, 뒷마당에서 말리와 뛰놀기도 하며, 맹렬히 집 안을 정리하기로 했다. 그날 밤 우리는 인도 식당에 가서 저녁을 먹고, 동네 코미디 클럽에 가서 해방을 만끽했다. 다음 날은 그리스 식당에서 점심을 먹으며 축하 행사를 이어갔다. 그런데 기로스(쇠고기 등을 마늘로 양념하여 빵에 얹어먹는 그리스식 샌드위치_옮긴이)가 나오기도 전에 제니가 본격적인 진통을 시작했다. 전날 밤 인도 식당에서 카레 양고기를 먹을 때 이미 수축이 시작되었지만, 제니는 이것을 무시했다. 수축이 몇 번 온다고 해서 학수고대하던 밤나들이를 망칠 수는 없었다. 그런데 이번에는 수축이 올 때마다 몸이 거의 반으로 접혔다. 우리는 집으로 달려갔고, 샌디가 패트릭과 말리를 돌봐주기 위해 대기하고 있었다. 내가 준비물이 든 가방을 가져가는 동안 제니는 차 안에서 고통에 몸부림치며 짧고 가쁜 숨을 몰아쉬고 있었다. 병원에 도착해 분만실을 잡고 나서 보니, 벌써 7센티미터까지 확장되어 있었다. 그로부터 한 시간도 채 안 되어 나는 둘째 아들을 품에 안았다. 제니가 아이의 손가락과 발가락을 세어보았다. 아이는 눈을 말똥말똥 뜨고 있었고, 뺨은 발그레했다.

"해냈군요. 애는 건강해요." 셔먼 선생이 말했다.

정확히 5파운드 13온스(약 2.6킬로그램)가 나가는 코너 리처드 그로건은 1993년 10월 10일에 태어났다. 지난번과 달리 이번에는 특실을 쓸 수 있었지만, 애가 너무 빨리 나와 이를 거의 즐길 수 없었다는 아이러니도 넘치는 기쁨에 묻혀버렸다. 조금만 더 빨리 나왔으면 제니는 텍사코 주유소 주차장에서 분만할 뻔했다. 아빠용 침대에 누워볼 새도 없었다.

우리가 코너를 안전하게 세상으로 데려오기 위해 기울인 노력을 생각하면, 코너의 탄생은 빅뉴스가 될 법도 했지만 정말로 취재를 나올 줄은 몰랐다. 우리 병실 창문 아래의 주차장에는 TV 뉴스 차량이 몰려왔고, 이 사람들이 설치한 위성 접시 안테나가 하늘을 향해 설치되어 있었다. 마이크를 든 리포터들이 카메라 앞에 서서 보도를 하고 있었다. "여보, 파파라치들이 당신을 찍으러 왔나봐."

우리 방에서 아기를 돌보던 간호사가 이렇게 말했다. "믿어져요? 도널드 트럼프가 병원 로비에 들어섰다네요."

"도널드 트럼프요?" 제니가 물었다. "트럼프가 임신한 줄은 몰랐는데."

부동산 거부인 트럼프는 7년 전 팜비치를 떠들썩하게 만들면서 이곳으로 이사를 왔다. 그가 고른 집은 세상을 떠난 시리얼 업체의 상속녀 마저리 메리웨더 포스트가 살던 거대한 맨션이었다. 이 맨션은 '마르-아-라고'라고 명명되었는데, 이는 '바다로부터 호수로'라는 뜻이다. 17에이커(약 6만 9,000제곱미터 또는 2만 평 정도의 면적_옮긴이)에 달하는 맨션 부지는 이름에 걸맞게 대서양 해안으로부터 시작해서 내륙 운하까지 뻗어 있었으며, 나인홀 골프 코스까지 품고 있었다. 우리가 사는 거리 끝에 서면 운하 건너로 58개의 침실을 자랑하는 맨션의 이슬람풍 첨탑이 야자나무 위로 솟아오른 것이 보였다. 그러니까 트럼프 일가와 그로건 일가는 이웃이라는 뜻이다.

TV를 켜니 트럼프와 그의 여자 친구 말라 메이플스가 딸을 낳았다는 뉴스가 나왔다. 제니가 코너를 낳은 지 얼마 후 태어난 이 아기의 이름은 걸맞게도 티파니였다. "애들끼리 같이 놀게 한번 초대해야겠네." 제니가 말했다.

창문으로 내다보니 갓 태어난 아기를 안고 병원을 떠나는 트럼프 일가를 TV 기자들이 떼지어 뒤쫓는 모습이 눈에 들어왔다. 말라는 얌전하게 웃음을 띠고 아기를 들어 올려 카메라맨들이 찍기 편하게 해주었다. 도널드는 손을 흔들며 쾌활한 표정으로 윙크를 날리더니 둘러선 카메라맨들을 향해 이렇게 말했다. "기분 최고예요!" 그러고 나서 이들 가족은 기사가 운전하는 리무진을 타고 떠났다.

다음 날 아침 우리가 병원을 떠날 때가 되자, 인상 좋은 퇴직 자원봉사자 한 분이 휠체어에 탄 제니와 코너를 안내해서 로비를 지나 자동문을 통과하여 햇빛이 비치는 바깥까지 데려다주었다. 취재기자도, 위성 TV를 설치하러 온 트럭도, 인터뷰도, 생중계도 없었다. 우리 셋과 자원봉사자뿐이었다. 아무도 묻지 않았지만 나도 기분이 최고였다. 후손을 얻어 자랑스러운 것은 도널드 트럼프만은 아니라는 얘기다.

제니와 아기가 자원봉사자와 함께 기다리고 있는 사이에 나는 차를 빼서 보도 앞으로 갖다댔다. 아기를 차에 태우기 전에 나는 녀석을 머리 위로 번쩍 들어 올려 온 세상에 보여주었다. 마치 누가 보고 있기라도 하듯이. "코너 그로건, 너는 모든 면에서 티파니 트럼프만큼이나 중요한 사람이야. 그리고 그것을 잊으면 안 돼."

15
산후 통첩

　이때쯤이 우리 가족에게는 가장 행복한 시기인 것이 당연했고, 여러 면에서 실제로 그랬다. 이제 17개월 터울로 아들이 둘이나 생겼다. 두 아들이 우리에게 가져다주는 기쁨은 끝이 없었다. 그러나 출산 전 침대에 묶여 있어야만 했던 시기에 제니를 찾아온 우울한 분위기는 끈질기게 따라다녔다. 몇 주 동안은 모든 것을 자신에게만 의존하는 두 생명에 대한 책임과 의무를 즐거운 마음으로 다하다가, 또 불쑥 기분이 가라앉아 몇 주 동안이나 우울함의 안개에서 헤어나지 못했다. 패트릭은 밤중에 적어도 한 번은 우리를 깨웠고, 코너는 젖을 달라거나 기저귀를 갈아달라고 밤새 몇 번이나 울곤 했다. 이 통에 제니도 나도 완전히 지치고 수면 부족 상태가 되었다. 두 시간 동안 깨지 않고 자는 일이 드물었다. 어떤 날 밤은 둘 다 마치 좀비처럼 게슴츠레한 눈으로 서로 대화도 없이 각자 아이 하나씩을 맡아 돌보기도 했다. 밤 12시에 깼다가

2시, 3시 30분, 다시 5시에 깨는 식의 생활이 반복되었다. 그러다 보면 날이 밝고 또 하루가 시작되어 희망에 넘치면서도 뼛속까지 고달픈 일상이 시작되었다. 거실에서는 완전히 잠이 깬 패트릭이 달콤하고 신나는 목소리로 이렇게 외쳤다. "마마! 다다! 패애애애앤!" 이때쯤 제니와 나는 아무리 잠을 간절히 원해도 오늘 하루 역시 수면은 물 건너갔다는 사실을 깨달았다. 나는 커피를 더 진하게 타기 시작했고, 주름진 셔츠에 아기의 침 자국이 묻은 타이를 매고 출근하기도 했다. 하루는 신문사에 앉아 있는데, 젊고 예쁜 편집부 여직원이 나를 뚫어지게 쳐다보는 것이었다. 나는 으쓱해져서 그녀에게 미소를 보냈다. '흠, 벌써 애가 둘이나 있는데 아직도 여자들이 나를 쳐다보는군.' 그녀가 이렇게 말했다. "머리에 토끼 스티커 붙은 거 아세요?"

수면 부족이 일상이 되었음에도, 엎친 데 덮친 격으로 갓난아기로 인해 한 가지 큰 걱정거리가 있었다. 태어날 때부터 저체중이었던 코너는 젖을 소화시키지 못했다. 제니는 건강하게 키우려는 일념으로 젖 먹이기에 매달렸지만, 코너도 역시 똑같이 강력한 의지로 이를 거부하는 것 같았다. 엄마가 젖을 내밀면 반갑게 달려들어 배고픈 듯 빨아대기는 한다. 그러다가 단번에 다 토해내는 것이었다. 그러면 다시 먹였다. 이번에도 게걸스럽게 빨아먹다가 다 토해버리는 것이었다. 매시간 구토가 우리의 일상이 되어버렸다. 이 일이 끝없이 반복되면서 제니는 매번 더욱 필사적이 되었다. 의사는 식도 역류라는 진단을 내리더니 우리를 전문의에게 보냈고, 전문의는 아이에게 안정제를 놓고 나서 목구멍에 내시경을 넣고 뱃속을 자세히 들여다보았다. 물론 코너는 나중에 이 문제를 극복하고 정상 체중이 되기는 했지만, 그로부터 4개월 동안 우리는 걱정으로 간이 오그라든 상태에서 지냈다. 제니는 두려움과 스트레스, 좌절로 뒤범벅이 된 채 수면 부족을 겪고 있었는데, 거기에 최악은 끊임없이 토해버리는 일이었다. "난 엄마 자격이 없나 봐"라고 제니는 중얼거리곤 했다. "엄마란 건 원래 애가 원하는 걸 다 줄 수 있어야 하잖아." 제니는 내가 그녀를 만난 이래 가장 심하게 신경이 곤두섰고, 찬장 문이 조금 열려 있거나 싱크대에 빵 부스러기라도 떨어져 있을라치면 불같이 화를 냈다.

한 가지 좋은 점은 제니가 절대로 아이들에게는 화풀이를 하지 않았다는 것이다. 오히려 제니는 패트릭과 코너를 초인적인 인내심으로 보살폈다. 제니는 모든 에너지를 아기들에게 쏟아부었다. 한 가지 나쁜 점은 제니가 좌절감과 분노를 나와 말리에게 쏟아냈다는 점이었다. 특히 말리에게는 점점 더 심해졌다. 제니는 말리에 대해 인내심을 완전히 잃었다. 아무것도 모르는 채 말리는 평소와 똑같이 말썽을 부렸고, 한 번 부릴 때마다 제니는 인내의 한계로 밀려갔다. 당연히 이 모든 것을 모르는 말리는 평소처럼 말썽도 부리고 있는 대로 설쳐댔다. 코너의 탄생을 기념하기 위해 꽃피는 관목을 한 그루 사다가 정원에 심었더니, 바로 그날 말리 녀석이 관목을 뽑아 뿌리까지 씹어 산산조각을 내놓았다. 그리고 현관 방충망 문을 마침내 수리해놓았더니, 개구멍으로 드나들던 버릇이 생긴 말리는 즉시 들이받아 뚫어놓았다. 하루는 개구멍으로 뛰어나가더니 한참 뒤에 돌아왔는데, 입에는 여성 팬티를 물고 있었다. 어디서 얻어왔는지 알고 싶지도 않았다.

　제니는 수의사가 처방해준 진정제를 말리에게 점점 자주 먹이기 시작했다. 물론 말리보다는 제니 자신을 위한 것이었지만, 이렇게 먹여대는데도 말리의 천둥 공포증은 점점 더 심해지고 걷잡을 수 없을 정도였다. 그러다보니 소나기만 잠깐 와도 아주 난리가 났다. 우리가 집에 있으면 그저 옆에 찰싹 붙어 우리 옷을 침으로 온통 적시곤 했다. 우리가 집에 없으면 옛날처럼 문, 벽, 리놀륨 판 등을 마구 긁고 파대며 옛날 행동을 되풀이했다. 수리를 할수록 말리는 더 망가뜨려댔다. 말리를 도저히 따라잡을 수 없었다. 나도 당연히 화가 났지만, 제니는 나와 말리 모두에게 화가 났다. 그래서 나는 화를 내는 대신 말리를 보호해주기 시작했다. 말리가 책이나 구두, 베개를 씹어놓으면 제니가 보기 전에 증거물을 얼른 치웠다. 집안 살림을 망가뜨릴 때마다 나는 녀석을 쫓아다니며 양탄자를 바로 놓고, 커피 테이블 위치를 바로 잡고, 벽에 흩뿌린 침자국을 지웠다. 한번은 녀석이 차고 문을 옛날처럼 완전히 후벼 판적이 있었는데, 이때도 제니가 보기 전에 나무 파편을 진공청소기로 모두 치워버렸다. 밤늦게까지 자지 않고 수리와 마감 작업을 해서 다음 날 제니가 깨어났을 쯤에는 복구가 끝나 있었다. "말리, 말 좀 들어. 너 정말 죽는 게 소원이니?" 녀석이 내 옆에 서서, 무릎을 꿇고 앉아 최근 피해를 복구하고 있는 내 뒤를 꼬리를 흔들며 핥던 어느 날 밤 내가 이렇게 물었다. "이제 그만 좀 해라."

제니의 짜증이 하늘을 찌르던 어느 날 저녁, 집에 도착해 현관 문을 여니 제니가 주먹으로 말리를 때리고 있었다. 그녀는 엉엉 울며 말리를 때린다기보다는 마치 북을 치듯 등과 어깨, 목에 마 구 펀치를 날리고 있었다. "왜! 너 왜 이래?" 제니가 소리쳤다. "왜 있는 대로 다 망가뜨려놓니?" 나는 그 순간 녀석의 범행 결과를 보 았다. 소파의 쿠션이 찢어져서 시트 속을 채운 것들이 쏟아져 나 와 있었다. 말리는 고개를 숙이고 다리를 벌린 채 마치 허리케인 을 피하는 사람처럼 낮은 자세로 서 있었다. 도망가려 하지도 않 았고 매를 피하지도 않았다. 그저 그 자리에 앉아서 낑낑대지도 않고 불평도 없이 매를 맞고 서 있었다.

"여보! 여보! 여보!" 이렇게 외치며 나는 제니의 손목을 잡았다. "진정해. 그만. 그만!" 제니는 흐느끼다가 숨이 막혀 헉헉거렸다. "그만."

나는 제니와 말리 사이에 서서 제니의 얼굴 앞으로 내 얼굴을 들이밀었다. 내 시야에 들어온 제니의 얼굴은 낯선 사람의 것이었 다. 이런 눈빛을 전에는 한 번도 본 적이 없었다. "데리고 나가." 단 호하고도 분노가 서린 말투였다. "제발 데리고 나가라고."

"그래, 데리고 나갈게. 당신부터 진정해."

"데리고 나가서 다신 들여놓지 말란 말이야."

현관문을 여니 말리가 튀어나갔고, 목줄을 찾으려고 돌아서니 제니가 이렇게 말했다. "정말이야. 쫓아내야 돼. 다신 꼴도 보기 싫어."

"왜 이래, 진심이 아니잖아."

"진심이야. 이제 저놈의 개는 진저리가 나. 다른 집에 맡겨. 아님 내가 맡길게."

진심일 수가 없었다. 제니가 말리를 얼마나 사랑하는데. 제니는 말리가 그렇게 말썽꾸러기인데도 귀여워했다. 지금 제니는 화가 난 것뿐이다. 그저 한계에 달할 정도로 스트레스를 받고 있는 것뿐이다. 마음을 바꾸겠지. 우선 지금으로서는 마음을 가라앉힐 시간을 줄 필요가 있었다. 그래서 더 이상 한마디도 하지 않고 현관을 나섰다. 정문에서 말리는 내 주위를 빙빙 돌며 내 손에 있는 목줄을 물어뜯으려 공중으로 뛰어오르며 위아래 턱을 딱딱 마주치고 있었다. 그렇게 얻어맞고도 순식간에 평소의 신나는 말리로 돌아온 것이다. 제니에게 맞았다고 해도 말리가 다치지 않은 것은 분명했다. 오히려 말리와 정신없이 놀 때 내가 더 말리를 심하게 때린다. 녀석은 이 놀이를 얼마나 좋아하는지 더 하자고 아우성이다. 래브라도레트리버라는 종의 특성대로 말리는 고통을 거의 느끼지 않았으며, 근육과 힘줄로 된 기계 같은 존재였다. 한번은 세차를 하고 있는데, 녀석이 다가와서는 비눗물 양동이에 머리를 쑤

셔 박고 앞이 보이지 않는 채로 정원을 가로질러 달려가 있는 힘
껏 콘크리트 벽을 들이받은 적이 있었다. 그렇다고 기가 죽은 것
도 아니었다. 하지만 손바닥으로 살짝만 쳐도 분노가 담겨 있거
나, 아니면 엄한 목소리로 야단이라도 치면 즉시 깊은 상처를 받
는 것이었다. 덩치는 산만 한 녀석이 엄청나게 예민하다는 얘기
다. 제니에게 맞았다고 해도 다친 것은 아니었고, 근처에도 가지
않았지만, 적어도 지금 이 순간에는 제니가 말리의 마음에 큰 상
처를 입힌 것이 분명했다. 제니는 말리의 모든 것이었고, 세상에
둘뿐인 가장 친한 친구 중 하나였는데, 이제 제니가 말리에게 등
을 돌린 것이다. 제니는 말리의 여주인이었고, 말리는 충실한 종
이었다. 제니가 때릴 만해서 때렸다면, 말리는 그럴 만하다고 생
각해서 맞고 있었을 것이다. 개치고 말리는 영리한 편이 못 된다.
그러나 충성심 하나만은 의심할 여지가 없다. 이제 둘을 화해시키
고 상황을 바로잡을 책임이 내게 생겼다.

길거리로 나가자 나는 목줄을 맨 후 "앉아!"라고 명령했다. 말리
가 앉았다. 이제 산책을 위해 초커 체인을 목 가까이 바짝 맸다. 걸
음을 내디디기 전에 나는 말리의 머리와 목덜미를 쓰다듬어주었
다. 말리는 고개를 쳐들고는 혀를 축 늘어뜨린 채 나를 올려다보
았다. 제니에게 맞은 일 따위는 벌써 잊은 듯했다. 제니도 지금쯤
잊었으면 좋겠다는 생각이 들었다. "이 덩치만 큰 멍청아, 널 어쩌
면 좋니?" 내가 물었다. 녀석은 스프링이라도 달린 양 발딱 일어나

더니 혀로 내 입술을 때렸다.

우리는 그날 저녁 끝도 없이 걸었고, 현관문을 들어설 때쯤 말리는 완전히 지쳐 구석에 가서 털썩 엎드렸다. 제니는 코너를 무릎에 누인 채 패트릭에게 베이비 푸드를 떠먹이고 있었다. 차분한 것을 보니 원래의 모습으로 돌아간 것 같았다. 목줄을 풀어주니 말리는 물통에 주둥이를 박고 물통 가장자리에 파도가 일어나도록 끝없이 마셔댔다. 나는 바닥을 걸레로 닦고 나서 제니 쪽을 훔쳐보았다. 별 동요가 없었다. 이제 끔찍한 순간은 지나간 모양이다. 생각을 바꿨겠지. 법석을 떤 게 쑥스러워서 사과할 말을 찾고 있는 모양이다. 그런데 말리를 뒤에 달고 제니 옆을 지나치려니, 그녀가 나는 바라보지도 않은 채 차분하고 조용한 목소리로 이렇게 말했다. "나 정말 진심이야. 저 개 쫓아내."

그 후 며칠 동안 제니가 워낙 여러 번 이 최후통첩을 되풀이했기 때문에 드디어 나도 이게 해보는 소리가 아니라는 사실을 깨달았다. 제니는 단순히 화풀이를 하고 있는 게 아니었고, 이 문제는 해결될 기미를 보이지 않았다. 나는 질려버렸다. 한심하게 들릴지도 모르지만, 말리는 이제 나와 남자끼리 통하는 단짝이 되었다. 말리는 용기만 있다면 내가 갖고 싶었던 특징, 그러니까 거친 것 없고 반항적이며 눈치 따위는 보지 않는 자세를 갖추고 있었고,

나는 녀석의 이런 모습에서 대리만족을 느꼈다. 그리고 말리는 삶이 아무리 복잡해져도 삶 속에 단순한 즐거움이 있다는 사실을 알려주었다. 아무리 많은 지시를 받아도 말리는 항상 의도적 불복종은 그만한 가치가 있다는 것을 깨닫게 해주기도 했다. 상전으로 가득 찬 세상에서 말리는 자기 자신의 상전이었다. 그걸 포기한다는 건 상상도 할 수 없었다. 그러나 나는 이제 돌봐야 할 애가 둘인데다 온 가족이 필요로 하는 아내까지 있었다. 우리 가정은 아슬아슬한 균형 위에 유지되고 있었다. 말리를 포기하느냐 포기하지 않느냐라는 문제에 가정의 안정이 달려 있다면, 어떻게 제니의 생각을 외면할 수 있겠는가.

그래서 나는 조심스럽게 타진을 시작했다. 우선 친구들과 동료들을 대상으로 혹시 사랑스럽고 활동적인 두 살짜리 래브라도레트리버를 키울 생각이 없느냐고 조심스럽게 물었다. 또한 입소문을 통해 개를 아주 좋아하는 데다 어려움에 빠진 개를 외면하지 못하는 동네 사람 이야기도 들었다. 하지만 그는 한마디로 말리를 거절했다. 불행히도 말리는 생각보다 멀리까지 악명을 떨치고 있었다.

매일 아침 신문을 펼쳐들 때마다 나는 광고란을 보며 기적을 기원했다.

기운이 넘치고 통제 불능인 데다 여러 가지 공포증을 가지고 있는 래브라도레트리버를 찾습니다. 파괴 성향이 있으면 더욱 좋습니다. 돈을 더 드릴 수도 있습니다.

그러나 내 눈에 들어온 것은 주로 무슨 이유에서인지는 몰라도 주인과 더 이상 살 수 없게 된 젊은 성견들을 내놓는다는 광고뿐이었다. 겨우 몇 달 전에 주인들이 수백 달러씩 주고 산 순수 혈통 개도 많았다. 그런데 이런 개들을 푼돈 아니면 아예 무료로 내놓고 있는 것이다. 이렇게 주인이 원치 않는 개들 중 상당수가 수컷 래브라도들이었다.

광고는 거의 매일 나왔고, 모두 가슴 아프면서도 동시에 우스웠다. 래브라도 기르기에 대해 훤히 꿰뚫고 있는 나는 이 개들이 시장에 나온 이유를 그럴싸하게 꾸며대는 사람들의 속마음을 읽을 수 있었다. 광고는 내가 너무나 잘 아는 행동양식을 듣기 좋게 쓴 표현으로 넘쳐났다.

활발하고……사람을 좋아하고……큰 마당이 필요하고……달리기를 할 수 있는 공간이 필요하며……힘이 넘치고……신바람이 나 있으며……힘이 세고 대단한 개입니다.

이 모든 표현을 종합해보면 한 가지 답이 나온다. '주인이 통제할 수 없는 개'란 뜻이다. 그러니까 짐이 된 개, 주인이 포기한 개.

내막을 아는 사람으로서 나는 웃을 수밖에 없었다. 읽는 이를 속이려는 광고는 거의 코미디 수준이었다. '불같은 충성심'은 사실은 '잘 문다'라는 뜻이고, '지속적인 동반자'라는 말은 '혼자 두면 무서워한다'라고 해석하며, '집 지키는 개로 안성맞춤'이라는 얘기는 '끊임없이 짖는다'라고 읽으면 된다. 그리고 '최고의 조건'이라는 말은(내가 아주 잘 알지만) 주인이 이렇게 외치고 있다는 뜻이다. "이 골칫덩어리를 떼버리려면 당신한테 얼마 주면 되겠소?"

한편으론 우스웠지만 다른 한편으론 마음이 아플 정도로 슬펐다. 2년 전 우리가 집으로 데려온 것은 살아 숨 쉬는 생물이었지 구석에 세워놓는 액세서리가 아니었다. 좋든 나쁘든 말리는 우리 개였다. 우리 가족의 일부였고, 무수한 단점에도 불구하고 말리는 우리에게 받은 사랑을 수백 배로 불려 갚아주었다. 말리가 우리에게 보인 정도의 충성심은 돈으로 살 수 있는 것이 아니었다.

결국 나는 말리를 포기할 마음의 준비가 되어 있지 않았다.

건성으로나마 말리를 맡아줄 사람을 찾기 위해 계속 수소문을 하면서도, 한편으로는 녀석을 결사적으로 훈련시키기 시작했다. 내가 설정한 내 나름의 '미션 임파서블'은 말리를 제대로 훈련시켜서 제니의 마음에 들게 하는 것이었다. 가뜩이나 잠이 부족해서 괴로운데도 불구하고, 나는 꼭두새벽에 일어나 패트릭을 유모차에 태우고 말리를 훈련시키기 위해 매일 물가로 나가기 시작했다. 앉아. 멈춰. 엎드려. 따라와. 말리와 나는 훈련을 무수히 반복했다. 나의 절박한 심정이 말리에게도 전해진 모양이었다. 이번은 옛날과는 다르다. 현실인 것이다. 말리가 이것을 제대로 이해하지 못할까봐 나는 다음과 같은 얘기를 여러 번 또박또박 말리에게 들려주었다. "지금 장난하는 거 아니야, 말리. 실제 상황이란 말이야. 자, 해보자." 그리고 나서 명령을 내리면 내 조수인 패트릭이 손뼉을 치며 덩치 큰 누런 친구 말리를 가리키면서 "이랴!" 하고 외쳤다.

말리를 다시 한번 훈련소에 등록시킬 때쯤엔 처음에 데려갔을 때의 망나니와는 다른 개가 되어 있었다. 물론 설치기는 마찬가지였지만 이제는 내가 주인이고 자신이 종임을 알고 있었다. 이번에는 다른 개들에게 달려들지도 않았고(달려들긴 했지만 횟수가 줄어들었다), 걷잡을 수 없이 아스팔트 길을 달려나가는 짓도 하지 않으며, 모르는 사람의 사타구니에 대고 킁킁대는 짓도 하지 않았다. 매주 한 번씩 4주간에 걸친 훈련 기간 중 나는 목줄을 쥐고 말리를 옆에 붙인 채 걸었으며, 말리는 기꺼이 명령을 따랐다. 훈련마지막 날 과거의 지배녀와는 완전히 성격이 반대인 느긋한 여성조련사가 우리를 앞으로 불러냈다. "좋아요. 시범 한번 보이시죠."

나는 말리에게 앉으라고 했다. 그랬더니 얌전히 앉는 것이었다. 이번에는 초커 체인을 목 위로 높이 들고 약간 당기며 따라오라고 했다. 말리는 내 옆에서 어깨를 내 종아리에 붙여가며 걸었다. 이런 모습으로 우리 둘은 주차장을 몇 번씩 왔다 갔다 했다. 교과서에 나온 대로였다. 그러고는 다시 한번 앉으라고 명령을 내리고 나서, 말리의 정면에 서서 손가락으로 말리 이마를 가리키며 "가만있어"라고 조용히 말했다. 그런 다음 다른 손에 잡고 있던 목줄을 놓았다. 뒤로 일곱 발자국 물러났는데도 말리는 큰 밤색 눈을 내게 고정한 채 뭔가 움직이라는 명령이 나오기를 고대하면서 꼼짝 않고 있었다. 나는 말리의 주변을 완전히 한 바퀴 돌며 걸었다. 말리는 다음 명령에 대한 기대 때문에 너무 흥분되어 몸을 떨며 마치 린다 블레어처럼 나를 보기 위해 고개를 돌리려고 했지만(영화 〈엑소시스트〉에서 린다 블레어의 목이 빙빙 돌아가던 장면을 말한다_옮긴이), 움직이지는 않았다. 다시 말리의 정면으로 돌아온 나는 재미삼아 손가락 마디를 꺾으며 "포탄이다!"라고 외쳤다. 말리는 마치 이오지마硫黃島 상륙작전(제2차 세계대전 당시 일본령 섬에서 벌어진 미일 간의 치열했던 교전_옮긴이)에 참전한 용사처럼 아스팔트를 박차고 튀어나왔다. 조련사가 웃음을 터뜨렸다. 잘하고 있다는 증거다. 이번에는 말리에게 등을 돌리고 10미터쯤 걸어 나왔다. 말리의 시선이 내 등을 불태우는 것 같은 느낌이 들었지만, 그래도 녀석은 움직이지 않았다. 다시 돌아서니 녀석은 흥분으로 온몸을 떨고 있었다. 이제 화산이 폭발 직전까지 온 것이다. 마치 권투선수처럼 다리를 넓게 벌리고 안정된 자세를 취한 나는 "말리" 하고 부른 후 몇 초간 여유를 두고 나서 외쳤다. "이리 와!" 말리는 전속력으로 달려왔고, 나는 같은 자세를 유지하고 있다가 마지막 순간에 마치 투우사처럼 우아한 동작으로 옆으로 비켜났다. 녀석은 총알처럼 나를 지나쳐가더니 다시 돌아와서는 주둥이로 엉덩이를 쿡 찔렀다.

"잘했어, 말리." 그리고 말리 옆에 꿇어앉으며 말을 이었다. "잘했어, 정말 잘했어! 정말 착해!" 말리는 마치 우리 둘이 방금 에베레스트라도 정복한 듯 깡충거리며 내 주위를 돌았다.

그날 오후 조련사는 우리를 불러서 졸업장을 건네주었다. 말리는 7등으로 기본 복종훈련 과정을 통과했다. 이번 기수의 학생이 여덟 마리였는데, 그중 여덟 마리째 개가 사람만 보면 목을 물어 뜯어 죽이려 하는 미치광이 핏불(투견종)이었으면 또 어떤가. 그래도 나는 말리를 등록시켰을 것이다. 훈련이 불가능할 정도로 대책 없는 망나니 말리가 드디어 합격한 것이다. 너무나 자랑스러워서 나는 울 뻔했는데, 사실 말리가 재빨리 뛰어올라 졸업장을 먹어버리지 않았으면 실제로 울었을 것이다.

집으로 돌아오면서 나는 〈위 아 더 챔피언스We are the Champions〉를 목청껏 불러댔다. 말리도 내가 기뻐하고 뿌듯해하는 것을 느낀 듯 혀를 내 귀에 집어넣었다. 나도 이번에는 나무라지 않았다.

말리와 나 사이에는 아직 해결하지 못한 일이 한 가지 남아 있었다. 제일 나쁜 버릇 중 하나를 고쳐야 했다. 그것은 사람에게 뛰어오르는 일이었다. 녀석은 대상이 가족의 친구든 낯선 사람이든, 어린이든 성인이든, 검침원이든 택배기사든 가리지 않았다. 말리가 이들을 환대하는 방법은 한결같았다. 우선 전속력으로 사람에게 달려가다가 바닥에서 슬라이딩을 멋지게 한 번 한 후 펄쩍 뛰어올라 앞발을 그 사람의 가슴이나 어깨에 올려놓고 얼굴을 핥는 것이다. 강아지 때는 귀엽던 이 행동이 이제는 역겨워졌고, 해달라고 하지도 않은 기괴한 환대를 받은 사람들 중 일부는 공포에 질리기까지 했다. 그래도 녀석은 어린이들을 넘어뜨리고 손님들을 질겁하게 했으며, 친구들의 셔츠와 블라우스를 더럽혔고, 쇠약한 내 어머니를 거의 쓰러뜨리기까지 했다. 아무도 이것을 좋아하지 않았다. 나는 널리 알려진 개 훈련법을 이용해서 이 버릇을 고치려 했지만 허사였다. 내 의도가 전달되지 않은 것이다. 그런데 내가 존경하는 어떤 개 주인 한 분이 이런 말을 했다. "그 버릇 고치려면, 다음에 자네한테 덤벼들 때 무릎으로 녀석의 가슴팍을 잽싸게 쳐주게나."

"그럼 다치잖아요."

"안 다쳐. 무릎으로 몇 번 잽을 날려주면 다시는 안 할 거야. 내 보장하네."

사랑의 매를 들어야 할 때가 왔다. 말리는 달라지든지 사라지든지 해야 했다. 다음 날 퇴근 후 집에 도착해서 "나왔어!"라고 외쳤더니, 평소처럼 말리가 나를 마중하러 전속력으로 달려왔다. 그리고 3미터쯤 마치 스케이트를 타듯 슬라이딩을 한 후 벌떡 일어나 앞발을 내 가슴에 걸치고 얼굴을 핥으려고 했다. 녀석의 앞발이 가슴에 닿기 직전, 나는 발밑의 바로 아래쪽 말랑말랑한 부분을 노려 무릎으로 몇 번 재빨리 차주었다. 말리는 가볍게 헉, 하더니 바닥으로 엎어졌고, 내가 갑자기 왜 그러는지 모르겠다는 듯 상처받은 표정으로 나를 올려다보았다. 아니 평생을 이렇게 해왔는데, 왜 갑자기 걷어차고 난리야?

다음 날도 똑같은 벌을 주었다. 뛰어오르기, 걷어차기, 바닥에 엎어져 헉헉거리기가 반복되었다. 좀 잔인하다는 생각이 들었지만, 말리의 이름이 신문광고에 오르지 않게 하려면 이 방법밖에 없었다. "미안하다, 말리." 몸을 숙여 녀석이 엎드린 채 나를 핥을 수 있게 해주며 내가 말했다. "다 널 위한 거야."

셋째 날 내가 집에 들어서니, 녀석은 여전히 내게 달려와 슬라이딩을 하는 것까지는 과거와 똑같았다. 그러나 이번에는 조금 달라졌다. 뛰어오르는 대신 말리는 네 발을 모두 땅에 붙인 채로 머리부터 내 무릎을 들이받는 바람에 거의 넘어질 뻔했다. 나는 이 변화를 성공으로 해석했다. "해냈구나, 말리! 해냈어! 착해! 안 뛰어오르네 이제." 그리고 그날도 무릎을 꿇어 녀석이 걷어채이지 않고도 나를 핥을 수 있게 해주었다. 나는 감탄했다. 말리 녀석을 설득할 수 있다니.

그런데 문제가 다 해결된 것은 아니었다. 나한테 뛰어오르는 버릇은 고쳐졌는지 몰라도 다른 사람에게는 여전히 마찬가지였다. 말리는 덤벼들면 걷어차는 사람은 나뿐이라는 사실을 눈치챌 정도만큼은 영리했으며, 따라서 다른 호모사피엔스들에게는 여전히 거침없이 뛰어올랐다. 이제 공포의 대상을 늘릴 필요가 있었고, 나는 직장 동료인 짐 톨핀 기자를 대상으로 골랐다. 짐은 매너가 좋은 샌님 같은 사람으로, 머리가 벗겨지기 시작한 데다 안경을 낀 왜소한 체격의 남자였다. 말리가 얻어맞을 걱정 없이 뛰어오를 수 있는 사람이 있다면, 바로 짐 같은 사람이었다. 어느 날 사무실에서 나는 작전을 짰다. 짐이 퇴근 후 집으로 와서 초인종을 누르고 들어서는 것이다. 말리가 뛰어들면 무릎으로 걷어차주기로 했음은 물론이다. "망설일 것 없어. 살살해선 못 알아듣는 녀석이니까."

그날 저녁 짐이 벨을 누르고 집에 들어섰다. 말할 것도 없이 말리는 미끼를 물었고, 귀가 펄럭일 정도로 짐에게 달려갔다. 말리가 앞발을 공중으로 띄우는 순간, 짐은 내가 부탁한 것을 충실히 이행했다. 체격 때문에 충격이 별로 가지 않을 것을 두려워한 듯 짐은 무릎으로 말리의 명치를 있는 힘을 다해 걷어찼고, 말리는 완전히 숨을 쉴 수 없게 되었다. 퍽, 소리가 방 안에 울려 퍼질 정도였다. 말리는 신음 소리를 크게 내더니 눈을 휘둥그레 뜨고는 바닥에 엎어져버렸다.

"세상에! 짐, 무술이라도 배웠어?"

"따끔하게 하라고 했잖아."

성공이었다. 말리는 일어나서 겨우 숨을 쉬기 시작하더니 개다운 자세, 그러니까 네 발을 땅에 디딘 채로 짐을 맞이했다. 말리가 말을 할 수 있었다면 녀석은 짐에게 "형님!"이라고 했을 것이다. 그때부터 말리는 적어도 내 앞에서는 누구에게도 달려들지 않았고, 그 누구도 말리의 가슴을 무릎으로 걷어찰 필요가 없어졌다.

말리가 사람에게 뛰어오르는 버릇을 고친 어느 날 아침, 깨어보니 아내가 돌아와 있었다. 내가 사랑하는 제니, 걷힐 것 같지 않은 짙은 안개 속으로 사라졌던 제니가 내 곁으로 돌아온 것이다. 산후 우울증은 찾아왔을 때만큼이나 갑자기 사라져갔다. 마치 퇴마 의식으로 제니 속의 마귀를 쫓아낸 기분이었다. 악마는 사라졌다. 천만다행이었다. 제니는 다시 강하고 활발해졌으며, 두 아이의 젊은 엄마로 그럭저럭 해내는 정도가 아니라 집안을 앞장서서 이끌어가고 있었다. 말리의 입지도 더 이상 흔들리지 않았으며, 다시 여주인에게 사랑을 받기 시작했다. 양팔에 아이를 하나씩 안고 제니는 허리를 굽혀 말리에게 입을 맞추곤 했다. 제니는 말리에게 스틱을 던져주기도 하고, 햄버거에서 떨어진 소스를 핥아먹게 내버려두기도 했다. 오디오에서 좋은 노래가 나오면 말리와 방을 빙

빙 돌며 춤을 추기도 했다. 가끔 밤에 말리가 조용할 때쯤이면 제니가 말리의 목을 베고 바닥에 누워 있는 모습이 보이곤 했다. 제니가 돌아왔다. 천만다행히도 제니가 돌아온 것이다.

16
오디션

    살다보면 가끔 너무 기이해서 사실이라고 믿어지지 않는 일이 벌어진다. 그래서 제니가 회사로 전화를 걸어 말리가 영화 오디션에 나간다는 이야기를 했을 때, 지어낸 얘기가 아니라니 믿을 수밖에 없었다. 그래도 믿기지 않아서 나는 "뭘 한다구?"라고 물었다.

    "오디션."

    "영화 찍을 때처럼?"

    "그래. 영화 찍을 때처럼. 이 바보야, 장편영화래."

    "말리가? 장편영화에?"

    제니와 나 사이에는 이런 통화가 한참 계속되었고, 그사이에 나는 다림질판이나 물어뜯는 돌대가리 녀석이 어떻게 불타는 강물에서 어린이들을 끌어내기도 하고 은막을 휘저으며 돌아다니는 린틴틴(1920년대에 27편의 힐리우드 영화에 출연해 많은 사랑을 받았던 독일 셰퍼드의 이름_옮긴이)의 자랑스러운 후계자가 될 수 있을까를 생각하고 있었다.

"우리 말리가?" 확인을 위해 내가 다시 한번 물었다.

그러나 사실이었다. 일주일 전에 「팜비치 포스트」에서 일하는 제니의 상사가 제니를 부르더니 자기 친구를 도와줄 수 있겠느냐고 물어보더란다. 상사의 여자 친구는 콜린 맥가라는 이름의 사진작가였는데, '슈팅 갤러리'라는 뉴욕 영화제작사가 레이크워스라는 곳에서 촬영할 영화 준비와 관련하여 협조를 요청해왔다는 것이다. 레이크워스는 팜비치 바로 남쪽에 있는 도시다. 콜린이 맡은 일은 '전형적인 남플로리다 가정'을 찾아 그 집의 책꽂이로부터 냉장고에 붙은 자석, 옷장, 기타 찍을 수 있는 것은 모두 샅샅이 찍어와서 감독이 영화에 사실성을 불어넣는 데 도움을 주는 일이었다.

제니의 상사는 이렇게 말했단다. "영화 관계자들이 모두 동성애 남자들이야. 그러니까 애가 딸린 부부들이 남플로리다 지역에서는 어떻게 사는가를 보자는 얘기야."

"그러니까 일종의 인류학적 사례연구 같은 거군요." 제니가 말했다.

"바로 그거지."

"좋아요. 청소할 필요만 없다면 환영이죠, 뭐."

그래서 콜린은 우리 집으로 와 사진을 찍기 시작했다. 집이랑 내부만 찍는 줄 알았더니 우리도 찍었다. 우리가 어떤 옷을 입는지,

헤어스타일은 어떤지는 물론, 소파에 널브러진 모습도 찍었다. 욕실의 칫솔도 찍었다. 아기 침대 안의 아기들도 찍어갔다. 콜린은 전형적인 이성애자 부부인 우리의 거세된 개 말리도 찍었다. '찍었다'라기보다는 '찍을 수 있는 것을 찍었다'고 하는 것이 옳다. "바람처럼 날아다니네." 말리에 대한 콜린의 관찰 결과였다.

말리는 그렇게 신이 날 수 없었다. 두 아기에게 우선순위를 빼앗긴 이래 말리는 기회만 있으면 사랑받고 싶어 했다. 콜린이 소몰이 막대(일정한 방향으로 유도하기 위해 가축의 몸을 찌르는 막대. 전류를 흘려 전기 충격을 주기도 한다_옮긴이)로 말리를 찔렀어도 어쨌든 관심의 대상이 된다면 녀석은 환영했을 것이다. 콜린은 큰 동물을 사랑하는 사람인 데다 침이 좀 묻는 것쯤 개의치 않았기 때문에, 무릎을 꿇고 앉아 말리와 레슬링을 하면서 말리를 많이 사랑해주었다.

콜린이 사진을 찍는 동안 나는 이런저런 가능성을 생각하지 않을 수 없었다. 우리 가족은 영화제작자들에게 인류학적 자료를 제공하고 있을 뿐만 아니라 출연 제의도 받고 있는 셈이었다. 이 영화에서 조연급과 엑스트라는 현지에서 고용할 것이라는 얘기를 들었다. 감독이 이 많은 엑스트라와 조연들 속에서 스타급을 찾아내지 말라는 법이 어디 있는가? 그보다 더한 일도 예전에 얼마든지 일어났는데 말이다. 내 머릿속에서 돌아가는 환상적인 장면에는 벌써 스티븐 스필버그를 닮은 감독이 수백 장의 사진이 놓인 테이블 위에 몸을 굽히고 있는 모습이 떠올랐다. 짜증 섞인 몸짓으로 사진을 열심히 넘겨보던 감독은 이렇게 외친다. "다 쓰레기야. 이걸론 안 돼!" 그러다가 어떤 사진 한 장에 시선을 고정한다. 사진 속에는 다듬어지지 않았지만 민감하고 전형적인 이성애자 남성이 이것저것 집안일을 챙기고 있다. 감독은 손가락으로 이 사진을 꾹 누르며 조수들에게 외친다. "이 사람 찾아와! 이 사람 꼭 출연시켜야 해!" 사람들은 결국 나를 찾아내지만, 처음에는 겸손하게 사양하다가 결국 주연을 맡기로 한다. 어쨌든 영화는 찍어야 되니까.

콜린은 촬영을 허락해준 데 대해 감사를 표하고서 우리 집을 떠났다. 하지만 콜린 자신 또는 영화 관계자가 우리에게 다시 연락하리라는 암시조차 주지 않았었다. 우리가 할 일은 끝난 것이니까. 그런데 며칠 후 제니가 사무실로 전화를 걸어 이렇게 말하는 것이었다. "방금 콜린 맥가하고 통화했는데, 무슨 얘기를 했는지 말해줘도 못 믿을걸." 드디어 감독이 나를 알아낸 것이라고 확신했기 때문에 나는 놀라지 않았다. 가슴이 뛰기 시작했다. "얘기해봐."

"콜린이 그러는데 감독이 말리를 한번 찍어보고 싶대."

"말리?" 혹시 잘못 들었나 해서 내가 재차 확인했다. 제니는 내 목소리에서 묻어나는 당혹감을 알아차리지 못했다.

"감독은 덩치 크고, 멍청하고, 설쳐대는 개를 찾아 영화에 등장하는 애완동물 역을 맡길 생각인데, 말리에게 구미가 당기나봐."

"설쳐대는 개?"

"콜린의 말에 의하면 그래. 덩치 크고, 멍청하고, 설치는 개."

흠, 그렇다면 제대로 찾은 것이다. "콜린이 뭐 내 얘긴 안 해?"

"아니. 그럴 리가 있겠어?"

다음 날 콜린이 말리를 데리러 왔다. 멋지게 등장하는 것이 배우에게 얼마나 중요한지를 잘 아는 말리는 거실을 전속력으로 가로질러 달려오다가 잠시 멈춰 서며 베개를 물어 올리더니 콜린을 향해 달려갔다. 하긴 바쁘신 감독님이 잠깐 낮잠을 주무셔야 할지도 모르니까 준비를 해드려야지.

카펫을 벗어나 나무 바닥에 이르자, 말리는 전속력으로 미끄러져 커피 테이블을 들이받고 공중에 붕 뜨더니 의자에 부딪친 다음 등부터 땅에 떨어져서 옆으로 굴러 발딱 일어서며 콜린의 다리와 정면충돌했다. 어쨌든 사람에게 뛰어오르지는 않았다.

"이 개 정말 안정제 안 먹여도 되겠어요?" 제니가 콜린에게 물었다.

콜린은 감독이 약을 먹이거나 어떤 조치를 취하지 않은 상태의 말리를 보고 싶어 한다고 계속 강조하면서, 신바람이 나서 숨이 넘어갈 지경에 된 말리를 자신이 몰고 온 빨간 픽업트럭에 싣고 떠났다.

두 시간쯤 후 콜린과 촬영 팀이 돌아와서 결과를 알려주었다. 말리가 오디션에 합격했다. "말도 안 돼! 그럴 리가 없어." 제니가 외쳤다. 우리 집에서 말리 하나만 출연한다는 이야기를 들었지만, 그렇다고 우리가 실망한 것은 아니었다. 그리고 출연자 중 오직 말리만이 돈을 받지 않는다는 이야기도 마찬가지였다.

나는 오디션이 어땠냐고 물어보았다.

"말리를 태웠더니 마치 사우나에서 운전하는 기분이더군요. 눈에 띄는 건 다 핥았어요. 목적지에 도착하니 내가 물에 빠진 생쥐 꼴이 되어 있더군요." 콜린이 말했다. 촬영 본부인 걸프스트림 호텔에 도착하자마자 말리는 트럭에서 튀어나와 마치 언제든 폭격이 시작되기라도 할 듯 마구잡이로 주차장을 뛰어다녀 사람들에게 깊은 인상을 심어주었다. "완전히 정신없더군요. 미친개 같았어요."

"네, 좀 흥분을 잘해요." 내가 말했다.

콜린은 또 이런 이야기도 했다. 녀석이 촬영 팀의 어떤 사람이 들고 있던 수표책을 물고 달아나서는 마치 이렇게라도 해야 출연료를 받을 수 있다는 듯 8자를 그리며 맴을 돌더란다.

"우리는 래브라도 바람돌이라고 불러요." 제니는 자랑스러운 자식을 둔 엄마만이 지을 수 있는 미소를 띠며 사과하듯 말했다.

이제 오디션을 해도 되겠다 싶을 정도로 말리가 안정이 되자 제작 팀은 말리에게 연기를 시켰다. 연기라고 해봐야 제멋대로 뛰노는 것이었다. 〈마지막 홈런〉이라는 제목의 이 영화는 야구 판타지 영화로, 요양원에서 사는 79세 노인이 5일 동안 12세 소년으로 변신하여 리틀리그에 출전하는 꿈을 이룬다는 내용이었다. 말리는 맹렬히 설쳐대는 리틀리그 코치 집 개로 출현하며, 코치 역은 은퇴한 메이저리그 포수인 개리 카터가 맡았다.

"정말로 말리를 출현시키기로 했단 말이에요?" 아직도 믿어지지 않아서 내가 물었다.

"다들 좋아했어요." 콜린이 대답했다. "딱이라니까요."

촬영 날이 다가오면서 말리에게서는 미묘한 행동의 변화가 느껴졌다. 이상하게도 뭔가 차분한 느낌이었다. 마치 오디션에 합격해서 새로운 자신감이 생긴 것 같았다. 거의 당당하기까지 했다. "누군가 자기를 믿어줄 사람이 필요했던 게야." 내가 제니에게 말했다.

그렇게 믿어준 사람이 있다면, 그것은 바로 매니저로 변신한 제니였다. 촬영 첫날이 다가오자 제니는 말리를 목욕시키고, 털을 빗겨주고, 발톱을 깎아주고, 귀를 청소해주었다.

촬영 당일 아침, 침실에서 나오니 제니와 말리가 서로 잡아먹을 듯 뒤엉켜 싸우며 온 방을 돌아다니고 있었다. 제니는 말리를 무릎 사이에 꼭 끼우고는 한 손에 초커 체인을 들고 있었다. 마치 내 집 거실에서 벌어지는 실내 로데오를 보는 기분이었다. "당신 대체 뭐해?"

"뭘로 보어? 이 닦아주잖아." 제니가 쏘아붙였다.

손에 칫솔을 든 제니는 말리의 희고 커다란 이빨을 닦아주려 했고, 말리는 마구 거품을 뿜으며 칫솔을 삼켜버리고 싶어 안달이 나서 마구 날뛰고 있었다.

"치약은 묻혔어?" 내가 물었다. 치약 이야기는 자연스럽게 다음 질문으로 이어졌다. "그런데 무슨 수로 치약을 뱉게 만들 거야?"

"이거 베이킹 소다야." 제니가 대답했다.

"어쨌든 광견병은 아니니 다행이군."

한 시간쯤 뒤에 우리는 걸프스트림 호텔로 출발했다. 애들은 뒷자리 양쪽에 앉고 말리는 둘 사이에 앉아서 평소와 달리 향긋한 입냄새를 풍기며 헐떡이고 있었다. 9시까지 오라고 했는데, 호텔에서 한 블록 떨어진 지점까지 가자, 차의 행렬이 멈춰 있었다. 차 앞쪽을 보니 바리케이드가 쳐져 있고, 경찰관이 차들을 호텔 반대 방향으로 유도하고 있었다. 레이크워스는 원래 한가한 곳인데 15년 전 〈보디히트〉를 이곳에서 촬영한 이후 처음으로 영화 촬영이 결정된 터라 현지 신문이 내용을 상세히 보도했고, 구경꾼이 구름처럼 몰려들었다. 경찰은 모든 차를 다른 방향으로 보내고 있었다. 우리가 탄 차는 조금씩 앞으로 나아갔고, 경찰관이 있는 곳까지 가자 나는 창밖으로 몸을 내밀고 말했다. "지나가야 돼요."

"아무도 못 지나갑니다. 계속 가세요, 가요."

"출연자를 태우고 있어요."

미니밴 앞자리에 부부, 뒷자리에 아기 둘, 개 한 마리? 그는 의심스러운 눈초리로 우리를 바라보았다. "가시라니까요." 경찰관이 외쳤다.

"우리 개가 출연한단 말이에요."

그러자 그는 갑자기 존경심을 품은 표정으로 나를 바라보았다. "그 개가 여기 탔어요?" 그가 물었다. 개가 명단상에 있었기 때문이다.

"바로 그 개를 태웠소. 말리 말이에요."

"말리가 직접 출연한다구요." 제니가 거들었다.

경찰관은 돌아서더니 호들갑스럽게 호각을 불어댔다. "출연하는 개 태웠대!" 저만치 떨어져 있는 경찰관에게 그가 외쳤다. "말리가 탔대!"

그 소리를 들은 경관은 또 다른 경관에게 "개 태웠대! 말리가 도착했대!"

"통과시켜!" 멀리서 세 번째 경찰관이 외쳤다.

"통과!" 두 번째 경찰관이 복창했다.

우리 앞의 경찰관이 바리케이드를 치우며 통과하라는 손짓을 했다. "이쪽입니다." 그가 공손하게 말했다. 마치 왕족이라도 된 기분이었다. 차를 보내며 그는 마치 믿을 수 없다는 듯 중얼거렸다. "말리가 탔어."

호텔 밖 주차장에서는 촬영 팀이 이미 준비를 끝내고 있었다. 전선이 보도를 거미줄처럼 뒤덮었고, 카메라 삼각대와 붐 마이크가 설치되어 있었다. 받침대에 설치된 조명등이 빛을 내뿜었다.

의상을 수도 없이 실은 트레일러도 보였다. 한쪽 구석에 놓인 큰 테이블 두 개에는 출연자들과 스텝들을 위한 음식이 준비되어 있었다. 중요한 듯 보이는 사람들이 선글라스를 끼고 분주히 왔다 갔다 했다. 감독인 밥 고스는 간단한 인사를 나눈 뒤, 이제부터 촬영할 장면에 대해 재빨리 설명해주었다. 아주 단순했다. 리자 해리스라는 여배우가 말리의 주인으로, 그녀가 운전하는 미니밴이 보도 옆에 멈춰 선다. 레이크워스 연기학교에 다니는 대니엘이라는 이름의 귀여운 십대 소녀가 그녀의 딸 역할을, 아홉 살쯤 되어 보이는 연기자 꿈나무 사내아이가 아들 역할을 맡았다. 그들이 개와 함께 뒷자리에 앉아 있는데, 그 개는 물론 말리였다. 딸이 뒷문을 열고 뛰어내린다. 그러면 동생이 말리의 목줄을 잡고 따라 내린다. 그러고는 카메라 앵글 밖으로 사라진다. 장면 끝.

"아주 쉽군요." 내가 말했다. "말리는 잘할 거예요. 걱정 마세요." 나는 말리를 옆으로 데리고 가서 감독이 밴에 타라는 신호를 보낼 때까지 기다렸다.

"자, 다들 들어." 감독이 촬영 팀에게 말했다. "개가 좀 멍청하긴 해. 알지? 하지만 장면을 완전히 망쳐버리지 않는 이상 그냥 가." 감독은 자기 생각을 말했다. 말리는 아주 전형적인 가족 애완견이고, 그가 바라는 바는 말리가 전형적인 가족 나들이에서 전형적인 가족 애완견의 역할을 자연스럽게 하는 것이다. 연기도 필요 없고, 특별한 것을 가르칠 필요도 없다. 그저 자연스럽게 행동하면 된다.

"평소처럼 하게 내버려두고, 개한테 맞춰 찍어." 감독이 말했다.

준비가 완료되자 나는 말리를 밴에 태우고 낡은 목줄을 소년에게 건넸다. 그런데 아이가 말리를 무서워하는 것 같았다. "괜찮아. 착한 개야. 그냥 좀 핥기만 해. 볼래?" 나는 시범을 보이기 위해 말리의 입에 내 손목을 집어넣어 보였다.

촬영 1. 밴이 보도 옆에 멈춰 선다. 딸이 문을 열자마자 노랗고 거대한 털공 같은 물체가 마치 대포에서 발사된 포탄처럼 빨간 목줄을 뒤에 끌며 카메라 앞을 지나 달려간다.

"컷!"

나는 주차장 끝까지 말리를 쫓아가 녀석을 끌고 왔다.

"오케이, 다시 한번 합시다." 감독이 말했다. 그러고 나서 감독은 아이에게 부드럽게 이렇게 말했다. "개가 좀 요란하구나. 이번에는 목줄을 꽉 잡고 있어."

촬영 2. 차가 멈춰 선다. 딸이 막 문을 열려고 하는데 말리가 딸 옆으로 쏜살같이 튀어나오고, 손가락 마디가 하얗게 될 정도로 목줄을 꽉 쥐고 얼굴이 창백해진 소년이 질질 딸려 나온다.

"컷!"

촬영 3. 차가 멈춘다. 문이 열린다. 딸이 내린다. 아들도 목줄을 잡고 내린다. 소년이 몇 발짝 떼어놓자 목줄은 팽팽해지는데 개는 따라 나오지 않는다. 아이는 줄을 힘껏 당겨보다가 말리가 꿈쩍도 하지 않으니까 몸을 기울여 있는 힘껏 잡아당긴다. 그래도 아무 소식이 없다. 매우 길게 느껴졌던 몇 초가 고통 속에 흘러간다. 소년이 얼굴을 찌푸리며 카메라 쪽을 바라본다.

"컷!"

밴 안을 들여다보니 말리가 인간은 결코 핥을 수 없는 제 신체 부위를 열심히 핥고 있었다. 말리는 마치 '바쁜 거 안 보여요?' 하는 표정으로 나를 올려다보았다.

촬영 4. 내가 말리를 소년과 밴 뒷자리에 태우고 문을 닫아준다. 감독은 "액션!"이라고 지시하기에 앞서 몇 분 동안 조수들과 이야기를 나눈다. 드디어 카메라가 돌아가기 시작했다. 차가 멈춘다. 문이 열린다. 딸이 내린다. 아들도 내리지만 당황한 빛이 역력하다. 아이는 카메라를 정면으로 바라보며 손을 들어 보인다. 아이의 손에는 침에 절어 한쪽 끝이 끊어진 목줄이 대롱거린다.

"컷! 컷! 컷!"

소년의 설명에 의하면, 말리가 목줄을 씹기 시작하더니 멈추지 않더라는 것이다. 출연진과 스태프들은 마치 위대하고 신비스러운 자연현상이라도 목격한 것처럼 놀라움과 두려움이 뒤섞인 표정으로 믿을 수 없다는 듯 끊어진 목줄을 바라보았다. 그러나 나는 전혀 놀라지 않았다. 말리는 셀 수 없이 많은 목줄을 쓰레기통으로 보냈기 때문이다. 심지어 말리는 "항공기 산업에서 쓰이는 것과 똑같다"는 광고 문구가 붙어 있는 고무를 씌운 강철 케이블도 씹어서 끊어버린 적이 있다. 코너가 태어나고 나서 얼마 후 제니는 새로운 제품을 사들고 왔다. 달리는 차 안에서 돌아다니지 못하도록 개를 안전벨트에 묶어놓는 장치였다. 이 장치로 말리를 묶어놓자, 녀석은 90초 만에 이 장치뿐만 아니라 산 지 얼마 안 된 미니밴 뒷좌석의 안전벨트까지 씹어서 끊어버렸다.

"오케이, 모두 잠시 휴식!" 감독이 외쳤다. 감독은 내게 돌아서더니 놀랍도록 차분한 목소리로 물었다. "목줄을 새로 사는 데 얼마나 걸립니까?" 노동조합이라도 만들 정도의 수많은 배우와 스태프들이 꼼짝 못 하고 기다리는 동안 시간과 돈이 얼마나 날아갈지 그가 말하지 않아도 알 수 있었다.

"800미터쯤 가면 애완동물 용품점이 있어요. 15분이면 갔다 올 수 있습니다."

"이번에는 녀석이 물어서 끊을 수 없는 것으로 사오세요."

나는 맹수 조련사가 쓸 법한 무지막지한 쇠줄을 사들고 돌아왔지만, 촬영은 실패를 거듭했다. 매번 찍을 때마다 상황이 나빠져 갔다. 한번은 대니엘이 촬영 중에 정말로 공포에 질린 목소리로 이렇게 외쳤다. "개 고추 나왔어!"

"컷!"

한번은 전화로 남자 친구와 통화하고 있는 대니엘의 발치에 앉아 말리가 워낙 심하게 헐떡이는 바람에 음향기사가 헤드폰을 끄고는 이렇게 투덜거렸다. "대니엘 소리가 하나도 안 들려. 들리는 거라곤 가쁘게 몰아쉬는 숨소리뿐이네. 꼭 포르노 같아."

"컷!"

이렇게 해서 촬영 첫날이 흘러갔다. 말리는 구제불능이고 대책 없는 골칫거리였다. 한편으로는 '공짜로 출연시키면서 뭘 바래? 벤지?' 하는 생각도 들었지만, 다른 한편으로는 불쾌하기도 했다. 출연진과 스태프들의 얼굴을 훔쳐보니 그들의 생각이 그대로 얼굴에 드러나 있었다. '이놈의 개 도대체 어디서 나타난 거야? 어떻게 하면 돌려보낼 수 있을까?' 첫날이 끝날 무렵 조수 하나가 클립 보드를 들고 와서는 내일 촬영 일정이 아직 잡히지 않았다며 이렇게 말했다. "내일은 안 오셔도 돼요. 말리가 필요하면 전화드릴게요." 그리고 못 알아들었을까봐 조수는 이렇게 못을 박았다. "그러니까 전화가 안 오면 나오지 마시라는 얘기예요. 아셨죠?" 그래, 알았다. 아주 잘 알았다구. 감독님, 거북한 일은 조수를 시키시는군요. 이제 막 나래를 펴려던 말리의 연기 생활은 끝났다. 〈십계〉에서 찰턴 헤스턴이 홍해를 가르는 장면을 빼고는 아마 말리가 영화 역사상 가장 물자를 쓸데없이 낭비시킨 연기자일 것이다. 촬영이 지연되고 찍은 필름이 소용없게 됨에 따라 수십만 달러가 낭비되었고, 무수한 의상을 침으로 적셔놓았으며, 스낵 테이블을 엉망으로 만들어놓고, 3만 달러씩 하는 카메라를 거의 쓰러뜨릴 뻔했다. 우리를 쫓아내면 손실은 줄어들겠지. "우리가 전화할 테니까 전화하지 마세요." 거의 전형적인 경우였다.

집으로 가는 길에 나는 이렇게 말했다. "말리, 모처럼 좋은 기회가 왔는데 스스로 날려버렸구나."

다음 날 아침 산산이 깨진 꿈 때문에 아쉬워하고 있는데 전화벨이 울렸다. 어제의 조수였다. 말리를 데리고 당장 호텔로 오라는 것이다. "말리를 다시 출연시킨다는 얘긴가요?" 내가 물었다.

"빨리 오세요. 감독님이 다음 장면에 말리를 출연시킨대요."

30분 후 호텔에 도착했지만, 우리를 다시 불렀다는 사실이 아직도 믿어지지 않았다. 감독은 신바람이 나 있었다. 전날 찍은 장면을 다시 돌려보며 그렇게 좋아할 수가 없었단다. "말리 끝내줘요! 너무 신나요!" 마치 내 키가 더 커지고, 가슴이 더 벌어지는 느낌이었다.

"우리 개가 원래 그래요." 제니도 거들었다.

레이크워스에서의 촬영은 며칠 더 계속되었고, 말리는 역할을 잘 소화해냈다. 제니와 나는 조금 떨어진 곳에서 아역 연기자들의 부모 및 구경꾼들과 인사도 나누고 이야기도 하면서 시간을 보냈다. 사람들은 "레디!" 소리와 함께 조용해졌고, "컷!" 소리가 들리자마자 다시 수다를 떨기 시작했다. 심지어 제니는 개리 카터뿐만 아니라 미국 프로야구 명예의 전당에 들어간 데이브 윈필드(이 영화에 카메오로 출연 중이었다)로부터 우리 아들들에게 줄 야구공에 사인을 받아냈다.

말리는 스타덤에 오르고 있었다. 스태프, 특히 여자들이 말리를 귀여워했다. 날이 찌는 듯 더웠는데, 감독은 조수 하나를 붙여서 물병과 물그릇을 들고 말리를 따라다니며 아무 때나 물을 마실 수 있게 했다. 사람들이 식탁에서 음식을 집어 올려 말리에게 던져주었다. 회사에 들러 두 시간쯤 보내고 촬영장으로 돌아와보니, 마치 투탕카멘 왕처럼 네 발을 하늘로 향하고 누워 대단한 글래머인 분장사에게 느긋하게 배를 맡기고 있었다. 배를 긁어주며 분장사는 이렇게 말했다. "너무 귀여워요!"

나도 스타덤을 의식하기 시작했다. 그때부터 나는 "유명한 말리의 주인"이라고 나 자신을 소개하거나 "다음 영화에는 짖는 장면이 나왔으면 좋겠다"는 말을 흘리고 다녔다. 한번은 촬영하다가 공중전화를 쓰기 위해 호텔 로비로 들어갔다. 말리는 목줄이 풀린 상태였고, 나한테서 몇 미터쯤 떨어진 곳에서 킁킁거리며 돌아다니고 있었다. 스타 말리를 유기견으로 오해한 것이 분명한 호텔 직원 하나가 다가와서는 쪽문을 열고 "집에 가"라며 말리를 내보내려고 했다.

송화기를 손으로 덮고 최대한 험악한 표정으로 호텔 직원을 노려보며 나는 "뭐라구요?" 하고 직원에게 물었다. "이 개가 누군지 알고나 있소?"

우리는 촬영장에서 내리 나흘을 보냈다. 촬영 팀이 말리의 출연

부분은 끝났으니 이제 오지 않아도 된다는 사실을 알려줄 때쯤 제니와 나는 완전히 슈팅 갤러리 촬영 팀의 일원이 된 기분이었다. 물론 한 푼도 받지 못하는 일원이었지만, 그래도 소속감이 느껴지기는 마찬가지였다. 내가 말리를 미니밴에 태울 때 제니는 목청껏 이렇게 외쳤다. "여러분 모두 사랑해요! 영화 나올 때까지 어떻게 기다리죠?"

그러나 기다릴 수밖에 없었다. 제작진의 한 사람은 우리에게 8개월 뒤에 전화를 하면 필름을 한 부 보내주겠다고 했다. 그런데 8개월 후에 전화를 하니 접수 담당자가 몇 분 기다리게 하더니 이렇게 말하는 것이었다. "몇 달쯤 후에 다시 전화해보시면 어떨까요?" 그래서 나는 기다렸다 전화해보고, 기다렸다 다시 전화해보았지만, 저쪽에서는 매번 연기를 했다. 내가 점점 스토커가 되어가는 듯한 느낌이 들기 시작했고, 전화 받는 사람이 송화기를 손으로 막고는 편집에 여념이 없는 감독에게 이렇게 속삭이는 것을 상상할 수 있었다. "또 그 미친개 주인이에요. 이번에는 뭐라고 할까요?"

결국 〈마지막 홈런〉을 우리뿐 아니라 아무도 보지 못했지만, 장면마다 등장하는 그 망할 놈의 개를 어떻게 편집해서 처리할 것인지가 막막해서 편집을 중단하고 영화를 포기했구나 하는 생각이 들면서, 결국 전화를 하지 않게 되었다. 마침내 말리의 모습을 화면에서 볼 수 있게 된 것은 그로부터 2년이 지난 후였다.

어느 날 비디오 대여점에 갔다가 갑자기 생각이 나서 나는 직원에게 〈마지막 홈런〉을 아느냐고 물었다. 직원은 이 영화를 알고 있었을 뿐만 아니라, 비디오도 가지고 있었다.

한참 후에야 이 영화의 슬픈 전말을 모두 알 수 있었다. 전국적으로 이 영화를 상영할 배급사를 찾지 못한 슈팅 갤러리 팀은 결국 영화가 걸을 수 있는 가장 불명예스런 말로를 택했다. 말리의 데뷔작인 〈마지막 홈런〉이 곧장 비디오 시장으로 나간 것이다. 상관없었다. 재빨리 집으로 달려온 나는 제니와 아이들을 모두 불러 비디오 앞에 앉혔다. 말리가 나온 장면은 통틀어 2분도 채 되지 않았지만, 그 2분간은 이 영화에서 가장 생기 넘치는 장면이었다. 우리 가족은 웃다가 울다가 기쁨에 소리를 치다가 했다.

"저거 말리다!" 코너가 외쳤다.

"우리 유명해졌어!" 패트릭도 외쳤다.

잘난 척할 줄 모르는 녀석은 하품을 한 번 하더니 커피 테이블 밑으로 기어들어갔다. 마지막에 출연자 명단이 화면에 뜰 무렵, 말리는 곤히 잠들어 있었다. 우리 가족은 숨을 죽이고 호모사피엔스 출연자들의 이름이 화면을 타고 계속 올라가는 모습을 지켜보았다. 한참이 지나도 말리가 나오지 않아 나는 결국 말리 이름은 안 나오나보다 생각했다. 그런데 화면 전체를 가득 채우며 큰 글자가 떴다. "말리 직접 출연."

17

보카혼타스의 땅에서

〈마지막 홈런〉의 촬영이 끝나고 한 달 뒤, 우리는 팜비치의 집과 그에 얽힌 모든 기억에 작별을 고했다. 우리 집으로부터 한 블록 떨어진 곳에서 살인 사건이 두 번이나 일어났기 때문이기도 했지만, 우리가 처칠 거리에 있는 작은 집을 떠나야 했던 것은 범죄 때문이 아니라 집이 좁아졌기 때문이었다. 두 아이와 애들 물건으로 살림이 그야말로 천장에 닿을 지경이었다. 집 앞에 토이즈 알어스Toys "R" Us(미국의 유명한 장난감 판매점_옮긴이) 매장의 간판을 걸어도 좋을 지경이었다. 말리는 이제 체중이 40킬로그램이 넘었고, 일어설 때마다 뭔가를 쓰러뜨렸다. 우리 집은 침실이 두 개 있었는데, 처음에 제니와 나는 어리석게도 아이들이 침실 하나를 같이 쓸 수 있을 것으로 생각했다. 그런데 녀석들이 계속 서로를 깨워대는 바람에 우리 부부는 밤에 할 일이 두 배가 되었고, 그 때문에 코너를 부엌과 차고 사이의 좁은 공간으로 옮길 수밖에 없었다.

사실 이 공간은 나의 '서재'로, 여기서 기타를 치거나 공과금을 지불할 수표를 쓰곤 했다. 그러나 누가 봐도 알 일이지만 눈 가리고 아웅 할 수는 없다. 코너는 브리즈웨이breezeway(집과 차고 사이의 지붕이 있는 통로_옮긴이)에서 자게 된 것이다. 끔찍한 일이었다. 브리즈웨이는 차고에서 겨우 반 계단 높은 데 있는 장소로, 사실상 외양간이나 마찬가지였다. 자식을 외양간에서 키우는 부모가 어디 있는가? 이름대로 이곳은 '바람을 향해 열린 곳'이므로 바람뿐 아니라 아무거나 들어올 수 있는 불안정한 곳이었다. 먼지, 꽃가루, 무는 벌레, 박쥐, 범죄자, 변태. 이곳에 있는 것이 자연스러운 물건이라면 그저 쓰레기나 젖은 운동화 정도이다. 사실 코너를 이곳에 데려다놓은 다음에도 우리는 말리의 사료와 물병을 여기 계속 놓아두었다. 동물에게만 적합한 장소여서가 아니라, 말리가 이곳에서 물과 사료를 먹는 데 완전히 길들여졌기 때문이다.

여기까지 이야기하고 보니 아기방 겸 연결 통로가 마치 찰스 디킨스의 소설에 나오는 것처럼 비참해 보이지만, 그렇게 나쁘지만은 않았고 오히려 마음을 끄는 장소이기도 했다. 당초에 이곳은 옥외에 지붕이 덮인 통로, 그러니까 집과 차고를 연결해주는 공간으로 설계되었지만, 우리 앞의 주인이 몇 년 전에 이곳을 폐쇄해버렸다. 코너 방으로 쓰기 전에 나는 우선 비가 새는 블라인드를 떼버리고 꼭 들어맞는 현대식 창문으로 바꾸었다. 블라인드도 새로 걸고 페인트칠도 다시 했다. 제니는 바닥에 부드러운 카펫을 깔아주었고, 벽에는 재미있는 그림도 붙였으며, 천장에서 모빌도 늘어뜨려주었다. 그렇지만 우리 아들은 브리즈웨이에서 자고 있는데, 개는 주인 침실에서 같이 잔다는 현실에는 변함이 없었다.

게다가 제니는 신문사에서 반일 근무, 그것도 주로 재택근무를 하고 있었다. 육아와 직장을 병행하기 위해서였다. 그러니 내 사무실 근처로 집을 옮기는 것이 가장 합리적이었다. 제니와 나는 이사를 결정했다.

인생은 아이러니로 가득 차 있다. 이번에 내가 겪은 아이러니는 몇 달씩 집을 보러 다닌 끝에 우리가 찾은 곳이 남플로리다의 어느 도시였는데, 나는 이 도시의 이름을 조롱거리로 삼기를 즐겼다. 이곳의 이름은 에스파냐어로 보카러톤Boca Raton으로 '쥐의 입'이라는 뜻이다. 입치고는 대단한 입이다.

보카러톤은 최근 뉴저지와 뉴욕에서 이주해온 부유한 공화당원들의 요새라고 할 만한 곳이었다. 이들 대부분은 졸부로, 스스로를 우스꽝스럽게 보이지 않고는 돈을 쓸 줄 모르는 사람들이었다. 보카러톤에는 고급 세단, 빨간 스포츠카, 손바닥만 한 부지에 오종종하게 지은 핑크색 맨션, 마치 적국인 양 서로 높은 담을 쌓고 정문에는 경비원을 배치한 저택 등이 가득했다. 남자들은 리넨 바지를 입고 맨발에 이탈리아산 로퍼를 신고는 중요한 일이라도 하는 것처럼 휴대전화로 통화하면서 대부분의 시간을 보냈다. 여자들은 자신들이 좋아하는 구치 가죽백 색깔에 맞춰 태닝을 했으며, 눈부신 은색과 플래티넘 색으로 머리를 물들여 잘 가꾼 그들의 피부가 더욱 돋보였다.

보카러톤에는 성형외과가 많았고, 성형외과 전문의들은 가장 큰 저택과 가장 밝은 웃음의 소유자였다. 외모 가꾸기에 둘째가라면 서러운 보카러톤의 여자가 되려면 유방 성형은 입주 조건이나 다름 없었다. 젊은 여자들은 모두 성형수술로 풍만한 가슴을 가지고 있었고, 나이 든 여자들은 가슴 성형과 함께 얼굴 주름 제거 수술도 받았다. 엉덩이와 코 성형수술, 뱃살 지방 제거, 영구 화장 문신 등으로 이 동네 여자들은 모두 풍선처럼 불어서 만드는 인형부대에 속한 완벽한 몸매의 보병처럼 보였다. 나는 칼럼에서 노래 가사를 바꾸어 이렇게 썼다. "지방 흡입과 실리콘, 보카러톤 여자들의 최고의 친구."

칼럼을 쓰면서 나는 이름 자체를 비롯해서 보카러톤의 생활양식을 웃음거리로 만드는 기사를 많이 썼다. 그런데 이곳 주민들은 자기들이 사는 도시를 보카러톤이라고 부르지 않았다. 그냥 친근하게 '보카'라고만 불렀다. 그리고 사전에 나온 발음기호대로 '보오커'라고 말하지 않고 부드러운 콧소리가 들어간 뉴저지식으로 발음했다. 그러니까 '보오우커' 비슷한 소리를 냈다. 예를 들면 이렇다. "어머머, 보오우커에서는 가로수를 느무우 이뿌우게 다듬었당."

당시 디즈니의 애니메이션 영화 〈포카혼타스〉가 상영 중이어서 나는 재빨리 그 인디언 추장 딸 영화를 패러디해 '보카혼타스'라는 인물을 만들어냈다. 금색 드레스 자락을 늘어뜨린 나의 패러디 주인공은 교외 주택가에 살며 핑크색 BMW를 몰고 태닝 살롱으로 가는 길에 성형으로 탱탱해진 가슴으로 운전대를 돌리면서, 한 손으로는 휴대전화를 잡고 백미러를 보면서 다른 한 손으로는 은색으로 물들인 머리를 만지작거리는 공주 스타일의 여자였다. 보카혼타스는 파스텔 색의 명품 위그왐(북미 인디언의 오두막집_옮긴이)에 살며 매일 '씨족 헬스클럽'에서 운동을 한다. 단, 헬스클럽 입구 3미터 이내에 차를 댈 수 있을 경우에만 그렇다. 오후에는 충성스런 아메리칸 익스프레스 카드를 무기 삼아 타운 센터 몰이라고 명명된 공식 지정 사냥터에서 모피 사냥에 나선다.

"마이즈너 파크에 내 비자 카드를 묻어다오." 보카혼타스는 내 칼럼에서 엄숙하게 말한다. 마이즈너 파크는 보카러톤에서 가장 사치스런 쇼핑 거리이다. 다른 칼럼에서 보카혼타스는 사슴 가죽으로 만든 원더브라(미국의 속옷 브랜드. 가슴을 커보이게 하는 것으로 유명함_옮긴이)의 매무새를 고치며 성형수술 면세 운동에 나선다.

내 패러디는 신랄하고 무자비했다. 그저 약간의 과장이 들어 있었을 뿐이다. 현실의 보카혼타스 공주들은 내 칼럼의 열성 팬이었고, 그들 중 누가 칼럼 주인공의 모델이 되었을지 궁금해했다. (내가 말해줄 리 없지.) 나는 지역 주민의 모임에서 강연을 해달라는 요청을 자주 받았다. 강연을 하다보면 관중석에서 누군가가 일어나

"왜 그렇게 보오우커를 미워하세요?"라고 묻곤 했다. 나는 보카를 미워하는 게 아니라 그저 하이 코미디를 즐기는 것뿐이라고 대답했다. 지구상 어디에서도 쥐의 입이라는 이름을 가진 보카러톤처럼 재미있는 코미디를 만들어내는 곳은 없으니까.

그러니까 제니와 내가 결국 찾아낸 집이 보카를 속속들이 겪어볼 수 있는 지점, 즉 해변에 자리 잡은 이스트 보카러톤과 경비원이 지키는 저택으로 이루어진 웨스트 보카러톤의 딱 중간에 위치한 것도 당연하다. (이 집은 내가 행정구역 구분을 중요시하는 주민들에게 늘 말해온 것같이 보카러톤이 아닌 팜비치 카운티에 속해 있었다.) 우리가 이사 간 동네는 이곳에서 몇 안 되는 중산층 동네로, 이 동네 사람들은 상행선과 하행선 사이에 끼었다고 잘난 척하며 농담을 하곤 했다. 실제로 이 동네에는 동쪽 경계와 서쪽 경계를 지나는 두 개의 철길이 있었다. 밤에 침대에 누우면 화물열차가 마이애미를 출발해서 또는 마이애미를 향해 달려가는 소리를 들을 수 있었다.

"미쳤어?" 제니에게 내가 말했다. "보카로 이사 갈 수 없어. 기찻길에 묶여서 처형당할걸. 내 머리를 가지고 동네 사람들이 유기농 콩 요리를 곁들인 머리 고기 요리를 해먹을 거라구."

"으이구, 허풍 좀 떨지 마." 제니가 대꾸했다.

내가 일하는 「선센티넬」은 「마이애미 헤럴드」, 「팜비치 포스트」, 심지어 이 도시의 신문인 「보카러톤 뉴스」보다 이곳 보카러톤에서 더 많은 독자를 확보하고 있었다. 보카러톤과 그 서쪽의 부유

층 지역에 살고 있는 적지 않은 사람이 내 글을 읽었고, 칼럼 위에 내 사진이 나오기 때문에 나를 알아보는 사람들이 많았다. 나는 결코 허풍을 떠는 것이 아니었다. "이 사람들은 나를 산 채로 가죽을 벗겨서 시체를 티파니 보석상 앞에 걸어놓을걸." 내가 말했다.

그러나 몇 달을 돌아다닌 끝에 우리의 조건에 맞는 집을 찾아낸 곳이 보카러톤이었다. 집 크기도 적당했고, 가격도 그랬으며, 내가 왔다 갔다 해야 할 두 군데의 사무실 중간쯤에 자리 잡고 있기도 했다. 공립학교는 남플로리다의 다른 공립학교들과 비슷한 수준이었고, 온갖 천박함에도 불구하고 보카러톤에는 공원이 아주 잘 조성되어 있었으며, 마이애미로부터 팜비치에 이르는 여러 도시 지역에서 가장 천연의 모습에 가까운 해변도 갖추고 있었다. 공포에 떨면서도 결국 나는 이 집을 사기로 했다. 마치 얼굴이 알려진 상태에서 적진으로 침투하는 간첩 같은 기분이 들었다. 야만인, 보카 헐뜯기에 혈안이 된 인간이 보카의 가든파티를 망치려고 문틈으로 숨어들어온 것이다. 내가 이사 온 것을 반기지 않는다고 어떻게 보카 시민을 원망할 수 있겠는가?

이사 온 직후에 나는 사람들의 시선을 심하게 의식하면서 살금살금 동네를 돌아다녔다. 내가 지나가면 사람들이 나에 대해 수군거리기라도 하는 듯 귀가 간지러웠다. 이곳으로 이사 왔다는 사실을 알리는 내용의 칼럼을 쓰고 나니(내키지 않는 글을 질질 끌려가듯 썼지만), 다음과 같은 내용의 독자 편지들이 도착했다. "우리 동네

욕을 그렇게 해대고 나서 이사를 와? 뻔뻔한 위선자 같으니!" 맞
는 말이었다. 이 동네의 열혈 팬인 한 신문사 동료는 득달같이 달
려와 고소하다는 듯 이렇게 말했다. "그래, 그렇게 깔아뭉개던 보
카가 살 만한 데라는 생각이 든 모양이지? 집 사려고 보니까 보카
의 공원, 세율, 교육 환경, 해변, 도시계획 같은 게 결국 마음에 들
었나봐. 안 그래?" 나는 백기를 들 수밖에 없었다.

그러나 이곳에 사는 내 이웃들 중 대부분은 부자 동네에도 가난
한 동네에도 속하지 않았고, 그래서 자기들 스스로 '우리의 일그
러지고 통속적인 측면'이라고 할 만할 것에 관한 비판에 대해 공
감하고 있었다. 곧 나는 여기에서 사는 것이 편해졌다.

새로 산 집은 1970년대식으로 지어진 침실 네 개짜리로, 옛날
집보다 면적은 두 배나 되었지만 그 집처럼 멋지지는 않았다. 그
러나 가능성은 보였으므로 제니와 나는 조금씩 집의 모습을 우리
식으로 바꿔가기 시작했다. 우선 바닥을 가득 메우고 있던 보풀이
일어난 털로 된 카펫을 모두 뜯어낸 뒤, 거실에는 참나무 소재의
바닥을 깔고 다른 곳에는 모두 이탈리아 타일을 깔았다. 보기 흉
한 슬라이딩 도어를 떼어낸 뒤 프랑스식 문으로 바꾸었고, 버려진
앞뜰을 조금씩 손을 보아 나중에는 생강, 헬리코니아, 꽃시계 덤
불 등이 우거진 열대 정원이 되었고, 나비들이 날아와 꿀을 빨곤

했다.

　이 집에는 멋진 부분이 두 가지 있었는데, 둘 다 집 자체와는 상관이 없었다. 우선 거실 창문으로 내다보면 묵직한 소나무 밑에 몇 가지 놀이기구가 배치되어 있는 공원이 눈에 들어왔다. 우리 애들이 이곳을 좋아했다. 새로 단 프랑스식 문을 통해 뒤뜰로 나서면 풀장이 있었다. 애들이 떨어질까봐 우리는 풀장을 원하지 않았는데, 제니가 풀장을 메꾸는 게 어떠냐고 해서 이 집을 소개한 중개업자를 질리게 만들기도 했다. 이 집으로 이사 오자마자 제니와 나는 무엇보다도 먼저 풀장을 뺑 돌아가며 마치 중범죄자 교도소처럼 1미터가 넘는 울타리를 쌓았다. 갓 세 살이 된 패트릭과 18개월 된 코너는 이 집으로 이사 오자마자 마치 돌고래처럼 헤엄을 치며 놀았다. 공원은 우리 집 뒤뜰을 연장한 장소가 되었고, 풀장은 우리가 그렇게 소중히 생각하는 쾌적한 계절을 연장하는 역할을 했다. 곧 플로리다에서 집에 풀장이 있으면 끔찍한 여름을 간신히 살아내는 것이 아니라 즐길 수 있다는 사실을 알게 되었다.

　뉴펀들랜드 해안에서 파도를 헤치며 어부들의 명령을 따르던 충실한 레트리버의 후손인 우리 개 말리만큼 이 풀장을 좋아하는 존재는 우리 집에 없었다. 말리는 거실에서부터 뛰기 시작해 열린 프랑스식 문을 통해 공중으로 붕 떴다가 벽돌 바닥을 한 번 걸어찬 뒤 배부터 물속에 뛰어들어 물을 분수처럼 사방에 흩날렸고, 풀장 주변으로 파도가 일었다. 말리와 헤엄치는 것은 마치 대형

선박 옆에서 헤엄치는 것처럼 생명이 위험할 수도 있었다. 말리는 앞발을 마구 휘저으며 전속력으로 사람을 향해 헤엄쳐 온다. 사람 입장에서야 말리가 마지막 순간에 방향을 바꿀 것이라고 생각하지만, 말리는 끝까지 밀고 들어와 사람의 머리를 타고 올라가 물속으로 빠뜨린다. 머리가 물 밖으로 나와 있으면 말리는 물속으로 밀어 넣어버린다. "내가 선착장처럼 보이냐?"고 하면서 녀석의 머리를 팔로 받쳐 숨을 쉴 수 있게 해줄 때까지도 앞발을 계속 휘저어 내 얼굴에 물을 끼얹는다.

새집에는 한 가지가 없었는데, 바로 말리가 부술 수 없는 벙커였다. 옛날 집에는 차 한 대가 들어갈 만한 콘크리트 차고에 창문이 두 개 나 있어서 튼튼한 데다 한여름에도 그냥 견딜 만큼 서늘했다. 새집은 차가 두 대나 들어갈 정도로 차고가 넓긴 하지만, 말리든 무엇이든 섭씨 65도가 넘는 환경에서 생존할 수 없는 생명체는 넣어놓을 수 없었다. 창문도 없는 데다 내부가 찌는 듯 더웠기 때문이다. 게다가 콘크리트가 아닌 건식벽체(회반죽을 쓰지 않고 벽판이나 플라스틱 보드로 만든 벽_옮긴이)로 되어 있었는데, 말리가 이 정도를 간단히 박살낼 수 있음은 익히 알고 있었다. 그리고 천둥 칠 때 두려움에 몸부림치는 증상은 안정제를 먹이는데도 불구하고 날이 갈수록 심해졌다.

새집에 와서 말리만 두고 처음 외출하던 날, 제니와 나는 녀석을 부엌 바로 옆 세탁실에 가두고 담요 한 장과 물 한 그릇을 넣어주었다. 몇 시간 후 돌아와보니 녀석이 문을 긁어놓았다. 대수롭지는 않았지만 이 집을 사기 위해 제니와 내가 앞으로 30년의 인생을 저당 잡힌 것을 생각하면 별로 좋은 징조가 아니었다. "새집에 적응하는 과정이겠지." 내가 말했다.

제니가 의심스럽다는 듯 내 말을 받았다. "하늘에 구름 한 점 없는데. 천둥이라도 치면 어떻게 될까?"

어떻게 되는지는 그다음 번에 알게 되었다. 소나기구름이 몰려오자 제니와 나는 볼일도 걷어치우고 집으로 달려갔지만 이미 늦은 후였다. 나보다 몇 발짝 앞서 집으로 들어간 제니는 세탁실 문을 열더니 그대로 얼어붙어 "세상에"라고만 내뱉었다. 마치 상들리에에 목을 맨 시체라도 본 듯한 목소리였다. 제니의 어깨 너머로 머리를 들이미는데, 그녀의 입에서 다시 한번 "세상에……"가 흘러나왔고, 상황은 내가 상상했던 것보다 훨씬 더 나빴다. 말리는 발과 입에서 피가 나는 채로 심하게 헐떡이며 서 있었다. 천둥에 놀라서 털이 저절로 빠지기라도 한 것처럼 말리의 털 뭉치가 사방에 널려 있었다. 말리는 갇혀 있던 공간을 과거 어느 때보다도 더 심하게 망가뜨려놓았다. 한쪽 벽은 완전히 찢겨나가 벽판을 고정하는 볼트까지 드러났다. 나뭇조각과 구부러진 못이 여기저기 흩어져 있었고, 전기 배선도 통째로 드러났다. 피가 바닥과 벽에 묻어 있었다. 문자 그대로 총기 난사 살인 사건 현장이었다.

"세상에." 제니가 세 번째로 중얼거렸다.

"세상에." 나도 중얼거렸다. 이것이 우리가 할 수 있는 유일한 말이었다.

폐허를 바라보며 몇 초간 멍청히 서 있다가 결국 내가 입을 열었다. "걱정 마, 해결할 수 있어. 내가 고쳐놓을게." 제니가 나를 힐끗 보았다. 내 솜씨를 알기 때문이었다. "전문 수리공을 불러야겠어." 나는 얼른 말을 바꿨다. "내 손으로 할 엄두가 나질 않네." 말 없이 말리에게 안정제를 먹이면서 이번 사건으로 제니가 코너 출산 직후 빠져들어간 우울증의 안개에 다시 싸여버리지 않을까 걱정이 되기 시작했다. 제니는 그 힘든 시기를 먼 옛날로 생각하고 있는 것 같았다. 아주 초연한 모습이었다는 얘기다.

"몇백 달러면 새것처럼 될 거야." 제니가 말했다.

"나도 그렇게 생각해. 강연 몇 번만 하면 돈 좀 벌 테니까 그걸로 해결하지 뭐."

몇 분이 지나자 말리가 축 늘어지기 시작했다. 안정제를 먹이면 항상 그렇듯이 눈이 심하게 충혈되면서 눈꺼풀이 무거워졌다. 마치 그레이트풀 데드(미국의 록 그룹_옮긴이)의 콘서트에라도 다녀온 것처럼 말이다. 나는 말리의 이런 모습을 항상 싫어했고, 그래서 안정제를 먹이기도 싫었다. 그러나 약을 먹으면 말리의 상상 속에만 존재하는 끔찍한 공포로부터 벗어날 수 있었다. 말리가 사람이었다면 나는 틀림없이 미쳤다고 했을 것이다. 천둥이 칠 때면 말리는 마치 하늘에서 음산한 악의 힘이 내려와 자기를 잡아갈 것 같은 환상이 자아내는 강박증에 시달렸다. 녀석은 부엌 싱크대 앞의 조각 카펫에 눕더니 한숨을 푹 내쉬었다. 나는 옆에 무릎을 꿇고 앉아 피가 말라붙은 털을 쓸어주었다. "아이구 이놈아, 널 어쩌면 좋니?" 말리는 고개도 들지 않은 채 충혈된 눈으로 나를 올려다보았다. 말리는 전에 본 적 없는 슬프고 애처로운 눈으로 나를 바라보았다. 말리는 마치 나에게 무슨 말을 하고 싶어 하는 것 같았다. 내가 꼭 알아줘야 할 무언가를 말이다. "알아, 너도 어쩔 수 없다는 거 안다." 내가 말했다.

다음 날 제니와 나는 두 아이를 데리고 애완동물 용품점으로 가서 거대한 케이지를 샀다. 케이지는 크기가 매우 다양했는데, 내가 점원에게 말리에 대해 설명하자 점원은 제일 큰 것을 보여주었다. 사자라도 들어가 서서 한 바퀴 돌 수 있을 정도로 컸다. 무거운 쇠창살로 만들어진 그 케이지에는 두 개의 쇠빗장이 달려 있어 문을 꽉 잠글 수 있었고, 바닥에도 강철이 깔려 있었다. 그 케이지는 우리가 찾던 해답이었다. 이동식 앨커트래즈 감옥 말이다. 코너와 패트릭이 안으로 기어들어가자 나는 빗장을 잠가 둘을 잠깐 가둬보았다. "어떠냐, 애들아?" 내가 물었다. "슈퍼도그를 가둬놓을 수 있을까?"

코너는 케이지 문 앞에 서서 베트남 포로처럼 쇠창살 사이로 손가락을 내밀고 말했다. "나, 감옥에 있어."

"말리랑 감옥 놀이 한다!" 생각만 해도 좋은지 패트릭이 이렇게 말하며 끼어들었다.

집으로 돌아와 우리는 케이지를 세탁기 옆에 설치했다. 이동식 앨커트래즈가 세탁실의 거의 절반을 차지했다. "말리, 이리 와!" 조립을 마치고 난 뒤 내가 말리를 불렀다. 개껌을 케이지 안에 던져놓자 말리는 신나게 뛰어들어갔다. 나는 말리 뒤에서 문을 잠갔고, 말리는 앞으로 무슨 일이 일어날지 모르는 채 개껌을 씹고 있었다. 앞으로 일어날 일이란 정신의학 전문용어로 '강제 입원'이라고 불리는 일이었다.

"우리가 집에 없을 때 너는 여기 있어야 해." 나는 밝은 목소리로 말했다. 말리는 일어서서 만족한 듯 숨을 헐떡였다. 걱정하는 빛이라고는 없었다. 그러고 나서 말리는 엎드려 한숨을 내쉬었다. "괜찮을 것 같아." 내가 제니에게 말했다. "아주 괜찮을 것 같다구."

그날 저녁에 우리는 1급 경비 감옥의 효과를 시험해보기로 했다. 이번에는 개껌으로 말리를 유인할 필요도 없었다. 케이지 문을 열고 휘파람을 부니 말리가 꼬리로 창살을 치며 제 발로 들어갔다. "얌전히 있어, 말리." 외식을 하러 가기 위해 아이들을 미니밴에 태우고 있는데 제니가 말했다. "내 기분이 어떤지 알아?"

"무슨 소리야?" 내가 말했다.

"말리를 혼자 두고 외출하는데도 찜찜하지 않기는 이번이 처음이야. 그동안 이것 때문에 내가 얼마나 신경 썼는지 나 자신도 몰랐어."

"무슨 얘긴지 알아. 항상 이런 생각을 해야 했지. '우리 개가 이번엔 뭘 망가뜨려놓을까?'"

"그러니까 '영화 한 번 본 대가로 얼마를 치러야 할까?' 뭐 이런 거지."

"러시안룰렛 같은 거였어."

"저 개 감옥 말이야, 돈 주고 산 것 중 제일 잘 산 것 같아." 제니가 말했다.

"벌써 옛날에 샀어야만 했어. 마음의 평화는 돈 주고 못 사잖아." 내가 말했다.

우리 가족은 저녁을 맛있게 먹고, 해질 녘에 해변을 산책하는 호사까지 누렸다. 아이들은 파도 속에서 물장구를 치거나, 갈매기를 쫓아다니거나, 모래를 한 줌씩 집어 물속으로 던졌다. 제니는 평소와 달리 느긋했다. 말리가 앨커트래즈에 갇혀 집안 물건이나 저 스스로를 해치지 못한다는 사실이 제니에게는 큰 위안이었다. "오늘 외식 정말 좋았어." 차에서 내려 집을 향해 걸으며 제니가 말했다.

내가 뭔가 동의하는 듯 이야기를 하려는데, 망막의 한쪽 구석에 뭔가 정상이 아닌 듯한 영상이 잡혔다. 고개를 돌려 현관 옆 창문을 바라보니 블라인드는 떠날 때 해놓은 것처럼 내려져 있었다.

그런데 창문 바닥으로부터 30센티미터쯤 위쪽을 보니 어떤 물체가 블라인드의 살을 헤집고 튀어나와 있었다.

뭔가 검고 습한 물체가 창 위에 바짝 붙어 있었다. "아니 이런, 세상에 어떻게……말리?" 내가 중얼거렸다.

현관문을 여니, 아니나 다를까 개 한 마리로 구성된 환영위원회 위원인 말리가 집으로 돌아온 우리를 보고는 신바람이 나서 꼬리를 흔들며 온 집안을 뛰어다니는 것이었다. 우리는 각 방과 옷장 등 온 집안을 샅샅이 뒤져 말썽의 흔적을 찾아보았지만, 망가진 것은 아무것도 없었다. 이어서 온 가족이 세탁실로 몰려갔다. 감옥 문은 활짝 열려 있었다. 예수 그리스도의 무덤을 막고 있던 돌이 부활절 아침에 저런 모습이 되었으리라. 마치 공범이 은밀히 들어와 우리 죄수를 꺼내준 것 같았다. 케이지 옆에 꿇어앉아 살펴보니 문을 잠그는 두 개의 쇠막대가 뒤로 밀려 '열림' 위치로 가 있었다. 중요한 단서도 발견되었는데, 그것은 뚝뚝 떨어진 침이었다. "내부자의 소행이군. 후디니(탈출 마술로 이름을 날린 전설적인 마술사_옮긴이)가 자물쇠를 핥아서 열었어." 내가 말했다.

"믿을 수가 없어." 제니가 이렇게 말하면서 또 한마디 했다. 애들이 좀 떨어져 있어 그 한마디를 듣지 못한 것이 다행이었다.

우리는 항상 말리가 해초만큼이나 멍청하다고 생각해왔다. 그러나 녀석은 길고도 힘센 혀를 이용해서 쇠막대기를 뒤로 밀어 감옥 문을 열 만큼 똑똑했다. 말리는 핥아서 자유를 얻었고, 그로부터 몇 주에 걸쳐 원하기만 하면 얼마든지 탈옥을 감행할 능력이 있음을 여러 번 보여주었다. 우리의 완벽한 감옥은 어중간한 노천 주택으로 전락했다. 어떤 때는 집에 돌아와보면 말리가 케이지 안에 느긋하게 누워 있었다. 어떤 때는 현관문 옆 유리에 코를 붙이고 우리를 기다리고 있었다. 강제 입원은 말리가 순순히 받아들일 수 있는 개념이 아니었다.

이렇게 되자 두 개의 막대를 굵은 전선으로 칭칭 감는 방법이 등장했다. 한동안 효과가 있었는데, 어느 천둥 치는 날 돌아와보니 케이지 문 아래쪽 구석이 마치 거대한 깡통따개로 연 듯 구부러져 있고, 겁에 질린 말리는 평소처럼 네 발이 피투성이인 상태에서 갈비뼈 부분이 구부러진 틈에 꼭 끼어 절반은 케이지 안에, 절반은 밖에 걸친 채 오도 가도 못하고 있었다. 나중에 나는 케이지 문을 구부려 가능한 한 원래 모습에 가깝게 해놓았고, 외출할 때는 쇠막대기뿐만 아니라 문 네 구석을 모두 전선으로 감았다. 그래도 말리가 빠져나오려고 용을 쓰는 바람에 얼마 후부터는 아예 케이지 자체의 모든 구석을 전선으로 감았다. 완벽하다고 믿은 케이지의 반짝이던 철봉들은 석 달도 안 되어 포탄이라도 맞은 듯한 꼴이 되었다. 철봉은 뒤틀리거나 구부러졌고, 프레임은 벌어졌으며, 문은 문틀에 맞지 않는 데다 케이지의 옆면은 밖으로 튀어나와 있었다. 끝없는 보강 작업이 이어졌지만, 케이지는 온몸을 내던지는 말리의 공격 앞에 점점 더 엉성해져갔다. 철제 감옥이

주던 안도감도 사라졌다. 한 30분이라도 외출하려면 말리가 또 튀어나와 소파를 망가뜨리거나, 벽이나 문을 박살내지는 않을까 두려워해야 했다. 마음의 평화라구?

18

야외 식사

　말리도 나만큼이나 보카라는 곳과 어울리지 않았다. 예나 지금이나 보카는 세계에서 가장 덩치가 작고 끝없이 캥캥 짖어대는 응석받이 개들, 그러니까 보카혼타스족이 패션 액세서리 정도로 생각하는 개들이 바글대는 곳이었다. 이 녀석들은 주인이 애지중지하는 개들로, 나비넥타이를 매고 있거나 목에 향수를 뿌리기도 하고, 심지어 발톱에 색칠을 하기도 했다. 그리고 전혀 상상하지 못한 곳에서 모습을 드러냈다. 베이글 빵가게에 줄을 서 있으면 명품 핸드백에서 머리를 내밀고 나를 빤히 보거나, 해변에 깔아둔 여주인의 비치 타월에 누워 낮잠을 즐기거나, 인조 다이아몬드가 박힌 목줄을 당기며 비싼 골동품점으로 주인보다 앞장서 들어가곤 했다. 가장 자주 보이는 모습은 주인의 무릎 위, 운전대 뒤에 귀족처럼 버티고 앉아 렉서스, 벤츠, 재규어 같은 차를 타고 시내 일주를 하는 모습이었다. 이들이 그레이스 켈리라면 말리는 고머 파일(《Gomer Pyle USMC》라는 시트콤의 멍청한 주인공_옮긴이)이었다. 이들은 자그마하고 세련된, 말하자면 상류층 개들이었다. 말리는 덩치 크고, 촌스러우며, 사타구니나 쿵쿵대는 개였다. 말리는 끊임없이 이들 사이에 섞이고 싶어 했지만, 이들은 그 반대였다.

최근에 훈련 과정에 합격한 개답게 말리는 산책할 때 얌전히 걷기도 했지만, 뭔가 흥미로운 대상이 나타나면 여전히 목줄이 조여 숨이 막히는 것 따위는 아랑곳하지도 않고 거침없이 달려들었다. 거리를 산책하다 마주치는 예쁘장한 개는 항상 질식을 무릅쓰고 달려갈 만한 대상이었다. 말리는 개를 보기만 하면 제니나 나를 질질 끌며 전속력으로 달려갔고, 그 바람에 줄이 목을 조여 캑캑거리곤 했다. 말리는 보카의 조그만 개뿐만 아니라 개의 여주인에게도 매몰차게 거절당했다. 주인은 마치 악어한테서 자신의 개를 구출하듯이 작은 피피, 수지, 셰리를 잽싸게 안아 올렸다. 말리는 전혀 개의치 않았다. 개가 또 한 마리 나타나기만 하면 방금 차인 것도 잊어버리고 똑같은 짓을 반복했다. 데이트하다 딱지맞는데 전혀 익숙해지지 못했던 나는 말리의 인내심에 감탄할 따름이었다.

보카 생활에서 외식은 중요한 위치를 차지하며, 보카 시내의 레스토랑들은 대부분 야자나무 밑에 오후의 식탁을 마련해두었다. 그리고 야자나무의 나무둥치와 큰 잎은 줄줄이 늘어선 작은 전구로 장식되어 있었다. 눈에 띄고 싶은 사람, 그런 사람들을 보는 이

들이 앉아서 카페라테를 홀짝거리거나, 맞은편에 앉은 사람은 멍하니 하늘을 쳐다보게 해놓고는 본인은 열심히 휴대전화로 떠들어대거나 하는 사람들이 식탁을 차지하고 있었다. 보카의 소형견들은 야외 식사에서 중요한 부분을 차지했다. 커플들이 개를 데려와 목줄을 철제 식탁 다리에 묶어두면, 개들은 주인의 발치에 얌전히 앉아 있거나 가끔 주인 옆에 서가지고는 마치 웨이터가 자신에게 관심을 보이지 않아 불쾌해지기라도 한 것처럼 도도한 자세로 머리를 치켜들곤 했다.

어느 일요일 오후에 제니와 나는 이런 레스토랑 중에서 하나를 골라 온 가족이 외식을 하면 좋겠다는 생각을 했다. "보카에서는 보카 사람들이 하는 대로 해라." 내가 말했다. 제니와 나는 애들과 말리를 미니밴에 태우고 이탈리아식 광장을 본떠 널찍한 보도와 줄줄이 늘어선 레스토랑이 있는 시내의 쇼핑 광장인 마이즈너 파크로 향했다. 차에서 내려 길을 걷는 우리 가족의 모습은 볼 만한 구경거리였다. 제니는 아이 둘을 나란히 태울 수 있는 유모차를 밀고 있었는데, 정비용 카트로 오해하기 딱 좋은 유모차의 뒤에는 애플 소스로부터 물티슈에 이르기까지 아기 용품이 빼곡히 매달려 있었다. 나는 제니의 옆에서 걷고 있었고, 거의 내 옆에 붙어 있지 않는 말리로 인해 보카 소형견계에 비상사태가 선포되었다. 이리저리 깡충거리는 조그마한 소형견에게 가까이 가볼 수 있다는 생각에 평소보다 더 날뛰는 말리의 목줄을 나는 단단히 잡았다.

녀석은 혀를 축 늘어뜨린 채 기관차처럼 헐떡거리고 있었다.

우리는 가격이 좀 저렴한 집 하나를 점찍었고, 야외 식탁이 하나 빌 때까지 주변을 서성거리며 기다렸다. 이 자리는 완벽했다. 그늘이 진 데다 광장 중앙에 있는 분수가 보이고, 날뛰는 45킬로그램짜리 래브라도를 안전하게 묶어둘 수 있을 정도로 무거워 보였다. 나는 식탁 다리에 말리의 목줄을 묶고 맥주 두 병과 사과 주스 두 잔을 주문했다.

제니가 맥주병을 들어 올리며 이렇게 말했다. "아름다운 나의 가족과 함께하는 아름다운 날을 위하여." 제니와 나는 맥주 병목을 부딪쳤고, 아이들은 주스 잔을 서로 부딪쳤다. 바로 그때 일이 터졌다. 너무 빨리 터졌기 때문에 사실 우리는 일이 터졌는지 알아차릴 겨를도 없었다. 우리가 알았던 것은 딱 한 가지, 아름다운 날을 위하여 축배를 들려는 순간 우리 식탁이 움직이기 시작했다는 사실뿐이다. 식탁은 줄지어 늘어선 다른 식탁, 그리고 지나가는 길에 서 있던 애꿎은 사람을 모두 들이받았으며, 콘크리트 바닥을 긁고 지나가면서 공장에서나 들을 수 있는 귀를 찢는 듯한 끔찍한 소리를 냈다. 처음에 영문을 몰랐을 때는 우리 식탁에 귀신이 씌었나 했다. 보카에 어울리지 않는 침입자인 우리 가족으로부터 식탁이 도망치려 한다고 생각했다는 얘기다. 그러나 다음 순간, 나는 귀신이 붙은 대상은 식탁이 아니라 우리 개라는 것을 눈치챘다. 말리는 젖 먹던 힘까지 동원해 목줄을 마치 피아노 줄처럼 팽팽히 늘인 채 허우적대며 앞으로 나아가고 있었다.

　그로부터 몇 분의 1초 후 나는 말리가 식탁을 끌며 그토록 가고 싶어 하는 목적지를 보았다. 우리 자리에서 15미터쯤 떨어진 곳에 세련되어 보이는 프렌치 푸들 한 마리가 코를 하늘로 쳐들고 주인 옆을 맴돌고 있었다. '이런 젠장, 이 녀석은 왜 푸들이라면 환장을 하는 거야?' 제니와 나는 맥주병을 손에 들고 한순간 멍하니 있었다. 아이들은 우리 둘 사이의 유모차에 앉아 있었고, 우리 식탁이 군중을 헤치고 어디로 가고 있다는 사실만 빼면 흠잡을 데 없이 멋진 일요일 오후였다. 다음 순간 우리는 발딱 일어나 말리를 소리쳐 부르며 주변 손님들에게 사과의 말을 던지면서 달려나갔다. 내가 먼저 광장 바닥을 긁으며 돌진하는 식탁에 도착했다. 식탁을 잡자마자 두 발을 굳건히 디딘 후 있는 힘을 다해 뒤로 버텼다. 제니도 곧 쫓아와서 거들었다. 선로에서 벗어나 절벽으로 떨어지려 하는 열차를 있는 힘을 다해 끌어당기고 있는 액션 영화의 주인공이라도 된 기분이었다. 아수라장 속에서 제니는 고개를 돌려 이렇게 말했다. "얘들아, 금방 올게!" '금방 온다구?' 제니의 말투는 마치 이런 일이 늘 있어서 다 예측하고 있었던 사람, 전채가 나올 때까지 시간이 좀 걸릴 테니 식탁을 끄는 말리를 앞세우고 동네 구경도 하고, 아이쇼핑도 좀 하고 와야겠다고 생각하는 사람의 말투였다.

　놀라서 굳어버린 개 주인과 푸들의 몇 발짝 앞에서 식탁을 멈추고 말리를 수습한 나는 아이들이 잘 있나 보려고 몸을 돌렸고, 바로 그때 야외 식탁에서 식사를 하던 다른 손님들의 얼굴을 처음으로 제대로 볼 수 있었다. 마치 E. F. 허턴(에드워드 허턴과 프랭클린 허턴 등이 세운 미국의 유명 증권사_옮긴이) 광고에 출현하는 기분이었다. 이 광고에서는 수다를 떨던 군중이 갑자기 조용해지면서 투자에 관해 속삭여주는 충고 한마디를 기다린다. 남자들은 휴대전화를 손에 쥔 채 말을 중단했고, 여자들은 입을 벌린 채 우리들을 응시하고 있었다. 보카 시민들이 모두 얼이 빠졌다. 결국 코너가 적막을 깨뜨렸다. "말리 잘 뛴다!" 녀석이 신이 나서 소리쳤다.

웨이터 하나가 달려와 식탁을 제자리로 끌어오는 것을 도와주었고, 제니는 아직도 푸들에게 정신을 온통 빼앗긴 말리를 결사적으로 붙잡고 있었다. "식탁을 하나 새로 마련해드리겠습니다." 웨이터가 말했다.

"그럴 필요 없어요." 제니가 태연하게 대답했다. "음료수 값만 내고 갈게요."

보카 야외 식사 중 잊을 수 없는 난리를 겪은 지 얼마 되지 않아 나는 도서관에서 바버라 우드하우스라는 유명한 영국 개 훈련 전문가가 쓴 『나쁜 개는 없다*No Bad Dogs*』라는 책을 발견했다. 제목이 암시하는 것처럼 『나쁜 개는 없다』는 말리의 첫 번째 조련사인 지배녀가 그토록 철석같이 신봉하던 이론을 되풀이하고 있었다. 즉 대책 없는 개가 훌륭한 개로 탈바꿈하는 데 있어 유일한 방해 요소는 어리둥절하고 우유부단하며 의지가 약한 주인뿐이라는 것이었다. 우드하우스도 개가 문제가 아니라 사람이 문제라는 주장을 폈다. 이어서 이 책은 여러 장에 걸쳐 최고로 황당한 개들의 행동을 이것저것 소개하고 있었다. 쉴 새 없이 짖어대는 개들도 있고, 끊임없이 땅을 파거나, 싸우거나, 뛰어다니거나, 물어뜯는 개들도 있다. 남자라면 다 싫어하는 개들도 있고, 여자만 싫어하는 개들도 있다. 주인의 물건을 계속 훔치는 개들도 있고, 연약한 어린이들만 공격하는 개들도 있다. 그리고 개똥을 먹는 개들도 있다. '적어도 말리는 개똥을 안 먹으니 얼마나 다행인가.'

계속 읽다보니 결점투성이의 우리 개가 좀 나아 보였다. 제니와 나는 차츰 말리에 대해 '세계 최악의 개'라는 결론에 도달한 바 있다. 그런데 이 책을 통해 말리는 갖고 있지 않은 끔찍한 버릇을 가진 개들이 많다는 사실을 알게 되자 기분이 좋아졌다. 못된 성격을 타고난 것도 아니다. 많이 짖지도 않는다. 물지도 않는다. 그리고 다른 개를 공격하지도 않으며, 그저 애정 표현을 하고 싶어 할 뿐이다. 모든 사람을 최고의 친구로 생각한다. 가장 좋은 점은 개똥을 먹거나 똥 위에서 구르지 않는다는 사실이다. 그래, 나쁜 개는 없어. 제니나 나처럼 서툴고 대책 없는 주인이 있을 뿐이야. 말리가 지금과 같은 꼴인 것은 우리 잘못이라구.

내가 열 살 때 우리 집에 온 숀은
8년 후 대학에 들어갈 때까지 항상 내 옆에 있었다.

처칠가 345번지 집에서 보낸
말리의 첫 주.

가끔 우리는 말리가 우리의 이야기를 알아듣는다고 확신했다.

처칠 거리에서 꼭 끌어안은 말리와 나(1991년 2월).

말리는 손목시계 줄만 보면 씹어댔다.
시곗줄이 씹히는 줄도 모르고 카메라 앞에서 포즈를 취한 제니.

처칠 거리에서 남자들끼리(1991년 2월).

몸집이 커지면서 말리는
더 부산스러워졌고 말을 듣지 않았다.
내 무릎에 앉아 목줄을 씹고 있는 말리.

세상에서 가장 착한 개는 물론 아니었지만,
말리는 아마 가장 행복한 개였을 것이다.
말리가 늘 보여주던 행복함이 잘 드러난 이 사진을 나는 매우 좋아한다.

잘난 척하는 프렌치 푸들에게 또 한 번 거절당하고
보카러톤의 집에 엎드려 있는 말리.

플로리다 새니벌섬에서(1992년).

인트라코스탈 워터웨이를 따라 산책하던 도중
제니의 귀를 핥는 말리.

풀장 소독제 디스펜서 쫓아다니기를
'물개' 말리처럼 좋아한 개는 없었다.

보카러톤 집의 파티오에서
누군가가 문을 열어주기를 기다리는 말리.

바닷물 한 모금처럼 짜릿한 것도 없다.

도그 비치에서 바닷물에 토하고 난 뒤 다시 놀 준비가 완료된 말리.

갓난아기 여동생을 처음 만난
패트릭과 코너(1997년 1월).

아이들이 태어난 뒤부터
우리 부부는 명절 사진을 찍는 방법을 바꿨다.
하도 뛰어다녀서 초점을 맞추기 힘든 말리를
사진에서 빼버린 것이다.

펜실베이니아로 이사하고 나서 처음으로 맞은 크리스마스 아침,
말리와 내가 잡아당기기 놀이를 하고 있다.
눈이 오지 않아서 아이들은 크게 실망했다.

나이가 들면서 말리는 청력이 약해지고 주둥이도 하얗게 변했지만,
일상의 즐거움을 누리는 것은 변함이 없었다.

세상을 떠나던 해에 말리는 주로 잠만 잤다.
이것은 죽기 보름 전에 찍은 말리의 마지막 사진이다.

24장까지 가니 '정신적으로 불안정한 개 키우기'라는 제목이 나왔다. 읽으면서 나는 침을 꿀꺽 삼켰다. 24장에서 저자는 광적이고 기괴한 행동, 혼자 놔두면 나오는 파괴적인 성향, 마룻바닥 긁어 헤치기와 양탄자 씹어먹기 등에 대해 이야기했다. 이어서 저자는 이런 개를 가진 사람들이 "집 안이든 마당이든 개를 안전하게 가둘 수 있는 공간을 만들려고 한다"고 지적했다. 그리고 이렇게 정신적 결함이 있는 개들을 정상으로 돌려놓기 위한 마지막 수단으로(대부분 효과가 없지만) 안정제를 쓴다는 점도 다루었다.

어떤 개들은 태어나면서부터 정신이 불안정하고, 어떤 개들은 생활환경 때문에 그렇게 되기도 하지만, 결과는 같다. 이러한 개들은 주인에게 기쁨을 가져다주기보다는 걱정거리나 짐이 되며, 온 가족에게 완전히 절망을 가져다주는 경우도 적지 않다.

이 대목을 읽고 나서 나는 내 발치에서 자고 있는 말리에게 이렇게 말했다. "어디서 들어본 소리 같지?"

'비정상적인 개들'이라는 제목이 달린 그다음 장에서 우드하우스는 어쩔 수 없다는 투로 이렇게 썼다. "정상적이지 않은 개를 계속 키우면, 주인은 어느 정도 생활의 제약을 각오해야 한다는 사실은 아무리 강조해도 지나치지 않다." 그러니까 우유 한 통 사러 나갈 때도 죽음의 공포를 겪어야 한다는 얘긴가? 우드하우스는 계속해서 이렇게 썼다. "비정상인 개를 주인은 사랑할지도 모르지만 다른 사람들이 그 개로 인해 불편을 겪어서는 안 된다." 다른 사람들? 그러니까 예를 들면 플로리다 보카러톤 시에 있는 옥외 카페에서 일요일에 식사를 즐기는 사람들?

말리, 그리고 우리 가족과 말리 사이의 한심한 상호의존 관계를 이야기하고 있는 것처럼 들렸다. 우리 집에는 그녀가 지적한 모든 것이 갖춰져 있었다. 의지가 약한 주인들, 정신적으로 불안정한 데다 통제 불능인 개, 끝없이 망가지는 가구, 짜증과 불편을 겪는 낯선 사람들과 이웃들. 전형적인 예였다. 여기까지 읽고 나서 나는 말리에게 이렇게 말했다. "말리, 축하해. 너는 비정상이 될 모든 자격을 갖췄어." 제 이름을 듣고 잠시 눈을 뜬 말리는 사지를 쭉 펴더니 발을 하늘로 향하고 드러누웠다.

나는 우드하우스가 이런 결함 있는 제품의 소유자들에게 쓸모 있는 조언 몇 마디나 기분 좋은 해결책을 제시하면서 책을 끝내리라고 생각했다. 그러니까 이 조언대로만 하면 완전히 가망 없어 보이는 개들이라도 개 전시회에 내보낼 수 있을 정도로 탈바꿈시킬 수 있다는 얘기를 기대했다는 말이다. 그러나 그녀는 매우 암울한 얘기로 책을 끝맺고 있었다.

오직 정신적으로 불안정한 개의 주인만이 정상적인 개와 정신적으로 불안정한 개 사이의 경계선을 어디에 그을 수 있는지를 분명히 안다.

그리고 정신적으로 불안정한 개를 어떻게 할 것인가는 오직 주인만이 결정할 수 있다. 개를 무척 사랑하는 내 입장에서 보면 이들을 잠들게 해주는 것이 더 자비롭다고 생각한다.

잠들게 해준다? 침이 넘어갔다. 혹시 오해하는 독자들이 있을까 봐 그녀는 이렇게 덧붙였다.

모든 훈련을 다 시켜보고 수의학적 조치까지 다 한 뒤에도 개가 정상적인 삶을 영위할 가능성이 없다고 판단될 경우라면 잠으로 보내는 것이 개나 주인 모두에게 옳은 일임이 틀림없다.

주인이 가망 없다고 포기한 개 수천 마리를 훈련시킨 동물애호가 바버라 우드하우스조차도 어떤 개들은 구제불능이라는 사실을 솔직히 시인하고 있다. 우드하우스의 마음대로 할 수 있다면, 아마 그녀는 이런 개들을 인도적인 방법으로 하늘나라에 있는 거대한 '돌아버린 개 요양원'으로 보냈을 것이다.

"걱정 마, 말리." 몸을 굽혀 말리의 배를 긁어주며 내가 말했다. "이 집에서 네가 자는 잠은 다음 날 아침에 틀림없이 깰 수 있는 잠뿐이니까."

말리는 크게 숨을 내쉬더니 다시 프렌치 푸들을 쫓아가는 꿈속으로 빠져들었다.

이때쯤 우리는 모든 래브라도레트리버가 똑같은 것이 아니라는 사실도 알았다. 이 종은 잉글리시와 아메리칸이라는 두 그룹으로 분명히 나누어진다. 잉글리시 계통은 아메리칸 계통보다 체격이 작고 다부지며 머리도 더 뭉툭하지만, 성격은 부드럽고 얌전한 편이다. 개 전시회에 출전하는 쪽은 주로 잉글리시 계통이다. 아메리칸 계통은 눈에 띄게 덩치가 크고 힘도 세며 다부지기 보다는 날씬한 쪽이다. 이들은 끝없는 에너지와 활발한 성격으로 유명하며, 사냥이나 스포츠에서 널리 쓰인다. 사냥터에서는 나무랄 데 없는 장점인 아메리칸 계통의 이러한 특징은 가정용 애완견이 되면 얘기가 달라진다. 이들을 애완견으로 키우는 사람은 아메리칸 래브라도의 끝없는 에너지를 결코 과소평가해서는 안 된다고 문헌은 지적하고 있다.

펜실베이니아주 레트리버 애견협회인 '엔들리스 마운틴 래브라도스'의 브로셔에는 이렇게 나와 있다. "많은 사람이 우리에게 잉글리시 계통과 아메리칸 계통의 차이를 묻는다." 너무 달라서 AKC는 두 개의 다른 종으로 구분하는 것을 고려 중이라고 한다. 우선 체격과 성격이 판이하다. 사냥에 데리고 갈 진짜 사냥개를 원한다면 아메리칸이 제격이다. 이들은 활동적이고 키도 크며 날씬하지만, 흥분을 잘하고 고집이 세서 '애완견'으로는 부적합하다. 반면에 잉글리시 계통은 체격 면에서 뭉툭하고 다부지며 키도 작다. 그러나 성격은 착하고 조용하고 부드러우며 사랑스럽다.

말리가 어느 쪽에 속하는지는 생각할 필요도 없었다. 이제 모든 것이 이해되었다. 제니와 내가 아무 생각 없이 고른 개는 하루 종일 들판을 뛰어다녀야 직성이 풀리는 종류의 개였다. 마치 그것만으로는 부족한 듯 우리가 고른 녀석은 정신적으로 불안정한 데다 나사가 빠져 있고, 훈련이나 안정제, 개 심리치료로도 해결이 되지 않는 녀석이었다. 바버라 우드하우스처럼 산전수전 다 겪은 개 훈련 전문가도 차라리 안락사시키는 것이 낫다고 충고하는 부류의 개였다는 뜻이다. 고맙기도 하지. 이제야 알게 되다니.

우드하우스의 책을 읽고 말리의 불안정한 정신 상태에 대해 이해한 지 얼마 되지 않아, 동네 사람이 휴가를 가는 일주일 동안만 고양이를 맡아달라고 했다. 얼마든지 데려오세요. 우리가 말했다. 개와 비교하면 고양이 다루기는 쉬웠다. 고양이는 자동항법장치에 따라 스스로 돌아가는데, 이 고양이는 특히 수줍음이 많고 숨어 있기를 좋아했으며 말리 앞에서는 더 그랬다. 고양이는 보통 하루 종일 소파 밑에 숨어 있다가 우리가 모두 잠든 밤에 기어 나와서는 말리가 건드릴 수 없는 높은 곳에 놓아둔 사료를 먹고, 풀로 뒤덮인 정원 한구석에 은밀히 놓아둔 상자에 볼일을 보았다. 고양이의 존재를 알 수 있는 것이 별로 없어서 말리는 고양이가 집에 있다는 사실조차 전혀 모르고 있었다.

고양이가 집에 온 지 며칠 후 나는 침대 매트리스를 계속 두드리는 큰 소리 때문에 새벽에 잠에서 깼다. 흥분한 말리가 몸을 떨며 꼬리로 매트리스를 마구 두들겨대고 있었다. 펑! 펑! 펑! 손을 뻗어 녀석을 쓰다듬어주려니까 내 손을 피하더니, 침대 옆에서 깡충거리며 춤을 추기 시작하는 것이었다. 말리 맘보였다. "흠! 이번엔 뭘 훔쳤니?" 눈도 아직 뜨지 않은 채 내가 물었다. 마치 대답이라도 하듯 말리는 입에 물고 있던 것을 의기양양하게 깨끗한 침대 시트 위, 내 얼굴로부터 몇 센티미터밖에 떨어지지 않은 곳에 뱉어놓았다. 잠이 안 깬 상태라서 그게 뭔지 알아내는 데 한 1분쯤 걸렸다. 말리의 입에서 나온 물체는 작고 색이 진한 데다 뭐라고 표현할 수 없는 형태였고, 굵은 모래로 덮여 있었다. 이윽고 냄새가 내 콧구멍에 도착했다. 독하고 고약한 데다 톡 쏘는 냄새였다. 나는 벌떡 일어나 제니 쪽으로 물러나며 그녀를 깨웠다. 시트 위에서 반짝이는 말리의 선물을 손가락으로 가리켰다.

"저게 설마……." 제니가 역겹다는 듯 말을 시작했다.

"그거야, 고양이 화장실을 찾아냈군." 내가 말했다.

방금 우리에게 호프 다이아몬드(세계에서 가장 큰 블루 다이아몬드_옮긴이)를 선물했어도 녀석의 얼굴이 그렇게 자랑스럽지는 않았을 것이다. 바버라 우드하우스가 그렇게 현명하게 예언한 것처럼, 정신적으로 문제가 있고 비정상인 우리 집 똥개는 드디어 똥을 먹는 단계까지 나아간 것이다.

19

천둥 번개

　수십 명에 달하는 그로건 집안의 어린이들을 위해 항상 기도하는 독실한 가톨릭 신자인 내 부모를 제외하면 내가 아는 사람들은 모두 제니와 내가 코너를 낳은 이후 또 아기를 가질 것이라고 생각하지 않았다. 부부가 모두 일을 하는 전문직 가정이라면 애 하나가 정상이고, 둘은 약간 사치스럽다고 생각되며, 셋은 아예 들어본 적도 없다. 특히 코너를 임신했을 때 우리가 겪은 어려움을 생각해보면, 제니와 내가 왜 이 복잡한 과정을 다시 한번 밟으려 하는지 이해할 수 없었을 것이다. 우리는 신혼 초 식물을 죽이던 때와는 완전히 다른 사람들이 되어 있었다. 부모 노릇이 우리의 일부가 되었다는 뜻이다. 우리 아들들은 그 누구 또는 그 무엇보다도 더 큰 기쁨을 우리에게 가져다주었다. 이제 우리의 삶은 아이들을 중심으로 돌아가고 있다. 물론 느긋한 휴가, 아니면 책을 읽으면서 느긋하게 토요일 오후를 보내거나 밤늦게까지 로맨틱한 저녁 식사를 즐기는 생활이 아쉽지 않은 것은 아니지만 우리는 엎질러진 애플 소스, 창문에 찍힌 조그만 코의 자국, 새벽에 복도를 통통거리는 맨발이 연주하는 고요한 교향곡처럼 새로운 것에서 기쁨을 얻었다. 부모라면 누구나 결국 알게 되는 사실이지만, 아이들이 어릴 때의 황홀한 나날들(기저귀를 차고, 이가 나기 시작하며, 알아들을 수 없는 말을 옹알거릴 때)은 평범한 일상이 끝없이 이어지는 긴 인생에서 찬란하게 빛나는 한순간에 불과하다는 것을 이제 이해하는 터라, 제니와 나는 아무리 어려울 때라도 아이들에게서 뭔가 미소 지을 일을 찾아낼 수 있었다.

내 어머니가 이렇게 말했을 때 제니와 나는 믿을 수 없다는 듯 눈을 굴렸다. "즐길 수 있을 때 즐겨. 너희 부부가 알아차리기도 전에 애들은 커버릴 테니까." 이제 몇 년밖에 지나지 않았는데도 우리는 어머니가 옳았다는 사실을 깨달아가고 있었다. 어머니의 이야기는 진부한 문구에 불과했지만, 그것이 진실임을 우리는 뼈저리게 알게 되었다는 얘기다. 아들들은 정말 빠르게 자라고 있었고, 한 주가 지날 때마다 커가는 바람에 옛 모습을 다시는 볼 수 없었다. 지난주까지만 해도 손가락을 빨던 패트릭이 이번 주에는 언제 그랬느냐는 듯한 모습을 보이는가 하면, 요람 속의 아기였던 코너는 한 주 만에 침대를 트램펄린 삼아 폴짝폴짝 뛰는 어린이로 변신했다. 패트릭은 L을 발음하지 못해 여자들이 귀엽다고 하면(그런 일이 자주 있었다), 허리에 조그만 주먹을 착 얹고는 입술을 비죽 내밀며 "저 예이디ₗₐ𝒹ᵧ들이 날 이웃어ₗₐᵤ𝓰ₕᵢₙ𝓰"라고 말했다. 이런 모습들을 모두 비디오에 담아두려 했지만, 어느 날 갑자기 L 소리가 정확히 나오기 시작했고, 그것으로 끝이었다. 코너로 말하자면, 몇 달씩 슈퍼맨 파자마를 입고 다녔다. 망토를 펄럭이며 "나 슈퍼맨이야!"라고 외치며 집 안을 뛰어다녔는데, 그것도 어느 날 갑자기 중단되었다. 이것 역시 비디오로 담아두지 못했다.

아이들은 눈앞에서 살아 움직이는 시계 같은 것이다. 아이들이 없다면 그저 끝없이 반복되는 분, 시간, 날, 해에 불과했을 시간이 '거침없는 삶의 진행'이라는 모습으로 나타난다. 우리 애들은 우리가 원하던 것보다 더 빨리 자랐고, 아마 이런 이유 때문에 보카로 이사 온 지 1년쯤 후 우리가 세 번째 아이를 갖기로 마음먹었을 것이다. 나는 제니에게 이렇게 말했다. "이제 침실도 네 갠데, 하나 더 낳으면 어때?" 임신은 두 번의 시도 만에 이루어졌다. 누구도 딸을 원한다는 사실을 입 밖에 내지는 않았지만, 말할 것도 없이 우리는 딸을 간절히 원했다. 물론 임신 기간 내내 우리는 아들 셋도 괜찮다는 얘기를 주고받곤 했지만 말이다. 초음파 검사 결과 딸임을 알게 되자, 제니는 내 목을 껴안고 이렇게 속삭였다. "드디어 당신에게 딸을 낳아줄 수 있어서 기뻐." 나도 매우 기뻤다.

우리가 아는 사람들도 다 이렇게 기뻐한 것은 아니었다. 임신했다는 소식을 듣자 거의 모든 사람이 이렇게 짤막한 질문을 던졌다. "갖고 싶어서 가진 거야?" 이 사람들은 실수 이외에 세 번째 아이를 가질 이유가 존재한다는 사실을 믿지 못했다. 실수가 아니라고 강조하면 사람들은 그럼 무슨 요량으로 애를 가졌냐고 물어왔다. 심지어 어떤 사람은 내가 임신시키게 내버려둔 제니를 책망하듯 질문을 던졌다. 그의 어조는 모든 재산을 가이아나에 있는 유사종교 집단에 헌납한 여자를 비난하는 데나 어울릴 듯했다. "도대체 무슨 생각으로 임신했어?"

상관없었다. 1997년 1월 9일, 제니는 나에게 때늦은 크리스마스 선물을 주었다. 볼이 발그레한 7파운드(약 3.2킬로그램)의 딸이었다. 이름은 콜린이라고 지었다. 이제야 우리가 완벽한 가족이 되었다는 생각이 들었다. 코너를 가졌을 때는 스트레스와 걱정의 연속이던 임신 기간이 이번에는 거의 교과서처럼 순조로웠고, 보카러톤 병원은 우리에게 새로운 차원의 고객만족을 보여주었다. 우리 분만실 앞 복도에는 라운지가 있어서 아무 때나 카푸치노를 무료로 마실 수 있었는데, 이건 너무나 보카다웠다. 아기가 나올 때쯤 나는 카페인에 워낙 취해 있어서 탯줄을 자를 때 겨우 손이 떨리지 않을 정도였다.

콜린이 태어난 지 일주일쯤 되었을 때 제니는 아기를 처음으로 밖으로 데리고 나갔다. 날은 밝고 선선했으며, 나는 두 아들과 앞뜰에서 꽃나무를 심고 있었다. 말리는 옆에 있는 나무에 묶여 그늘 속에 느긋하게 엎드린 채 세상을 바라보고 있었다. 제니는 말리 옆 풀밭에 앉아 잠든 콜린이 누워 있는 이동식 요람을 말리와 그녀 사이의 땅바닥에 놓았다. 몇 분 후 두 아들이 제니에게 이리 와보라고 손짓을 했고, 제니와 나는 정원의 꽃밭을 돌아 말리 곁 콜린이 잠들어 있는 곳까지 갔다. 그곳에는 높은 관목들이 자라고 있어서 우리는 아기를 볼 수 있었지만, 길거리를 지나가는 사람들은 우리를 볼 수 없었다. 돌아서면서 나는 제니에게 관목 사이로 밖을 좀 내다보라고 손짓했다. 바깥 길거리에는 지나가던 노부부가 멈춰 서서 우리 집 앞뜰에 펼쳐진 광경을 입을 딱 벌린 채 멍하니 바라보고 있었다. 처음에 나는 이 사람들이 왜 그러는지 알 수가 없었다. 그러다가 문득 깨달았다. 그 사람들의 위치에서는 그저 연약한 신생아가 큰 누렁이 한 마리와 단둘이 있는 듯 보인다는 것을. 그러니까 그들은 개가 혼자 애를 보고 있다고 생각했으리라.

우리는 웃음을 참으며 조용히 바라보고 있었다. 말리는 마치 이집트의 스핑크스처럼 앞발을 교차시킨 채, 머리를 높이 들고 행복한 듯 헐떡이면서 몇 초마다 고개를 숙여 아이 머리에 대고 킁킁거렸다. 불쌍한 노부부는 아마 중범죄 수준의 영아 유기 현장을 목격했다고 생각한 모양이었다. 부모들은 보나마나 어디 바에서 술이나 퍼마시고 있겠지. 애는 동네 래브라도레트리버한테 맡기고 말이다. 이제 곧 개가 아기에게 젖을 물리려고 하겠는걸. 마치 일부러 그러기라도 하듯 말리는 갑자기 자세를 바꾸더니, 아기의 몸통보다 더 큰 머리를 아기의 배에 걸치면서 마치 이렇게 말하듯 크게 숨을 들이쉬었다. '저 사람들 언제 집에 갈 건가?' 말리는 마치 콜린을 보호하는 것처럼 보였고, 그랬을 수도 있겠지만, 나는 녀석이 아기의 기저귀 냄새를 깊이 빨아들이고 있다고 확신했다.

제니와 나는 덤불 뒤에 서서 눈짓을 교환했다. 말리가 베이비시터 노릇을 하고 있는 장면을 그냥 끝내버리기엔 너무 아까웠다. 거기에 서서 계속 상황이 어떻게 풀려가는지를 지켜보고 싶은 생각도 들었지만, 저 사람들이 경찰에 전화를 할지도 모른다는 데 생각이 미쳤다. 코너를 차고 옆 공간에 재운 것은 그냥 넘어갔다 해도, 이번 일은 어떻게 설명할 것인가? ("글쎄요, 경찰 아저씨, 이상하게 보이겠지만 이 개는 정말 믿을 수 있는 개랍니다…….") 우리는 덤불 뒤에서 나와 노부부에게 손을 흔들었다. 안도의 표정이 두 사람의 얼굴을 가득 채웠다. 천만다행이군. 개 혼자 애를 보는 게 아니었구나.

"개에 대한 믿음이 대단하시네요." 이렇게 조심스럽게 말하는 할머니의 말투에서는 '개란 사납고 예측할 수 없는 동물이라 힘없는 갓난아기 바로 옆에 두어서는 안 된다'는 생각이 배어 나왔다.

"아직 애 하나도 안 잡아먹었어요." 내가 대답했다.

콜린이 태어난 지 두 달 뒤 나는 마흔 번째 생일을 매우 초라하게 보냈다. 간단히 말해 혼자 보냈다는 얘기다. 불혹이라는 나이는 인생의 중요한 전환점으로, 요란스런 젊음에 작별을 고하고 중년의 예측 가능한 안락함을 받아들이는 시기이다. 떠들썩한 파티를 열어줄 만한 생일이 있다면 바로 마흔 번째 생일이지만, 나에게는 그런 복이 돌아오지 않았다. 제니와 나는 이제 세 아이를 책임지는 부모였다. 게다가 제니는 항상 가슴에 매달린 젖먹이까지 딸려 있었다. 그리고 챙겨야 할 일도 많았다. 생일날 퇴근해서 돌아와보니, 제니는 녹초가 되어 있었다. 남은 음식으로 저녁을 재빨리 때운 후, 제니가 콜린에게 젖을 먹이는 사이에 나는 두 아들을 씻기고 재웠다. 8시 30분쯤 되자 아이들 셋에다가 제니까지 모두 잠이 들었다. 맥주 한 병을 따가지고 발코니에 앉아, 조명을 켜놓은 풀장의 푸르스름한 물이 영롱한 빛을 반사하는 장면을 멍하니 바라보고 있었다. 평소와 다름없이 충성스런 말리는 내 옆에 엎드려 있었고, 녀석의 귀를 긁어주며 생각해보니 말리도 나처럼 삶의 전환기를 맞았다는 생각이 들었다. 말리가 우리 집에 온 것이 6년 전이니까, 사람 나이로 따지면 40대 초반으로 접어들었다는 얘기다. 모르는 사이에 녀석은 벌써 중년이 되었는데도 하는 짓은 강아지 때와 여전히 똑같았다. 끈질기게 안 떨어지는 귀 감염 증세 때문에 제이 선생이 끊임없이 치료를 해주어야 하는 것만 빼면 몸도 건강했다. 더 크는 기색도 없었고, 체격이 줄어드는 징

후도 보이지 않았다. 말리가 어떤 식으로든 삶의 모범이 된다고는 한 번도 생각해본 적이 없는데, 발코니에 앉아 맥주를 홀짝거리며 생각해보니 녀석이 '잘사는 것'의 비결을 알고 있다는 생각이 들었다. 멈추지 말고, 뒤돌아보지도 말며, 마치 사춘기 소년 같은 활력, 용기, 호기심, 장난기로 가득 찬 하루하루를 보내라. 스스로를 젊다고 생각하기만 하면 달력이 몇 장이 넘어갔던 젊은 것이다. 괜찮은 인생철학이다. 물론 소파를 찢어놓거나 세탁실을 난장판을 만드는 부분은 제외하고.

"야, 이 덩치야." 종이 다른 생물들 간의 축배 제의라도 하는 것처럼 맥주병을 녀석의 뺨에 대고 말했다. "오늘 밤엔 너하고 나뿐이구나. 마흔을 위하여! 중년을 위하여! 늙어 죽을 때까지 덩치 큰 개와 뛰어다니는 삶을 위하여!" 그러자 녀석은 몸을 동그랗게 말고 잠이 들었다.

그로부터 며칠 후, 생일을 혼자 보내서 우울해진 기분이 채 가시기도 전인 어느 날, 말리가 사람에게 뛰어오르는 버릇을 고치는데 일조한 옛 동료 짐 톨핀이 갑자기 전화를 해서는 다음 날 밤, 그러니까 토요일에 맥주 한잔하지 않겠느냐고 물었다. 보카라톤으로 이사 올 때쯤 짐은 신문사를 떠나 법률 공부를 시작했고, 그때부터 몇 달간 통화도 한 번 못 한 터였다. 용건이 뭔지는 생각해보지도 않고 그 자리에서 "좋다"고 대답했다. 짐은 6시쯤 와서 나를 태우고 영국식 펍으로 데리고 갔다. 여기서 짐과 나는 배스 맥주_{Bass ale}를 들이켜며 최근 몇 달간 살아온 이야기를 서로에게 들려주었다. 한참 이야기꽃을 피우고 있는데 바텐더가 이렇게 외쳤다. "존 그로건 씨 계십니까? 전화 왔습니다."

받아보니 제니였다. 짜증나고 긴장한 목소리였다. "애는 울지, 아들놈들은 설쳐대지, 콘택트렌즈까지 찢어졌어." 제니가 전화에 대고 외쳐댔다. "당장 집으로 올 수 있어?"

"진정해. 조금만 기다려. 금방 갈게." 전화를 끊고 돌아서니 바텐더가 이 불쌍하고 한심한 공처가야 하는 시선으로 나를 바라보며 말했다. "안됐네요, 손님."

"가세, 집까지 태워다줄 테니." 짐이 말했다. 동네로 들어서니 길 양쪽에 차들이 줄줄이 서 있었다. "누가 파티를 하나보군." 내가 말했다.

"그런가보네." 짐이 말을 받았다.

"아니, 이게 뭐야." 집에 도착하자마자 내가 외쳤다. "저것 좀 봐! 어떤 놈이 우리 집 차고 앞에 주차를 했군. 배짱 한번 좋네."

짐은 배짱 주차된 차의 뒤를 가로막아 차를 세웠고, 나는 짐에게 함께 들어가자고 했다. 배짱 주차를 한 머저리에 대해 계속 불평을 늘어놓고 있는데, 현관문이 벌컥 열렸다. 제니가 콜린을 안고 서 있었다. 전혀 짜증난 모습이 아니었다. 오히려 만면에 미소를 띠고 있었다. 제니 뒤에는 킬트를 입은 백파이프 연주자가 서 있었다. '세상에! 이게 뭐야?' 백파이프 연주자 뒤쪽을 보니 풀장을 둘러싼 울타리가 사라졌고, 물 위에는 촛불이 둥둥 떠다니는 것이 보였다. 풀장 주변은 수십 명이나 되는 내 친구, 동네 사람, 직장 동료로 붐비고 있었다. 그럼 저기 줄줄이 서 있는 차들이 다 이 사람들이 타고 온 차란 말인가 하는 생각이 드는 순간, 이들은 모두 이렇게 외쳤다. "생일 축하합니다!"

제니는 잊어버린 것이 아니었다.

벌어진 입을 가까스로 다물고, 나는 제니를 안고 뺨에 키스하면서 이렇게 속삭였다. "당신 나중에 봐."

누군가 쓰레기통을 찾느라고 세탁실 문을 열자 말리가 완전 파티 모드를 하고 튀어나왔다. 사람들 사이를 헤집고 다니며 말리는 모차렐라 치즈에 바질 잎을 얹은 애피타이저를 하나 훔쳐먹기도 하고, 주둥이로 몇몇 여자들의 미니스커트를 들어 올리기도 하다가, 드디어 울타리가 사라진 풀장을 향해 돌진했다. 녀석이 그 유명한 배부터 물속에 첨벙 들어가기를 하기 직전 태클에 성공한 나는 말리를 끌어다가 다시 세탁실에 가두고 이렇게 말했다. "걱정 마. 음식 남은 건 너 다줄게."

생일 파티(한밤중에 경찰이 와서 제발 좀 조용히 하라고 할 지경이었으니 정말 성대한 파티 아닌가)가 끝나고 얼마 후 말리는 끔찍한 천둥 공포증이 근거가 있다는 사실을 증명할 기회를 얻었다. 구름장이 점점 두꺼워져가던 어느 일요일 오후, 나는 뒷마당에서 또 무언가를 심기 위해 잔디를 사각형으로 파고 있었다. 이때쯤 나는 정원 가꾸기에 본격적으로 뛰어들었고, 결과가 좋을수록 더 많이 심고 싶어졌다. 조금씩 뒷마당은 내 독차지가 되어갔다. 말리 몸속의 센서가 폭풍이 다가옴을 계속 알려주었기 때문에 녀석은 일하는 내 주변을 초조한 듯 서성거리고 있었다. 나도 폭풍이 다가옴을 느꼈지만, 어쨌든 빗방울이 떨어지는 순간까지는 작업을 계속할 요량이었다. 땅을 파면서 계속 하늘을 올려다보니 동쪽에 있는 바다로부터 음산하고 시커먼 소나기구름이 몰려들고 있었다. 말리는 작은 소리로 낑낑거리며 삽을 내려놓고 집 안으로 들어가자는 몸짓을 했다. "괜찮아, 여기까지 오려면 좀 걸려."

이 말이 내 입에서 나가기가 무섭게 과거에는 한 번도 겪어보지 못한 느낌, 뭔가 목뒤를 떨며 간지럽히는 듯한 느낌이 들었다. 하늘은 올리브색이 섞인 회색으로 바뀌었고, 마치 하늘에서 내려오는 어떤 힘이 바람의 덜미를 잡아 꼼짝 못하게 한 것처럼 공기의 움직임이 딱 멈춘 느낌이었다. '그거 이상하군.' 이렇게 생각하면서 삽에 기대어 하늘을 올려다보았다. 그 순간 어떤 소리가 들렸다. 윙윙거리는 소리, 탁탁 튀는 소리, 그러니까 고압선 밑에 서 있을 때 가끔 들리는 무지막지한 에너지의 소리가 들렸다. 뭔가 푸스스스 하는 소리가 주변의 공기를 채웠고, 이어서 짤막한 정적이 흘렀다. 정적의 순간 문제가 생겼음을 알았지만 반응할 시간이 없었다. 바로 다음 순간 하늘이 순백색이 되면서 어떤 폭풍, 불꽃놀이, 발파 현장에서도 들어보지 못했던 폭발음이 고막을 때렸다. 거대한 에너지의 벽이 마치 투명인간 미식축구 선수처럼 가슴을 후려쳤다. 얼마나 지났는지는 모르겠지만 몇 초 후 눈을 뜨니 삽은 3미터 정도 날아가 있고, 나는 모래를 입에 문 채 땅에 엎드려 장대비를 맞고 있었다. 말리도 웅크리고 있다가 내가 머리를 드는 것을 보자, 마치 철조망을 통과하는 병사처럼 필사적으로 나를 향해 기어왔다. 내 옆까지 오더니 등을 타고 올라와 주둥이를 내 목에 파묻고는 마구 핥기 시작했다. 내가 어디 쓰러져 있는가를 알기 위해 주변을 잠깐 둘러보니, 마당 구석에 서 있는 전주에 벼락이 떨어져 전선을 타고 내가 서 있던 곳으로부터 6미터쯤 떨어진 집까지 흘러내렸음을 알 수 있었다. 벽에 붙은 전기 계량기는 이미 숯덩어리였다.

"가자!" 이렇게 외친 나는 말리를 데리고 벌떡 일어나 번개가 여기저기서 번쩍이는 장대비를 뚫고 뒷문을 향해 달렸다. 그리고 안전한 집 안에 들어와서야 멈췄다. 물에 빠진 생쥐가 되어 바닥에 무릎을 꿇고 숨을 돌리니, 말리가 내게 달라붙으면서 얼굴과 귀를 핥았고, 침과 털을 사방에 흩뿌렸다. 사시나무 떨듯 하는 말리는 공포로 제정신이 아니었고, 턱에서는 침이 줄줄 흘러내렸다. 녀석을 껴안고 진정시키면서 이렇게 말했다. "세상에. 큰일 날 뻔했다!" 정신을 차리고 보니 나도 떨고 있었다. 나를 올려다보는 말리의 큰 눈은 마치 내 마음을 아는 듯했으며, 곧 말이라도 할 것 같았다. 말리가 무슨 말을 하고 싶어 하는지 알 것 같았다. '내가 몇 년 동안이나 천둥 번개 때문에 죽을 수도 있다고 경고했잖아요. 그런데 들은 척도 안 했죠? 자, 이제는 내 말 믿겠어요?'

말리의 말이 맞았다. 말리의 천둥 공포증은 그렇게 터무니없는 것이 아니었을지도 모른다. 멀리서 천둥의 울림이 시작되기만 하면 시동이 걸리는 공포증으로 말리는 이렇게 말하고 싶었던 모양이다. '미국에서 가장 무서운 플로리다의 격렬한 폭풍우를 우습게 보지 마세요.' 그렇게 벽과 문을 긁어대고 양탄자를 갈기갈기 찢은 것은 말리 나름대로 '우리 가족 모두가 안전하게 들어가 있을 수 있는 벼락 방공호를 만들자'는 제안이었던 모양이다. 그러나 우리는 어떻게 보답했는가? 그저 야단이나 치고 진정제나 먹이지 않았던가?

에어컨, 천장의 팬, TV를 비롯한 가전제품이 모두 꺼진 집 안은 어두웠다. 차단기는 녹은 플라스틱 덩어리가 되어버렸다. 전기 수리공이 수지맞을 판이다. 하지만 난 살아 있었고 믿음직한 나의 개도 그랬다. 제니와 아이들은 안전한 거실에 있었기 때문에 집에 벼락이 떨어지는 것조차 몰랐다. 다들 출석했고 머릿수도 맞는다는 얘기다. 뭘 더 바라겠는가? 40킬로그램이 넘는 녀석의 덩치를 무릎 위로 끌어다놓으며 녀석에게 그 자리에서 약속했다. 끔찍한 자연의 힘에 대한 말리의 두려움을 다시는 무시하지 않겠노라고.

개들의 해변

신문 칼럼니스트인 나는 항상 재미있고 희한한 이야깃거리를 찾아다닌다. 매주 세 개의 칼럼을 쓰는 내게 가장 큰 과제는 계속 신선한 주제를 발굴하는 것이다. 남플로리다에서 발행되는 네 가지의 신문을 읽으면서 뭔가 다룰 만한 내용이 있으면 동그라미를 치거나 스크랩을 하는 것으로 나의 하루는 시작된다. 그러고 나서 나만의 독특한 시각으로 주제에 접근하면 된다. 내가 쓴 첫 번째 칼럼은 헤드라인에서 주제를 얻었다. 당시 여덟 명의 십대들이 타고 가던 차가 뒤집혀 운하에 빠졌다. 운전을 하던 16세 소녀, 소녀의 쌍둥이 자매, 또 한 명의 소녀 등 세 명만이 가라앉은 차로부터 빠져나왔다. 플로리다가 이 뉴스로 떠들썩했고 뭔가를 써야 한다는 사실은 알았지만, 무엇이 나만의 시각이었을까? 시각을 찾기 위해 나는 현장으로 차를 몰았고, 차를 세우기도 전에 답을 알아냈다. 죽은 다섯 학생의 친구들이 스프레이 페인트로 써놓은 조사弔詞가도로에 빽빽이 들어차 있었다. 아스팔트로 포장된 길은 이쪽 갓길로부터 저쪽 갓길에 이르기까지 무려 800미터에 걸쳐 솟구치는 슬픔을 생생히 전달하는 글로 뒤덮여 있었던 것이다. 즉시 조사를 노트북으로 옮기기 시작했다. 어떤 학생은 "사라진 젊음"이라고 쓰고는 차가 추락한 지점을 화살표로 표시해놓기도 했다. 그러다가 카타르시스로 뒤범벅된 길 한가운데서 칼럼 주제를 찾아냈다. 당시 운전을 하던 제이미 바돌의 공개 사과문이었다. 크고 어린이 낙서 같은 글씨체로 그녀는 이렇게 썼다. "내가 죽었으면 좋았을걸. 미안해." 내 첫 칼럼 주제였다.

그렇다고 모든 이야깃거리가 다 슬픈 것은 아니었다. 땅딸막한 애완견의 체중이 규정보다 무겁다는 이유로 콘도에서 퇴출 통보를 받은 퇴직자의 이야기를 듣고, 나는 문제의 과체중 강아지를 보기 위해 즉시 현장으로 출동했다. 주차를 하다가 상점을 들이받았지만 다행히 부상자는 발생시키지 않은 노인의 이야기를 들었을 때도 재빨리 달려가 목격자들을 인터뷰했다. 칼럼니스트라는 직업 때문에 나는 하루는 이민자 수용소로, 다음 날은 백만장자의 맨션으로, 그다음 날은 도심의 길거리로 뛰어다녔다. 다양성이 그렇게 좋을 수가 없었다. 사람을 만나는 것도 좋았다. 그리고 무엇보다도 호기심이 당기는 주제면 무엇이든 조사하기 위해 언제든 어느 때든 내가 원하는 곳을 방문할 수 있는 거의 완벽한 자유가 좋았다.

나의 상사들이 몰랐던 것은 칼럼니스트로서 이렇게 돌아다니는 데 한 가지 비밀이 있었다는 사실이다. 업무의 특성을 이용해서 나는 뻔뻔스럽게도 눈에 보이지 않는 '워킹 홀리데이'를 가능한 한 많이 만들어냈다. 나의 모토는 "칼럼니스트가 재미있으면 독자도 재미있다"이다. 예를 들어 키웨스트에 있는 야외 바에서 알코올 음료를 손에 들고 느긋하게 앉아 있어도 되는데, 왜 칼럼거리를 찾아 끔찍하게 지루한 세율 조정 청문회장에 가야 하는가? 마르가리타 마을의 소금통 실종 사건 보도처럼 엄청나게 힘든 일도 누군가 해야 하지 않나? 그러니까 내가 총대를 메겠다는 거다. 나는 독자가 상세한 보도를 원하는 레저 활동을 이것저것 찔러보느라 반바지에다 티셔츠 차림으로 하루를 빈둥거리며 보낼 핑계를 찾느라 늘 애썼다. 직종마다 일에 필요한 도구가 있는데, 내 경우에는 기자 수첩과 펜 한 뭉치, 그리고 비치 타월이었다. 내 차에는 자외선 차단제와 수영복이 항상 갖춰져 있었다.

하루는 에어보트를 타고 습지 위를 누비기도 하고, 또 다른 하루는 오키초비 호숫가를 따라 하이킹을 즐기기도 했다. 또 어떤 날은 대서양을 따라 뻗어 있는 경치 좋은 AIA 도로를 자전거로 달리다가, 이것저것 구경하는 데 정신이 팔린 관광객과 블루헤드(놀래깃과의 열대 물고기_옮긴이) 더미 사이를 어렵게 빠져나가기도 했다. 하루는 멸종 위기에 놓인 키라고 산호초에서 스노클링을 하고, 어떤 날은 두 번이나 강도를 당해 다시는 그런 일을 겪지 않겠다고 다짐하는 사람과 함께 하루 종일 사격 연습장에서 총을 쏘기도 했다. 어선을 타고 종일 빈둥대기도 하고, 나이 든 로커들과 함께 음악을 연주하기도 했다. 하루는 나무 위에 올라가 몇 시간씩 앉아서 고독을 즐기기도 했다. 그 나무가 서 있던 부지는 고급 주택가로 개발될 예정이어서, 콘크리트 정글 한가운데에 남은 마지막 자연에 제대로 장례를 치러주는 것이 내가 할 수 있는 최소한의 일이라는 생각이 들었기 때문이다. 그중에서도 가장 대단한 것은 편집장을 설득하여 바하마 제도로 날아가 남플로리다로 방향을 잡은 허리케인이 태어나는 현장을 취재하려던 일이었다. 허리케인은 아무 피해도 입히지 않고 바다 쪽으로 빠져나갔고, 나는 해변의 최고급 호텔에서 푸른 하늘 아래 피냐 콜라다를 홀짝거리며 사흘을 보냈다.

이러한 자세의 연장선상에서 말리를 하루 동안 해변으로 데려가야겠다는 생각이 들었다. 남플로리다에는 비치가 많고 사람으로 바글댔으나, 거의 대부분의 지방 정부는 애완동물의 비치 출입을 금했는데, 여기에는 충분한 이유가 있다. 한참 선탠을 하고 있는데 바닷물과 모래로 뒤범벅된 개가 똥오줌을 싸거나 옆에 와서 온몸을 흔들어 물과 모래를 흩뿌려대면 좋아할 사람이 누가 있겠는가? 그래서 '애완동물 출입 금지' 팻말이 거의 모든 비치마다 박혀 있는 것이다.

하지만 이런 팻말도 없고, 출입을 통제하지도 않으며, 네 발이 달려 물을 사랑하는 동물을 못 들어오게 하지도 않는, 널리 알려지지 않은 조그만 비치가 있다. 팜비치 카운티에 속하지만 독립 지자체로 인가되지 않은 구역 안에 있는 이 비치는 웨스트팜비치와 보카러톤의 중간에 있으며, 막다른 골목의 끝 풀로 덮인 야트막한 언덕 뒤에 숨어 있는 길이 수백 미터 정도의 모래밭이다. 주차장, 화장실, 인명 구조원 같은 것은 없고, 아무 규제도 없으며, 그저 오염되지 않은 백사장이 끝없는 바다를 마주하고 있는 곳이다. 몇 년에 걸쳐 개 키우는 사람들 사이에는 남플로리다에서 벌금을 물지 않고도 개들이 헤엄치고 놀 수 있는 마지막 안식처 중 하나가 이곳이라는 입소문이 돌았다. 이 비치에는 공식적인 이름이 없다. 비공식적으로는 모든 사람이 '도그 비치Dog Beach'라고 부른다.

도그 비치는 수년간에 걸쳐 발전해온 일련의 불문율에 따라 운영되고 있었다. 이 불문율은 이곳을 자주 찾는 개 주인들 사이의 합의에 의해 만들어졌으며, 상호 감시라는 수단을 통해 효력을 발휘했고, 일종의 윤리 강령 같은 성격을 띠고 있었다. 개 주인들은 스스로를 단속해서 남들도 나쁜 짓을 못 하게 했고, 불문율을 어기는 사람이 있으면 싸늘한 시선으로 제압하거나 필요한 경우에는 말로 제지하기도 했다. 규칙은 몇 개 되지도 않았고 간단했다. 공격적인 개들은 목줄을 풀지 말아야 한다. 그렇지 않은 개들은 자유롭게 뛰놀 수 있다. 개 주인들은 비닐봉지를 가져와서 배설물을 치워야 한다. 비닐봉지에 든 개똥을 포함한 모든 쓰레기는 되가져가야 한다. 개주인은 개가 마실 물을 가지고 와야 한다. 그리고 가장 중요한 것은 물을 더럽히지 말아야 한다는 사실이다. 그러므로 불문율에 따라 개 주인들은 도그 비치에 도착하자마자 일단 개들을 바닷가에서 멀리 떨어진 언덕에서 산책을 시켜 배설물을 배출하도록 해야 한다. 그러고 나서 비닐봉지로 이것을 처리한 후 가벼운 마음으로 물가로 가면 된다.

도그 비치에 대해 이야기는 들었지만 가본 적은 없었다. 그런데 이제 핑계가 생겼다. 물가에 들어선 고층 콘도, 해변을 따라 설치된 주차 요금기, 치솟는 부동산 가격 등 옛 모습이 급속히 사라져 가는 플로리다의 잊혀진 흔적 중 하나인 도그 비치가 뉴스에 나왔기 때문이다. 개발을 지지하는 카운티 행정관 하나가 도그 비치에 눈을 돌려 카운티 안의 다른 비치에는 적용되는 규칙이 왜 도그 비치에는 적용되지 않느냐며 목소리를 높였다. 이 사람의 의도는 분명했다. 동물 출입을 금지하고, 환경을 개선하여 이 귀중한 자산을 대중에게 개방하자는 것이다.

나는 재빨리 이 건을 물고 늘어졌다. 근무 시간에 하루 종일 비치에서 놀 수 있는 핑계가 생긴 것이다. 더할 나위 없이 날씨가 좋던 6월의 어느 날 아침, 넥타이와 서류가방 대신 수영복과 샌들을 차에 싣고 말리와 함께 바다로 향했다. 비치 타월을 눈에 띄는 대로 집어서 차에 실었는데, 해변용이라기보다는 차량 운행용이었다. 평소와 다름없이 말리는 혀를 늘어뜨리며 헐떡거렸고, 침을 사방에 흩뿌렸다. 마치 올드 페이스풀(미국 옐로스톤 국립공원에 있는 간헐천_옮긴이)을 태우고 달리는 것 같았다. 와이퍼가 차창 밖이 아니라 실내에 있으면 얼마나 좋았을까.

도그 비치의 불문율에 따라 차를 몇 블록 떨어진 곳에 세워 주차 단속을 피한 후, 목줄을 당겨대는 말리를 앞세우고 1960년대식 방갈로가 나른한 모습으로 늘어서 있는 동네를 지나 걷기 시작했다. 반쯤 통과했을 때 웬 퉁명스런 목소리가 "어이, 개 주인!" 하고 외쳤다. 그 빌어먹을 개를 끌고 내가 사는 비치에서 사라지라고 외치고 싶어 하는 동네 사람에게 걸렸다는 생각이 들어 그 자리에 얼어붙었다. 그런데 돌아보니 그 사람도 개 주인으로, 목줄을 맨 큰 개를 끌고 내게 다가와서는 도그 비치를 그대로 둘 것을 행정관에게 촉구하는 청원서를 내밀었다. 개 주인과 나는 서서 이야기를 나누고 있었지만, 말리와 저쪽 개가 서로를 바라보며 빙빙 도는 것을 보니 다음 두 가지 중 한 가지 사건이 몇 초도 안 되어 일어나리라는 생각이 들었다. 첫째, 서로에게 달려들어 죽도록 싸운다. 둘째, 가족을 이루는 작업을 시작한다. 나는 말리의 목줄을 힘껏 당겨 계속 데리고 갔다. 비치로 향하는 길목에 접어들 때쯤 말리가 풀밭에 쭈그리고 앉더니 창자를 비워냈다. 완벽했다. 적어도 한 가지 문제는 해결되었다. 증거물을 비닐봉지에 싸들고 나는 이렇게 외쳤다. "해변으로!"

언덕을 넘어서니 놀랍게도 몇 명의 사람이 목줄을 잡은 채 개들과 얕은 물을 건너고 있었다. 이게 웬일인가. 개들이 자유롭고 사이좋게 뛰놀고 있을 것이라고 생각했는데 말이다. 어떤 개 주인한 명이 시무룩한 표정으로 이유를 알려주었다. "부보안관이 방금왔다 갔어요. 이제부터는 여기서도 목줄 관련 규정을 적용한다네요. 그러니까 개를 풀어놓으면 벌금을 낸다는 얘기죠." 우리가 너무 늦게 찾아온 모양이었다. 정치적으로 영향력 있는 도그 비치 반대 세력의 압력 때문에 경찰이 이런 결정을 내린 것이 틀림없었다. 어쩔 수 없이 다른 개 주인들과 함께 목줄을 잡고 말리와 함께 물가를 걷다보니, 남플로리다의 모래밭에서 자유를 만끽하는 것이아니라 교도소에서 죄수를 운동시키는 간수 같은 느낌이 들었다.

녀석을 데리고 비치 타월이 있는 곳으로 돌아와 차에 싣고 온물통에서 물 한 그릇을 따라주는데, 웬 문신을 한 남자가 웃통을아예 벗은 채 청반바지 차림에 작업화를 신고 언덕 위에 모습을드러냈다. 사나워 보이는 핏불테리어가 굵은 쇠줄에 묶여 그를 따라오고 있었다. 핏불은 공격성으로 유명하며, 당시 남플로리다에서 특히 악명을 떨치고 있었다. 핏불은 갱단이나 불량배들이 선호하는 종으로, 사나워지도록 훈련받는 경우도 많았다. 플로리다의신문은 매일 핏불이 가만히 있는 사람이나 동물을 공격했다는 기사로 넘쳐났고, 가끔 사망 사고도 일어났다. 개 주인은 내가 움찔하는 것을 눈치채고는 이렇게 외쳤다. "걱정 마세요. 킬러는 순해요. 다른 개와는 싸운 적이 한 번도 없어요." 안도의 한숨을 내쉬려는데 그가 자랑스럽게 덧붙였다. "멧돼지 잡는 장면을 보셨으면 좋았을걸! 잡아서 창자를 꺼내는 데 15초밖에 안 걸렸어요."

말리와 멧돼지 사냥꾼 핏불인 킬러는 목줄을 팽팽히 당긴 채 서로 주변을 돌며 맹렬히 킁킁거렸다. 말리는 평생 다른 개와 싸운 적이 없는 데다 대부분의 개보다 덩치가 훨씬 더 컸기 때문에 누가 덤벼도 겁을 내본 적이 없었다. 어떤 개가 싸우려 해도 말리는 상대방의 의도를 이해하지 못했다. 그저 장난 모드로 들어가서 엉덩이를 들고 꼬리를 흔들며, 멍청하고 행복한 표정을 지을 뿐이었다. 그러나 훈련된 사냥개, 야생동물의 배를 단번에 찢어버리는 맹견과 마주친 적은 한 번도 없었다. 킬러가 갑자기 말리에게 달려들어 목을 물고는 놓지 않는 장면이 떠올랐다. 킬러의 주인은 전혀 걱정하지 않았다. "멧돼지만 아니면 그저 죽어라고 핥아주기만 할 거예요."

경찰이 방금 와서 목줄 규정을 지키지 않는 사람들에게 딱지를 뗄 거라고 했다는 얘기를 들려주었다. "단속하려나봐요." 내가 말했다.

"말도 안 되는 소리!" 이렇게 외치면서 그는 모래밭에 침을 뱉었다. "몇 년째 개를 데리고 여기에 왔어요. 도그 비치에서는 목줄이 필요 없어요. 다 헛소리라구요!" 곧 그는 쇠줄을 풀어주었고, 킬러는 모래밭을 껑충껑충 건너가 물속으로 뛰어들었다. 말리도 팔짝팔짝 뛰며 안달이 났다. 킬러를 한 번 보고 나를 보고, 다시 킬러를 보았다가 나를 보면서 발을 동동 구르며 길게 낑낑거리는 소리를 냈다. 말리가 말을 할 수 있다면 무슨 말을 했을지 알 수 있었다. 고개를 돌려 언덕을 보니 경찰은 없는 것 같았다. 말리를 다시 돌아보았다. '제발! 제발! 좀 풀어줘요. 얌전히 굴게요. 약속해요.'

"풀어주시죠." 킬러의 주인이 말했다. "한평생 줄에나 묶여 있으려고 태어난 건 아니잖아요."

"에라 모르겠다." 나도 목줄을 풀었다. 말리는 튀어나가면서 우리에게 모래를 끼얹고는 물을 향해 돌진했다. 마침 큰 파도가 몰려오는 순간 물로 뛰어들었기 때문에 말리의 온몸이 물속으로 사라졌다. 잠시 후 머리가 나타났고, 바닥에 발을 디디자마자 녀석은 멧돼지 사냥꾼 핏불인 킬러를 덮쳤고, 두 녀석은 모두 나둥그라져 물속을 뒹굴었다. 나는 숨을 훅, 들이마셨다. 방금 한 말리의 행동이 킬러의 살해 본능을 일깨워 분노한 래브라도 사냥꾼으로 변신시키면 어쩌나. 그러나 다시 물 위로 드러난 두 녀석의 모습을 보니 둘 다 꼬리를 흔들고 있었고, 행복한 표정이었다. 두 녀석은 장난스럽게 서로의 목덜미를 무는 시늉을 하면서 번갈아 상대방의 등에 올라탔다. 그리고 물가를 따라 서로를 쫓아왔다 쫓아갔다 하면서 몸 좌우로 물보라를 튀기기도 했다. 깡충거리기도 하고, 춤도 추고, 레슬링도 하고, 다이빙도 했다. 그 전에도, 그리고 그때부터 지금까지 이렇게 순수한 기쁨을 뿜어내는 생명체는 본 적이 없다.

다른 개 주인들도 우리처럼 했고, 얼마 되지 않아 십여 마리쯤 되는 개들이 모두 목줄에서 해방되었다. 개들은 서로 아주 잘 놀았고, 주인들은 불문율을 잘 지켰다. 도그 비치의 취지가 아주 제대로 지켜진 것이다. 이것이 오염되지 않고 거칠 것 없는 진정한 플로리다의 모습이다. 진보의 흐름에서 비켜선 채 단순했던 과거를 보듬고 잊혀진 플로리다의 모습.

그런데 한 가지 문제가 있었다. 시간이 감에 따라 말리가 바닷물을 자꾸 마셔대는 것이었다. 물통을 들고 녀석을 쫓아다녔지만, 노는 데 정신이 팔려 거들떠보지도 않았다. 몇 번 녀석을 끌어다가 주둥이를 물통 속에 박아보기도 했지만, 식초라도 되는 듯 질색을 하면서 새로 사귄 친구인 킬러와 다른 개들에게로 달려가버리는 것이었다.

또 한 번 말리는 놀이를 멈추고 얕은 곳에서 소금물을 마셔댔다. "그만 마셔, 멍청아! 계속 그러면 너……." 이 말이 끝나기도 전에 사건이 터졌다. 말리의 눈이 이상하게 빛나더니 뱃속에서 끔찍하게도 꾸르륵 소리가 나기 시작했다. 등이 활처럼 굽더니 뭔가를 토할 것처럼 입을 몇 번 벌렸다 다물었다 했다. 어깨가 들썩이고 뱃살이 뒤틀렸다. 이 모습을 보며 나는 황급히 말을 마쳤다. "……토한다."

이 말이 떨어지기가 무섭게 말리는 예언을 실천에 옮겼다. 도그 비치 최고의 금기사항을 위반한 것이다. 웨에에에에에엑!

녀석을 물에서 끌어내려고 전력 질주했지만 때는 이미 늦은 뒤였다. 먹은 게 다 올라오고 있었다. 웨에에에에에엑! 어젯밤에 먹은 개 사료가 물 위에 둥둥 뜬 것을 볼 수 있었는데, 놀랍게도 어제 들어갈 때와 크게 다르지 않은 모습이었다. 사료 덩이 사이사이로 소화되지 않은 옥수수알(아이들의 접시에서 훔쳐먹은), 우유통 마개, 작은 군인 인형의 잘려나간 머리 등이 물결을 따라 꺼떡거렸다. 다 토하는 데 약 3초밖에 걸리지 않았다. 속이 완전히 비자 말리는 어떤 후유증도 없이 완전히 회복되어 밝은 표정으로 나를 올려다보았다. 마치 이렇게 말하는 것 같았다. '다 해결됐군. 바디 서핑 할 사람 없나?' 초조하게 주위를 둘러보았지만 아무도 알아채지 못한 것 같았다. 다른 개 주인들은 저쪽에서 자기 개와 놀기 바빴고, 조금 떨어진 애 엄마는 꼬마가 모래성을 만드는 것을 거들어주는 데 정신이 팔려 있었으며, 여기저기 흩어져 선탠하는 사람들은 똑바로 누워 눈을 감고 있었다. '다행이다!' 이렇게 생각하면서 말리의 구토 구역으로 들어가 아무렇지도 않다는 듯이 발로 물을 휘저어 증거를 최대한 흩어놓았다. 남들이 봤으면 어쩔 뻔했나. 뭐 어쨌든 도그 비치 규정 1조를 위반한 게 사실이긴 하지만, 별다른 해를 끼친 것은 없잖은가? 결국 소화 안 된 음식에 불과한데 말이다. 물고기가 얼마나 반가워할 것인가? 심지어 쓰레기 되가져오기를 위해 우유통 뚜껑과 군인 머리를 집어 올려 주머니에 넣었다.

"야 임마, 잘 들어." 말리의 주둥이를 붙잡아 녀석의 얼굴을 억지로 내 쪽으로 돌려놓고는 엄한 목소리로 말했다. "소금물 그만 마셔. 소금물을 마시면 안 되는 줄도 모르는 멍청한 개가 어디 있니?" 말리를 해변에서 끌어내 그냥 집으로 돌아갈까 하는 생각도 들었지만, 이제 녀석은 멀쩡해 보였다. 뱃속에는 남은 것이 없을 터였다. 사건은 벌어졌지만 눈에 띄지 않고 넘어갔다. 말리를 풀어줬더니 킬러와 놀려고 달려갔다.

내가 미처 생각하지 못한 점이 있었는데, 그것은 말리의 위는 완전히 비었지만 장은 그렇지 않다는 사실이었다. 바다는 눈이 멀도록 강렬한 햇살을 반사하고 있었고, 나는 눈을 가늘게 뜨고 말리가 다른 개들과 뛰노는 모습을 지켜보았다. 그런데 녀석이 갑자기 무리에서 빠져나오더니 얕은 물에서 뱅뱅 돌기 시작하는 것이었다. 나는 이 동작을 너무도 잘 알고 있었다. 매일 아침 뒷마당에서 볼일을 보기 전에 하는 동작이니까. 말리는 마치 이제부터 내가 지상에 내리는 선물은 아무데나 부리는 것이 아니라는 듯 매번 뱅뱅 돌기 의식을 거행했다. 완벽한 지점을 찾느라 거행되는 이 의식은 가끔 1분 또는 그 이상 계속되기도 했다. 녀석은 이제까지 어떤 개도 감히 똥을 쌀 엄두를 못 낸 처녀지인 도그 비치의 얕은 물에서 뱅뱅 돌고 있는 것이다. 드디어 쭈그리고 앉는 자세에 돌입했다. 그런데 이번에는 구경꾼들이 있었다. 킬러의 주인을 비롯해 개 주인 몇 명이 몇 미터 거리 안에 있었다. 모래성을 쌓던 아이와 엄마는 이제 바다를 바라보고 있었다. 그리고 남녀 한 쌍이 손을 잡고 바닷가를 향해 걸어오고 있었다. "안 돼. 제발, 제발 안 돼."

"아저씨!" 누군가가 소리쳤다. "개 끌어내요!"

"못 하게 해요!" 다른 누군가가 외쳤다.

사방에서 걱정이 담긴 목소리가 터져 나오자, 선탠을 하던 사람들도 웬 난리인가 싶어 윗몸을 일으키기 시작했다.

나는 너무 늦기 전에 말리가 있는 곳으로 가려고 전속력으로 뛰었다. 말리의 대장이 활동을 개시하기 전에 도착해서 말리를 끌어낼 수만 있다면, 최소한 말리를 모래언덕으로 데려가 망신을 피할 수도 있을 것이었다. 말리를 향해 달려가는 동안 나는 유체이탈을 경험했다. 뛰어가는데 마치 위에서 내려다보는 내 영혼 밑으로 한 컷 한 컷 장면이 펼쳐지는 것 같았다. 한 걸음 한 걸음이 영원처럼 느껴졌다. 발이 모래에 닿을 때마다 둔탁한 소리가 났다. 팔은 허공을 휘저었고, 얼굴은 고통으로 일그러졌다. 달리면서 내 주변의 광경이 슬로모션으로 눈에 들어왔다. 선탠을 하던 젊은 여성이 한 손으로는 브래지어로 가슴을 가리고 다른 손으로 입을 막은 채서 있었다. 애 엄마는 재빨리 아기를 안아 올려 물가를 벗어나고 있었다. 개 주인들은 역겨움으로 표정이 일그러진 채 말리를 가리켰고, 킬러의 주인은 가죽 같은 목을 부풀린 채 소리를 지르고 있었다. 말리는 이제 뺑뺑이를 멈추고 완전히 쭈그린 자세로 들어갔고, 짤막한 기도라도 하듯 하늘을 올려다보고 있었다. 그리고 기괴하도록 거칠고 뒤틀린 데다 짜올리는 듯 외치는 내 목소리가 주변 소음을 뚫고 솟아오르는 것이 들렸다. "안 돼애애애애애애애애!"

거의 말리 곁 1미터도 되지 않는 곳에 도착했다. "말리, 안 돼! 안 돼! 안 돼!" 다 소용없었다. 드디어 말리 곁에 이르자, 녀석은 물투성이의 설사를 쏟아놓았다. 다들 펄쩍 뛰어 물러나면서 높은 곳으로 달아났다. 개 주인들은 자기 개를 챙겼다. 선탠을 하는 사람들은 타월을 집어 들고 일어섰다. 배설은 순식간에 끝났다. 말리는 물 밖으로 나와 기분 좋은 듯 온몸을 부르르 떨더니 행복감에 헐떡거리며 나를 올려다보았다. 나는 비닐봉지를 주머니에서 꺼내 펼쳤다. 아무 소용 없다는 것을 곧 알 수 있었다. 파도가 들어왔고, 말리의 배설물은 물 위에 넓게 퍼져 해변으로 밀려왔다.

"여보쇼." 킬러의 주인이 말을 걸었다. 킬러가 덮치는 순간 멧돼지들이 느낀 기분이 바로 이랬을 것이다. "볼썽사납구려."

당연히 그랬다. 말리와 나는 도그 비치의 신성한 불문율을 어긴 것이다. 우리는 한 번도 아니고 두 번이나 물을 더럽혔고, 사람들의 즐거운 기분을 망쳐놓았다. 빨리 도망칠 일만 남았다.

"미안합니다." 말리의 목줄을 채우며 킬러의 주인에게 말했다. "바닷물을 너무 많이 마셔서요."

차로 돌아와 말리의 몸에 타월을 감고 마구 문질러주었다. 그런데 문지를수록 녀석이 몸을 심하게 털어대는 바람에 곧 내가 모래와 털투성이가 되어버렸다. 화를 내고 싶었다. 녀석의 목을 졸라 버리고 싶었다. 그러나 이제 너무 늦었다. 게다가 바닷물을 2리터나 마시고 나서 토하지 않을 인간이나 동물이 어디 있단 말인가? 말리의 말썽이 항상 그렇듯이 이번 사건도 악의나 고의가 아니었다. 그리고 명령을 어기거나 일부러 나를 망신 주려던 것도 아니었다. 그냥 토하고 싶으니까 토했고, 마려우니까 내보냈을 뿐이다. 물론 시간과 장소를 잘못 택한 데다 있어서는 안 될 구경꾼까지 존재했다. 말리도 우둔한 자신의 희생자임을 나는 알고 있었다. 바닷물을 마실 만큼 멍청한 생물은 도그 비치에 말리뿐이었다. 말리는 모자란 개였다. 어떻게 이것을 가지고 야단을 칠 수 있단 말인가?

"너 그렇게 신날 때가 아닐 텐데." 녀석을 차에 태우며 내가 말했다. 그러나 말리는 신이 나 있었다. 카리브해의 섬을 하나 사주었어도 그렇게 신나하지는 않았을 것이다. 말리가 한 가지 몰랐던 것은, 바닷물에 발을 디뎌보는 것이 이번이 마지막이었다는 사실이다. 비치에서의 짧은 하루는 그렇게 끝났다. "야, 소금물 강아지, 이번에는 그냥 넘어갔어. 도그 비치에 개를 못 들어가게 하면 네 책임일걸." 몇 년 후의 일이기는 하지만, 그 일은 일어나고야 말았다.

북쪽으로 가는 비행기

콜린의 두 돌이 지나고 얼마 후 일련의 운명적 사건이 연이어 일어남에 따라 우리 가족은 플로리다를 떠나게 되었다. 이 과정은 내가 마우스를 한 번 클릭한 것으로 시작되었다. 어느 날 칼럼을 마감하고 편집장이 올 때까지 30분 정도 시간이 남기에 웨스트팜비치에 집을 산 지 얼마 후 구독을 시작한 잡지의 웹사이트에 들어가보았다. 이 잡지의 제목은 『유기농 정원 가꾸기*Organic Gardening*』로, 1942년 좀 별난 인물인 J. I. 로데일이 창간한 이래 1960년대와 1970년대를 풍미한 '흙으로 돌아가자' 운동의 바이블이 되기도 한 잡지이다.

로데일은 전기 스위치를 전문적으로 생산하던 뉴욕의 사업가였는데, 어느 날 건강이 나빠지기 시작했다. 건강 회복을 위해 현대 의학에 의지하는 대신 로데일은 도시를 떠나 펜실베이니아주의 엠마우스라는 조그만 마을 외곽에 자리 잡은 농장으로 이주해서 땅을 일구기 시작했다. 그는 기술을 깊이 불신했으며, 주로 비료와 화학 살충제에 의지하는 현대 영농 기술은 기술 옹호자들의 주장과는 달리 미국의 농업을 살릴 수 없다고 보았다. 로데일의 이론은 화학물질이 흙과 거기에 매달려 사는 사람들에게 독이 된다는 것이었다. 그래서 로데일은 자연을 흉내 낸 영농 기술을 실험하기 시작했다. 그는 나뭇잎과 잔가지 등을 모아 농장에 거대한 더미를 만들었고, 이 무더기들이 검은 퇴비로 변하면 비료나 천연 지력 회복제로 썼다. 그리고 농장의 흙을 두꺼운 밀짚으로 덮어 잡초의 성장을 막고 수분을 유지했다. 그리고 클로버나 알팔파를 심은 뒤 갈아엎어 흙에 영양소를 보태주었다. 살충제를 뿌리는 대신 로데일은 무당벌레를 비롯한 익충을 수천 마리씩 풀어놓아 해충을 잡아먹도록 했다. 로데일은 괴짜였지만 결국 그의 주장이 옳다는 사실이 증명되었다. 그의 농장은 번성했고, 건강도 회복되었으며, 잡지를 창간하여 자신의 성공담을 퍼뜨리기 시작했다.

내가 이 잡지를 구독할 때쯤에는 로데일과 아버지의 가업인 '로데일 출판사'를 물려받아 수백만 달러 규모의 출판업체로 키운 아들 로버트까지 세상을 떠난 다음이었다. 잡지의 문체나 편집은 서툴렀다. 읽노라면 창업자의 뜻을 따르는 일군의 아마추어, 그러니까 전문적인 언론 교육을 받지 않은 자연농법주의자들이 만들어내는 잡지라는 느낌이 들었다. 그리고 나중에 내 생각이 정확했음을 알았다. 편집이야 어쨌든 나는 이들의 철학에 점점 더 공감했고, 제니의 유산이 우리가 썼던 살충제와 관계 있는 것이 아닌가 하는 생각이 든 이후 공감의 깊이가 더해갔다. 콜린이 태어날 때쯤 우리 집 정원은 화학비료와 살충제의 사막에 자리 잡은 조그만 유기농 오아시스가 되었다. 지나가던 사람들은 가끔 멈춰 서서 식물이 번성하는 우리 집 앞뜰을 보며 경탄을 금치 못했고, 거의 항상 똑같은 질문을 던졌다. "무슨 비료를 주길래 이렇게 잘 자라요?" 내가 "아무것도 안 줘요"라고 대답하면, 그들은 마치 질서정연하고 균일하며 순응주의자들의 천국인 보카러톤에서 뭔가 말할 수 없을 정도의 반역자와 마주치기라도 한 양 불편한 표정으로 나를 건너다보았다.

그날 오후 사무실에서 organicgardening.com에 접속해 이것저것 클릭해보다가 '취업 안내' 페이지를 눌렀다. 나는 칼럼니스트라는 직업이 좋았다. 그리고 매일 독자들과 접촉하는 삶도 좋았으며, 내 마음대로 주제를 골라 역시 내 마음대로 진지하게 또는 가볍게 다룰 수 있는 점도 사랑했다. 또한 신문사와 거기 모여 있는 별나고, 총명하며, 신경증적이고, 이상주의적인 이런저런 사람들도 좋았다. 또한 항상 그날의 가장 중요한 뉴스 바로 곁에 있는 것도 좋았다. 신문사를 떠나 시골 구석에 있는 단조로운 출판사로 갈 생각은 전혀 없었다. 그래도 그저 호기심에서 느긋하게 로데일 사의 취업 공고를 계속 훑어보던 내 눈이 어떤 지점에서 얼어붙어 버렸다. 로데일 사의 대표 잡지인『유기농 정원 가꾸기』가 편집장을 모집하고 있었다. 잠시 심장이 멎는 것 같았다. 가끔 나는 언론 전문가가 이 잡지를 만들면 얼마나 더 훌륭해질까 하는 공상도 했는데, 바로 기회가 온 것이다. 그러나 미친 짓이었다. 말도 안 된다. 콜리플라워나 퇴비 이야기나 편집하면서 일생을 보낸다는 말인가? 내가 왜 그런 일을 하겠는가?

그날 밤, 제니에게 이 이야기를 했다. 물론 그런 생각을 하다니 당신 미쳤냐는 반응이 나오리라 예상했다. 그런데 놀랍게도 제니는 이력서를 보내보라고 했다. 남플로리다의 더위와 습기, 교통 혼잡과 범죄에서 벗어나 시골에서 단순한 삶을 즐기는 것이 제니의 마음을 끌었다. 제니는 사계절과 산을 그리워했다. 낙엽과 봄에 피는 수선화도 그리워했다. 고드름도 보고 싶어 했고, 애플 사이다도 마시고 싶어 했다. 우리 애들, 그리고 우습게 들리겠지만 우리 개가 한겨울의 눈보라를 직접 보게 해주고 싶어 했다. "말리는 눈공을 쫓아가본 적도 없잖아." 말리의 털을 맨발로 쓰다듬으며 제니가 말했다.

"직장을 바꿀 좋은 이유가 생겼군." 내가 말했다.

"당신 호기심 때문에라도 한번 해볼 만하잖아. 일단 내봐. 오라고 해도 안 가면 되니까."

제니처럼 나도 북쪽으로 가고 싶은 마음이 있음을 인정할 수밖에 없었다. 남플로리다에서 보낸 10여 년은 물론 즐거웠지만, 원래 북쪽 출신인 나는 세 가지를 끊임없이 그리워했다. 굽이치는 언덕, 사계절, 탁 트인 대지. 플로리다의 따뜻한 겨울, 매콤한 음식, 잡다하게 섞인 우스꽝스럽고 성급한 사람들을 좋아하게 된 다음에도 언젠가 나만의 낙원을 건설해야겠다는 꿈은 포기하지 않았다. 땅값 비싼 보카러톤 한가운데의 우표딱지만 한 땅에 세운 저택이 아니라 제대로 된 대지에서 땅을 일구고, 내 손으로 장작을 패며, 개와 함께 숲속을 달릴 수 있는 곳 말이다.

그리하여 그냥 한번 내본다는 기분으로 이력서를 보냈다. 그로부터 2주 후 전화벨이 울리기에 받아보았더니 J. I. 로데일의 손녀인 마리아 로데일이었다. '인사 담당자' 앞으로 편지를 보냈는데, 사주가 직접 전화를 걸어온 것에 놀라 나는 그녀의 이름을 다시 한번 확인했다. 마리아는 할아버지가 창간한 잡지에 관심이 많고, 옛날처럼 과거의 영광을 재현하기 위해 애쓰고 있었다. 마리아가 찾고 있는 사람은 유기농 정원 가꾸기에 열성인 사람이 아니라 직업적인 언론 전문가였으며, 이 잡지에서 환경, 유전공학, 공장식 농장, 그리고 점점 활발해지는 유기농 운동 등에 대해 좀 더 깊이 있고 중요한 기사를 싣고 싶어 했다.

쉽게 수락하지 않으리라 결심하고 면접장을 향해 떠났지만, 공항에서 내려 자동차를 몰고 커브를 돌아 왕복 2차선의 시골길로 들어서자마자 나는 이곳에 홀딱 반하고 말았다. 모퉁이를 돌 때마다 그림엽서 같은 풍경이 펼쳐졌다. 돌로 지은 농가가 있는가 하면, 지붕을 씌운 다리도 눈에 띄었다. 얼음처럼 찬 시냇물이 언덕을 따라 흘러내렸고, 농장이 마치 하느님의 황금빛 옷처럼 지평선 끝까지 펼쳐져 있었다. 봄이라서 리하이 밸리의 모든 나무가 탐스런 꽃을 피우고 있다는 사실을 감안하더라도 이곳은 너무 아름다웠다. 한적한 길의 멈춤 표지판 앞에 차를 세우고 길 한가운데 서보았다. 어느 쪽을 보아도 숲과 목초지뿐이었다. 자동차도, 사람도, 건물도 보이지 않았다. 제일 먼저 나타난 공중전화 박스로 뛰어들어가 제니에게 전화를 걸었다. "여기가 어떻다고 해도 당신 안 믿을걸."

두 달 뒤 이삿짐센터 직원들이 보카러톤에 있는 우리 살림살이를 모두 거대한 트럭에 실었다. 우리 차와 미니밴은 자동차를 나르는 트럭에 실렸다. 집 열쇠를 새 주인에게 넘겨준 우리 가족은 플로리다의 마지막 밤을 이웃집 거실 바닥에서 보냈다. 말리는 우리 가족 사이에 늘어져서 잤고, 패트릭은 "실내 캠핑이다!"라고 외쳤다.

다음 날 아침에는 일찍 일어나 말리에게 플로리다에서의 마지막 산책을 시켰다. 동네를 한 바퀴 도는 동안 말리는 끊임없이 쿵쿵거리고 목줄을 당기고 깡충거렸으며, 이제 곧 자기 생활에 일어날 엄청난 변화는 까맣게 모른 채 관목이나 우체통을 지날 때마다 다리를 들고 멈춰 서곤 했다. 말리를 비행기에 태우려고 튼튼한 플라스틱 여행용 우리를 하나 샀고, 제이 선생의 조언대로 산책이 끝난 후 말리의 입을 열고 안정제를 평소의 두 배 정도 먹였다. 옆집 사람이 팜비치 공항에 우리 가족을 내려줄 때쯤엔 말리의 눈은 충혈된 채 풀려 있었다. 녀석을 로켓에 매달아도 개의치 않을 모습이었다.

공항 터미널에서 우리 가족은 볼 만한 구경거리였다. 신바람이 난 남자애 둘은 주위를 마구 뛰어다니고, 배고픈 아기는 유모차에 누워 있으며, 부모는 바짝 긴장한 데다 개는 축 늘어져 있었다. 그리고 동물원이 따라왔다. 개구리 두 마리, 금붕어 세 마리, 소라게, '슬러기'라는 이름의 달팽이, 개구리 먹이용으로 키우는 귀뚜라미 한 상자. 체크인을 기다리는 줄에 서 있는 동안 나는 플라스틱 우리를 조립하기 시작했다. 가게에서 파는 우리 중 제일 큰 것이었지만 카운터에 도착하니 제복을 입은 항공사 여직원이 말리를 한 번 보고 우리를 한 번 보고, 다시 한번 말리를 보더니 이렇게 말했다. "저 우리에 이 개를 넣어서 데려가실 수 없습니다. 개가 너무 크네요."

"애완동물 용품점에서는 '대형견용'이라고 하던데요." 내가 말했다.

"연방항공국 규정에 의하면 개가 안에서 자유로이 일어서고 돌아설 수 있는 크기여야 합니다." 이렇게 말하며, 그녀는 미심쩍다는 듯 덧붙였다. "한번 들어가게 해보세요."

문을 열고 말리를 불렀지만, 말리는 이동식 감방에 결코 들어가려 하지 않았다. 나는 녀석을 밀어보기도 하고, 어르고 달래보기도 했지만, 끄떡도 하지 않았다. 이럴 때 개 비스킷은 도대체 어디 있담? 녀석을 꾈 만한 게 없나 주머니를 뒤져보니 박하사탕 한 통이 나왔다. 쓸 만한 건 이것뿐이었다. 사탕을 꺼내 녀석의 코앞에 들이댔다가 "말리, 박하사탕 줄까? 집어와!"라고 하며 사탕을 우리 안에 던져 넣었다. 말할 것도 없이 말리는 미끼에 걸려들었고, 신나게 상자 안으로 들어갔다.

여직원의 말이 옳았다. 말리는 너무 컸다. 머리가 천장에 닿지 않으려면 머리를 숙여야 했다. 코가 반대쪽 벽에 닿았는데, 엉덩이는 열린 문 밖으로 튀어나와 있었다. 나는 꼬리를 끌어내리고 엉덩이를 밀어 안쪽으로 보낸 뒤 문을 닫았다. "보세요, 들어가잖아요." 여직원이 허락해주길 바라며 내가 말했다.

"돌아설 수 있어야 해요." 여직원이 말했다.

나는 작은 소리로 휘파람을 불고 말리에게 손짓을 하며 말했다. "말리, 돌아서. 돌아서라니까." 말리는 천장에 머리를 문지르며 고개를 돌려 마치 마약에 취한 듯한 눈으로 나를 흘깃 쳐다보았다. 마치 그런 재주를 피우는 방법이 있으면 알려달라는 듯한 표정이었다.

돌아설 수 없다면 항공사는 말리를 태워주지 않을 방침이었다. 시계를 보니 보안검색을 통과하여 콘코스를 지나 비행기를 타기까지 12분이 남아 있었다. "돌아서, 말리!" 내가 좀 더 다급한 목소리로 말했다. "돌아서라니까!" 손가락으로 딱딱 소리를 내기도 하고, 우리의 문을 두들기기도 하고, 쪽쪽 소리도 내보았다. "말리, 제발 돌아서." 우리 앞에 무릎을 꿇고 빌기라도 하려던 찰나, 딱 소리가 나더니 거의 동시에 패트릭의 외침 소리가 들려왔다.

"앗!"

"개구리가 도망쳤어!" 제니가 달아나는 개구리를 쫓아가며 외쳤다. "프로기, 크로키, 돌아와!" 아이들이 이구동성으로 외쳤다.

제니는 터미널을 온통 네 발로 기며 얄밉게 팔짝팔짝 뛰는 개구리를 쫓았다. 지나가던 사람들이 멈춰 서서 바라보기 시작했다. 멀리서는 개구리가 보이지 않기 때문에 사람들은 그저 웬 미친 여자가 기저귀 가방을 목에 늘어뜨리고는 아침부터 술이라도 취해 터미널 바닥을 헤매고 있다고 생각했을 것이다. 사람들은 '저 여자 언젠간 울부짖기 시작하겠구나' 하는 표정이었다.

"잠깐 실례하겠습니다." 항공사 직원에게 가능한 침착하게 이렇게 말해놓고 나도 네 발로 개구리 포획을 시작했다.

비행기를 타려는 사람들에게 이른 아침부터 한참 구경거리가 되고 나서야 겨우 자동문 밖으로 나가 자유로운 세상을 맛보기 직전의 프로기와 크로키를 잡을 수 있었다. 그리고 돌아서는데 개 우리에서 우지끈 하는 소리가 들리더니 우리가 흔들거렸다. 그러더니 말리가 어찌어찌해서 몸을 돌리는 것이었다. "봤죠? 얼마든지 돌 수 있잖아요."

직원은 눈살을 찌푸리며 이렇게 말했다. "좋아요, 그런데 참 막무가내시네요."

남자 둘이 다가오더니 말리를 우리째 카트에 옮겨서 데리고 갔다. 우리 가족은 마구 뛰어 직원이 문을 닫기 직전에 게이트에 도착했다. 비행기를 놓쳤으면 말리 혼자 펜실베이니아에 도착했을 것이고, 그 뒤에 벌어질 아수라장은 상상도 하기 싫었다. "잠깐만요!" 내가 콜린의 유모차를 밀며 외쳤다. 제니와 두 아들은 15미터쯤 뒤에서 따라오고 있었다.

자리에 앉고 나서야 안도의 한숨을 내쉴 수 있었다. 말리 문제를 해결했다. 개구리도 잡았다. 비행기도 탔다. 이제 펜실베이니아의 앨런타운으로 가기만 하면 된다. 이제 아무 걱정 없다. 짐차가 개 우리를 싣고 비행기 옆에 도착했다. "저거 봐." 애들에게 말했다. "말리도 있다." 아이들은 창문을 통해 손을 흔들며 외쳤다. "안녕, 말리."

엔진 소리가 커지고 승무원들이 비상시 대처 요령을 알려주고 난 뒤, 나는 잡지를 꺼내들었다. 그 순간 내 앞줄에 앉은 제니가 얼어붙는 것이 느껴졌다. 그리고 어떤 소리가 들리기 시작했다. 우리 발 밑, 비행기의 뱃속 깊은 곳으로부터 엔진 소리에 묻히긴 했지만 어떤 소리가 들려왔다. 가엾도록 깊은 소리였고, 얕게 시작해서 시간이 지남에 따라 점점 커지는 원초적 외침 같은 것이었다. '맙소사, 말리가 울부짖고 있군.' 밝혀두지만 래브라도레트리버는 울부짖지 않는다. 비글은 울부짖는다. 늑대도 울부짖는다. 그러나 래브라도는 울부짖지 않으며, 하더라도 서툴다. 말리가 울부짖은 것은 딱 두 번이었는데, 둘 다 지나가는 경찰차의 사이렌 소리 때문이었다. 그때 말리는 머리를 뒤로 젖히고 입 모양을 동그랗게 하고는, 그때까지 들어본 것 중 가장 처량한 느낌의 소리를 냈다. 하지만 그것은 야생의 소리에 응답하는 소리라기보다는 가글하는 소리 같았다. 그러나 이번에는 의심의 여지 없이 울부짖고 있었던 것이다.

사람들이 신문이나 소설을 읽다 말고 고개를 들었다. 베개를 나눠주던 항공사 직원도 하던 일을 잠시 멈추더니 당혹스런 표정으로 고개를 번쩍 들었다. 통로 건너편에 앉은 여자가 남편을 보더니 이렇게 물었다. "들어봐요. 들려요? 개 같아." 제니는 앞만 바라보고 있었다. 나는 잡지만 읽었다. 누가 묻는다면 우리 개가 아니라고 대답할 셈이었다.

"말리가 슬픈가봐." 패트릭이 말했다.

'아니다, 얘야, 우리가 본 적도 없고 전혀 알지도 못하는 어떤 개가 슬픈 모양이구나.' 이렇게 정정해주고 싶었지만, 나는 그저 잡지에 코를 쑤셔 박고 리처드 닉슨이 남긴 충고를 따랐다. '그럴듯한 부인否認.' 비행기가 활주로를 달리기 시작하자, 말리의 소리는 엔진 폭음에 묻혀 들리지 않게 되었다. 어두운 화물칸에서 혼자 공포에 질려 뻣뻣이 굳은 데다 제대로 설 수도 없는 말리의 모습이 눈앞에 떠올랐다. 말리의 귀에는 울부짖는 엔진 소리가 마치 자기를 잡아먹으려 하는 천둥 소리처럼 들릴 것이 분명했다. 불쌍한 것. 누가 물으면 내 개가 아니라고 하겠지만, 비행기가 착륙할 때까지 말리 걱정을 하며 날아갈 것은 틀림없었다.

이륙하자마자 또 한 번 딱 소리가 나더니, 이번에는 코너의 목소리가 들려왔다. "앗!" 나는 잠깐 내려다보았지만, 곧장 잡지 속으로 다시 얼굴을 파묻었다. '그럴듯한 부인.' 몇 초 후, 주변을 은밀히 살펴보고 아무도 우리를 쳐다보지 않는다는 사실을 확인한 다음 제니의 귀에 이렇게 속삭였다. "돌아보지 마. 이번에는 귀뚜라미가 달아났어."

연필베이니아에서

우리 가족은 가파른 언덕바지에 자리 잡은 2에이커(약 8,000제곱미터 또는 2,450평 정도의 면적_옮긴이)의 부지에 딸린 집에 살기 시작했다. 낡고 불규칙한 모양의 집이었다. 언덕이라기보다는 작은 산이라고 할 수 있는데, 이곳 사람들도 언덕이냐 산이냐에 대해 의견이 분분했다. 우리 집 부지 안에는 풀밭이 있어서 야생 라즈베리를 따먹을 수 있었고, 숲에서는 마음껏 땔나무를 해올 수 있었으며, 샘에서 흘러나온 조그만 시냇물에서는 아이들과 말리가 진흙 범벅이 되도록 놀 수 있었다. 벽난로도 있었고, 정원에는 무엇이든 심을 수 있었을 뿐만 아니라, 겨울에 나뭇잎이 떨어진 뒤 부엌에서 내다보면 건너편 언덕에 서 있는 교회의 하얀 첨탑이 눈에 들어왔다.

우리 옆집에는 영화 촬영장에서 갓 빠져나온 듯한 오렌지색 수염에 덩치가 곰 같은 사람이 있었다. 1790년대식 돌로 지은 농가에 사는 이 이웃 사람은 일요일이면 뒷베란다에 앉아 그냥 재미로 숲을 향해 엽총을 쏘곤 하는 통에 말리가 항상 기겁을 했다. 새집으로 이사 온 첫날, 이 사람은 집에서 담근 야생 체리주 한 병과 블랙베리 한 바구니를 들고 왔다. 그렇게 큰 블랙베리를 보기는 처음이었다. 그는 자신을 디거Digger라고 소개했다. 이름으로 추측할 수 있었지만, 디거는 땅을 파서 생계를 유지하는 사람이었다. 어디든 구덩이를 파고 싶거나 흙더미를 옮겨야 하는 일이 있으면 오라고 소리만 한 번 지르란다. 그러면 거대한 장비를 들고 곧장 달려오겠다는 거다. 그러고는 눈을 찡긋하며 이렇게 말하는 것이었다. "차로 사슴을 들이받으면 연락하세요. 야생동물 감독관이 눈치채기도 전에 고기를 싹 정리할 테니까요." 의심할 여지 없이 이곳은 보카가 아니었다.

목가적인 생활에서 아쉬운 점은 딱 한 가지뿐이었다. 새집에 도착하고 나서 몇 분도 안 돼 코너가 눈물이 그렁그렁한 채 나를 올려다보며 이렇게 말했다. "아빠, 펜실베이니아에는 펜실(연필)이 많을 줄 알았어요." 일곱 살과 다섯 살 난 우리 애들에게 이것은 마치 약속 위반 같은 것이었다. 우리가 살게 될 곳의 이름을 들은 두 아이는 형형색색의 연필이 나무에 매달려 있어서 따기만 하면 된다는 생각에 마음이 부풀어 있었다. 그게 아니라는 사실을 알고 나서 아이들은 크게 낙심했다.

연필이 열리지는 않았지만 그 대신 스컹크, 주머니쥐, 마멋, 덩굴옻나무 등이 우리를 반겼다. 덩굴옻나무는 우리 집 부지 숲가에 있는 나무들을 기어오르며 무성하게 자라서 보기만 해도 옻이 오르는 기분이었다. 어느 날 아침 커피를 내리면서 부엌 창문을 내다보니 멋있는 수사슴 한 마리가 나를 정면으로 바라보고 있었다. 또 다른 날 아침에는 야생 칠면조 가족이 이것저것 게걸스럽게 주워먹으며 뒷마당을 가로질러 가기도 했다. 어느 토요일, 말리를 데리고 집을 떠나 언덕 아래를 향해 산책을 가다보니 밍크 사냥꾼이 덫을 놓고 있었다. 밍크 사냥꾼이라니! 내 집 뒤뜰 턱밑에서! 보카혼타스들이 알면 얼마나 부러워할까?

시골 살림은 평화롭고 아름다웠지만 약간 외롭기도 했다. 펜실베이니아주의 네덜란드계 사람들은 외부인에게 정중했지만 경계심도 많았다. 우리 가족은 분명한 외부인이었다. 시끌벅적한 남플로리다를 벗어났으니 한적한 생활을 만끽해야 옳았다. 그런데 적어도 처음 몇 달 동안은 이렇게 사람이 하나도 없는 곳으로 온 것이 잘한 일일까를 우울한 마음으로 곱씹어보는 때도 적지 않았다.

그러나 말리에게는 이런 걱정이 거의 없었다. 가끔 디거의 총소리가 나는 것을 빼면 시골 생활은 말리의 마음에 쏙 들었다. 머리를 쓰기보다는 설치고 다니기를 더 잘하는 우리 개가 싫어할 것은 아무것도 없었다. 풀밭을 뛰어다니기도 하고, 들장미 덤불을 뚫고 나가기도 하고, 개울에서 텀벙거리는 것이 말리의 일과였다. 녀석은 또한 우리 집 마당을 샐러드바로 생각하는 산토끼떼 중 한 마리를 잡는 데 목숨을 걸었다. 상추를 우물거리는 산토끼라도 발견하면 귀를 펄럭이면서 네 발로 대지를 쿵쿵 울리며 언덕을 굴러 내려갔다. 짖는 소리가 온 세상을 채웠다. 이렇게 살금살금 다가가니 산토끼는 녀석의 몇 미터 앞에서 재빨리 덤불 속으로 숨어버렸다. 그런데도 녀석은 자신의 등록상표인 영원한 낙관주의를 굳건히 믿었으며, 사냥에 성공할 날이 멀지 않았다고 확신했다. 사냥감을 놓쳤는데도 전혀 실망하지 않고 꼬리를 흔들며 돌아온 녀석은 5분 후에 똑같은 짓을 그대로 반복했다. 다행히도 말리는 스컹크를 잡을 때도 마찬가지로 서툴렀다.

가을이 오자 새로운 장난거리가 생겼다. 가을이 되어도 잎이 떨어지지 않는 플로리다에 살던 말리는 하늘에서 떨어지는 낙엽이 자기만을 위한 선물이라고 확신했다. 노란색과 오렌지색의 낙엽을 갈퀴로 긁어모아 큰 덩이를 만들고 있을라치면 말리는 참을성 있게 앉아서 공격 기회를 기다린다. 거대한 낙엽의 탑을 완성해놓으면 녀석이 살금살금 기어나오기 시작한다. 몇 발짝 옮길 때마다 멈춰 서서는 무심한 가젤을 노리는 세렌게티 국립공원의 사자처럼 앞발을 들고 쿵쿵거렸다. 작업을 끝내고 갈퀴를 짚고 서서 낙엽 더미를 만족스레 바라보고 있노라면, 녀석이 펄쩍펄쩍 뛰며 풀밭을 가로질러 달려와 붕 날아서 철퍼덕하고 낙엽 더미 한가운데 배부터 떨어져서는 으르렁거리고 구르며 낙엽을 마구 휘젓다가는, 나도 알 수 없는 이유로 꼬리를 물려고 뱅뱅 돌다가 결국 낙엽

더미를 풀밭에 모두 흩어놓았다. 그러고 나서 낙엽 파편을 온몸에 붙인 채 폐허 위에 앉아서 자신의 행동이 마치 낙엽 긁어모으기 과정의 필수적인 부분이기라도 한 양 만족스러운 표정으로 나를 건너다보았다.

펜실베이니아에서 맞이한 첫 번째 크리스마스는 화이트 크리스마스여야만 했다. 왜냐하면 플로리다의 정든 집과 친구들을 떠날 때 패트릭과 코너를 달래기 위해 써먹은 이런저런 수단 중 눈이 아주 중요했기 때문이다. 그것도 보통 눈이 아니라 깊이 쌓이는 데다 푹신하고 그림엽서에 어울리는 눈, 하늘에서 조용히 떨어지는 함박눈송이가 쌓여 눈사람 만들기에도 딱 좋다고 설득했던 것이다. 게다가 크리스마스에 오는 눈이라니. 미국 북부에서 보내는 겨울에 화이트 크리스마스보다 더 멋진 게 어디 있단 말인가? 그래서 제니와 나는 커리어 앤드 아이브스(19세기 중반에서 20세기 초까지 대중에게 큰 인기를 얻은 동판화를 백만 장 이상 출판한 회사_옮긴이)의 그림에 나오는 것 같은 모습을 아이들에게 이야기해주었다. 그러니까 크리스마스 날 아침에 깨어보면 온 세상이 흰 눈으로 덮여 있는데, 산타 할아버지의 썰매 자국만 우리 집 문 앞에 나 있는 광경 같은 것 말이다.

크리스마스 몇 주 전부터 세 아이는 몇 시간씩 창문에 코를 박은 채 잿빛 하늘을 뚫어지게 쳐다보았다. 간절히 원하기만 하면 하늘이 들어주기라도 할 듯이. "눈아, 와라!" 아이들이 일제히 합창을 했다. 아이들은 눈을 본 적이 없다. 제니와 나도 지난 10여 년 간 눈을 구경조차 못 했다. 눈이 오기를 바랐지만 구름이 말을 듣지 않았다. 크리스마스 며칠 전 우리 가족은 미니밴을 타고 1킬로미터쯤 떨어진 농장으로 가서 공짜 헤이라이드(건초를 실은 트럭을 여럿이 타고 가는 밤소풍_옮긴이)를 즐기기도 하고, 모닥불을 피우고 둘러앉아 뜨거운 애플 사이다를 마시기도 했으며, 가문비나무도 하나 잘라왔다. 플로리다에서 우리가 그렇게 그리워하던 미국 북부식의 연말 휴가였는데, 한 가지가 빠져 있었다. 이놈의 눈은 왜 안 오는가? 첫눈은 어차피 올 테지만 아이들에게 너무 허풍을 떤 것이 후회되기 시작했다. 송진 냄새가 풀풀 나는 갓 벤 가문비나무를 미니밴에 싣고 집으로 돌아오는 길에 아이들은 속았다고 투덜댔다. 처음에는 연필이 없더니 이젠 눈이 오지 않는다. 엄마 아빠가 또 어떤 거짓말을 했을까?

크리스마스 날 아침에 보니 새 터보건(바닥이 편평하고 긴 스포츠용 목제 썰매_옮긴이) 하나가 트리 밑에 놓여 있었고, 남극 탐험대라도 조직할 만한 장비가 놓여 있었지만, 창밖으로 보이는 경치라곤 그저 헐벗은 나무딸기, 누래진 옥수수밭뿐이었다. 벽난로에 벚나무 장작으로 불을 지피며 아이들에게 좀 참으라고 일렀다. 눈은 올 때 되면 오겠지.

새해 아침이 밝았지만 눈은 오지 않았다. 말리조차 사기라도 당한 듯 안절부절못하며 창밖에 시선을 둔 채 작은 소리로 낑낑대고 있었다. 크리스마스 휴가가 끝나고 아이들은 학교로 돌아갔지만, 그때까지도 눈은 오지 않았다. 아침 식탁에 앉아 아이들은 배신자 아빠를 원망스러운 시선으로 바라보았다. 내 입장은 그저 "아마 다른 곳에서 사는 아이들이 너희들보다 더 간절히 눈을 원했나봐" 식의 어정쩡한 변명이나 늘어놓을 수밖에 없었다.

"어련하겠어, 아빠." 패트릭이 말했다.

새해가 시작되고도 3주나 지나서야 눈이 나를 죄책감의 지옥으로부터 해방시켜주었다. 모두가 잠든 한밤중에 내린 눈을 그다음날 제일 먼저 발견한 사람은 패트릭이었다. 새벽에 패트릭은 우리 방에 뛰어들어와 블라인드를 걷어 올리며 외쳤다. "저거 봐요! 드디어 왔어요!" 제니와 나는 침대에서 벌떡 일어나 구세주를 바라보았다. 흰 담요가 언덕으로부터 시작해서 옥수수밭, 소나무, 지붕 위를 거쳐 지평선까지 덮고 있었다. "거봐, 왔잖아." 내가 심드렁하게 대답했다. "내가 뭐랬니?"

벌써 30센티미터나 쌓였는데도 눈은 계속 오고 있었다. 얼마 후 코너와 콜린도 엄지손가락을 입에 물고 이불을 질질 끌며 달려왔다. 말리도 잠에서 깨어나 사지를 뻗고는 신나는 분위기에 휩쓸려 꼬리를 아무 데나 탕탕 치고 있었다. 나는 제니를 돌아보며 말했다. "도로 잠자긴 틀린 것 같군." 제니가 동의하자 나는 아이들을 돌아보며 이렇게 외쳤다. "자, 옷 입고 나가자!"

그로부터 30분간 우리는 지퍼를 채우고, 레깅스를 입고, 버클을 잠그고, 후드를 쓰고, 장갑을 끼느라 부산을 떨었다. 복장을 다 갖추고 나니 아이들은 꼭 미라처럼 보였고, 부엌은 동계 올림픽 경기장 같은 모습이 되었다. 눈썰매 대회 대형견 부문, 이번 선수는……말리! 현관문을 열자 누구보다도 먼저 말리가 방한복으로 똘똘 싸놓은 콜린을 넘어뜨리기까지 하며 쏜살같이 달려나갔다. 그런데 발이 이상하고 하얀 물체에 닿자마자 '앗, 차가워! 앗, 축축해!'라는 느낌이 왔다. 그러자 말리는 재빨리 방향을 바꾸려고 했다. 그러나 눈 속에서 운전을 해본 사람이라면 누구나 알 듯이 급제동 직후에 유턴까지 하는 것은 결코 현명한 방법이 아니다.

그리하여 말리는 엉덩이부터 돌면서 있는 대로 미끄러지기 시작했다. 잠깐 옆으로 쓰러진 말리는 금방 바로 서서 공중제비를 넘으며 현관 앞 계단을 내려가더니, 눈 더미 속에 머리부터 착지했다. 말리는 설탕을 묻힌 거대한 도넛 같은 모양으로 벌떡 일어섰다. 까만 코와 두 개의 밤색 눈을 제외하면 완전히 흰색으로 뒤덮였다. 설견雪犬이라고 부르면 딱 어울릴 것 같았다. 말리는 이 낯선 물체 앞에서 어쩔 줄을 몰라 했다. 코를 눈 속에 쑤셔 박았다가 심하게 재채기를 하기도 했다. 눈을 무는 시늉을 하다가는 눈에 얼굴을 문지르기도 했다. 그러다가 마치 하늘에서 보이지 않는 손이 내려와 큼직한 주사기로 아드레날린이라도 놓아준 것처럼, 말리는 신바람이 나서 마당을 껑충껑충 뛰어다니며 간간이 공중제비나 다이빙도 곁들였다. 말리에게 눈 속에서 뛰노는 것은 마치 이웃집 쓰레기통을 뒤지는 것과 같았다.

눈 속에 남은 말리의 자취를 따라가보면 뒤틀린 말리의 정신 상태를 알 수 있다. 녀석의 발자취는 갑작스러운 몸부림과 회전, 유턴, 마구잡이로 그린 원과 팔자, 복잡한 나선과 루츠 점프(스케이팅의 묘기 중 하나_옮긴이) 등으로 온통 가득 차 있어서 녀석이 마치 자기만 아는 기괴한 패턴을 따라가고 있는 것이 아닌가 하는 생각이 들 정도였다. 아이들도 말리를 따라 돌고 구르고 장난을 치는 바람에 옷 주름 사이사이마다 눈이 꽉 들어찼다. 제니가 버터 바른 토스트와 뜨거운 코코아를 들고 나와 오늘 휴교라는 사실을 알려주었다. 그러지 않았더라도 조그만 이륜구동 닛산인 우리 집 차로 차고 바깥까지 나가는 것도 힘들 판인데, 산길을 오르내리며 어떻게 아이들을 학교까지 데려다준단 말인가. 그래서 나 자신에게도 '강설휴降雪休'를 선포했다. 작년 가을에 캠프파이어용으로 뒷마당에 돌을 쌓아 만든 받침대 위에 쌓인 눈을 치우고 모닥불을 지폈다. 아이들은 터보건을 타고 소리를 지르며 모닥불을 지나 언덕 위를 미끄러져 내려가 숲 끝까지 갔고, 말리는 아이들을 쫓아가고 있었다. 나는 제니를 바라보며 물었다. "작년 이맘때 어떤 사람이 '당신 애들이 뒷마당에서 썰매를 타고 놀 거요'라고 했다면 믿었겠어?"

"절대 아니지." 이렇게 말하며 제니는 눈공을 뭉쳐 내 가슴을 정확히 맞추었다. 제니의 머리는 물에 젖었고, 볼은 빨갰으며, 입에서는 구름처럼 입김이 쏟아져 나오고 있었다.

"이리 와서 키스해줘." 내가 말했다.

아이들이 모닥불 곁에서 몸을 녹이고 있을 때, 나는 십대 이후 한 번도 탄 적이 없는 터보건을 한번 타보기로 마음먹었다. "같이 탈래?" 제니에게 물었다.

"아니, 선수 양반. 혼자 타시구려." 제니가 말했다.

그래서 터보건을 언덕 꼭대기에 놓고 혼자 안에 누운 후 팔꿈치로 윗몸을 받치고 발은 터보건 앞쪽 공간에 넣었다. 그리고 터보건을 작동하기 위해 몸을 이리저리 움직이기 시작했다. 말리가 위에서 나를 내려다볼 기회는 흔하지 않는 데다 이렇게 누워 있는 모습을 본 녀석은 옳다구나 한 모양이었다. 내게 다가와서 얼굴에 대고 쿵쿵거리기에 "너 왜 그래?"라고 했더니, 마치 그게 환영 인사인 양 녀석은 사지를 내 몸 위에 올려놓고는 가슴 위로 쿵, 내려앉았다. "내려가, 이 덩치야!"라고 외쳤지만, 때는 이미 늦었다. 말리와 나는 이미 꼭대기를 출발하여 점점 빨리 미끄러져 내려가고 있었다.

"잘 갔다 와!" 제니가 우리 뒤에 대고 외쳤다.

눈보라를 날리며 내닫는 터보건 위에서 말리는 내 몸에 올라탄 채 내 얼굴을 마구 핥아댔다. 우리 둘을 실은 무게가 상당했기 때문에 터보건은 애들이 탔을 때보다 더 힘차게 내닫았고, 결국 아이들이 탔을 때 터보건이 멈췄던 자리를 지나 계속 달려갔다. "조심해, 말리! 숲으로 들어간다!"

말리와 나를 태운 터보건은 커다란 호두나무를 지나고, 두 그루의 벚나무 사이를 통과했으며, 마치 기적처럼 거대한 물체를 피해 가다가 가시덤불 밑을 지나가면서 온몸이 긁히기도 했다. 그런데 갑자기 조금만 더 가면 둑이 나오고, 둑의 아래는 아직 얼지 않은 냇물이 흐르고 있다는 데 생각이 미쳤다. 발을 빼서 브레이크로 쓰려고 했지만 꼭 끼어서 나오지 않았다. 둑은 경사가 급해서 거의 절벽이나 마찬가지였고, 이제 그 둑을 넘어가려 하고 있었다. 그 순간 나는 말리를 두 팔로 꽉 껴안고 눈을 감은 채 "우아아아아!" 하고 외치는 수밖에 없었다.

터보건은 드디어 둑을 통과하여 우리 몸 아래로 떨어져 내렸고, 나는 마치 만화영화에 흔히 나오는 것처럼 끝없이 긴 한순간 공중에 떠 있다가 바닥으로 떨어져 큰 부상을 입는 등장인물 같은 느낌이 들었다. 이번 만화의 다른 점은 미친 듯이 침을 흘려대는 래브라도레트리버와 한 몸처럼 붙어 있다는 사실이었다. 꼭 껴안은 채로 말리와 나는 부드러운 툭, 소리와 함께 눈밭에 비상착륙했고, 터보건에서 몸이 반쯤 빠져나온 상태에서 물가를 향해 미끄러져 내려갔다. 눈을 뜨자 일단 내 몸의 상태부터 살폈다. 손가락과 발가락을 움직일 수 있었고, 목도 제대로 돌아갔다. 부러진 곳은 없었다. 말리는 한 번 더 하자는 듯 내 주변을 깡충거리며 뛰어다니고 있었다. 신음 소리와 함께 일어서서 눈을 털며 나는 이렇게 말했다. "이런 짓 하기엔 늙어가나 보군." 그로부터 몇 달간 계속해서 말리도 늙었다는 사실이 속속 밝혀질 터였다.

펜실베이니아에서 보낸 첫 번째 겨울이 끝나갈 무렵 나는 말리가 중년을 지나 노년을 향해 가고 있음을 깨달았다. 그해 12월 말리는 아홉 살이 되었고, 아주 조금씩 둔해지기 시작했다. 물론 처음 눈이 온 날처럼 여전히 걷잡을 수 없는 에너지로 뛰어다니기는 했지만, 뛰어다니는 시간도 짧아졌고 간격도 더 뜸해졌다. 그저 하루 종일 자는 때가 더 많아졌으며, 같이 걸어도 나보다 먼저 지쳤는데, 이것은 말리를 기르기 시작한 이래 처음 있는 일이었다. 기온이 영상으로 올라가고 녹기 시작한 땅에서 봄 내음이 희미하게 올라오던 늦겨울의 어느 날, 나는 말리를 데리고 집 앞 언덕을 내려가 다시 그보다 더 가파른 맞은편 언덕을 올라 정상에 버티고 선 하얀 교회까지 갔다. 교회 옆에는 남북전쟁 당시 전사자들이 묻힌 오래된 공동묘지가 있었다. 이곳은 말리와 내가 자주 택하는 산책 코스였고, 경사가 급하긴 했지만 지난 가을만 해도 말리가 별 힘 안 들이고 오르던 곳이었다. 물론 급경사 때문에 둘 다 결국 헐떡거리기는 했지만. 그런데 이번에는 말리가 처지기 시작하는 것이었다. 어르고 달래고, 이런저런 말로 용기를 북돋우기도 했지만, 말리는 마치 배터리가 다 된 장난감처럼 조금씩 속도가 떨어지고 있었다. 녀석은 그저 꼭대기까지 갈 체력이 되지 않았던 것이다. 일단 걸음을 멈추고 녀석을 쉬게 했는데, 전에는 결코 없던 일이었다. "너 약해지지 않을 거지?" 녀석에게 몸을 기대고는 장갑 낀 손으로 얼굴을 쓰다듬으며 내가 물었다. 녀석은 기운 없는 것쯤 아무것도 아니라는 듯 밝은 눈과 축축한 코를 하고 나를 올려다보았다. 말리는 삶이 이보다 더 좋을 수 있을까 하는 듯 행복하지만 녹초가 된 표정으로, 청명한 늦겨울 낮에 주인과 함께 시골 길가에 앉아 있었다. "너 업고 갈 것 같니? 꿈도 꾸지 마." 내가 말했다.

햇빛 속에서 보니 녀석의 황갈색 얼굴에 희끗희끗한 그늘이 많이 섞여 있었다. 털색이 워낙 밝아서 잘 보이지 않을 뿐, 변화가 있는 것은 분명했다. 주둥이 전체와 눈썹의 상당 부분이 황갈색에서 흰색으로 바뀌어 있었다. 눈치채지 못하는 사이에 우리 집의 영원한 강아지가 고령자가 되어버린 것이다.

그렇다고 얌전해진 것은 결코 아니었다. 말리는 여전히 극성스러웠으며, 박자가 좀 느려졌을 뿐이다. 여전히 아이들의 접시에서 음식을 훔쳐먹었고, 여전히 코로 부엌 쓰레기통 뚜껑을 열어 통 속을 뒤졌으며, 여전히 목줄을 당겼고, 여전히 집 안 물건을 이것저것 삼켰으며, 여전히 욕조에서 물을 마시고는 목으로 줄줄 흘리고 다녔다. 하늘이 흐려지고 천둥이 치기 시작하면 여전히 겁에 질렸으며, 이럴 때 혼자 놔두면 다 부숴놓는 것도 똑같았다. 어느 날은 집에 와보니 말리가 반쯤 미쳐 있었고, 코너 침대의 매트리스는 갈기갈기 찢어져 스프링이 드러나 있었다.

지난 몇 년간 우리 가족은 이런 일에 초연해졌고, 거의 매일 폭풍우가 몰아치는 플로리다를 떠난 이후 말리의 난동도 훨씬 뜸해졌다. 개를 키우다보면 벽이 상하기도 하고, 쿠션이 찢어지기도 하며, 카펫이 망가지기도 한다. 다른 모든 관계와 마찬가지로 개와의 관계에서도 대가가 따른다. 이러한 대가를 우리는 기꺼이 받아들였고, 사실 이것은 말리가 우리에게 주는 기쁨, 만족, 보호, 동반자 역할에 비하면 아무것도 아니었다. 말리에게 들어간 비용과 말리가 망가뜨린 것을 복구하는 비용을 다 합치면 작은 요트라도 살 수 있었을 것이다. 그런데 문간에서 하루 종일 주인이 돌아오기를 기다리는 요트가 과연 몇 척이나 되겠는가? 주인의 무릎 위로 올라가거나 주인의 얼굴을 핥으며 터보건을 타고 언덕을 달려 내려가는 순간을 즐기는 요트가 몇 척이나 되겠는가?

말리는 가족으로서 한 자리를 차지하고 있었다. 변덕스럽지만 사랑받는 아저씨처럼 말리는 그냥 말리였다. 말리는 래시나 벤지, 올드 옐러(1957년 가족 영화 〈올드 옐러〉의 주인공 개_옮긴이)가 결코 되지 못할 것이다. 웨스트민스터는커녕 동네 애완견 대회에도 나가지 못할 것이다. 우리는 이제 이런 사실들을 안다. 그리고 말리를 있는 그대로 받아들였고, 그렇기 때문에 녀석을 더욱 사랑한 것이다.

늦은 겨울의 그날, 말리의 목을 긁어주며 나는 이렇게 말했다. "이 영감탱이야." 공동묘지까지 가려면 가파른 언덕을 하나 더 넘어야 했다. 그러나 인생에서와 마찬가지로 목표는 과정보다 중요하지 않다. 그래서 한쪽 무릎을 꿇고 손으로 옆구리를 쓸어주며 이렇게 말해주었다. "여기 앉아서 좀 쉬자." 충분한 휴식을 취한 후 우리는 언덕을 되짚어 내려가 집으로 향했다.

23

닭들의 행진

그해 봄 제니와 나는 가축을 한번 길러보기로 했다. 이제 시골에 땅이 2에이커나 생겼으니 가축 한두 마리와 땅을 나눠 쓰는 것이 옳지 않겠는가. 게다가 나로 말할 것 같으면 동물(그리고 동물의 배설물)을 이용해서 건강에 좋고 균형 잡힌 정원을 가꿀 수 있다고 오랫동안 주장해온 『유기농 정원 가꾸기』의 편집장 아니던가. "소키우면 재미있겠다." 제니가 말했다.

"소? 제정신이야? 우리는 외양간도 없어. 어떻게 소를 길러? 어디다 둬? 차고 안 미니밴 옆에 둘까?"

"그럼 양은 어때? 귀엽잖아." 자주 하는 것처럼 나는 제니에게 정신 차리라는 시선을 쏘아 보냈다.

"그럼 염소는? 염소도 귀여운데."

결국 우리는 가금류로 합의를 보았다. 화학 제초제와 화학비료를 쓰지 않기로 작심하고 정원을 가꾸는 사람이라면 닭이 안성맞춤이었다. 우선 구입 비용이 저렴하고, 기르는 데 돈도 많이 들지 않는다. 닭장이 크지 않아도 되고, 아침에 옥수수나 몇 컵 뿌려주면 하루 종일 만족해한다. 싱싱한 달걀을 낳아주는 것은 말할 것도 없고, 마당에 풀어놓으면 하루 종일 이리저리 다니며 벌레나 굼벵이, 진드기를 잡아먹는가 하면, 작은 경운기처럼 땅을 긁어 갈아엎기도 하고 질소 함량이 높은 배설물로 땅을 기름지게도 한다. 해질 무렵이 되면 제 발로 닭장으로 돌아간다. 어찌 좋아하지 않을 수 있단 말인가? 닭은 유기농 정원사에게 가장 좋은 친구이다. 닭이 정답이었다. 게다가 제니가 지적한 것처럼 귀여움 심사도 통과했다.

그래, 바로 닭이야. 제니가 학교에서 사귄 학부모 한 명이 자기네 닭이 알을 낳아 부화하면 병아리 몇 마리를 주기로 했단다. 디거에게 이야기했더니 그도 닭 몇 마리 기르는 일은 괜찮을 것 같다고 했다. 디거도 달걀과 고기를 얻으려고 큰 닭장에서 닭 여러 마리를 기르고 있었다.

"한 가지 조심하세요." 우람한 팔로 가슴 앞에서 팔짱을 끼며 디거가 덧붙였다. "애들이 닭에게 이름을 붙이지 못하게 하세요. 일단 이름을 붙이면 그 순간 애완동물이 되어버리거든요."

"그렇네요." 내가 말했다. 닭을 키우는 데 감정이 개입해서는 안 된다. 닭은 15년까지도 살 수 있지만, 알을 낳는 기간은 첫 두 해 정도뿐이다. 산란이 끝나면 찜통으로 가는 것이 당연했다. 가축 기르기가 원래 그런 것이니까.

디거는 내 생각을 읽으려는 듯 한참을 노려보더니 다시 한번 말했다. "이름을 붙이면 그걸로 끝입니다."

"물론이죠, 절대 안 붙입니다."

다음 날 저녁 퇴근해서 집에 돌아오니, 차가 멈추자마자 세 아이가 뛰어나와 나를 반겼다. 손에는 병아리가 한 마리씩 들려 있었다. 제니도 네 번째 병아리를 들고 아이들 뒤에 서 있었다. 제니의 친구 도나가 그날 오후에 갖다주었단다. 태어난 지 하루도 채되지 않은 병아리들이 꼭 이렇게 말하며 나를 올려다보는 것 같았다. '아저씨가 우리 엄마야?'

패트릭이 제일 먼저 입을 열었다. "얘 이름은 페더스예요."

"얘는 트위티구요." 코너가 말했다.

"내 꺼는 워피야." 콜린도 끼어들었다.

나는 제니에게 어찌 된 거냐는 듯 시선을 보냈다.

"플러피야, 얘가 플러피를 잘못 발음한 거야."

"여보, 디거가 뭐랬어? 이것들은 애완동물이 아니라 가축이라구."

"정신 차려요, 농부 양반. 당신도 나도 잘 알지만 당신은 얘들 중 누구도 못 죽여. 얼마나 이쁜지 좀 보라구."

"여보." 내 목소리에 짜증이 묻어났다.

"그건 그렇고." 손바닥의 병아리를 들어 보이며 제니가 말했다.

"얘는 셜리야."

페더스, 트위티, 플러피, 셜리는 주방 싱크대에 놓인 상자 안에 둥지를 틀었고, 전등을 하나 켜서 따뜻하게 해주었다. 녀석들은 여기서 먹고, 싸고, 또 먹고 하더니 엄청난 속도로 자라났다. 몇 주 후, 이상한 소리에 나는 새벽잠에서 번쩍 깼다. 침대에 앉아 귀를 기울이고 있노라니, 아래층에서 작고 연약한 소리가 들려왔다. 당당하다기보다는 결핵 환자 기침 소리처럼 거칠고 목쉰 소리였다. 소리가 또 들렸다. 꼬끼오! 몇 초가 지나자 똑같이 연약했지만 또렷한 소리가 들렸다. 꼬끼오!

나는 제니를 흔들어 깨워 이렇게 물었다. "도나가 병아리를 갖다주었을 때 다 암놈이냐고 물어봤지?"

"그걸 구별할 수 있단 말이야?" 이렇게 반문하더니, 다시 돌아누워 잠이 들어버렸다.

구별하는 작업을 감별이라고 한다. 경험이 많은 양계업자라면 부화가 되자마자 암수를 구별할 수 있고, 정확도는 80퍼센트이다. 감별을 마친 병아리들은 더 높은 가격에 팔려나간다. 싸게 사려면 성별이 구분되지 않은 병아리들을 택하면 된다. 일단 이렇게 사서 조금 키우다가 수탉은 잡아먹고 암탉은 계속 키워 달걀을 얻는다. 물론 병아리를 무작위로 사면 얼마 후 필요 없는 수탉을 죽여서 털을 뽑는 수고를 감수해야 한다. 닭을 길러본 사람은 누구나 아는 일이지만, 한 무리 안에 수탉 두 마리가 공존할 수는 없다.

알고 보니 도나는 병아리를 갖다줄 때 감별을 하지 않았고, 우리가 '알 낳는 닭'으로 알고 받은 네 마리 중 세 마리가 수컷이었다. 그러니까 우리 집 싱크대 상자 안에는 병아리판 소년 캠프가 설치되어 있는 셈이다. 수탉의 특징은 결코 다른 수탉 밑에서 2등 노릇을 하지 못한다는 것이다. 같은 수의 수탉과 암탉이 있다면 짝을 지어 쌍쌍이 행복하게 살 것이라고 생각하겠지만 천만의 말씀이다. 수탉들은 무리의 지배자가 결정될 때까지 피를 흘리며 잔혹하게 끝까지 싸운다. 그리고 승리자가 암컷을 모두 차지한다.

사춘기에 해당하는 정도까지 자라자 세 마리의 수컷은 으스대며 서로 쪼아대기 시작했고, 내가 뒷마당에 닭장을 짓는 동안 부엌에 살면서 수컷임을 과시하느라 목청껏 울어대는 것이 가장 골치 아팠다. 불쌍하게도 하나뿐인 암컷 셜리는 옹녀라도 감당하기 힘들 만큼 수컷들에게 시달렸다.

닭들이 끊임없이 울어대어 말리가 돌아버리지 않을까 걱정되었다. 어릴 때 말리는 마당에서 조그만 새가 딱 한 번 지저귀기만 해도 미친 듯 짖어대며 뒷다리로 서서 이 창문에서 저 창문으로 왔다 갔다 했다. 그런데 제 밥그릇으로부터 몇 발짝 떨어진 곳에서 수탉 세 마리가 끊임없이 울어대는데도 녀석은 아무렇지도 않은 것 같았다. 닭들이 있다는 사실조차 모르는 듯했다. 하루가 다르게 닭들의 목청은 커져갔고, 매일 아침 다섯 시만 되면 울음소리가 부엌을 넘어 온 집안에 울려 퍼졌다. 꼬끼오오오오오오!

말리는 이 난리통에도 끄떡없이 잠을 잤다. 그때 처음으로 녀석이 닭들의 울음소리를 무시하는 게 아니라 못 듣는 게 아닌가 하는 생각이 들었다. 어느 날 말리가 부엌 바닥에서 자고 있길래 "말리?" 했더니 아무 반응이 없었다. 좀 더 큰 소리로 "말리!" 하고 불렀지만 마찬가지였다. 손뼉을 치며 이름을 크게 외치자, 겨우 머리를 들고는 레이더에 걸린 게 뭔지를 알아내려는 듯 귀를 쫑긋 세우고 멍하니 주변을 둘러보았다. 더 큰 소리로 손뼉을 치며 이름을 불렀더니, 그제야 머리를 돌려 뒤에 서 있는 나를 발견했다. '아, 주인님이었구려.' 벌떡 일어나 꼬리를 흔들며 행복해하는 모습을 보였지만, 나를 보더니 놀란 빛이 역력했다. 그러고는 내 다리에 몸을 부딪히며, 마치 이렇게 묻는 듯 수줍게 나를 올려다보았다. '그렇게 뒤에서 살금살금 다가올 건 또 뭐유?' 우리 개는 귀가 멀어가고 있는 것 같았다.

이제 와서 생각하니 모두 다 귀가 안 들린 탓이었다. 최근 몇 달 동안 말리는 나를 무시하는 것 같았다. 전에는 그런 일이 전혀 없었는데 말이다. 불러도 내 쪽을 보지 않았다. 배설을 시키려고 밖으로 내보내면 마당을 돌아다니며 킁킁거렸지만, 돌아오라고 부르는 소리나 휘파람은 무시했다. 거실에서 내 발치에 누워 잠이 들었을 때 누가 초인종을 눌러도 눈조차 뜨지 않았다.

말리의 귀는 어릴 때부터 말썽을 부렸다. 래브라도레트리버들이 대부분 그렇지만 귀에 염증이 쉽게 생겼고, 이것 때문에 우리는 항생제, 연고, 세정제 같은 약에다가 수의사 비용까지 상당한 돈을 들였다. 감염을 막기 위해 외이를 짧게 만드는 수술까지 시켰다. 그런데 시끄럽기 짝이 없는 수탉들이 집에 생기고 나서야 이제까지 겪은 무수한 문제가 결국은 말리의 귀를 손상시켰고, 녀석은 세상의 모든 소리가 소음기를 통과하여 들려오는 것과 같은 상태로 조금씩 빠져들어갔음을 알게 되었다.

정작 말리 자신은 아무렇지도 않은 것 같았다. 어차피 은퇴할 나이가 된 데다 귀가 잘 안 들린다고 해서 느긋한 시골 생활이 방해받는 것 같지도 않았다. 오히려 귀가 안 들리는 것은 드디어 수의사가 보증한 명령 불복종의 구실이 되었기 때문에 다행일 수도 있었다. 들리지도 않는 명령을 어떻게 수행하란 말인가? 나는 항상 녀석이 멍청하다고 주장해왔지만, 동시에 귀가 안 들린다는 사실을 녀석이 교묘하게 이용하고 있다는 것도 확신했다. 예를 들어 밥그릇에 스테이크 덩어리를 떨궈주면 옆방에서도 듣고 건너온다. 그러니까 고기가 금속제 그릇에 부딪히는 둔탁하고도 만족스러운 소리를 들을 능력이 있다는 얘기다. 그러나 저 가고 싶은 대로 갈 때 소리쳐 부르면, 옛날처럼 죄지은 표정으로 뒤를 돌아보는 일조차 없이 느긋하게 걸어가버린다.

"녀석이 우릴 속이는 것 같아." 제니에게 말했다. 제니도 녀석의 문제가 '선택적'이라는 데 동의했다. 시험해보느라고 등 뒤로 다가가 손뼉을 치거나 이름을 부르면 반응이 없었다. 그러나 밥그릇에 음식을 떨어뜨려주면 재빨리 달려왔다. 말리는 가장 듣고 싶은 소리 한 가지를 빼놓고는 모든 소리에 대해 귀가 먼 것 같았다. 그것은 말할 것도 없이 먹거리의 소리였다.

평생 동안 말리는 항상 걷잡을 수 없이 배가 고팠다. 개 사료를 하루에 네 컵씩, 그러니까 치와와 같으면 한 가족이 일주일을 먹고 살기에 충분할 정도로 주었고, 애완견 지침서들에서 한결같이 사람이 먹다 남은 것을 주지 말라고 했는데도 마구 주기도 했다. 먹다 남은 음식을 자꾸 주면 개가 사료보다 사람 음식을 더 좋아하게 된다는 사실을 우리도 알고 있었다. (반쯤 남은 햄버거와 말라붙은 사료 중에서 전자를 선택하는 개를 어찌 나무랄 수 있겠는가?) 이것은 개를 비만으로 끌고 가는 지름길이다. 특히 래브라도는 살찌기 쉬운 종으로, 중년 이후부터 이런 성향이 두드러진다. 잉글리시 계통의 일부 래브라도들은 성견이 되면 너무 뚱뚱해져 마치 에어호스로 바람을 불어넣은 것 같은 모습이 된다. 이 정도면 추수감사절 퍼레이드 때 뉴욕 5번가를 둥둥 떠서 지나갈 수 있을 지경에 이른다.

말리는 달랐다. 말리는 많은 문제가 있었지만 비만은 아니었다. 항상 입으로 들어간 칼로리보다 더 많은 양을 소비했다. 신바람이 나서 거침없이 설치고 날뛰는 데는 엄청난 에너지가 필요하다. 녀석은 마치 연료 한 방울 한 방울을 순수하고 강력한 전력으로 바꾸는 발전소 같았다. 말리는 지나가는 사람들이 경탄의 눈길을 보낼 정도로 이상적인 체격을 갖고 있었다. 보통의 래브라도 수컷은 30킬로그램에서 36킬로그램 정도가 나가는데, 말리는 평균보다 훨씬 더 컸다. 나이를 먹었는데도 말리 덩치의 대부분은 순수한 근육이었다. 44킬로그램의 체중이 거의 울퉁불퉁하고 힘줄이 튀어나온 근육으로 채워져 있었고, 몸 어디에도 지방이라고는 찾아보기 힘들었다. 몸통은 작은 맥주 통만 한 굵기였지만 갈비뼈는 가죽 바로 밑에 있었으며, 그 사이에 군살이라고는 없었다. 그래서 제니와 나는 비만이 아니라 그 반대를 걱정했다. 플로리다에서 살 때 제니와 나는 제이 선생을 만나기만 하면 같은 걱정을 늘어놓곤 했다. 사료를 무지막지하게 주는데도 다른 래브라도들보다 말라 보이는 데다 항상 굶주려 있어서, 짐수레를 끄는 말에게도 충분할 정도로 엄청난 양의 사료를 게걸스레 먹어치우고도 돌아서면 배고프다고 난리였다. 우리가 말리를 굶기는 건가? 제이 선생의 대답은 한결같았다. 선생이 말리의 날씬한 옆구리를 더듬어보려 하면, 말리는 선생의 손길을 피하려고 안 그래도 좁아터진 진찰실을 이리저리 신나게 뛰어다녔다. 진찰이 끝나면 선생은 신체적인 측면으로만 볼 때 말리의 상태가 완벽하다고 말해주었다. "지금 먹이는 대로 먹이세요." 제이 선생이 늘 하던 대답이었다. 말리가 선생의 다리 사이를 빠져나가 카운터에서 솜이라도 훔쳐내면 이렇게 덧붙였다. "말할 필요도 없지만, 말리는 에너지를 엄청나게 쓰는군요."

저녁 식사를 마치고 말리의 밥을 줄 시간이 되면, 나는 녀석의 밥그릇에 사료를 가득 부어주고 나서 남은 음식을 손에 잡히는 대로 털어 넣어주었다. 애가 셋이나 되니 반쯤 먹고 남은 음식이 천지였다. 빵 껍질, 먹다 남은 스테이크, 조리하다가 떨어진 부스러기, 닭 껍질, 그레이비소스, 밥풀, 당근, 으깬 자두, 샌드위치, 사흘 묵은 파스타 등이 말리의 밥그릇으로 들어갔다. 말리는 하는 짓은 궁정의 어릿광대 같았지만 먹는 것은 영국 황태자처럼 먹었다. 우리가 피한 음식은 유제품, 단것, 감자, 초콜릿 등 개의 건강에 나쁘다고 알려져 있는 것들뿐이었다. 그러나 어차피 쓰레기통으로 들어갈 남은 음식을 말리의 밥그릇에 집어넣을 때는 내가 알뜰하고 자비로운 사람 같은 생각이 들었다. 먹는 거라면 무조건 고마워하는 말리를 끝없는 개 사료의 단조로운 지옥에서 잠깐씩 해방시켜준 것이었다.

말리가 집 안의 음식물 쓰레기통 노릇을 하지 않을 때는 엎질러진 먹거리 청소 비상 대기조로 활동했다. 아무리 많이 엎질러도 말리에게는 식은 죽 먹기였다. 애가 미트볼 스파게티 한 접시를 통째로 엎어도 그저 휘파람을 불고 가만히 서 있기만 하면, 생체 진공청소기가 달려와 국수 한 가락까지 빨아들이고는 바닥이 반짝일 정도로 핥아놓기까지 했다. 식탁에서 떨어진 콩, 셀러리, 리가토니(마카로니의 일종으로 속이 비어 있는 짧은 튜브형 파스타의 한 종류_옮긴이), 엎질러진 애플 소스 등은 종류에 관계없이 바닥에 떨어짐과 동시에 말리 입속으로 들어갔다. 심지어 샐러드용 야채까지 먹어치워 친구들을 놀라게 한 적도 있다.

말리의 입에 들어가기 위해 먹거리가 반드시 식탁에서 추락할 필요는 없다. 말리는 교묘하고도 뻔뻔한 도둑이어서 주로 애들의 밥그릇을 노렸고, 그것도 제니나 내가 보지 않는지 눈치를 살핀 후 저질렀다. 생일 축하 파티는 말리에게도 파티였다. 옹기종기 모여 있는 다섯 살짜리 아이들 사이를 헤집고 다니며 조그만 손에 쥐어진 핫도그를 그대로 날치기했다. 아이들이 무릎에 올려놓은 종이 접시 안의 케이크를 한 조각씩 삼켜 결국 생일 케이크의 3분의 2 정도를 혼자 먹어치웠다고 추정된 생일 파티도 있었다.

합법적인 수단이든 불법적인 수단이든 얼마나 먹었는가는 문제가 되지 않았다. 말리는 항상 더 먹고 싶어 했다. 귀가 먼 다음에도 음식물이 떨어지는 달콤하고 부드러운 툭, 소리만은 여전히 들을 수 있다는 사실에 우리는 별로 놀라지 않았다.

하루는 집에 돌아와보니 아무도 없었다. 제니와 아이들은 어디론가 나간 듯했고, 말리를 불러도 대답이 없었다. 녀석은 가끔 혼자 있을 때면 2층에서 낮잠을 자곤 하는 터라 올라가보았지만 찾을 수가 없었다. 옷을 갈아입고 아래층으로 내려오니, 말리가 부엌에서 무슨 짓인가를 하고 있었다. 등을 돌린 채 뒷발로 서서 앞발과 가슴은 식탁에 걸치고 치즈 샌드위치 남은 것을 게걸스레 삼키고 있었던 것이다. 처음에는 큰소리로 야단을 치려고 했다. 그

러다 생각을 바꾸어 얼마나 가까이 가야 누가 있다는 사실을 알아
차리는지 시험을 해보기로 했다. 녀석을 만질 수 있는 곳까지 살
금살금 다가갔다. 빵 껍질을 씹으면서 말리는 제니와 아이들이 돌
아오면 반드시 통과할 차고 문 쪽을 계속 힐끔거렸다. 문이 열리
는 순간, 재빨리 테이블 밑에 엎어져 자는 척하면 될 테니까. 내가
집에 일찍 돌아와 현관문으로 슬그머니 들어올 것이라고는 전혀
생각을 못 하는 것 같았다.

"말리?" 내가 평소의 목소리로 불렀다. "너 뭐하니?" 내가 온 것
은 까맣게 모른 채 녀석은 그저 샌드위치만 삼키고 있었다. 꼬리
는 나른하게 흔들리고 있었다. 혼자서 신나게 음식을 훔쳐먹는다
고 생각하고 있다는 증거다. 기분이 매우 좋은 것 같았다.

크게 헛기침을 하는데도 녀석은 듣지 못했다. 입으로 쪽쪽거리
는 소리를 내봐도 마찬가지였다. 샌드위치 하나를 깨끗이 먹어치
우더니 코로 접시를 밀어내고는 다른 접시에 남은 부스러기를 향
해 목을 뻗었다. 녀석이 쩝쩝거리는 동안 나는 "야, 이 나쁜 놈아!"
라고 말했다. 손가락을 두 번 튕겼더니 갑자기 얼어붙어 차고 문
쪽을 노려보는 것이었다. '이게 뭐지? 차문 닫히는 소리였나?' 잠
시 가만히 있더니, 잘못 들었다고 생각하는 것처럼 다시 음식에
달려들었다.

그 순간 나는 손을 뻗어 녀석의 엉덩이를 툭 쳤다. 다이너마이
트를 발밑에서 터뜨려도 이렇지는 않을 것이다. 늙은 말리 녀석은

몸통이 털가죽에서 빠져나올 정도로 놀랐다. 재빨리 식탁에서 몸을 뒤로 빼더니 나를 보자마자 바닥에 벌렁 누워 배를 내놓고는 항복하는 시늉을 했다. "잡았다! 너 잡혔어." 하지만 야단을 칠 생각은 아니었다. 늙고 귀먹은 데다 어차피 개선은 안 되는 놈이니까. 녀석을 바꿀 생각도 없었다. 그저 살금살금 다가가는 것이 재미있었고, 녀석이 펄쩍 뛸 때 나는 껄껄 웃었다. 이제 발밑에 누워 용서를 비는 모습을 보니 슬픈 생각이 들었다. 돌이켜보니 나는 녀석이 못 듣는 게 아니라 안 들리는 척하고 있었기를 바랐던 모양이다.

합판으로 지은 닭장 공사가 완공되었다. 닭장에는 마치 도개교 같은 널빤지가 달려 있어서 밤에는 들어 올려 야생동물의 침입을 막았다. 도나는 친절하게도 수탉 두 마리를 가져가고 암탉 두 마리를 주었다. 이제 암컷 세 마리에 남성 호르몬이 넘치는 수컷 한 마리가 남았는데, 이 수컷은 깨어 있는 동안 다음 세 가지 중 한 가지를 했다. 암컷을 쫓아다니거나, 교미를 하거나, 교미를 했다고 자랑스럽게 목청껏 울기. 제니는 남자들도 저급한 본능을 통제할 사회적 장치가 없는 채로 내버려두면 꼭 저 수탉들 같을 것이라고 말했고, 나로서도 반박할 말이 없었다. 솔직하게 말하자면, 나는 그 운좋은 수탉 녀석이 부럽기도 했다.

매일 아침이면 닭들을 마당에 풀어놓았는데, 말리는 짖어대며 열 발자국쯤 닭들에게 달려드는 척하다가 곧 흥미를 잃곤 했다. 달려갈 때 보면 마치 말리의 머릿속 깊은 곳에 자리 잡은 본능이 긴급 메시지를 보내는 것 같았다. "넌 레트리버야, 저것들은 새구. 쫓아가야 되는 거 아니야?" 그러나 이 메시지는 항상 중간에서 끊어졌다. 그래서 닭들은 이 우당탕거리는 누런 동물이 전혀 위협이 되지 않으며 그저 좀 성가신 존재일 뿐임을 알게 되었고, 말리는 깃털 달린 침입자들과 마당을 함께 쓰는 데 익숙해졌다. 하루는 잡초를 뽑다가 고개를 들어보니 말리와 닭 네 마리가 마치 대형을 이루고 행진하는 모습으로 내게 다가왔다. 닭들은 바닥을 쪼고 있었으며, 말리는 땅바닥을 쿵쿵거렸다. 오랜 친구들끼리 주말 나들이라도 가는 모습이었다. "사냥개 자존심 어디 갔냐?" 내가 말리를 꾸짖었다. 녀석은 한쪽 다리를 들고 토마토 덩굴에 오줌을 싸더니 닭들로부터 뒤떨어지지 않으려고 얼른 달려갔다.

24

말리 전용 화장실

늙은 개로부터 배울 점이 몇 가지 있다. 세월이 가며 점점 쇠약해지는 말리의 모습을 보면 삶의 무자비한 유한성을 깨닫게 된다. 제니와 나는 아직 중년도 되지 않았다. 아이들은 어렸고, 우리는 건강했으며, 은퇴할 날도 까마득히 멀었다. 나이 같은 것은 들지 않는다고 우기면서 세월이 우리만 비켜갈 거라고 생각할 수도 있었다. 그러나 말리는 우리에게 그런 사치를 허용하지 않았다. 말리의 털이 희끗희끗해지고 귀가 안 들리는 데다 온몸이 삐걱대는 모습을 보면 말리, 그리고 우리도 언젠가는 죽는다는 사실을 절감하게 된다. 누구나 나이는 들지만 개는 그 과정이 워낙 빨라, 보고 있노라면 정신이 번쩍 날 정도이다. 겨우 12년 만에 말리는 팔짝 팔짝 뛰는 강아지에서 어색한 사춘기를 지나 근육질의 성년기를 거쳐 비틀거리는 고령자가 되었다. 개의 1년은 사람의 7년에 해당하니까 사람 나이로는 이제 90살을 향해 가고 있는 셈이다.

희게 빛나던 말리의 이는 조금씩 갈색 덩어리들로 변해갔다. 천둥이 칠 때마다 빠져나가려고 미친 듯 물어뜯는 바람에 하나씩 부러져 이제는 앞니 네 개 중 하나밖에 남지 않았다. 항상 약간 비린내가 나던 입 냄새도 요새는 햇빛 속에 오래 놓아둔 커다란 쓰레기통 냄새로 변했다. 게다가 닭똥이라는 이름으로 알려진 별식에 맛을 들이기까지 했으니 말할 필요조차 없다. 온 가족이 몸서리를 치는데도 녀석은 닭똥이 마치 캐비어인 듯 맛있게 먹었다.

소화력도 예전 같지 않아서 마치 메탄 공장처럼 방귀를 뿜어냈다. 성냥이라도 켜면 곧장 집이 폭발해버릴 것 같은 날도 있었다. 조용하고도 위력적인 가스 한 방으로 말리는 방 안에 있는 사람을 모두 쫓아내는 능력을 갖게 되었고, 저녁 손님이 많을 때일수록 말리는 더 자주 가스를 내보냈다. "말리! 또 뀌었어!" 이구동성으로 외치며 아이들이 피난길에 앞장을 섰다. 가끔 말리 자신도 이 냄새에 쫓겨났다. 느긋하게 자고 있는데 냄새가 제 코에 다다르면 눈을 번쩍 뜨고는 '맙소사! 누구 짓이야?' 하는 표정으로 천연덕스럽게 일어서서 옆방으로 건너갔다.

방귀를 뀌지 않을 때는 밖에서 똥을 싸거나, 적어도 배설에 대해 생각하고 있었다. 어디에 쭈그리고 앉아 볼일을 볼 것인지를 결정하는 작업은 이제 거의 강박증의 수준까지 갔다. 내보낼 때마다 완벽한 배변 장소를 찾는 시간이 점점 더 길어졌다. 쿵쿵거리다가 잠시 멈추었다가 땅을 긁기도 하고 원을 그리기도 하면서 왔다 갔다 하거나, 뱅뱅 도는 동안 내내 얼굴에는 기괴한 미소 같은 것이 서려 있었다. 이상적 투하 지점을 찾느라 말리가 땅바닥을 헤집고 다니는 동안 나는 가끔은 빗속에, 어떤 때는 눈 속에, 또 어떤 때는 칠흑 같은 어둠 속에 맨발로 또는 사각팬티만 입은 채 밖에 서 있어야 했다. 말리만 놔두고 들어올 수가 없었던 것이, 경험에 의하면 녀석이 언덕을 기어올라가 옆집 개를 찾아가기 때문이다.

슬그머니 없어지는 것도 녀석의 취미가 되었다. 기회만 있으면, 그리고 그 기회를 활용할 수 있다는 생각이 들기만 하면 녀석은 마당의 경계선을 넘었다. 글쎄, 뛰어넘었다기보다는 덤불 하나에서 다음 덤불로 쿵쿵대며 뒤적이고 가다가 결국 시야에서 빠져나간다고 보는 것이 옳겠다. 어느 날 밤늦게 현관문을 열어 녀석을 내보내서 마지막 볼일을 보게 한 적이 있다. 영하의 날씨에 내리던 비가 얼어붙어 땅바닥이 빙수를 깔아놓은 것처럼 되는 바람에 하는 수 없이 안으로 들어가 우비를 걸치고 나왔다. 1분도 안 되는 시간이었는데, 녀석이 온데간데없었다. 어차피 못 들을 것은 알았지만, 그래도 마당에 나가 휘파람도 불고 손뼉도 쳐보았다. 물론 이웃들은 들었을 것이다. 20분에 걸쳐 사각팬티 바람에 장화를 신고 우비를 걸친 멋진 패션으로 빗속을 뚫고 이 집 저 집 마당을 뒤지고 다녔다. 제발 아무도 현관 불을 켜지 않기를 기도하면서. 찾아다니는데 점점 화가 났다. '이 시간에 대체 어딜 간 거야?' 그러나 시간이 갈수록 화가 나는 대신 두려워지기 시작했다. 양로원을 떠나 정처 없이 걷다가 3일 후 눈 속에 얼어죽은 채로 발견되는 노인들의 이야기가 심심치 않게 신문에 나곤 하니까. 집으로 돌아가서 2층으로 올라가 제니를 깨웠다. "말리가 사라졌어. 아무 데도 없어. 이 추운데 빗속에서 어딘가를 돌아다니고 있을 거야." 제니는 재빨리 일어나 청바지와 스웨터를 입고 장화를 신었다. 함께 찾으니 더 넓은 지역을 뒤질 수 있었다. 제니는 휘파람을 불고 손뼉을 치며 언덕 한쪽으로 걸어갔고, 나는 개울 바닥에 의식을 잃고 쓰러져 있지 않을까 걱정하며 어둠 속에서 나무를 부러뜨려가며 반대쪽으로 나아갔다.

결국 우리 둘은 마주쳤다. "찾았어?" 내가 물었다.

"아니." 제니가 대답했다.

둘 다 비에 흠뻑 젖었고, 내 맨다리는 추위 때문에 따갑도록 아파왔다. "안 되겠다." 내가 말했다. "집에 가서 몸 좀 녹이고 차를 갖고 나와야겠어." 언덕을 내려와 집을 향해 걷는데 툭 튀어나온 바위 밑에 서 있는 녀석이 눈에 들어왔다. 우리를 보더니 기뻐서 어쩔 줄 몰라했다. 거의 죽이고 싶었지만 일단 집으로 데리고 와서 타월로 몸을 닦아주었다. 젖은 개 냄새로 부엌이 가득 찼다. 한밤의 나들이로 나가떨어진 말리는 그대로 쓰러져 다음 날 거의 12시까지 잤다.

말리는 눈도 흐릿해져서 토끼가 바로 3미터 앞에서 뛰어가도 알아차리지 못했다. 털도 무더기로 빠지기 시작해서, 제니가 매일 진공청소기를 돌렸지만 당할 재간이 없었다. 개털이 집 안 구석구석, 옷장 칸칸에 가서 박혔고, 음식 접시에도 가끔 날아들었다. 털이 빠지는 거야 어제오늘의 일이 아니었지만, 옛날에 미풍이 불었다면 지금은 본격적인 눈보라가 치고 있었다. 몸이라도 흔들면 털이 구름처럼 피어올랐다가 집 안 구석구석에 떨어졌다. 어느 날 밤 TV를 보면서 소파 밖으로 늘어진 맨발을 무심코 말리 엉덩이에 대고 문질렀다. 광고를 할 때 내려다보니 문지르던 자리 근처에 자몽만 한 털공이 떨어져 있었다. 털공은 마치 바람 부는 벌판의 회전초(비름, 명아주 등의 무리. 가을에 밑둥에서 부러져 들판을 굴러감_옮긴이)처럼 거실 바닥을 굴러다녔다.

가장 걱정이 되는 것은 거의 망가져버린 녀석의 엉덩이였다. 관절염 때문에 뼈마디가 모두 약해져 고통을 겪었다. 한때 야생마처럼 나를 등에 태우고 다니던 개가, 거실 식탁을 어깨로 밀며 온 방 안을 돌아다니던 개가 제 몸도 추스를 수 없게 된 것이다. 엎드릴 때도 고통에 신음했고, 힘들게 다시 일어설 때도 아파서 끙끙거렸다. 사실 녀석의 엉덩이가 얼마나 약해졌는지 모르고 있었는데, 하루는 엉덩이를 가볍게 쳤는데도 마치 크로스 바디 블록(서 있는 상대를 향해 뛰거나 날아서 상대의 몸 위로 떨어지는 레슬링의 공격 기술_옮긴이)이나 당한 것처럼 털썩 무너져 내렸다. 보는 사람이 괴로울 지경이었다.

2층 계단을 기어오르는 것도 점점 힘들어하기에 계단 밑에서 자라고 개 침대를 만들어줬지만, 녀석은 아래층에서 혼자 자기가 싫어 기를 쓰고 올라왔다. 말리는 사람을 좋아했고, 발치에 있는 것을 좋아했고, 매트리스에 턱을 걸친 채 자는 우리 얼굴에 대고 헐떡거리는 것을 좋아했고, 샤워를 하고 있으면 커튼 사이로 머리를 들이밀어 물을 마시는 것을 좋아했고, 이 모든 것을 결코 그만두려고 하지 않았다. 밤에 제니와 내가 침실로 가려고 하면, 녀석은 안달이 난 것처럼 낑낑거리며 오락가락하다가 얼마 전까지만 해도 힘 안 들이고 오르던 계단의 첫 칸에 앞발을 걸치고는 기운을 쥐어짜냈다. 그러면 나는 계단 꼭대기에 서서 손짓을 하며 이렇게 말했다. "올라와, 말리. 넌 할 수 있어." 몇 분 동안 계단 밑에서 기를 쓰던 녀석은 도움닫기를 하려고 뒤로 물러났다가 주로 앞발에 체중을 의지한 채 달려왔다. 가끔은 이렇게 해서 올라오기도 했다. 하지만 어떤 때는 중간까지밖에 못 올라와서 바닥으로 내려가 다시 시작해야 했다. 가장 불쌍했던 때는 완전히 중심을 잃어 꼴사나운 모습으로 계단을 배로 밀며 뒤로 미끄러졌을 때이다. 너무 커서 안아 올릴 수가 없어, 결국 녀석을 앞세우고는 뒤에서 엉덩이를 밀어 앞발로 한 계단씩 깡충깡충 올라가는 방법을 택할 수밖에 없었다.

계단을 오르기가 이렇게 힘들어졌으니, 말리가 1층과 2층을 들락거리는 횟수도 줄어들겠거니 했다. 그러나 그 생각은 말리에게 상식이 통할 것이라고 주장하는 것과 같았다. 아무리 계단을 오르기가 힘들어도 내가 책을 가지러, 또는 불을 끄려고 아래층으로 내려가면 내 뒤에 바짝 붙어 쿵쿵거리며 계단을 기어 내려갔다. 그러면 몇 초도 되지 않아 등산의 고문을 반복해야 하는데도 말이다. 제니와 나는 2층에서 녀석이 일단 잠들면 아래층으로 내려가도 따라오지 못하도록 살금살금 움직이곤 했다. 이제 귀도 잘 안 들리는 데다 잠도 더 오래 자는 터라 살짝 아래층에 갔다 오는 일은 어렵지 않게 여겨졌다. 그러나 어떻게 아는지 우리가 없어진 것을 귀신같이 눈치챘다. 침대에 앉아 책을 읽노라면 코를 드르렁 드르렁 골며 내 옆 바닥에서 잤다. 이불을 살짝 젖히고 침대에서 빠져나와 발끝으로 걸어 녀석의 옆을 지나 방을 빠져나가면서 녀석을 돌아보면 여전히 자고 있다. 그런데 아래층에 내려와서 몇 분만 지나면 나를 찾아 계단을 내려오는 녀석의 묵직한 발자국 소리가 들린다. 귀도 멀고 눈도 반쯤 멀었지만, 녀석의 레이더는 여전히 멀쩡한 모양이었다.

이런 일은 밤뿐만 아니라 하루 종일 일어났다. 부엌 식탁에서 신문을 읽다가 커피를 따르려고 일어서서 방을 가로질러 가면, 발치에 엎드린 채로 있던 말리는 내가 눈앞에 뻔히 보이고 곧 돌아오리라는 것을 알면서도 고통을 참으며 일어나 나를 따라왔다. 커피포트 옆의 내 발치에 편안히 엎드리자마자 내가 식탁으로 돌아가면 또 병든 몸을 질질 끌며 따라왔다. 몇 분 후에 오디오를 켜러 거실로 들어가면 힘들어하면서도 여전히 쫓아왔고, 내 주변을 맴돌다가 거실에서 나가려는 순간 신음 소리와 함께 픽 쓰러지기도 했다. 이것은 나뿐만이 아니라 제니와 아이들도 모두 겪는 일이었다.

나이가 몸을 갉아먹으면서 말리에게는 상태가 좋은 날과 나쁜 날이 엇갈렸다. 어떤 때는 이런 엇갈림이 분 단위로 이어질 만큼 가까워서 이게 똑같은 개에게 일어나는 일인가 의심스러울 지경이었다.

2002년 어느 봄날 저녁, 나는 말리를 마당으로 데리고 나가 짤막한 산책을 시켰다. 기온은 7~8도로 서늘했고, 바람이 불고 있었다. 날이 워낙 시원해서 나는 달리기 시작했고, 말리도 기운이 난 듯 옛날처럼 내 앞에서 달렸다. 심지어 나는 말리에게 이렇게 말했다. "우리 말리, 강아지 때 기운이 아직 남아 있네." 함께 달리던 우리는 현관으로 돌아왔고, 말리는 행복한 듯 헐떡이며 혀를 늘어뜨린 채 눈을 반짝이고 있었다. 현관 계단에서 말리는 장난스럽게 두 계단을 한꺼번에 뛰어오르려고 했지만, 땅을 박차는 것과 동시에 뒷다리가 무너져 앞발은 계단 꼭대기에 걸치고 배는 계단 하나에 걸친 채 뒷다리는 땅바닥에 납작하게 뻗어 있는 우스꽝스러운 모습이 되고 말았다. 엉거주춤한 상태로 말리는 내가 왜 이런 꼴사나운 모습이 되었는지 모르겠다는 표정으로 나를 올려다보았다. 나는 휘파람을 불며 손바닥으로 내 넓적다리를 철썩철썩 때렸고, 말리는 격렬하게 앞발을 휘두르며 일어나려 했지만 마음대로 되지 않았다. 뒷발을 땅에서 뗄 수 없었던 것이다. "해봐, 말리!" 그러나 말리는 움직이지 못했다. 결국 나는 녀석의 어깨를 잡고 옆으로 돌려 네 발이 다 땅에 닿게 해주었다. 그러고 나서도 몇 번 실패한 후에야 마침내 일어설 수 있었다. 말리는 뒤로 물러서더니 계단을 몇 초씩이나 노려보다가 뛰어올랐고, 결국 집으로 들어왔다. 그때부터 계단 오르기 챔피언으로서의 자신감에 상처를 입은 말리는 현관 계단 앞에 다다르면 멈춰 서서 한참을 망설인 후에야 뛰어올라왔다.

늙는 것은 참으로 고약한 일이다. 그리고 품위도 떨어진다.

말리를 보면 인생이 짧다는 것, 그리고 순간의 기쁨과 놓쳐버린 기회로 가득하다는 것을 깨닫게 된다. 인생의 전성기는 한 번뿐이며, 다시는 돌아오지 않는다. 오늘은 꼭 갈매기를 잡을 수 있다는 확신에 차서 바다 한가운데를 향해 끝없이 헤엄쳐가는 날이 지나면, 물그릇의 물을 마시려고 몸을 굽히기도 힘든 날이 온다. 패트릭 헨리("자유가 아니면 죽음을 달라"라는 명구로 유명한 미국의 정치가이자 독립운동가_옮긴이)를 비롯한 모든 사람이 그렇듯이 나에게도 인생은 한 번뿐이다. 요즘 계속 떠오르는 의문이 있다. 나는 정원 가꾸기 잡지에서 인생을 보내며 도대체 무얼 하고 있는 것일까? 새로 얻은 직업에 보람이 없다는 뜻은 아니다. 이 잡지에서 한 일을 나는 자랑스럽게 생각한다. 그러나 신문이 너무도 그리웠다. 신문을 읽는 사람들과 신문을 만드는 사람들이 그리웠다. 그날의 빅뉴스를 보도하는 사람들과 함께하고 싶었고, 작은 힘이나마 세상을 바꾸는 데 보태고 있다는 확신도 다시 느끼고 싶었다. 마감 시간에 쫓기며 글을 쓸 때의 긴장감도 그리웠고, 기사를 쓴 다음 날 일어나서 메일함을 열어보면 내 글에 대한 피드백이 담긴 이메일이 여러 개 들어와 있을 때의 만족감도 다시 맛보고 싶었다. 무엇보다도 이야기를 쓰고 싶었다. 내 몸에 꼭 맞는 옷 같은 일자리를 버리고 약소한 예산과 끊임없는 광고 유치 압력, 구인난에다가 생색이 나기는커녕 알아주는 사람도 없는 편집 허드렛일에 이르기까지 불안하기 짝이 없는 잡지의 세계로 왜 들어왔는지 나 자신도 이해할 수 없었다.

그래서 옛 동료 하나가 「필라델피아 인콰이어러Philadelphia Inquirer」지에서 칼럼니스트를 찾는다는 이야기를 흘리자마자 나는 1초도 망설이지 않고 지원했다. 칼럼니스트라는 자리는 얻기가 매우 어렵다. 왜냐하면 소규모 신문사에서도 칼럼니스트가 한 명 나가면 기자로 오래 근무해 역량이 이미 증명된 고참에게 돌아가는 알짜배기 자리이기 때문이다. 오랜 역사를 자랑하는 「인콰이어러」지는 17회나 퓰리처상을 받는 등 미국 최고의 신문 중 하나로 존경받고 있었다. 나는 「인콰이어러」의 팬이었고, 바로 이 신문사의 편집자들이 나를 보자고 한 것이었다. 이 일을 하기 위해 이사를 갈 필요도 없었다. 내가 일하게 될 사무실은 펜실베이니아 고속도로로 45분만 달리면 되는 곳에 있었기 때문에, 그 정도면 출퇴근할 만했다. 기적을 믿지 않는 편이지만, 이번 일만은 믿을 수 없을 지경이었으며, 거의 하늘의 뜻 같았다.

2002년 11월, 드디어 정원사의 재킷을 벗고 「필라델피아 인콰이어러」의 기자 신분증을 얻었다. 아마 내 인생에서 가장 행복한 날이었을 것이다. 내가 놀던 물인 신문사 편집실에 칼럼니스트의 자격으로 돌아갔으니까.

새 직장에서 일하기 시작한 지 몇 달 만에 유명한 2003년의 눈보라가 몰아쳤다. 일요일 밤에 내리기 시작한 눈이 그친 다음 날 나가보니, 60센티미터 높이로 쌓여 온 세상을 덮고 있었다. 학교는 3일간 휴교했으며, 사람들은 조금씩 눈을 파내 통로를 만들었고, 나는 칼럼을 집에서 써보냈다. 동네 사람에게서 빌린 제설기로 우선 진입로 앞의 눈을 치워 현관에 이르는 좁은 계곡을 열었다. 마당에 생긴 눈의 벽을 말리가 뛰어넘을 수 없는 것은 물론이고, 일단 눈에 빠지면 헤어나기도 어려울 것을 아는 터라 나는 현관 앞 진입로에서 조금 떨어진 곳의 눈을 치워 말리 전용 '화장실'을 만들어주었다. 녀석을 밖으로 데리고 나와 새로 준공한 시설을 시험하게 했더니, 말리는 공터에 멍하니 서서 가끔 의심스럽다는 듯 눈에 대고 킁킁거렸다. 말리는 생리적 현상을 해결하기에 적당한 장소를 고르는 데 매우 까다로웠고, 이 화장실은 분명히 마음에 들지 않는 것 같았다. 물론 다리를 들고 오줌은 기꺼이 쌌지만, 그것이 끝이었다. '여기다 똥을 싸? 현관 옆 창문 바로 밑에? 제정신인가?' 말리는 돌아서더니 미끄러워진 현관 계단을 힘겹게 올라가 집 안으로 들어갔다.

그날 밤 저녁을 먹고 나서 말리를 다시 데리고 나갔다. 이번에는 더 이상 참지 못했다. 볼일을 봐야 했다. 말리는 초조하게 눈이 치워진 진입로를 왔다 갔다 하며 화장실로 나왔다가 진입로로 나왔다가를 반복하면서, 눈에 대고 킁킁거리기도 하고 얼어붙은 땅을 긁기도 했다. '아무래도 여긴 안 되겠는데.' 붙잡을 새도 없이 녀석은 제설기로 눈을 치워 생긴 눈 벽을 어찌어찌해서 타넘더니 마당을 가로질러 약 15미터 떨어진 소나무들 쪽을 향하기 시작했다. 내 눈을 믿을 수가 없었다. 늙어빠지고 관절염에 시달리는 우리 개가 겨울 등반을 하다니. 두어 발짝 내디딜 때마다 뒷다리가 무너져 내려 눈 속에 주저앉았지만, 배를 눈에 붙이고 몇 초쯤 있다가는 힘겹게 다시 일어나 계속 전진했다. 조금씩 고통스럽게 말리는 아직은 튼튼한 두 어깨로 온몸을 앞으로 밀며 눈 속을 걸어갔다. 나는 진입로에 서서 녀석이 꼼짝달싹 못 하게 되기라도 하면 어떻게 구해줄까를 고심하고 있었다. 말리는 힘겨운 행진을 계속하여 끝내 제일 가까운 소나무까지 갔다. 그때서야 녀석의 생각을 알 것 같았다. 계획이 있었다는 얘기다. 소나무 가지가 워낙 빽빽해서 바로 밑에는 눈이 몇 센티미터밖에 쌓이지 않았다. 나무가 우산 역할을 했고, 그 밑에서 말리는 자유롭게 돌아다니다가 편안하게 쭈그리고 앉아 볼일을 볼 수 있을 터였다. 녀석은 꽤나 똑똑했다. 보통 때처럼 땅바닥을 쿵쿵거리고 긁기도 하며 맴을 돌면서 완벽한 장소를 찾던 말리는 놀랍게도 아늑한 쉼터를 버리고 눈 속으로 뛰어들어 다음 나무로 향했다. 내가 보기엔 첫 번째 장소도 더할 나위 없이 좋았는데, 말리의 까다로운 입맛에는 맞지 않았나 보다.

힘겹게 두 번째 나무에 도착한 말리는 이번에도 한참 맴을 돌다가 불합격 판정을 내렸다. 세 번째, 네 번째, 다섯 번째 나무도 같은 운명을 겪었고, 매번 말리는 집에서 더 멀어졌다. 못 들을 게 뻔했지만 그래도 나는 이렇게 소리쳤다. "너 그러다 오도 가도 못해, 이 멍청아!" 말리는 굳건한 의지로 계속 전진했다. 모험에 나선 것이다. 드디어 말리는 우리 집 부지의 마지막 나무에 다다랐다. 이 나무는 무성한 가지가 아이들이 스쿨버스를 기다리는 길가까지 뻗어 있는 커다란 가문비나무였다. 여기서 말리는 그토록 찾아 헤매던 바로 그곳을 찾았다. 조용하고 눈이 거의 쌓이지 않아 흙이 드러난 땅. 몇 번 맴을 돌더니 늙고 지치고 관절염에 시달리는 엉덩이를 내려놓았다. 그리고 거기서 목적을 달성했다. 만세!

임무를 완수하고 나서 말리는 집으로 향한 긴 여정을 시작했다. 눈 속을 헤쳐오는 말리를 향해 나는 손을 흔들고 손뼉을 치면서 격려했다. "계속 와! 할 수 있어!" 하지만 말리는 지쳐갔고, 집까지는 아직도 거리가 꽤 남아 있었다. "멈추지 마!" 내가 소리쳤다. 하지만 진입로에서 10미터쯤 떨어진 곳에 말리는 멈춰버렸다. 지쳐서 나가떨어진 것이다. 그리하여 녀석은 눈 위에 엎드려버렸다. 크게 괴로워 보이지는 않았지만, 편안한 모습도 아니었다. 그러고는 내게 걱정스런 시선을 보냈다. '이제 어쩌죠, 주인님?' 나도 어찌할 바를 몰랐다. 허우적허우적 눈 속을 걸어 녀석에게 간다고 치자. 그러고는 어쩐단 말인가? 무거워서 엎고 오지도 못할 텐데. 몇 분이나 그 자리에 서서 부르기도 하고 달래기도 했지만, 녀석은 꿈쩍도 하지 않았다.

"거기 있어봐, 장화를 신고 가서 구해줄게." 어떻게든 터보건에 태워 집으로 끌고 올 수 있으리라는 데 생각이 미쳤다. 말리가 터보건을 들고 다가가는 나를 보자마자 내 계획은 무용지물이 되어버렸다. 녀석이 벌떡 일어나 생기를 되찾았기 때문이다. 벌떡 일어난 이유로 생각난 것은 딱 한 가지였다. 녀석이 지난번에 요란하게 터보건을 탄 것을 기억해내곤 이걸 한 번 더 하고 싶어진 것이다. 녀석은 마치 끈적끈적한 타르 웅덩이에서 허우적대는 공룡처럼 나를 향해 달려왔다. 나도 눈을 쿵쿵 밟으면서 말리를 위한 길을 만들며 다가갔고, 녀석도 조금씩 전진했다. 천신만고 끝에 우리는 함께 얼음벽을 넘어 진입로로 돌아갔다. 말리는 온몸을 흔들어 눈을 털어내면서 꼬리로 내 무릎을 탕탕 치기도 했다. 그러고는 방금 미지의 세계를 탐험하고 돌아온 모험가이기라도 한 양 우쭐해서는 허세를 부리며 신바람을 내는 것이었다. 사실 나는 녀석이 돌아올 수 있을까 의심스러웠다.

다음 날 아침 삽을 들고 나가 마당 끝에 있는 가문비나무까지 좁은 통로를 내주었고, 말리는 겨울이 끝날 때까지 이곳을 전용 화장실로 썼다. 위기를 넘기긴 했지만 더 큰 문제가 기다리고 있었다. 이런 식으로 얼마나 버틸 수 있을까? 지금이야 매일매일을 그저 졸면서 느긋하게 보내고 있지만, 노년의 고통과 모욕으로 오늘의 안락함이 무너지기 시작할 시점은 정확히 언제인가?

25

희박한 확률과의 싸움

여름방학이 되자 제니는 미니밴에 아이들을 모두 태우고 일주
일 동안 보스턴에 사는 언니네 집으로 갔다. 나는 일 때문에 집에
남았다. 그러자 말리와 함께 놀아주고 데리고 나가줄 사람은 나
하나가 되어버렸다. 늙으니 별별 자질구레한 불편함이 다 생겼지
만, 말리가 가장 불편해한 것은 배변을 통제할 능력이 떨어진 일
이었다. 이제까지 말리는 온갖 나쁜 버릇을 다 보여주었지만, 대
소변만은 확실하게 가렸다. 말리의 특징 중 이것 하나만은 자랑할
만했다. 태어난 지 몇 달 뒤부터 말리는 집에 혼자 10시간, 12시간
씩 두어도 절대로 집 안에서 실례를 저지르는 일이 없었다. 제니
와 나는 녀석의 방광은 철로 되어 있고, 창자는 돌로 되어 있다고
농담을 하곤 했다.

그게 최근 몇 달 사이에 달라졌다. 몇 시간을 참기가 힘들어진
것이다. 신호가 오면 즉시 배설을 해야 했고, 우리가 집에 없으면

집 안에서라도 어쩔 수가 없었다. 말리는 이런 상태를 혐오했고, 우리는 사건이 터진 날이면 집 안에 들어서자마자 눈치를 챌 수 있었다. 평소처럼 문간에서 마음껏 반기는 대신 머리는 거의 바닥에 대고, 꼬리는 다리 사이에 감추고, 부끄러움을 온몸으로 발산하며 방구석에 엉거주춤 서 있는 것이었다. 그렇다고 야단을 칠 수는 없었다. 어떻게 그럴 수 있는가? 벌써 열세 살이니 래브라도로서는 거의 갈 데까지 다 간 셈이다. 어쩔 수 없음을 우리도 알고 있었고, 녀석도 아는 것 같았다. 녀석이 말을 할 수 있었다면 창피해죽겠다면서 참았다고, 정말 참는 데까지 참았다고 하소연할 것이 틀림없었다.

제니는 카펫용 스팀 청소기를 사왔고, 우리는 몇 시간 안에 둘 중 하나는 반드시 집으로 돌아올 수 있도록 일정을 짰다. 학교에서 자원봉사를 하던 제니는 시간이 되면 허겁지겁 돌아와 말리를 데리고 나갔다. 나는 저녁 초대를 받았을 때도 메인 코스만 끝나면 디저트는 생략한 채 자리를 떴다. 물론 이렇게 해서 밖으로 내보내면 말리는 킁킁거리면서 마당을 한도 없이 빙빙 돌았다. 사람들은 당신네 집에선 대체 누가 주인이냐며 놀려댔다.

제니가 애들을 데리고 여행을 갔으니, 이 기회를 이용해서 퇴근 후 내 칼럼의 소재를 제공하는 주변 도시들과 동네들을 둘러볼 수도 있을 터였다. 출퇴근 거리가 먼 것까지 감안하면 열 시간 또는 열두 시간까지 집 밖에서 보내야 한다. 말리가 그 긴 시간, 아니 그

절반 정도의 시간도 견디지 못할 것은 분명했다. 그래서 우리는 여름휴가 때마다 이용하는 개 훈련소에 말리를 맡기기로 했다. 이곳은 대형 수의과 병원 부설 시설로, 개별적인 보살핌까지는 기대할 수 없었지만 전문가들의 손에 맡긴다는 안도감은 있었다. 그런데 갈 때마다 의사가 바뀌었고, 새 의사는 기록에 나온 것 말고는 말리에 대해 아는 바가 없었다. 심지어 의사의 이름도 몰랐다. 말리에 대해 우리만큼이나 꿰고 있는 데다 플로리다를 떠날 때쯤엔 우리 가족의 친구처럼 느껴졌던 제이 선생과는 달리 이들은 낯선 사람들이었다. 능력은 뛰어나지만 낯선 사람은 낯선 사람이었다. 그런데 말리는 개의치 않는 것 같았다.

"말리 개 캠프 간다!" 콜린이 외쳤다. 말리는 정말 그렇기라도 한 양 귀를 쫑긋 세웠다. 우리는 훈련소 직원들이 짜놓음직한 말리의 하루 생활 시간표를 갖고 농담을 하기도 했다.

09:00~10:00 땅파기
10:15~11:00 베개 망가뜨리기
11:05~12:00 쓰레기통 뒤지기
⋮

일요일 저녁에 말리를 맡기면서 접수창구에 내 휴대전화 번호를 남겼다. 말리는 심지어 제이 선생의 병원처럼 친근한 환경이라도 가족과 떨어지면 불안해했고, 나는 항상 조금 걱정이 되었다. 매번 찾으러 가보면 핼쑥해져 있거나, 우리의 창살에 대고 코를 쉴 새 없이 비벼댄 듯 피부가 벗겨져 있었다. 집에 도착하면 마치 불면증에 시달리며 며칠을 우리 안에서 서성거리기라도 한 듯 널브러져 몇 시간이고 깊은 잠을 잤다.

화요일 아침, 필라델피아의 인디펜던스 홀(독립기념관으로, 이곳에서 미국의 독립이 선언됨_옮긴이)을 둘러보고 있는데 휴대전화가 울렸다. "아무개 선생님 전합니다." 개 훈련소에서 근무하는 여성이었다. 이번에도 의사의 이름은 처음 들어보았다. 몇 초 후 의사가 이야기를 시작했다. "말리에게 응급 사태가 발생했어요." 그녀가 말했다.

심장이 튀어나오는 줄 알았다. "응급 사태요?"

의사에 따르면 말리의 배가 음식과 물, 공기로 부풀어 올라 늘어져서, 결국 저절로 뒤집혀 꼬이는 바람에 속에 든 음식물이 갇혀버렸다. 가스를 비롯한 모든 것이 나갈 곳이 없어지자 위가 위험할 정도로 부풀어 올랐고, 결국 생명이 위험할 수도 있는 위확장 염전증까지 갔다. 의사는 이럴 경우 수술을 해야 하며, 내버려두면 몇 시간 안에 죽을 수도 있다고 덧붙였다.

의사는 또 말리의 목구멍으로 관을 넣어 가스의 대부분을 꺼냈고, 이에 따라 팽창의 문제가 어느 정도 해결되었다고 하면서 계속 튜브를 이리저리 움직여 결국 꼬인 것을 풀 수 있었고, 이제 말

351

리는 안정 상태에서 편안히 쉬고 있다고 했다.

"다행이군요, 그렇죠?" 내가 조심스럽게 물었다.

"그런데 그때뿐이에요. 당장 위기는 벗어났지만, 일단 위가 꼬이기 시작하면 거의 항상 다시 꼬이거든요."

"거의 항상이라면……."

"다시 꼬이지 않을 확률은 1퍼센트 정도라고 할 수 있어요." 의사가 말했다. '1퍼센트? 세상에, 하버드라도 가겠군.'

"1퍼센트요? 정말요?"

"안됐지만 사태가 심각해요."

위가 다시 꼬이면(의사는 거의 확실히 그럴 거라고 했다) 두 가지 중하나를 할 수 있단다. 우선 수술로 해결한다. 그러니까 개복을 해서 위를 복강벽에 봉합해버리면 뒤집히지 않는다는 얘기다. "수술비용은 2,000달러 정도예요." 나는 숨을 훅, 들이쉬었다. "미리 말씀드리지만 큰 수술입니다. 그 나이의 개는 견디기 힘들죠." 수술을 이겨낸다고 해도 회복 과정이 길고도 어려울 것이었다. 말리처럼 늙은 개들은 수술의 충격을 견디지 못하는 경우도 많다고 의사는 덧붙였다.

"말리가 네댓 살만 되었어도 어떻게든 수술을 하자고 했을 겁니다. 그러나 나이가 이 정도 되면 그런 고생을 시킬 필요가 있는지개 주인이 다시 한번 생각해야 해요."

"수술을 안 한다면 두 번째 방법은 뭐죠?"

"그건요." 의사는 한순간 망설이더니 이렇게 말했다. "영원히 재우는 겁니다."

"저런."

나는 머리가 복잡해지기 시작했다. 5분 전만 해도 말리가 훈련소에서 편안히 쉬고 있으리라고 생각하며 느긋하게 리버티 벨을 둘러보고 있었다. 나는 이제 말리를 살릴 것인가, 죽일 것인가를 결정해야 할 처지가 되었다. 그런 병이 있다는 얘기는 들어본 적도 없었다. 말리 같은 종의 개, 그러니까 몸통이 깊은 술통 모양으로 되어 있는 개들에게 위 팽창은 흔한 일이라는 사실을 나중에야 알았다. 먹이를 주면 몇 번 씹다가 허겁지겁 삼켜버리는 개들(말리가 전형적인 예다)도 이런 일을 당할 위험이 높다. 어떤 개 주인들은 훈련소에 맡겨놓은 것 때문에 스트레스를 받아서 팽창하는 게 아닌가 생각했지만, 나중에 어느 수의학 교수의 연구 결과를 들어보니 훈련소에서의 스트레스와 위 확장은 아무런 상관이 없었다. 전화를 건 의사는 다른 개들을 보고 말리가 흥분한 나머지 위가 꼬였을 수도 있다고 했다. 말리는 주변에 개들이 있어서 대단히 흥분한 상태로 헐떡거리고 침을 질질 흘리며 먹이를 허겁지겁 먹었다. 의사가 보기에는 그 과정에서 뱃속에 공기와 침이 너무 많이 들어가 위가 길이 방향으로 늘어나기 시작했고, 이에 따라 꼬이기 쉬운 상태가 되었다. "그냥 좀 두고 보면 안 될까요? 안 꼬일 수도 있잖아요."

"지금 바로 그 상탭니다. 기다리며 관찰하는 거요." 의사는 1퍼센트의 확률을 강조하더니 이렇게 덧붙였다. "또 위가 뒤집히면 빨리 결정을 내려주서야 합니다. 고통 속에 내버려둘 수는 없어요."

"집사람하고 먼저 얘기해보겠습니다. 곧 전화드릴게요."

마침 제니는 아이들을 데리고 보스턴 항을 운항하는 유람선에 타고 있었다. 배의 엔진 소리와 스피커에서 쏟아져 나오는 가이드의 목소리가 제니의 음성에 섞여 들어왔다. 연결이 좋지 않은 상태에서 제니와 나는 토막토막 끊어지고 어색한 대화를 이어갔다. 둘 다 상대방의 목소리가 잘 들리지 않았다. 지금 상황을 알려주려면 큰 소리로 말할 수밖에 없었다. 그런데 제니에게는 토막토막 끊어져 들리는 모양이었다. 말리……응급……위……수술……안락사…….

아무 소리도 들리지 않았다. "여보, 듣고 있어?"

"응." 제니가 대답했다. 그리고 또 말이 없었다. 우리는 모두 올 것이 왔음을 알았다. 그런데 오늘 같은 날이 하필 그날일 줄 몰랐을 뿐이다. 제니는 아이들을 데리고 여행을 간 바람에 작별인사도 할 수 없는 상황, 나는 일 때문에 차로 90분이나 걸리는 필라델피아 시내에 와 있는 상황. 이건 아니었다. 소리를 지르기도 하고, 침묵 속에 서로의 마음을 읽기도 하면서, 사실 결정이라고 할 만한 것이 없음을 깨달았다. 의사의 말이 옳았다. 말리는 모든 면에서 쇠약해져가고 있었다. 단지 피할 수 없는 죽음을 미루기 위해 그 끔찍한 수술을 시키는 것은 잔혹했다. 비용도 무시할 수 없었다. 많은 개가 사람에게 버림받아 갈 곳이 없어져 어쩔 수 없이 안락사를 당하는 데다, 돈이 없어 제대로 치료를 받지 못하는 어린 아이들도 많은 세상에서 그 많은 돈을 늙어서 죽어가는 개에게 쓴다는 것은 터무니없고 거의 부도덕한 일로 생각되었다. 말리는 죽을 때가 된 것이고, 우리는 그저 존엄성을 잃지 않고 고통 없이 죽게 해주고 싶었을 뿐이다. 그게 옳은 일임을 알고 있었지만, 제니도 나도 말리를 보낼 준비가 되어 있지 않았다.

수의사에게 전화를 걸어 우리의 결정을 알려주었다. "어차피 이도 다 썩었고, 귀도 전혀 안 들리는 데다, 엉덩이도 너무 약해져서 계단을 겨우겨우 기어올라가는 정도예요." 수의사가 이유를 대라고 요구라도 한 듯 나는 이야기를 계속했다. "볼일을 보려고 쭈그리고 앉을 때도 힘들어해요."

홉킨슨이라는 이름의 의사가 내 수고를 덜어주었다. "때가 됐군요."

"그런 것 같습니다." 내가 대답했다. 그러나 안락사를 시키기 전에 내게 먼저 연락해달라고 했다. 가능하면 내가 그 자리에 있고 싶었다. "그리고 저는 아직도 1퍼센트의 희망을 가지고 있습니다."

"한 시간 뒤에 통화하죠." 의사가 말했다.

한 시간 후에 들은 홉킨슨 선생의 목소리는 좀 더 밝아져 있었다. 말리가 앞다리에 꽂은 정맥주사를 맞으며 잘 버티고 있다는 것이다. 의사는 확률을 1퍼센트에서 5퍼센트로 높였다. "너무 큰 기대는 하지 마세요. 아주 아픈 상태니까요."

다음 날 아침에는 목소리가 더욱 밝아져 있었다. "말리가 잘 잤어요." 다시 12시에 전화했더니 정맥주사 바늘을 꽂고 쌀죽과 고기를 먹였단다. "배가 엄청 고팠나봐요." 의사가 전해주었다. 좀 있다 또 한 번 전화하니 걷는단다. "굿 뉴스예요. 우리 직원 하나가 데리고 나갔는데 소변을 봤다는군요." 마치 애견대회에서 우승이라도 한 것처럼 감탄사가 절로 나왔다. 의사가 계속 말했다. "기분이 좋은가봐요. 방금 내 입을 핥았거든요." 그래, 말리답다.

"어제만 해도 안 될 거라고 생각했는데, 지금 보니 내일 집으로 데려가셔도 괜찮겠네요." 의사의 말대로 다음 날 오후 퇴근길에 말리를 데려왔다. 녀석의 꼴은 말이 아니었다. 쇠약해진 데다 뼈만 남았고, 눈은 흐릿해졌으며, 침과 콧물로 범벅이 되어 마치 저승 문턱에라도 갔다 온 것 같았는데, 어떤 의미에서는 사실 그랬다. 치료비로 800달러를 낸 뒤의 내 모습도 환자하고 비슷했을 것이다. 치료를 잘해주셔서 고맙다고 인사를 하니, 의사가 이렇게 말했다. "병원 직원이 모두 말리를 좋아해요. 다들 말리 편이라니까요."

99퍼센트의 사망 확률을 극복하는 기적을 일으킨 내 개를 차 있는 곳으로 데리고 가면서 이렇게 말했다. "네가 있을 곳은 역시 집이야." 그러나 말리는 올림퍼스산만큼이나 올라갈 수 없는 뒷좌석을 애처로운 시선으로 바라보기만 할 뿐이었다. 뛰어오르려고 하지조차 않았다. 할 수 없이 한 직원의 도움을 받아 말리를 겨우 차에 태우고는 약 한 상자와 까다로운 지시사항을 받아 들고 집으로 향했다. 말리는 이제 한 번에 먹이를 많이 먹을 수도 없고, 물을 많이 마셔서도 안 되었다. 물그릇에 코를 쑤셔 박고 잠수함 놀이를 하던 날들은 영원히 가버렸다. 이제부터 말리는 하루에 네 끼를 먹고 물도 조금씩, 그러니까 반 컵 정도씩만 먹어야 했다. 이렇게 하면 위가 조용해지고, 따라서 팽창하거나 뒤틀리지 않으리라는 것이 의사의 희망이었다. 그리고 주변에 짖기도 하고, 돌아다니기도 하는 개들이 많이 있는 개 훈련소에 맡겨지는 일도 다시는 없을 것이었다. 나도 그렇게 생각했고, 홉킨슨 선생도 그런 것 같았다. 이것이야말로 말리를 죽음의 문턱까지 몰아갔던 주원인이었으니까.

그날 밤 집에 돌아와서, 나는 거실 바닥의 말리 옆에 침낭을 펼쳐놓았다. 말리는 계단을 올라갈 기력이 없었고, 나도 쇠약해진 녀석을 거실에 그냥 둘 엄두가 나지 않았다. 내가 옆에 없으면 밤새도록 얼마나 불안해할까? "오늘은 여기서 같이 자자, 말리!" 이렇게 말하고는 말리 옆에 누웠다. 머리에서부터 꼬리까지 몇 번 쓸어주니 등에서 털이 무더기로 빠졌다. 눈가에 긴 눈곱을 닦아주고,

귀를 긁어주니, 기분이 좋아져서 끙끙거렸다. 제니와 아이들은 아침에 돌아올 터였다. 그러면 햄버거와 쌀을 끓여 쌀죽을 자주 쑤어 주겠지. 13년 만에 처음으로 말리는 드디어 사람의 음식을 먹을 수 있게 되었다. 그것도 찌꺼기가 아니라 말리만을 위해 제대로 조리한 것을 말이다. 말리를 다시 못 볼 수도 있는 위험한 상황에 대해서는 모르는 채로 아이들은 뛰어들어와 말리를 껴안겠지.

내일이면 집 안은 시끌벅적해지면서 생기가 넘칠 것이다. 그러나 오늘 밤은 말리와 나 둘뿐이다. 녀석의 옆에 누워 얼굴로 날아오는 입 냄새를 맡고 있노라니, 오래전 엄마를 찾아 낑낑거리는 조그만 강아지를 분양받아 우리 집에 처음 데리고 온 날 밤이 생각났다. 녀석을 담은 상자를 차고에서 침실로 가져온 것, 그리고 말리를 안심시키기 위해 한쪽 팔을 침대에서 늘어뜨린 채 같이 잠이 든 것 등이 떠올랐다. 13년이 지난 지금 여전히 우리는 꼭 붙어 있다. 강아지 시절과 조금 컸을 때의 모습, 찢어진 소파와 매트리스의 모습, 물가에서 미친 듯 목줄을 당기며 나를 끌고 가던 모습, 오디오를 틀어놓고 뒷발로 일어난 녀석과 껴안은 채 춤을 추던 광경 등이 차례로 스쳐갔다. 말리가 삼킨 무수한 물건, 떡이 된 월급 수표, 인간과 개 사이의 따뜻한 교감이 이루어지던 순간들도 떠올랐다. 무엇보다도 말리가 얼마나 충성스럽고 훌륭한 동반자였는지를 다시 한번 절감하게 되었다. 우여곡절로 가득 찬 긴 여정이었다.

"놀랐잖아, 이 영감탱이야." 녀석이 계속 쓰다듬어달라는 듯 몸을 길게 뻗으며 주둥이를 내 팔 밑에 넣었다. "네가 집에 있으니 정말 좋구나."

녀석의 엉덩이가 반쯤 침낭에 걸친 채, 내 팔은 녀석의 등을 감싼 채 우리는 나란히 누워 함께 잠이 들었다. 밤에 녀석은 한 번 나를 깨웠다. 깨서 보니 어깨와 앞발이 떨리고 있었고, 기침 소리 같은 강아지의 짖는 소리가 목구멍 깊은 곳으로부터 울려 나왔다. 꿈을 꾸고 있는 것이다. 아마 다시 젊고 튼튼한 모습일 때의 꿈을 꾸겠지. 내일 따위는 오지 않는다는 듯 뛰어다니면서.

덤으로 사는 시간

그로부터 몇 주 동안 저승 문턱에서 이승으로 돌아오는 말리의 여정이 계속되었다. 눈은 다시 장난기로 반짝이기 시작했고, 코도 축축해졌으며, 뼈만 남았던 몸에 살도 좀 붙었다. 그 고생을 했는데도 크게 나빠지지는 않은 것 같았다. 말리는 거실 유리창 안쪽, 햇빛이 쏟아져 들어와 털가죽을 폭 익혀주는 자리에서 잠으로 소일하기를 즐겼다. 먹이를 조금씩 여러 번에 나누어서 주기 시작하자 말리는 끝없는 배고픔에 시달렸고, 과거보다 더 뻔뻔스럽게 음식을 구걸하거나 훔쳤다. 하루는 부엌에 혼자 있던 말리가 뒷다리로 서서 앞발을 싱크대에 걸친 채 접시에서 쌀과자를 훔쳐먹는 모습을 적발했다. 그 허약한 뒷다리로 어떻게 일어섰는지는 알 길이 없다. 말리에게 허약함 따위는 문제가 되지 않았다. 의지만 있으면 몸은 따라주었으니까. 이렇게 놀라운 힘을 보여주자, 나는 너무나 기뻐서 녀석을 안아주고 싶어졌다.

위 꼬임 사건으로 나와 제니는 말리가 늙어간다는 사실을 정신이 번쩍 나게 깨달았지만, 얼마 후 우리에게 그 사건은 일시적인 것이 되었고, 말리는 늙었지만 계속 살아갈 것이라는 생각에 빠져들었다. 우리 마음속 어딘가에 말리는 영원히 살 것이라고 믿고 싶은 구석이 있었나보다. 아주 쇠약해졌지만 말리는 여전히 행복하고 신나는 개였다. 아침만 먹고 나면 거실로 들어와 소파를 거대한 냅킨으로 썼다. 소파 한쪽 끝에 코와 입을 대고 천에다 문지르며 가다보면 쿠션이 다 뒤집어진다. 그러면 돌아서서 반대쪽으로 전진해 다른 쪽 코와 입을 닦는 것이다. 그리고 나서 바닥에 털썩 엎드렸다가 돌아누워서는 온몸을 뒤틀어 등을 긁는다. 가끔은 카펫이 세상에서 제일 맛있는 그레이비소스 범벅이라도 되는 양 앉아서 열심히 핥아댄다. 집배원에게 짖기, 닭들에게 가보기, 닭 모이통 쳐다보기, 욕조 수도꼭지에서 물이 몇 방울 떨어질라치면 재빨리 핥아먹기 등 모든 것이 여전했다. 그리고 하루에도 몇 번씩 부엌 쓰레기통을 열어 뭐 훔칠 만한 게 없나 뒤지는 버릇도 마찬가지였다. 그리고 매일 집 안 여기저기를 들이받고, 꼬리로 벽과 가구를 탕탕 치며 말리 맘보를 추었다. 그러면 입을 억지로 벌리고 감자 껍질, 머핀 포장지, 버린 휴지, 쓰고 난 치실 등 무수한 일상용품을 입천장에서 떼어냈다. 늙어도 어떤 버릇은 정말 고쳐지지 않는 모양이다.

2003년 9월 11일이 다가오자 나는 펜실베이니아주를 가로질러

생크스빌이라는 조그마한 광산촌으로 차를 몰았다. 이곳은 그로부터 2년 전인 9/11 사태 당시 승객들이 들고일어나 유나이티드 항공 93편을 빈 들에 추락시킨 날이다. 납치범들은 아마 백악관이나 국회의사당을 노리고 워싱턴 쪽으로 향했던 모양인데, 조종실로 몰려간 승객들이 지상의 수많은 인명을 구한 것이 거의 분명하다. 이 사건의 2주기를 맞이하여 편집장은 나에게 현지를 답사하고 당시 승객들의 희생과 미국인들의 마음에 미친 영향에 대해 칼럼을 쓰라는 지시를 내렸다.

나는 하루 종일 현장을 돌아보며, 그곳에 서둘러 세워진 기념비 주변에서 대부분의 시간을 보냈다. 나는 추모차 현장으로 끊임없이 찾아오는 사람들을 만났고, 당시 추락 상황을 기억하는 지역 주민들을 인터뷰했으며, 딸을 교통사고로 잃고서 사랑하는 사람을 잃은 사람들끼리 슬픔을 나누고자 현장을 찾은 여성과도 이야기를 나눴다. 자갈을 깐 주차장을 가득 메운 편지와 메모들을 기록했다. 하지만 칼럼에 필요한 영감이 떠오르지 않았다. 내가 어떻게 이런 참사에 대해 제대로 이야기할 수 있단 말인가? 이것저것 적은 노트들을 한번 들여다볼 참으로 마을에 있는 식당을 찾았다. 신문의 칼럼을 쓰는 것은 벽돌로 탑을 쌓는 것과 매우 비슷하다. 각각의 정보, 인용문, 내가 포착한 순간들이 벽돌이 되었다. 주제를 든든히 떠받칠 널찍한 기반을 만들고, 꼭대기를 향해 벽돌을 계속 쌓아 올라가는 작업이다. 노트북 컴퓨터는 벽돌로 넘쳐났지만, 이들을 연결할 모르타르가 부족했다. 그리고 어디서 모르타르를 찾아야 할지도 알 수 없었다.

미트로프와 아이스티로 식사를 마친 후, 글을 써보려고 호텔로 향했다. 가다가 중간에 충동적으로 차를 돌려 시 외곽에서 몇 킬로미터 떨어진 추락 현장을 향해 다시 달리기 시작했다. 도착하니 해는 언덕 뒤로 넘어가고 있었고, 몇 명 안 되는 마지막 방문객들도 자리를 뜨는 중이었다. 나는 그곳에서 해가 져서 땅거미가 내리고 한밤중이 될 때까지 긴 시간 동안 꼼짝 않고 앉아 있었다. 칼바람이 언덕에서 불어 내려와 점퍼의 옷깃을 단단히 여며야 했다. 해질 녘에 머리 위를 올려다보니, 저녁 해의 잔광 속에서 거대한 성조기가 마치 오색이 영롱한 듯한 모습으로 펄럭이고 있었다. 그제야 이곳이 신성한 장소라는 느낌이 왈칵 몰려왔고, 한적한 들판 상공에서 얼마나 위대한 일이 이루어졌는지 실감할 수 있었다. 비행기가 추락한 지점을 바라보다가 성조기를 올려다보니 눈물이 솟기 시작했다. 태어나서 처음으로 성조기의 줄 수를 세어보았다. 빨간 줄 일곱 개와 흰 줄 여섯 개였다. 파란 바탕에 박힌 흰 별도 세어보니 50개였다. 이제 성조기는 미국인들에게 더 큰 의미를 지니게 되었다. 새로운 세대에게 성조기는 다시 한번 용기와 희생의 상징이 되었기 때문이다. 이제 쓸 거리가 떠올랐다.

주머니에 손을 찌르고 자갈이 깔린 주차장 끝까지 가서 짙어져 가는 어둠을 바라보고 있자니, 여러 가지 생각이 떠올랐다. 우선 나의 동포들, 그러니까 위기의 순간에 과감히 일어선 보통 사람들에 대한 긍지가 느껴졌다. 또 한 가지는 그날 일을 겪지 않고 살아서 남편으로, 아버지로, 칼럼니스트로 행복한 생활을 이어가고 있다는 사실로부터 나오는 겸손함이었다. 어둠 속에 홀로 서 있자니 인생은 유한하다는 것, 그렇기에 더욱 소중하다는 사실이 절실히 느껴졌다. 우리는 삶을 당연하게 여기지만, 삶은 연약하고 위태로우며 불확실해서 어느 때든 예고 없이 끝날 수 있다. 그러므로 하루하루, 매시간, 매 순간이 소중하다는 분명한 사실(그러나 자주 잊혀지는 사실)도 다시 한번 깨달았다.

또 다른 감정도 밀려왔다. 9/11 사태와 같은 비극 앞에서 일어나는 감정의 소용돌이를 포용하면서도 한편으로는 누구에게나 있는 자신만의 고통도 함께 느낄 자리가 있다니, 사람 마음이란 한계가 없는 듯했다. 내 경우 나만의 고통 중 하나는 쇠약해져가는 개였다. 좀 부끄러운 일이긴 하지만, 유나이티드 항공 93편이 겪은 엄청난 비극의 현장에 서서 나는 여전히 이제 곧 겪게 될 상실의 아픔을 미리 느끼고 있었다.

이제 말리의 삶은 덤이었고, 이것은 분명한 사실이었다. 언제든 또 탈이 날 수 있었고, 그렇게 되면 나는 굳이 몸부림치지 않으려 한다. 그 나이에 수술을 시키는 것은 잔인한 일이며, 솔직히 말해서 수술은 말리보다 제니나 나 자신을 위한 것이 되리라. 우리는 그 멍청한 늙은 개를 사랑했고, 무수한 결점에도 불구하고 사랑했으며, 아마 결점 '때문에' 사랑했을 것이다. 그러나 이제 말리를 보낼 때가 다가왔다. 나는 차에 올라탔고 호텔로 돌아갔다.

다음 날 아침, 칼럼을 신문사로 보낸 후 집으로 전화를 걸었다. "말리가 정말 당신을 그리워하네." 제니가 말했다.

"말리가? 당신이랑 애들은?"

"말할 필요도 없지. 그런데 말리는 정말 정말 당신을 그리워해. 얘 땜에 다들 돌 지경이라니까."

그 전날 밤 내가 눈에 띄지 않자, 말리는 방마다 돌아다니며 문 뒤도 살펴보고 옷장 뒤까지 들여다보면서 온 집안을 이 잡듯 뒤졌단다. 2층으로 허우적대며 기어올라가봐도 내가 없자 내려와서는 수색 작업을 처음부터 다시 철저히 시행했다. "완전히 풀이 죽었어." 제니가 말했다.

녀석은 계단이 가파른 지하실까지도 들여다보았다고 제니가 전했다. 사실 미끄러운 나무 계단 때문에 출입 금지 결정이 내려지기 전까지만 해도, 말리는 작업실로 나를 따라와서는 톱밥이 눈송이처럼 몸에 내려앉는 줄도 모르고 발치에서 엎드려 잠을 자곤 했다. 이제 한번 내려가면 혼자서는 올라올 수가 없는 터라, 서서 끙끙대고 있으면 제니와 아이들이 모두 달려들어 어깨를 끌고 엉덩이를 밀어 한 계단씩 올려보냈다고 한다.

밤에는 평소처럼 우리 침대 옆에서 자지 않고 계단 꼭대기에 캠프를 쳤다. 거기서는 모든 침실을 다 감시할 수 있는 데다 현관문이 바로 계단 밑에 있어서 내가 숨어 있다가 튀어나오거나, 밤에 몰래 들어오거나 할 경우 모두 대비할 수 있었다. 제니가 아침을 준비하려고 침실에서 나오니 거기서 자고 있더란다. 그런데 두어 시간이 지났는데도 말리가 나타나질 않았다. 아침이면 제일 먼저 계단을 내려와 꼬리로 현관문을 탕탕 치며 나가자고 아우성을 치는 녀석인데 말이다. 이상해서 제니가 올라가보니, 내가 자는 쪽 침대 옆 바닥에서 곤히 자고 있었다. 제니는 곧 이유를 알았다. 제니는 베개를 세 개 쓰는데, 일어나면서 무심코 내 자리에 베개를 던져놓고는 시트를 덮어 거대한 덩어리를 만들어놓았다. 눈이 워낙 어두우니 베개 뭉치를 주인으로 착각했어도 용서해줄 만했다. "당신이 시트를 뒤집어쓰고 자고 있다고 철석같이 믿었나봐."

우리는 함께 웃었다. 제니가 말했다. "충성심은 알아줘야 한다니까." 동감이었다. 말리에게는 충성심이 몸에 배어 있었다.

생크스빌에서 돌아온 지 일주일도 채 되지 않은 날, 언제고 오리라고 생각하던 비상사태가 발생하고야 말았다. 출근하려고 침실에서 옷을 입고 있는데, 우당탕 소리가 나더니 코너의 외침이 들려왔다. "큰일났어요! 말리가 계단에서 떨어졌어요!" 달려가보니 말리가 계단 밑에 널브러져 있다가 일어나려고 몸부림을 치는 중이었다. 제니와 나는 달려 내려가 손으로 사지를 쓸어보기도 하고, 갈비뼈와 척추를 눌러보기도 했다. 부러진 곳은 없는 것 같았다. 말리는 끙끙거리며 일어서더니, 몸을 부르르 떨고는 별로 다리를 절지도 않으면서 걸어갔다. 굴러떨어지는 장면은 코너가 보았다. 말리는 계단을 내려가다가 가족이 2층에 있다는 사실을 깨닫고 갑자기 돌아서려 했다. 그 순간 엉덩이가 무너져 내리며 계단 끝까지 굴러떨어졌다는 얘기다. "운이 억세게 좋았군. 저 정도면 죽었을지도 몰라." 내가 말했다.

"멀쩡하다는 걸 믿을 수가 없어. 목숨을 아홉 개 가진 고양이 같다니까." 제니가 말했다.

그러나 멀쩡한 게 아니었다. 잠시 후 몸이 뻣뻣해지기 시작하더니, 그날 저녁 내가 퇴근할 때쯤에는 완전히 움직일 수 없게 되었다. 깡패들에게 뭇매라도 맞은 듯 안 아픈 데가 없는 모양이었다. 정말 심각한 것은 왼쪽 앞다리였다. 왼쪽 앞다리에는 전혀 체중을 실을 수가 없었으며, 손이라도 대면 마구 낑낑거려 힘줄이 늘어난 게 아닌가 생각되었다. 퇴근해서 돌아오던 나를 보더니 일어서서 반기려 했지만 그럴 수가 없었다. 왼쪽 앞발은 쓸 수가 없었고, 뒷다리도 성치 못하니 아무것도 할 수가 없던 것이다. 네 발 달린 동물인 말리에게 이제 성한 다리는 하나밖에 없으니 끔찍한 노릇이었다. 결국 세 다리로 일어서 다가오려고 했지만, 뒷다리가 무너지면서 바닥에 엎어졌다. 제니는 말리에게 아스피린을 먹이고 앞다리에 얼음주머니를 대주었다. 이 상황에서도 장난을 멈추지 않는 말리는 얼음 조각을 계속 먹으려고 했다.

그날 밤 10시 30분이 되어도 말리는 나아지지 않았고, 오후 1시에 방광을 비운 후 단 한 번도 밖으로 나가지 않았다. 거의 열 시간 동안 소변을 참고 있었다는 얘기다. 어떻게 녀석을 데리고 나갔다가 들어올지 방법이 생각나지 않았다. 말리의 몸 위쪽에 다리를 벌리고 서서 가슴 밑에 손을 넣어 몸뚱이를 들어 올렸다. 이렇게 나는 말리를 들어 올리고, 말리는 어기적거리는 엉거주춤한 모습으로 현관을 향해 나아갔다. 그러나 현관 계단에서 말리가 얼어붙었다. 비가 계속 오는 바람에 안 그래도 끔찍한 계단이 물에 젖어 미끄러워 보였기 때문이다. 엄두가 나지 않는 모양이었다. "자, 얼른 볼일 보고 들어가자." 그래도 꿈적하지 않았다. 할 수만 있다면 현관에서 그냥 싸게 한 뒤 해결하고 싶었지만, 늙은 말리에게 새로운 기술을 가르친다는 것은 어림없는 일이었다. 말리는 집 안으로 다시 들어가더니, 이제 다가올 피치 못할 일에 대해 나한테 사과라도 하듯 침울한 시선으로 나를 올려다보았다. "나중에 또 나가보자." 이 말이 신호이기라도 한 듯 말리는 세 발로 버티고 쭈그리더니 거실 바닥에 대고 방광을 남김없이 비웠다. 오줌 웅덩이가 말리 주변으로 퍼져나갔다. 아주 어린 강아지였을 때를 제외하고 집 안에서 방뇨하기는 그때가 처음이었다.

여전히 병자처럼 절뚝거리기는 했지만, 다음 날 아침에는 상태가 좀 나아져서 밖으로 데리고 나갔고, 아무 문제 없이 대소변을 보았다. 제니와 나는 하나 둘 셋 하며 말리를 들어 올려 현관 계단을 통과해 안으로 들여놓았다. "내 느낌인데 말야." 내가 제니에게 말했다. "말리가 2층에 다시는 못 올라갈 것 같아." 어제 올라간 것이 마지막이었음은 분명했다. 이제 1층에서 살고 1층에서 자는 데 익숙해져야 했다.

그날은 집에서 일을 하기로 하고 침실에서 랩톱컴퓨터로 칼럼을 쓰고 있는데, 계단에서 무슨 소리가 들렸다. 타자를 멈추고 귀를 기울이니, 발굽을 끼운 말이 널빤지 위를 달려가는 것 같은 소리가 귀를 파고들었다. 문간을 내다보니 숨이 저절로 훅, 들이쉬어졌다. 몇 초 후 말리의 머리가 떠오르더니, 녀석이 어슬렁어슬렁 방으로 들어오는 것이었다. 나를 보더니 말리의 눈이 빛났다. '여기 있었군!' 귀를 긁어달라는 듯 머리로 무릎을 들이받길래 그대로 해주었다. 그럴 자격이 충분히 있었으니까.

"말리, 해냈구나! 이 영감탱이! 여기 올라오다니 믿을 수가 없어!"

바닥에 앉아 목을 긁어주니, 녀석은 머리를 돌리며 장난스레 내 손목을 잇몸으로 물었다. 아직도 강아지 같은 장난기가 발동한다는 뜻이니 좋은 징조였다. 쓰다듬어주어도 가만히 있을 뿐, 놀자고 덤벼들지 않는 날이 오면 녀석의 마지막이 다가왔음을 알 수 있을 것이다. 전날 밤에 말리는 죽음의 문턱까지 갔었고, 나도 마음의 준비를 했다. 오늘은 평소처럼 헐떡이고, 앞발로 긁고, 내 손을 침 범벅으로 만들었다. 억세게 이어지던 행운도 끝이로구나 싶은 순간, 회생한 것이다.

나는 말리의 머리를 돌려 내 눈앞에 대고 물었다. "때가 오면 알려줄 거지?" 물음이라기보다는 선언이었다. 나 혼자 결정하기는 싫었으니까. "알려줄 거지? 그렇지?"

27
잊지 못할 그해 겨울

그해에는 겨울이 빨리 찾아왔다. 해가 짧아지고 바람이 얼어붙은 나뭇가지 사이를 울부짖으며 헤집기 시작하자, 우리 가족은 아늑한 집 안에 틀어박혀 지냈다. 나는 겨울 내내 쓸 땔나무를 해다가 모두 패서 장작을 만들어 뒷문 옆에 쌓아두었다. 제니는 따끈한 수프를 끓이고 빵을 구웠으며, 아이들은 또다시 창문에 코를 박고 눈을 기다렸다. 나도 첫눈을 기다렸지만, 내 기다림에는 두려움이 섞여 있었다. 말리가 또 한 번의 혹독한 겨울을 이겨낼 수 있을까? 지난겨울에는 아주 힘들어했고, 그로부터 한 해가 지나는 동안 눈에 띄게 쇠약해졌다. 얼어붙은 길, 미끄러운 계단, 눈에 덮인 마당을 어떻게 감당해낼지 난감했다. 그제야 퇴직자들이 왜 플로리다나 애리조나로 가는지 알 것 같았다.

12월 중순의 바람이 심하던 어느 일요일 밤, 아이들은 숙제를 끝내고 악기 연습을 하고 있었는데, 제니가 팝콘을 튀기더니 오늘을 가족영화 관람일로 선포했다. 아이들은 비디오테이프를 찾으러 달려갔고, 나는 휘파람으로 말리를 부르고는 나뭇단에서 단풍나무 장작 한 무더기를 가지러 밖으로 나갔다. 장작을 양동이에 넣는 동안 말리는 얼어붙은 땅 이곳저곳을 뒤적거리더니 바람을 향해 고개를 들고 마치 겨울이 얼마나 깊어졌나 가늠이라도 하듯 젖은 코로 찬 공기를 킁킁거렸다. 손뼉을 치고 팔을 흔들자, 정신을 차린 말리는 평소처럼 현관 계단 앞에서 잠시 망설이더니 용기를 내어 앞으로 뛰어갔다. 물론 뒷다리를 질질 끄는 채로.

안으로 들어와 불을 지피고 있으니, 아이들이 비디오테이프로 줄을 세우고 있었다. 불길이 살아나고 온기가 방 안을 채우자, 말리는 늘 하던 대로 벽난로 앞 제가 찍어놓은 명당을 차지하고 엎드렸다. 나는 말리에게서 조금 떨어진 거실 바닥에 베개를 놓고 누워 영화를 본다기보다는 불길을 바라보고 있었다. 말리는 명당을 떠나기도 싫었지만, 이 기회를 놓치고 싶지도 않았다. 녀석이 좋아하는 인간이 완전 무방비 상태로 똑같은 높이의 바닥에 누워 있는 것이다. 이제 누가 두목인가? 말리의 꼬리가 바닥을 치기 시작했다. 그러고는 몸을 이리저리 비틀어 내가 있는 쪽으로 왔다. 뒷다리를 쭉 뻗은 채 배를 밀며 기어온 녀석은 곧 내게까지 왔고, 머리를 내 갈비뼈에 문지르기 시작했다. 쓰다듬어주려 손을 뻗자 제대로 신이 났다. 발을 딛고 일어서더니 몸을 부르르 떨어 털보라를 일으키고는 거대한 턱을 내 얼굴 앞에 갖다놓고 나를 바라보는 것이었다. 웃기 시작하자 녀석은 장난을 쳐도 좋다는 허락으로 받아들였고, 내가 채 느끼지도 못하는 사이에 앞발로 가슴을 짚더니 제 몸을 내 위에 쿵, 하고 떨어뜨렸다. "윽!" 녀석의 무게에 질려 내가 비명을 질렀다. "래브라도 정면 공격!" 아이들이 떠들어댔다. 말리는 믿을 수가 없는 모양이었다. 내가 녀석을 밀어내려고도 하지 않다니. 녀석은 온몸을 비틀고 침을 흘리며 내 얼굴을 온통 핥다가는 목에 코를 문지르기도 했다. 말리의 무게 때문에 숨을 쉴 수가 없어서 몇 분 후쯤에는 몸을 반쯤 빼냈는데, 말리는 그렇게 머리, 어깨, 앞발 하나를 내 가슴에 얹고 나머지는 내 몸 옆에 붙인 자세로 영화가 끝날 때까지 있었다.

방 안에 있는 어떤 사람에게도 말하지 않았지만, 사실 그러한 순간이 여러 번 돌아오지 않을 것이기에 나는 그 순간을 매우 즐기고 있었다. 이제 말리는 좋은 일도 궂은일도 많았던 긴 삶의 황혼 무렵에 와 있다. 나중에 돌이켜보니 벽난로 앞에서 그날 밤에 말리와 함께 보낸 시간이 우리로서는 송별회였다. 나는 녀석이 잠들 때까지 머리를 쓰다듬어주었고, 잠든 다음에도 내 손은 계속 움직였다.

그로부터 나흘 후 우리 가족은 플로리다에 있는 디즈니랜드에서 휴가를 보내기로 하고 미니밴에 짐을 실었다. 처음으로 집을 떠나 크리스마스를 보내게 된 아이들은 기대에 잔뜩 부풀었다. 다음 날 아침 일찍 떠나야 했기 때문에 그날 저녁 제니는 말리를 지난번의 개 훈련소로 맡기러 갔다. 그리고 일주일 동안 의사와 병원 직원들이 24시간 말리를 관찰할 수 있는 중환자실, 따라서 다른 개들에게 영향을 받지 않을 수 있는 공간에서 지내도록 조치를 취해두었다. 지난여름 말리를 맡겼을 때 혼이 난 적이 있던 터라 병원 측에서는 추가 비용 없이 말리에게 특실을 기꺼이 내주기로 했다.

그날 저녁 짐을 다 싼 뒤 제니와 나는 개가 없는 공간이 얼마나 허전한지에 대해 서로 이야기했다. 움직일 때마다 따라다니고, 쓰레기 봉지를 쓰레기통으로 가져갈 때마다 따라 나오려 하던 덩치 큰 개가 없는 것이다. 자유롭고 홀가분하기는 했지만, 아이들이 흥분해서 설쳐대는데도 집은 휑뎅그렁하고 텅 빈 느낌이었다.

다음 날 아침 해가 나무 위로 솟아오르기도 전에 우리는 미니밴에 올라 남쪽으로 향했다. 사실 나는 친한 학부모들끼리 모인 자리에서 디즈니랜드 비웃기가 취미였다. 도대체 이 소리를 몇 번이나 했는지 기억도 나지 않는다. "디즈니랜드 갈 돈이면 온 가족을 데리고 파리에 갔다 올 수 있죠." 그러나 모두 즐거운 시간을 보냈고, 심지어 삐딱한 아빠인 나도 마찬가지였다. 이런 곳에 가면 으레 누가 병이 나거나, 피곤해서 짜증을 내거나, 입장권을 잃어버리거나, 아이가 사라지거나, 아이들끼리 주먹다짐을 하는 등 불상사가 일어났지만, 다행히 우리 가족에게는 아무 일도 일어나지 않았다. 정말 신나는 휴가였고, 우리 가족은 돌아오는 차 안에서 주로 무슨 놀이기구는 어땠다는 둥, 식사는 어땠다는 둥, 풀장이나 기타 곳곳에서 보낸 순간순간의 장단점을 돌아보며 보냈다. 메릴랜드를 반쯤 통과하여 집까지 네 시간 정도 남았을 때 휴대전화가 울렸다. 개 훈련소 직원이었다. 말리가 기운이 없어 보이고 엉덩이도 평소보다 더 나쁜 상태인 것 같다는 얘기였다. 한마디로 불편한 상태에 있었다. 직원은 의사 선생이 말리에게 스테로이드와 진통제를 맞힐 것을 허락해달라고 한다고 전했다. "물론이죠." 내가 말했다. "편안하게 해주세요. 그럼 내일 데리러 갈게요."

다음 날인 12월 29일, 제니가 데리러 가보니 말리는 조금 피곤하고 멍해 보이긴 했지만 특별히 아파 보이지는 않았다. 직원이 알려준 대로 말리의 엉덩이는 전보다 더 약해져 있었다. 의사는 관절염약을 투약하는 것에 대해 제니와 상의했고, 직원 하나가 말리를 미니밴에 태우는 것을 도와주었다. 차에 탄 지 30분도 안 되어 말리는 구역질을 하더니, 투명한 가래를 뱉으려고 몸부림을 쳤다. 집에 도착한 제니가 말리를 차에서 앞마당으로 내려놓았는데, 말리는 얼어붙은 땅바닥에 누워 움직이려 하지 않았다. 사실 움직일 수도 없었다. 제니는 겁에 질려 사무실로 전화를 했다. "집 안으로 데리고 들어갈 수가 없어. 언 땅에 그냥 누워 있는데 일어나려고 하질 않아." 나는 즉시 집을 향해 떠났고, 45분 후 집에 도착할 때쯤엔 제니가 어찌어찌해서 말리를 일으켜 집 안으로 들여놓은 다음이었다. 가보니 말리가 완전히 탈진한 상태에서 거실 바닥에 널브러져 있었다.

지난 13년간 말리는 매번 내가 집에 들어서기만 하면 벌떡 일어나 온몸을 흔들어대고 헐떡이며 꼬리로 모든 것을 탕탕 두드리면서 마치 내가 백년전쟁에 참전했다가 방금 돌아온 양 반겼고, 이런 환영을 한 번도 거른 적이 없었다. 그런데 그날만은 달랐다. 집으로 들어오는 내 모습을 눈으로 쫓고는 있었지만 고개를 돌리지는 않았다. 옆에 꿇어앉아 녀석의 코를 문질러주었다. 아무 반응이 없었다. 내 손목을 장난스레 짚지도 않았고, 놀려고 하지도 않았으며, 고개를 돌리지도 않았다. 눈은 먼 곳을 보고 있는 듯했고, 꼬리는 힘없이 바닥에 붙어 있었다.

제니는 동물병원에 메시지 2개를 남겨놓고 수의사의 전화를 기다리고 있었는데, 말리가 응급 상황으로 빠져들고 있는 것은 분명했다. 그래서 내가 한 번 더 전화를 걸었다. 말리는 떨리는 다리로 일어나 구역질을 했지만, 아무것도 나오지 않았다. 그때 말리의 배로 시선이 갔다. 평소보다 부풀어 있었고, 만져보니 딱딱했다. 온몸의 기운이 쑥 빠졌다. 이것이 의미하는 바는 딱 한 가지였다. 다시 한번 동물병원에 전화를 걸어 말리의 배가 부풀어 올랐다고 이야기했다. 접수요원이 잠시 기다리라고 하더니 다시 돌아와 말했다. "선생님이 말리 데리고 곧장 오시래요."

제니와 나는 서로 이야기할 필요도 없었다. 우리는 모두 올 것이 왔음을 알았다. 그러고는 아이들에게 말리가 병원에 가야 하며 선생님이 고쳐주시겠지만, 어쨌든 매우 아프다고 이야기해두었다. 출발 준비를 하며 들여다보니 제니와 아이들이 완전히 지쳐 바닥에 늘어진 말리를 둘러싸고 작별인사를 하고 있었다. 다들 말리를 쓰다듬으며 이별 직전의 순간을 함께 보내고 있었다. 오랫동안 삶의 일부가 되어준 이 개가 예전처럼 건강해져서 돌아오리라고 아이들은 굳게 믿는 모양이었다. "더 튼튼해져서 돌아와, 말리." 콜린이 아기 목소리로 말했다.

제니의 도움을 받아 나는 말리를 차 뒷좌석에 태웠다. 제니는 말리를 마지막으로 한번 안아주었고, 나는 무슨 일이 있으면 즉시 전화하겠다고 약속을 한 뒤 집을 떠났다. 말리는 차 바닥 중간에 불룩 튀어나온 부분을 베개 삼아 뒷좌석 바닥에 누워 있었고, 나는 한 손으로는 운전을 하면서 다른 한 손은 뒤로 뻗어 말리의 머리와 어깨를 어루만졌다. "오, 말리. 오, 말리." 계속 이렇게 말하면서 차를 몰았다.

동물병원 주차장에서 녀석을 도와 차에서 내려주니, 멈춰 서서 다른 개들이 오줌을 싼 나무를 킁킁거렸다. 그 지경이 되어서도 호기심은 여전했다. 어차피 말리가 그토록 사랑하는 야외활동은 이번이 끝일 터이므로, 잠시 내버려두었다가 부드럽게 목줄을 당겨 병원으로 들어갔다. 병원 로비에 들어가자마자 말리는 이제 올 만큼 왔다고 생각했는지 타일 바닥에 털썩 주저앉았다. 직원 한 사람의 도움을 받아 말리를 일으켜보려고 했지만 잘 되지 않았다.

그러자 직원들이 들것을 가지고 와서 말리를 싣더니 접수대 너머 진찰실로 사라졌다.

몇 분 후, 한 번도 본 적이 없는 젊은 여의사가 나오더니 나를 진찰실로 데리고 가서 두 장의 엑스레이 필름을 조명판에 걸었다. 의사는 말리의 위가 정상 범위의 두 배로 팽창했다고 말해주었다. 필름상에서 의사가 가리키는 곳을 보니, 위에서 장으로 연결되는 지점에 주먹만 한 검은 점 두 개가 보였다. 이곳이 꼬인 부분이란 다. 지난번과 마찬가지로 의사는 말리를 안정시키고 위에 튜브를 넣어 일단 팽창의 원인이 되는 가스를 방출시키겠다고 했다. 그러 고는 튜브를 이용하여 위 속까지 들어간다는 얘기다. "가능성은 별로 없지만, 어쨌든 이 튜브로 위를 마사지해서 제자리로 돌려놓 도록 해볼게요." 지난여름 홉킨슨 선생이 얘기한 1퍼센트 확률의 도박이 그대로 재현되고 있었다. 지난번에 됐으니 이번에도 될 수 있다. 말은 안 했지만 희망을 버릴 수 없었다.

"좋습니다. 최선을 다해주세요." 내가 말했다.

30분 후 의사가 우울한 얼굴로 다시 나왔다. 세 번이나 시도했지 만 막힌 것을 풀지 못했단다. 그래서 혹시 위 근육을 이완시킬 수 있을까 해서 안정제를 더 먹여보았지만 이것도 듣지 않자, 마지막 으로 갈비뼈 사이로 카테터를 집어넣어 꼬인 것을 풀려는 시도를 해보았으나 역시 소용없었다고 한다. "이 상황에서 남은 방법은 수술뿐입니다." 내가 최악의 상황에 대해 마음의 준비가 되었는지 살피려는 듯 잠시 말을 멈추더니, 의사는 이렇게 말했다. "아니면 가장 인도적인 방법으로 영원히 잠을 재우는 방법이 있죠."

제니와 나는 이미 다섯 달 전에 여기에 대해 마음을 정해두었다. 말리를 더 이상 고생시키지 말아야겠다는 다짐은 섕크스빌에 다녀온 후 더욱 굳어졌다. 하지만 대기실에서 다시 한번 다섯 달 전을 생각하고 있노라니 몸이 얼어붙는 것 같았다. 의사는 나의 괴로움을 눈치챈 듯 말리 나이의 개를 수술했을 때 생길 수 있는 여러 가지 부작용에 대해 이야기해주었다. 의사에 따르면 카테터를 따라 나온 피묻은 찌꺼기도 문제였다. 위벽에 이상이 생겼다는 증거이기 때문이다. "수술을 해도 위 안의 형태가 아주 걱정되네요." 의사가 말했다.

나는 의사에게 밖에 나가서 아내에게 전화를 해보겠다고 말했다. 주차장에서 휴대전화로 제니에게 수술 빼고는 병원에서 모든 것을 해보았는데 소용이 없었다고 말해주었다. 제니와 나는 전화를 잡고 오랫동안 아무 말도 하지 못했다. 결국 제니가 입을 열었다. "사랑해, 존."

"나도 사랑해, 제니."

다시 안으로 들어가 의사에게 말리와 단둘이 몇 분만 있을 수 있냐고 물었다. 의사는 말리가 안정제를 아주 많이 맞은 상태임을 알려주면서 "얼마든지 함께 계셔도 괜찮아요"라고 말했다. 말리는 의식을 잃은 채 들것 위에 누워 있었고, 정맥주사가 앞다리에 꽂혀 있었다. 나는 무릎을 꿇고 평소에 말리가 좋아하던 대로 손가락으로 말리의 털가죽을 훑고 지나갔다. 그러고는 축 늘어진 귀를 하나씩 들어 올리며 무게를 느껴보았다. 이 말썽 많은 귀 때문에 지난 10여 년간 들인 돈을 합치면 아마 인질로 잡힌 왕이라도 석방시킬 수 있을 것이다. 또 입을 열어 퇴색하고 닳아빠진 녀석의 이빨을 들여다보았다. 앞발도 들어 올려 손으로 감싸쥐어보았다. 그러고는 이마를 녀석의 머리에 대고 한참을 앉아 있었다. 마치 내 머리에서 말리의 머리로, 각각의 두개골을 통과하여 전보라도 보낼 수 있는 것처럼. 나는 녀석이 몇 가지를 알아주었으면 했다.

"우리가 항상 너에 대해 무슨 얘길 했는지 알아?" 내가 속삭였다. "골칫덩어리라고? 전혀 아니야. 한순간이라도 그렇게 생각하지 마, 말리." 말리는 이것을 알아야 했다. 그리고 알아야 할 것이 더 있었다. 이제까지 말리에게 한 번도 해주지 않은 이야기, 그 누구도 해주지 않은 이야기 말이다. 나는 말리가 죽기 전에 그 말을 해주고 싶었다.

"말리, 넌 훌륭한 개야."

나가보니 의사가 기다리고 있었다. "준비됐습니다." 내가 말했다. 내 목소리가 갈라져 있어서 나 스스로도 놀랐다. 왜냐하면 나는 몇 달 전에 이미 마음의 준비가 되었다고 믿어왔기 때문이다.

한마디만 더 하면 울음이 터질 것 같아 고개만 끄덕이며 의사가 내민 동의서에 사인을 했다. 서류 작업이 끝난 뒤, 의사를 따라 의식이 없는 말리에게로 돌아가 다시 한번 무릎을 꿇고 말리의 머리를 안아 무릎 위에 올려놓았다. 의사는 주사기를 말리의 몸에 꽂아 넣고 있었다. "괜찮으세요?" 의사가 물었다. 나는 고개를 끄덕였고, 의사는 주사기 피스톤을 밀었다. 말리의 턱이 바르르 떨렸다. 의사는 심음心音을 들어보더니 심장이 아주 느려졌지만 멈추지는 않았다고 말했다. 말리는 큰 개였다. 의사는 주사기를 또 하나 준비해서 한 번 더 약을 주입했다. 1분 후 다시 심음을 들어보더니 이렇게 말했다. "떠났군요." 의사는 말리와 나만을 남겨둔 채 방을 나갔고, 나는 말리의 눈꺼풀 하나를 젖혀보았다. 의사 말대로 말리는 떠났다.

접수창구로 가서 치료비를 지불했다. 의사는 '집단 화장'의 경우 75달러, 개인 화장을 해서 재를 돌려주면 170달러라고 말했다. 나는 둘 다 싫다고 했다. 말리를 집으로 데려갈 것이다. 몇 분 후 의사와 직원 한 사람이 크고 검은 백을 카트에 싣고 와 차 뒷자리에 옮겨 싣는 것을 도와주었다. 나와 악수를 하며 의사는 안됐다고 하면서 최선을 다했다고 덧붙였다. 때가 된 거죠 뭐. 나는 이렇게 말하며 의사에게 감사를 표하고 차를 출발시켰다.

집으로 오는 차 안에서 나는 울기 시작했다. 나는 거의 우는 일이 없으며, 장례식에서도 울지 않는다. 그러나 울음은 몇 분 후에 그쳤다. 집에 도착할 때쯤 내 눈은 다시 보송보송해져 있었다. 그리고 말리를 차 안에 둔 채 제니가 자지 않고 기다리는 집 안으로 들어갔다. 아이들은 모두 자고 있었다. 아이들에게는 내일 아침에 말해줄 것이다. 제니와 나는 서로 껴안고 눈물을 흘리기 시작했다. 나는 제니에게 죽음의 과정을 모두 이야기해주고 안심시키려고 했다. 죽을 때쯤엔 이미 깊이 잠들어 있었고, 공포를 느끼지도 않았으며, 마음의 상처도 고통도 없었다고. 그러나 어떻게 말을 해야 할지 몰랐다. 제니와 나는 그저 서로 껴안고 있을 뿐이었다. 나중에 제니와 나는 밖으로 나가 함께 무거운 검은 백을 차에서 끌어내려 정원용 카트에 옮겼고, 백은 차고에서 그날 밤을 보냈다.

28
벚나무 아래에서

잠을 설친 나는 해가 뜨기 한 시간쯤 전에 침대에서 빠져나왔고, 제니를 깨우지 않기 위해 조용히 옷을 입었다. 그리고 물 한 컵을 마시고(커피는 나중에 마셔도 되니까) 가벼운 진눈깨비가 내리는 밖으로 나왔다. 삽과 도끼를 들고 지난겨울 말리가 화장실로 애용한 흰 소나무들을 둘러싼 콩밭으로 향했다. 이곳이 내가 말리의 영원한 안식처로 점찍어둔 곳이었다.

기온은 영상 2~3도쯤 되었고, 다행히도 땅이 얼어 있지 않았다. 새벽 어스름 속에서 나는 땅을 파기 시작했다. 얇은 표토를 벗겨내자 자갈이 여기저기 박힌 무겁고 찰진 진흙이 나왔다. 지하실을 파낼 때 나온 흙으로 메꾼 부분 같았다. 그래서 작업이 느려졌고 힘이 들었다. 15분 후에는 코트를 벗고 잠시 쉬어야 했다. 30분이 지나자 땀이 나기 시작했지만, 60센티미터도 채 파지 못했다. 45분이 지나니 물이 나오기 시작했다. 그리고 웅덩이가 물로 채워지기 시작했다. 물은 계속 나왔다. 곧 30센티미터 깊이의 차가운 진흙탕이 생겼다. 양동이를 가져다가 퍼내려 했지만 물은 계속 솟아올랐다. 말리를 이 얼음 구덩이에 파묻을 수는 없었다. 결코 그럴 수는 없었다.

힘들게 땅을 팠지만(마치 마라톤이라도 한 것같이 심장이 뛰고 있었다) 그 자리를 포기하고 마당을 뒤지다가, 결국 언덕 기슭에서 풀밭이 끝나고 숲이 시작되는 지점까지 왔다. 두 그루의 커다란 벚나무 가지가 새벽빛 속에서 마치 야외 대성당처럼 아치를 만든 자리에 나는 삽을 꽂았다. 지난번에 말리와 터보건을 타고 내려갈 때 바로 이 두 나무 사이를 빠져나갔었다. 나는 소리 내어 이렇게 말했다. "느낌이 좋군." 이곳은 불도저가 혈암층을 헤집어놓은 곳에서 좀 떨어져 있어 원래의 가벼운 흙이 보존된 데다 배수도 잘되어 그야말로 정원사가 꿈꾸는 곳이라고 할 수 있었다. 땅도 쉽게 파져서 얼마 지나지 않아 큰 지름과 작은 지름이 각각 90센티미터와 60센티미터, 깊이 120센티미터의 구덩이가 생겼다. 집으로 들어가니, 아이들이 일어나서 훌쩍거리고 있었다. 엄마에게서 방금 이야기를 들었단다.

생전 처음으로 죽음을 코앞에서 겪은 아이들이 슬퍼하는 모습을 보니 나도 마음이 아팠다. 그렇다, 말리는 개일 뿐이다. 어떤 사람의 일생 동안 여러 마리의 개가 왔다 갈 수도 있다. 그리고 단지 짐이 된다는 이유 때문에 세상을 하직하기도 한다. 그냥 개일 뿐이었는데도 아이들에게 말리 이야기를 하려고 할 때마다 눈물부터 솟아났다. 나는 아이들에게 울어도 괜찮다고 말해주고, 개가 사람처럼 오래 살지 못하기 때문에 개를 키우면 언젠가는 슬픈 이별을 하게 된다는 것도 이야기해주었다. 그리고 말리가 잠들어 있을 때 주사를 놓았기 때문에 아무 고통도 느끼지 못하고 떠났다는 것도 알려주었다. 그냥 잠에 빠져들어 세상을 하직한 것이다. 콜린은 말리와 제대로 작별인사를 하지 못한 것을 안타까워했다. 말리가 집으로 돌아올 것으로 생각했기 때문이다. 그래서 아빠가 모두를 대신해서 작별인사를 했다고 말해주었다. 우리 집의 글짓기 꿈나무인 코너는 자기가 말리를 위해 만든 것을 보여주면서 함께 묻어달라고 했다. 빨갛고 큰 하트 그림 밑에는 이렇게 쓰여 있었다.

말리에게: 평생 내가 얼마나 너를 사랑했는지 알아주었으면 좋겠다. 너는 항상 필요한 자리에 있었어. 살아 있을 때나 죽은 다음에도 너를 항상 사랑할 거야.

너의 형제, 코너 리처드 그로건

콜린도 크고 노란 개와 함께 있는 소녀의 그림을 그려서는 오빠에게 철자법을 가르쳐달라고 해서 이렇게 썼다.

추신: 나는 너를 절대로 잊지 않을 거야.

나는 혼자 밖으로 나가 말리의 시신을 언덕 아래로 옮긴 후, 부드러운 소나무 가지를 한 아름 꺾어 구덩이 바닥에 깔았다. 그러고는 무거운 백을 카트에서 들어 최대한 부드럽게 구덩이에 내려놓았다. 이런 일을 우아하게 처리할 방법은 사실 없다. 구덩이로 내려가 백을 열어 말리의 모습을 다시 한번 보고는 자세를 편안하고 자연스럽게 해주었다. 마치 머리를 옆으로 하고 몸을 동그랗게 만 뒤, 벽난로 앞에 느긋하게 엎드려 있는 것처럼. "좋아, 말리, 이제 됐다." 백을 다시 닫고 집으로 돌아와 제니와 아이들을 데리고 나왔다.

우리 가족은 무덤을 향해 걸었다. 코너와 콜린은 각자 그린 그림을 앞으로 향하도록 해서 하나의 비닐 파일에 넣어두었고, 나는 이것을 말리의 머리 옆에 놓았다. 패트릭이 작은 칼로 한 사람당 하나씩 다섯 개의 소나무 가지를 잘라왔다. 가지가 하나씩 무덤으로 떨어질 때마다 솔향기가 피어올랐다. 잠시 침묵하던 우리 가족은 마치 연습이라도 한 듯 일제히 이렇게 말했다. "말리, 사랑해." 삽을 들어 무덤에 흙을 쏟으니 흙덩이가 백에 부딪히면서 귀에 거슬리는 소리를 냈고, 제니가 울기 시작했다. 나는 계속 흙을 퍼넣었고, 아이들은 말없이 이 광경을 지켜보았다.

구덩이가 반쯤 채워지자, 잠깐 쉬기로 하고 모두 집으로 들어가 부엌 식탁에 둘러앉아서는 말리가 웃겼던 이야기를 시작했다. 어떤 순간에는 다들 눈물이 그렁그렁하다가, 다음 순간에는 배를 쥐는 것이었다. 제니는 〈마지막 홈런〉을 찍을 때 어떤 사람이 아직 아기였던 코너를 안아 올리자 말리가 미처 날뛴 이야기를 해주었다. 나는 말리가 목줄을 수없이 씹어놓은 것과 동네 사람 발목에 대고 오줌 싼 이야기를 해주었다. 말리가 망가뜨린 물건이 다 등장했고, 수천 달러의 비용 이야기까지 나왔다. 이제는 이 모든 것을 웃어넘길 수 있다. 아이들의 기분이 좋아지라고 스스로도 믿지 않는 이야기를 해주었다. "말리의 영혼은 지금 개 천국에 있어. 커다란 황금빛 목장에서 마음껏 달리고 있지. 엉덩이도 다 나았어. 귀도 잘 들리고 눈도 잘 보이고 이빨도 다 있어. 제일 건강할 때랑 똑같아져서 하루 종일 토끼를 쫓아다니고 있단다."

제니가 거들었다. "방충망 문도 수없이 많아서 다 뚫고 지나가지." 천국에서 방충망을 마구 뚫고 나가는 말리의 모습을 떠올리면서 모두 웃음을 터뜨렸다.

아침이 끝나가고 있었지만 내게는 할 일이 남아 있었다. 무덤으로 혼자 돌아가 나는 부드럽고도 조심스럽게 흙을 채운 뒤, 장화를 신은 발로 다졌다. 구덩이의 흙이 완전히 채워지자 숲에서 큰 돌 두 개를 구해다가 위에 놓고, 집으로 들어가 뜨거운 물로 샤워를 하고 나서 출근했다.

말리를 파묻고 난 직후 한동안 우리 가족은 말을 잃고 지냈다. 오랜 세월에 걸쳐 몇 시간이고 지속되는 대화의 소재를 제공하던 우리 개의 이야기가 이제 금기사항이 되어버렸다. 우리 가족은 말리가 없는 일상에 익숙해지려고 했다. 그런데 말리 이야기를 하면 익숙해지기가 더 힘들었다. 특히 콜린은 말리의 이름이 나오거나 사진만 봐도 참지를 못했다. 금방 눈에 눈물이 가득해지면서 주먹을 불끈 쥐며 화난 목소리로 이렇게 말했다. "말리 얘기 하기 싫어!"

　나는 평소처럼 출근하고, 칼럼을 쓰고, 퇴근했다. 13년 동안 매일 저녁 말리는 문간에서 나를 기다렸다. 일과를 끝내고 집에 들어설 때가 가장 고통스러웠다. 썰렁하고 조용한 게 도대체 우리 집 같지가 않았다. 제니는 귀신이라도 씐 듯 진공청소기에 매달려 지난 2년 동안 뭉텅이로 빠져 집 안의 접힌 곳과 구석진 곳 하나하나에 들어박힌 말리의 털을 몇 통이고 끄집어냈다. 조금씩 늙은 말리가 남긴 흔적이 사라져갔다. 어느 날 아침 구두를 신으려다보니 말리의 털이 카펫처럼 바닥에 깔려 있었다. 마룻바닥에서 양말에 하나 둘 걸린 것들이 조금씩 구두 안에 쌓인 것이리라. 앉아서 털을 들여다보다가, 손가락 두 개로 쓰다듬어보다가 하면서 미소가 떠올랐다. 그리고 구두를 들어 제니에게 보이면서 "말리 흔적지우기가 쉽지 않네"라고 말했다. 제니는 웃었지만 한 주 내내 말리 이야기를 피해온 것과는 달리 침대에 누워 이렇게 말했다. "말리가 보고 싶어. 정말정말 그립단 말이야. 그리워서 속이 아플 지경이야."

"알아. 나도 그런데, 뭐."

말리를 위한 고별 칼럼을 쓰고 싶었지만, 너무 내 감정에 빠져 남부끄러울 정도로 징징거리거나 감상적인 글을 쓸까봐 걱정되기도 했다. 그래서 스스로의 감정을 자극하지 않을 주제만 골라서 글을 썼다. 그러나 항상 녹음기를 가지고 다니면서 생각이 떠오르면 녹음을 했다. 나는 말리를 있는 그대로 그리고 싶었지 올드 옐러나 린틴틴이 부활한 것처럼 말도 안 되게 완벽한 개였다고 회상하고 싶지는 않았다. 사실 많은 사람이 애완견이 죽고 나면 살아 있을 때 주인을 위해 무슨 일이든 하던(아침에 계란 프라이 하는 것만 빼고) 거의 초자연적이고 고상한 동물로 그려낸다. 나는 정직하고 싶었다. 말리는 우스꽝스럽고 골칫거리인 데다 명령과 복종이 무엇인지 끝끝내 알지 못했다. 솔직히 말해서 말리는 세계 최악의 개였다고 하는 것이 당연할지도 모른다. 그러나 말리는 어릴 때부터 본능적으로 인간의 가장 좋은 친구가 되려면 어떻게 해야 하는지 알고 있었다.

말리가 죽고 나서 한 주 동안 나는 무덤이 있는 언덕에 몇 번이고 올라가 무덤가에 한참 서 있곤 했다. 밤에 야생동물이 무덤을 파내고 시신을 먹지는 않았나 해서였지만, 다행히도 그런 흔적은 없었다. 무덤이 벌써 꺼지기 시작했기 때문에 봄이 되면 새 흙을 두어 수레 퍼다가 덮어주어야겠다고 생각했다. 그것도 그렇지만 말리와 이야기를 하고 싶었다. 거기에 서서 말리와의 추억을 한 조각씩 꺼내보곤 했다. 아는 사람의 죽음보다 말리의 죽음을 더 슬퍼하는 내 모습이 당혹스러웠다. 물론 동물의 생명을 사람의 생명과 비교할 수는 없다. 하지만 내 직계가족 외에 그토록 나를 위해서 자신을 희생한 사람은 거의 없었다. 말리가 병원으로 간 마지막 밤부터 내 차에 놓여 있던 초커 체인을 아무도 모르게 집 안으로 가져와서 내 속옷 서랍장 맨 밑에 넣어두고는 아침마다 만져보곤 했다.

실제로 위장병에 걸리기라도 한 것처럼 일주일 내내 가슴에 통증이 느껴졌다. 기운이 없었고, 일도 손에 잡히지 않았다. 기타 연주, 목공 일, 독서처럼 취미로 즐기던 일조차 할 수가 없었다. 멍해져서 무엇을 해야 할지 몰랐다. 그래서 거의 매일 9시 30분이나 10시쯤 일찍 잠자리에 들었다.

12월 31일에 우리 가족은 이웃의 송년 파티에 초대되었다. 친구들이 조용히 위로의 말을 건넸다. 하지만 우리 가족은 가벼운 주제로 대화를 계속하려고 노력했다. 어쨌든 올해의 마지막 밤이 아닌가. 캘리포니아에서 펜실베이니아로 이사 와 돌로 지은 낡은 외양간을 집으로 탈바꿈시킨 조경 전문가 부부인 우리의 친구 사라와 데이브 팬들은 저녁 식탁에서 내 옆에 앉았다. 우리는 개와 개에 대한 사랑, 개를 잃은 상실감에 대해 이야기를 나누었다. 팬들 부부는 호주 셰퍼드인 넬리를 5년 전에 잃고 농장 옆 언덕에 묻어주었다. 데이브는 내가 만난 사람들 중 가장 감정이 메마른 사람으로, 과묵한 펜실베이니아 네덜란드계 사람들 중에서도 특히 냉정한 사람이었다. 하지만 이런 데이브조차 넬리의 죽음을 깊이 슬퍼하고 있었다. 데이브는 넬리의 무덤에 세울, 마음에 쏙 드는 비석을 찾기 위해 바위투성이의 숲을 며칠에 걸쳐 샅샅이 뒤졌다고 한다. 결국 하트 모양의 돌을 찾아냈고, 데이브는 석공에게 넬리라는 이름을 새겨달라고 했단다. 몇 년이나 지났지만 부부는 아직까지도 넬리의 죽음을 무척 슬퍼하고 있었다. 넬리 이야기를 하면서 그들은 눈시울을 적셨다. 눈물을 흘리지 않으려고 눈을 깜박거리며 사라는 이렇게 말했다. "어떤 개들은 주인과 정말 깊은 인연을 맺죠. 그래서 절대로 잊을 수가 없어요."

그 주말, 나는 숲속을 오래 산책했다. 그리고 월요일에 출근할 때쯤 되자, 나와 깊은 인연을 맺은 결코 잊지 못할 개에 대해 이야기해야겠다는 생각이 들었다.

나는 새벽에 삽을 들고 언덕을 내려오는 장면으로 칼럼을 시작하면서, 말리 없이 집 밖에 있는 것이 얼마나 어색하게 느껴졌는지를 이야기했다. 말리는 13년 동안 밖으로 나갈 때마다 나와 함께였다. 나는 이렇게 썼다.

말리의 무덤을 파는 나는 이제 혼자였다.

칼럼에는 아버지와의 대화도 인용했다. 아버지에게 말리가 죽었다고 말씀드리자, 아버지는 생전 칭찬이라고는 받아본 적이 없는 말리에게 그나마 칭찬에 가까운 말씀을 해주셨다. "말리 같은 개는 다시없을 거다."

말리를 어떻게 묘사할까도 많이 고민하다가 결국 이렇게 썼다.

말리는 훌륭한 개라는 말을 들은 적이 없었다. 착한 개라는 말도 듣지 못했다. 밴시(스코틀랜드 전설에 나오는 으스스한 요정_옮긴이)처럼 설치는 데다 황소처럼 기운이 셌다. 말리가 하도 요란스럽게 삶을 즐기는 바람에 녀석이 지나간 곳은 폭풍이 휩쓸고 지나간 자리 같았다. 말리는 내가 아는 개들 중 훈련소에서 쫓겨난 유일한 개다. 말리는 소파를 질겅질겅 씹었고, 방충망을 찢었으며, 침을 질질 흘렸고, 쓰레기통을 엎는 데는 선수였다. 지능으로 말하자면 죽는 날까지 제 꼬리를 물려고 뱅뱅 도는 수준이었다. 마치 개의 역사에서 새 장을 열려고 작심한 개 같았다.

말리는 이 정도만으로는 설명할 수 없는 개였으므로 말리의 빠른 눈치, 따뜻한 마음, 아이들에 대한 다정함, 그리고 순수함 등도 이야기했다.

내가 정말 쓰고 싶었던 것은 말리가 얼마나 우리 마음속 깊은 곳까지 들어와 있었으며, 얼마나 귀중한 인생의 교훈을 전해주었는가였다.

우리 개처럼 멍청한 개로부터도 사람은 많은 것을 배울 수 있다. 말리는 매일매일을 끝없는 즐거움으로 채우는 것도 가르쳐주었고, 순간을 즐기는 것도 가르쳐주었으며, 마음이 가는 대로 행동하는 것도 가르쳐주었다. 또한 일상의 단순한 즐거움도 느낄 수 있게 해주었다. 숲속의 산책, 첫눈 오는 날, 희미한 겨울 햇빛 속의 낮잠. 나이가 들고 쇠약해지는 과정에서 말리는 어려움 앞에서도 낙관적으로 살아가는 법을 가르쳐주었다. 무엇보다도 말리는 우정과 헌신, 변함없는 충성심을 가르쳐주었다.

이러한 것들은 말리가 죽고 나서야 내가 진심으로 받아들인 교훈들이었다. 말리는 나의 스승이자 길잡이였다. 삶에서 가장 중요한 것들을 개가, 그것도 바보스럽고 천방지축인 말리 같은 개가 사람에게 가르쳐줄 수 있을까? 나는 그렇다고 생각한다. 충성심, 용기, 헌신, 단순함, 즐거움. 그 밖에 중요하지 않은 것들도 가르쳐주었다. 개에게는 멋진 차나 큰 집, 명품 옷 같은 것이 필요 없다. 신분을 나타내는 그 어떤 상징도 개에게는 무의미하다. 물에 흠뻑 젖은 막대기 하나면 충분하다. 개는 피부색이나 신념, 계층 등의 겉모습으로 다른 존재들을 판단하지 않는다. 오직 진정한 모습만으로 판단한다. 개는 어떤 사람이 부자인지 가난한지, 교육을 많이 받았는지 못 받았는지, 똑똑한지 우둔한지를 가리지 않는다. 개를 진심으로 대하면 개도 진심으로 따를 것이다. 아주 간단하다. 하지만 훨씬 똑똑하고 잘난 인간들은 정작 삶에서 중요한 것과 중요하지 않은 것을 잘 구분하지 못한다. 고별 칼럼에도 썼지만, 눈을 뜨기만 하면 이 모든 것이 이미 눈앞에 펼쳐져 있음을 깨달았다. 이런 것을 깨달으려면 입 냄새도 나고 말썽도 부리지만, 이런 것들을 보도록 도우려는 순수한 마음을 가진 개를 만나야 한다.

칼럼을 마치고 편집장에게 넘긴 뒤 집으로 돌아오는 길은 마음이 가볍고 거의 둥둥 떠가는 기분이었다. 마치 나도 몰랐던 짐이라도 내려놓은 것처럼.

나쁜 개 클럽

다음 날 사무실에 도착하니, 전화기의 빨간 메시지 불빛이 깜빡 거리고 있었다. 암호를 입력하니 이제까지 한 번도 들어보지 못한 경고 메시지가 흘러나왔다. "메일함이 꽉 찼습니다. 불필요한 메일을 삭제하세요."

컴퓨터를 켜고 이메일을 열었다. 늘 있는 일이었다. 화면이 새로운 메시지로 가득 차고, 그다음 화면, 그다음 화면도 마찬가지였다. 아침에 이메일을 열어보는 것은 내게 일상사가 되었고, 전 주에 그날의 칼럼이 사람들에게 얼마나 영향력이 있었는가를 측정하는(부정확하기는 하지만) 척도 역할을 했다. 어떤 칼럼은 5통에서 10통밖에 오지 않기도 하고(이런 날은 별로 심금을 울리는 칼럼을 쓰지 못한 것이라는 사실을 나 스스로 알 수 있었다), 어떤 날은 수십 통이 왔는데, 이런 날은 좋은 날이었다. 가끔 그보다 더 많이 올 때도 있었다. 그러나 오늘 아침에는 수백 통으로, 이제까지 이런 일은 한 번도 없었다. 이메일의 제목은 모두 '깊은 조의를 표합니다', '당신이 겪은 슬픔에 대하여' 혹은 그저 '말리'였다.

동물애호가들은 좀 특별한 부류의 사람들로서 너그럽고 다른 사람의 감정을 잘 이해하며, 좀 감상적인 데다 마음이 구름 한 점 없는 하늘처럼 넓다. 메일을 보내거나 전화를 건 사람들은 그저 동정심을 표하고, 자신들도 같은 일을 겪었으며, 그러므로 우리 가족이 지금 어떤 상태인지를 잘 안다는 내용이었다. 어떤 메일은 수명이 거의 다한 개의 주인으로부터 왔다. 그들은 우리 가족이 얼마 전에 그랬던 것처럼 피치 못할 일이 다가오는 데 두려움을 갖고 있었다.

어떤 부부는 이렇게 썼다. "심정 잘 이해하며 말리를 잃으신 데 대해, 그리고 우리가 러스티를 잃은 데 대해 깊은 슬픔을 느낍니다. 우리 모두 자신의 개들을 그리워할 것입니다. 그리고 똑같은 개들을 다시는 만날 수 없겠죠." 조이스라는 이름의 독자가 보낸 메일은 이랬다. "지금 우리 집 뒷마당에 묻혀 있는 던컨을 다시 생각나게 해주셔서 감사합니다." 교외에 사는 에디라는 사람은 이런 말을 했다. "우리 가족은 그로건 가족이 지금 어떤 기분일지 잘 압니다. 지난 노동절에 우리도 골든레트리버 츄이를 같은 방법으로 보냈으니까요. 츄이도 열세 살이었고, 그로건님이 지적하신 말리의 여러 가지 문제점을 츄이도 가지고 있었습니다. 츄이를 보내던 날, 츄이는 밖에 나가서 볼일조차 볼 수 없었어요. 그때 우리는 고통에 종지부를 찍어줘야 한다는 사실을 깨달았습니다. 우리도 뒷마당에 츄이를 묻었습니다. 기념비가 될 만한 빨간 단풍나무 밑에 말이죠."

취업 알선을 전문으로 하며 케이티라는 래브라도를 키우는 모니카는 이렇게 썼다. "위로의 말씀을 보냅니다. 눈물이 나는군요. 우리 개 케이티는 이제 겨우 두 살인데 저는 항상 이런 생각을 한답니다. '모니카, 왜 이 놀라운 강아지가 이렇게 네 마음을 훔쳐가도록 내버려두었니?'" 카멜라의 메일은 이랬다. "말리가 그렇게 가족들의 사랑을 받은 걸 보니 정말 훌륭한 개였나봐요. 개들이 보여주는 무조건적인 사랑과 떠난 다음에 주인이 겪는 엄청난 슬픔은 개를 키우는 사람만이 알 수 있죠." 일레인은 이렇게 썼다. "개들이 우리와 함께 보내는 기간은 너무나 짧은데, 그나마 그 기간 중 대부분을 집에서 우리를 기다리며 보내죠. 개들이 우리 삶에 얼마나 큰 사랑과 많은 웃음을 가져다주는지 그저 놀라울 뿐이며, 개들로 인해 우리가 서로 얼마나 가까워지는지도 마찬가지로 놀랍습니다." 낸시의 글을 보자. "개는 삶의 경이로운 부분 중 하나이고 우리에게 너무도 많은 것을 가져다줍니다." 메리팻의 이야기는 이렇다. "지금까지도 맥스가 이것저것 집 안 물건에 킁킁거리며 다가올 때 이름표가 딸랑거리던 소리가 그리워요. 그 소리가 안 들리니 미칠 지경이군요. 특히 밤에 말이죠." 코니의 메일은 이랬다. "개를 사랑한다는 건 정말 놀라운 일 아닐까요? 개를 사랑하면 사람들과의 관계가 마치 오트밀 한 그릇처럼 밋밋해진다니까요."

며칠 후 마침내 메시지가 들어오지 않자, 그것들을 세어 보니 모두 800명의 동물애호가가 내게 연락했음을 알 수 있었다. 놀라운 숫자였고, 내 입장에서는 더할 나위 없이 위로가 되었다. 메일을 다 읽고 가능한 한 많은 사람에게 답장을 보내고 나니 기분이 좀 나아졌고, 마치 거대한 사이버 응원단의 일원이 된 기분이었다. 나 혼자만의 슬픔이 이제 공개 심리치료가 되었으며, 이 사람들 속에 섞여 있으면 늙고 냄새 나는 개처럼 하잘것없어 보이는 대상에 대해 진심으로 마음이 찢어지는 듯한 슬픔을 느낀다는 사실을 드러내도 전혀 부끄러울 것이 없었다.

또 다른 이유로 메일을 보낸 사람들도 적지 않았다. 그들은 내 칼럼의 주요 전제, 그러니까 말리가 세상에서 가장 버릇없는 개라는 부분에 대해 이의를 제기하고 있었다. 전형적인 반응은 이러했다. "죄송하지만, 말리가 세계에서 제일 나쁜 개였을 리가 없습니다. 왜냐하면 그 타이틀은 우리 개의 것이니까요." 자신의 주장을 입증하기 위해 이들은 자기 집 개의 끔찍한 행동을 상세히 알려왔다. 이런 행동으로는 커튼 찢기, 속옷 훔쳐가기, 생일케이크 먹어버리기, 자동차 내부를 쓰레기로 뒤덮어놓기, 어딘가로 사라져버리기, 심지어 다이아몬드 약혼반지 삼켜버리기 등이 있었다. 이에 비하면 말리의 금목걸이 취향은 차라리 하찮다고 할 수 있었다. 이리하여 내 메일함은 마치 TV 토크쇼장 같았다. 우리 개가 얼마나 잘났는가가 아니라 얼마나 끔찍한가를 자랑하기 위해 줄을 선, 자발적 피해자들의 모임 '나쁜 개와 나쁜 개를 사랑하는 사람들의 모임'이라고 할 만했다. 신기하게도 가장 무시무시한 이야기의 주인공은 대부분 말리처럼 덩치 크고 요란스런 레트리버들이었다. 말리 같은 개를 키우는 것은 우리 집만이 아니었다는 얘기다.

엘리사라는 여성은 자기 집의 래브라도인 모가 혼자 놔두면 항상 집에서 튀어나가버린다고 이야기했다. 나가는 방법은 보통 방충망을 뚫는 것이었다. 엘리사와 남편은 1층의 모든 창문을 닫고 잠가버리면 이 버릇을 고칠 수 있으리라고 생각했다. 이 부부는 2층에도 창문이 있다는 데 생각이 미치지 못했다. "한번은 남편이 집으로 돌아와보니 2층의 방충망이 덜렁거리고 있더래요. 기절초풍해서 녀석을 찾기 시작했죠." 남편이 최악의 상황에 생각이 미친 순간, 갑자기 모가 고개를 숙이고 집 모퉁이를 돌아 나타났다. 야단맞을 것을 알고 있는 모습이었지만 놀랍게도 다친 데는 없었다. 창문을 튀어나와 허공을 날아서 튼튼한 관목 숲에 떨어지는 바람에 충격이 크지 않았던 것이다.

래리라는 래브라도는 여주인의 브래지어를 삼켰다가 열흘쯤 뒤 멀쩡한 상태로 토해놓았다. 모험을 즐기는 래브라도인 집시는 미늘살 창문을 삼켜버렸다. 레트리버와 아이리시 세터의 잡종인 제이슨은 1.5미터나 되는 진공청소기 호스를 삼켰다. 개 주인인 마이크는 "호스 내부의 보강 철망까지 한꺼번에 삼켰다"고 알려왔다. "제이슨은 가로 60센티미터, 세로 90센티미터나 되는 벽의 한 부분을 먹어버렸으며, 카펫에는 제가 좋아하는 창가로부터 약 1미터 길이의 홈을 깊이 파놓았다"고 계속 이야기한 마이크는 "하지만 나는 그 개를 사랑했다"고 덧붙였다.

래브라도 잡종인 피비는 개 호텔 두 군데서 쫓겨나 다시는 오지 말라는 이야기를 들었다고 주인인 애니가 썼다. "이야기를 들어보니 피비는 자기 우리뿐만 아니라 다른 개 두 마리의 우리도 함께 부수고 탈출한 갱단 두목이었다는군요. 갱단은 밤새도록 온갖 것을 마음껏 먹어치웠답니다." 45킬로그램짜리 헤이든은 입이 닿는 곳에 있는 거라면 무엇이든 먹어치웠다고 주인 캐롤린은 이야기한다. 예를 들어 금붕어 사료 한 상자, 가죽 구두 한 켤레, 접착제 한 통 등이 있었지만, "이것들을 한자리에서 다 먹지는 않았어요." 캐롤린은 이렇게 덧붙였다. "헤이든이 벌인 가장 큰 사건은 차고 문틀을 통째로 벽에서 떼어낸 것입니다. 햇빛 아래 앉아 있으라고 목줄을 채워 문틀에 묶어놓은 제가 바보죠."

팀이라는 사람은 노란색 래브라도인 랄프가 말리만큼이나 음식을 잘 훔쳐먹었는데, 다만 조금 더 영리했다고 말한다. 어느 날 팀은 외출하기 전에 초콜릿으로 만든 테이블 장식을 랄프의 앞발이 닿지 못할 냉장고 꼭대기에 두고 외출했다. 그런데 팀은 앞발로 찬장 서랍을 열어 계단을 만들어 싱크대로 올라갔고, 거기서는 뒷발로 올라서 초콜릿을 끌어내렸다. 집으로 돌아와보니 초콜릿은 물론 흔적도 없었다. 그렇게 초콜릿을 먹어치웠는데 어떤 증세도 보이지 않았다고 한다. "또 한 번은 랄프가 냉장고를 열고 심지어 병에 든 것까지 다 먹어치웠답니다."

낸시라는 사람은 말리가 자기 집 레트리버인 그레이시와 너무 닮아서 내 칼럼을 보관해두려고 신문에서 오려냈다. "칼럼을 부엌 식탁에 둔 채로 가위를 치우기 위해 돌아섰어요. 다시 돌아섰더니, 아니나 다를까 그레이시가 칼럼을 먹어치웠더군요."

대단하군. 점점 기분이 좋아졌다. 남들의 이야기를 들으니 말리가 더 이상 끔찍한 개가 아닌 것 같았다. 어쨌든 '나쁜 개' 클럽에는 말리의 친구들이 바글바글했다. 집으로 가서 이메일 몇 개를 제니에게 보여주었더니, 말리가 죽은 후 처음으로 웃었다. 나쁜 개 클럽에서 사귄 나의 새 친구들은 자기들이 나에게 얼마나 도움이 되었는지 모를 것이다.

며칠이 가고 몇 주가 지나자 겨울이 가고 봄이 왔다. 수선화가 말리 무덤 주변 땅에서 머리를 내밀고 꽃을 피웠고, 자잘하고 흰 벚꽃 잎이 너울너울 떨어져 말리의 무덤을 덮었다. 조금씩 말리가 없는 삶도 편안해지기 시작했다. 하루 종일 말리를 한 번도 생각하지 않은 날들도 흘러갔고, 그저 가끔씩 스웨터에 붙은 말리의 털, 양말 한 켤레를 찾으려고 서랍을 열면 덜컥거리는 목줄 같은 것이 갑자기 나타나 말리의 기억을 되살려주었다. 시간이 지남에 따라 말리에 대한 기억은 고통스럽다기보다는 즐거운 것이 되었다. 마치 낡은 비디오를 다시 돌려보는 것처럼 오랫동안 잊고 있던 순간들이 생생하게 되살아났다. 칼에 찔렸던 리사가 퇴원하고 찾아와 몸을 굽혀 말리의 콧등에 키스하던 모습, 영화 촬영 팀에게 귀염받던 모습, 집배원 아주머니가 매일 현관 앞에서 슬쩍 먹이를 주던 모습, 망고를 앞발로 잡고 속살을 파먹던 모습, 만족스러운 마약중독자의 얼굴로 아기의 기저귀 냄새를 깊이 빨아들이던 모습, 안정제가 무슨 스테이크 조각이라도 되듯 달라고 애걸하던 모습. 기억할 가치도 거의 없는 사소한 순간들이었지만, 전혀 예상하지 못한 시간과 장소에서 마치 무작위로 재생되는 영화필름처럼 이런 장면들이 떠오르곤 했다. 이런 기억이 떠오르면 대부분 미소가 떠올랐지만, 어떤 것들은 입술을 깨물고 눈물을 참아야 했다.

한참 회의가 진행 중일 때 이런 기억이 떠올랐다. 웨스트팜비치 시절, 말리는 아직 강아지였고 제니와 나는 단꿈에 젖은 신혼부부일 때였다. 선선한 겨울날 제니와 나는 손을 잡고 강가를 산책 중이었고, 말리는 앞에서 우리를 이끌고 있었다. 그러다가 녀석이 폭 60센티미터, 수면으로부터 높이 90센티미터 정도 되는 콘크리트 방파제 위로 뛰어오르려고 하기에 그냥 내버려두었다. 제니가 말했다. "존, 떨어질지도 모르잖아." 나는 그럴 리가 없다는 표정으로 제니를 바라보았다. "얘가 그 정도로 바보라고 생각해?" 내가 물었다. "어쩔 것 같아? 방파제 끝까지 걸어나가 허공으로 떨어져 내릴 것 같아?" 10초 후 말리는 그대로 했고, 첨벙 소리와 함께 물에 빠지는 바람에 녀석을 건져 땅 위로 다시 올려놓는 데 진땀깨나 흘려야 했다.

그로부터 며칠 후, 차를 타고 취재하러 가다가 신혼 때의 기억이 또 하나 불쑥 떠올랐다. 아이들이 태어나기 전 새니벌섬 해변에 자리 잡은 오두막에서 낭만적인 주말을 보낸 적이 있다. 그곳에는 신랑과 신부, 그리고 말리뿐이었다. 그동안 이 여행을 쭉 잊고 지냈는데, 갑자기 생생한 모습으로 다시 떠올랐다. 말리가 우리 둘 사이에 끼어서는 코로 가끔 변속 레버를 들이받아 중립으로 만들어놓는 가운데 플로리다주를 가로질러 운전을 하던 일, 해변에서 하루 종일 놀고 나서 원두막으로 돌아와 목욕을 시키니 비눗물, 물, 모래를 사방으로 흩날리던 일, 나중에 말리의 큼직한 꼬리가 매트리스를 탕탕 쳐대고 바다의 미풍이 우리 몸을 어루만질 때 시원한 코튼 시트를 덮고 제니와 사랑을 나누던 일.

말리는 우리의 삶에서 가장 행복한 순간들의 중심에 있었다. 젊은 시절 사랑의 순간과 새로 시작하는 순간, 사회에 첫발을 내딛는 순간과 아기가 태어나는 순간, 신나는 성공의 순간과 처절한 좌절의 순간, 자유의 순간과 자아 인식의 순간…… 제니와 내가 우리의 삶을 어떤 모습으로 엮어나갈 것인가 고심하던 순간에 말리는 우리 삶으로 뛰어들었다. 모든 부부가 결국 마주쳐야 할 일, 두 개의 서로 다른 과거를 하나의 공통된 미래로 녹여내는, 가끔은 고통스러운 과정이 진행 중일 때 우리에게 합류했다는 얘기다. 말리는 '우리'라는 피륙에 워낙 탄탄하게 짜여 들어가 있어서 떼려야 뗄 수 없는 존재가 되었다. 그리고 우리가 말리라는 반려견을 형성해낸 것처럼 말리도 우리가 부부로, 부모로, 동물애호가로, 성인으로 형성되어나가는 데 도움을 주었다. 말리는 우리를 실망시키고, 기대에 미치지 못하기도 했지만, 우리에게 값을 매길 수도 없는 소중한 선물을 공짜로 주었다. 조건 없는 사랑의 기술을 가르쳐준 것이다. 어떻게 주는지, 어떻게 받는지를 가르쳐주었다. 조건 없는 사랑만 있으면 다른 것들은 대부분 스스로 제자리를 찾아간다.

　말리가 죽은 해 여름 집에 풀장을 만들었는데, 나는 지칠 줄 모르고 물속에서 뛰놀던 말리가 얼마나 좋아했을지를 떠올릴 수밖에 없었다. 플로리다에서 말리가 풀장 가장자리를 발톱으로 쑤셔놓고 털 때문에 필터가 막히기도 했지만, 말리는 우리 가족 누구보다 풀장을 사랑했다. 제니는 털을 빠뜨리고, 침을 질질 흘리며 흙먼지를 끌고 오는 개가 없으니 집 안을 깨끗하게 유지하기가 아주 쉽다고 놀라워했다. 나도 발밑을 조심하지 않고도 맨발로 풀밭을 밟을 수 있어서 좋았다. 덩치 크고 무거운 녀석이 토끼를 쫓느라 쿵쾅거리지 않으니, 마당도 훨씬 보기가 좋았다. 의심할 여지 없이 개가 없는 삶은 훨씬 쉽고 단순했다. 말리를 개 호텔에 맡기지 않고도 주말을 즐길 수 있었다. 집 안의 소중한 물건이 망가지지 않을까 하는 걱정 없이도 외식을 할 수 있었다. 아이들도 음식 도둑을 걱정하지 않고 밥을 먹을 수 있었다. 쓰레기통이 우리가 없는 사이에 싱크대 위에 올라가 있는 일도 없었다. 그리고 번개가 치는 폭풍우라는 자연의 경이를 느긋하게 즐길 수도 있게 되었다. 특히 거대하고 누런 덩어리가 발뒤꿈치에 들러붙지 않은 상태에서도 집 안을 자유롭게 돌아다닐 수 있어 좋았다.

하지만 가족으로서 우리는 뭔가 허전했다.

늦여름의 어느 날, 아침을 먹으러 내려가보니 제니가 신문의 한쪽 면에 난 기사 하나를 내게 건넸다. "당신 이거 못 믿을걸?" 제니가 말했다.

일주일에 한 번씩 우리 신문에는 입양이 필요한 유기견이 하나씩 소개되었다. 소개란에는 항상 개의 사진, 이름, 그리고 마치 개가 일인칭으로 말하는 것처럼 쓰인 짤막한 소개가 따라왔다. 여기서 개는 최선을 다해 자신을 홍보한다. 물론 이것은 유기견 보호소의 사람들이 개가 귀엽다는 느낌을 주기 위해 쓰는 방법이다. 제니와 나는 개 이력서를 항상 재미있게 읽곤 했는데, 다른 이유에서가 아니라 적어도 한 번은 버려진 개들을 될 수 있는 한 예쁜 모습으로 그려내려고 애쓴 흔적이 보였기 때문이다. 사진 속에서 나를 바라보는 개의 얼굴을 나는 금방 알아보았다. 말리였다. 아니면 적어도 말리의 쌍둥이 형제였다. 녀석은 덩치가 크고 털빛이 노란 래브라도 수컷으로 머리통은 모루 같았으며, 이마에는 주름이 졌고, 축 늘어진 귀는 우스운 모습으로 뒤로 젖혀져 있었다. 카메라를 응시하는 녀석은 흥분에 떠는 게 역력했는데, 마치 사진 촬영이 끝나고 몇 초 후에 사진사를 쓰러뜨린 다음 사진기를 삼킬 것 같은 모습이었다. 사진 아래에는 럭키라는 이름이 나와 있었다. 럭키의 신상명세서를 소리 내어 읽었다. 럭키는 다음과 같이 자신을 소개하고 있었다.

기운이 넘쳐요! 조용한 집이라면 내 기운을 조절하는 방법을 배워가며 살 수 있어요. 살아온 길이 순탄하지 않았기 때문에 저를 맞이하는 집은 인내심을 가지고 예절을 가르쳐주셔야 해요.

"세상에, 말리야! 죽은 녀석이 살아났어." 내가 말했다.
"부활이군." 제니가 맞장구를 쳤다.
럭키의 외모와 성격이 말리와 얼마나 잘 들어맞는지 으스스할 지경이었다. 기운이 넘친다구? 기운을 통제하기 힘들다구? 예의 범절? 인내심이 필요하고? 우리도 말리 때문에 광고를 내본 적이 있는 터라 둘러 말하는 데는 익숙해져 있었다. 정신이 불안정한 우리 개가 다시 한번 젊고 힘차고 더욱 극성스러운 모습으로 우리 앞에 나타난 것이다. 제니와 나는 아무 말도 하지 않고 신문을 노려보며 그 자리에 서 있었다.

"한번 가서 보지 뭐." 마침내 내가 말을 꺼냈다.

"재미로 한번 가서 보자." 제니도 말했다.

"맞아. 호기심이 생기잖아."

"한번 본다고 뭐 문제 있겠어?"

"전혀 없지." 내가 맞장구를 쳤다.

"그럼 안 가볼 것도 없잖아?" 제니가 말했다.

"밑져야 본전이잖아?"

감사의 말

세상에 독불장군은 없고, 작가도 마찬가지이기 때문에, 나도 이 책이 햇빛을 보는 데 도움을 준 많은 분께 감사를 드리고 싶다. 먼저, 재능이 뛰어나고 지칠 줄 모르는 에이전트인 로리 앱크마이어에게 깊은 감사를 드린다. 디피오레 앤드 컴퍼니에서 일하는 로리는 이 책과 이 책을 쓰는 나의 역량에 대해 나보다도 먼저 깊은 신뢰를 보여주었다. 로리가 줄기찬 열정으로 나를 이끌어주지 않았다면 이 이야기는 아직도 내 머릿속에 갇혀 있었을 것이 분명하다. 나의 고문역, 옹호자, 친구 역할을 한 로리에게 감사를 보낸다.

뛰어난 편집 역량을 보여준 마우로 디프레타에게도 고마움을 전한다. 마우로는 사려 깊고 현명한 편집으로 이 책을 더 나은 것으로 만들었다. 세부적인 것을 모두 챙겨준 쾌활한 조엘 유딘에게도 고마움을 표한다. 하퍼콜린스 그룹의 마이클 모리슨, 리사 갤러거, 실 밸린저, 애너 마리아 알레시, 크리스틴 타니가와, 리처드

에이퀸을 비롯한 많은 사람들도 빼놓을 수 없다. 이들은 모두 말리 그리고 말리의 이야기와 사랑에 빠졌고, 내 꿈을 현실로 만들어주었다.

「필라델피아 인콰이어러」지의 편집인 여러분께도 빚을 진 기분이다. 이들은 그렇게 사랑하던 신문사 생활에서 한동안 떠났던 나를 다시 신문사로 받아들여 구해주었으며, 미국에서 가장 위대한 신문 중 하나인「필라델피아 인콰이어러」에서 나만의 칼럼을 쓰는 특혜도 주었다.

애나 퀸들런이 처음부터 보여준 열정과 격려가 얼마나 큰 힘이 되었는지 그녀 자신도 모를 것이다. 이 자리를 빌려 감사를 표한다. 존 카츠에게도 깊은 고마움을 표한다. 존은 나에게 여러 충고를 해주었고, 그가 쓴 책들, 특히『개와 함께 보낸 일년: 네 마리의 개와 나A Dog Year: Twelve Months, Four Dogs, and Me』에서 많은 영감을 얻었다.

항상 바쁘면서도 시간을 내어 무료로 나에게 현명한 충고를 해준 변호사 짐 톨핀도 있다. 휴런호湖가 내려다보이는 오두막에 머물게 해준 피트 켈리와 모린 켈리도 있다. 오두막 생활은 나에게 꼭 필요한 보약이었다. 레이 스미스와 조앤 스미스는 내가 가장 필요로 할 때 그 자리에 있어주었고, 티머시 R. 스미스는 눈물이 날 정도로 아름다운 음악을 들려주었다. 디거 댄은 계속 훈제한 고기를 대주었고, 나의 형제자매들인 마리조, 티머시, 마이클 그로건은 기꺼이 치어리더 역할을 해주었다. 마리아 로데일은 소중한 가족 유산인 잡지의 편집을 나에게 맡겼고, 내가 마음의 평형을 유지하는 데 도움을 주었다. 나를 도와주고 성공을 기원해준 수많은 친구와 동료들, 너무 많아서 이름을 열거할 수 없는 적지 않은 사람들도 있다. 이 모든 분께 감사를 드린다.

내 어머니 루스 마리 하워드 그로건이 아니었으면 이 책을 낼 생각조차 못 했을 것이다. 어머니는 어릴 때부터 재미있는 이야기를 잘하는 방법을 가르쳐주었고, 이야기꾼으로서의 재능을 물려주셨다. 그리고 나의 열광적인 팬이었던 아버지 리처드 프랭크 그로건에게 경의를 표한다. 슬프게도 아버지는 이 책이 아직 만들어지고 있던 2004년 12월 23일에 세상을 떠났다. 아버지는 책을 읽어보지 못하셨지만, 어느 날 쇠약해진 아버지 옆에 앉아 책의 앞부분을 소리 내어 읽어드렸더니 웃어주셨다. 아버지의 웃음소리를 나는 영원히 기억할 것이다.

또한 사랑스럽고 참을성 있는 나의 아내 제니와 아이들인 패트릭, 코너, 콜린에게도 큰 빚을 졌다. 가장 개인적인 부분까지 책을 통해 공개하는 것을 이들은 기꺼이 허락해주었다.

마지막으로 네 발 달린 사고뭉치 친구에게 감사해야겠다. 이 친구가 없었으면 『말리와 함께한 4745일』이라는 책은 나오지 못했을 것이다. 찢어진 매트리스, 후벼파놓은 벽, 삼켜버린 물건으로 나에게 진 빚을 이제 공식적으로 모두 갚았다는 사실을 알면 친구는 기뻐할 것이다.

저자의 말

　『말리와 함께한 4745일』을 쓰려고 자리를 잡았을 때, 나는 무엇을 쓰게 될지 전혀 몰랐다. 그저 쏟아놓고 싶은 이야기, 내 손끝에서 튀어나가려고 몸부림치는 이야기가 있다는 사실만 분명히 알고 있었다. 함께 새 삶을 시작한 젊은 부부인 나와 제니, 그리고 우리의 삶을 온통 바꾸어놓은 덩치 크고 멍청한 데다가 구제불능이고 사랑스러운 개에 관한 이야기였다. 이 개는 우리 부부를 변화시켰고 우리 아이들, 우리가 꾸리게 될 가족의 모습까지도 바꾸어놓았다. 이 대하드라마의 시발점은 2004년 1월 6일에 내가 「필라델피아 인콰이어러」지에 게재한 칼럼이었는데, 여기서 나는 세상 그 어떤 개와도 다른 래브라도레트리버였던 나의 개 말리에게 작별 인사를 건넸다. 이 칼럼에 대한 엄청난 반응을 보며 나는 이 칼럼이 그저 개 한 마리, 또는 개를 기르는 한 가족의 이야기를 뛰어넘는 무엇인가를 전달했음을 깨달았다. 그것은 행복한 순간과 불행한 순간, 웃음과 눈물, 기쁨과 절망이 뒤섞인 떠나볼 만한 여정이었다.

9개월에 걸쳐 나는 주로 새벽 어스름 속에서 홀로 이 글을 썼다. 그때만 해도 평범하기 짝이 없는 내 삶의 이야기를 담은 책을 누군가가 처음부터 끝까지 다 읽으리라는 생각은 별로 들지 않았다. 그런데 놀라운 일이 일어났다. 내 책이 세상에 나왔고, 내 이야기는 나만의 것이 아님을 알게 되었다.

미국 전역에서, 나중에는 전 세계에서 편지와 이메일, 전화가 오기 시작했다. 퇴직자, 신혼부부, 경찰관, 정치인, 대학생, 건설 현장 노동자 등 직종과 배경도 다양했다. 이라크에 파병된 병사와 브라질의 초등학생도 있었다. 이런 연락은 매일 쏟아져 들어왔으며, 거의 같은 내용을 담고 있었다. "제 이야기를 쓰신 줄 알았어요." 그들도 떠나볼 만한 여정을 지나온 것이다. 평범할 뿐인 일상 속에서 많은 이들이 공감하는 이야기를 내가 찾아냈다는 뜻이다.

나는 독자들과 아주 친해졌으며, 그들의 대책 없는 말썽꾸러기 개 이야기에 폭소를 터뜨리기도 했고, 그들이 사랑스러운 말썽꾸러기들과 작별하는 대목에서는 함께 슬퍼하기도 했다. 무수한 독자들이 나를 자신의 가족처럼 대해주었다. 어떤 사람은 말리의 모습을 멋지게 그린 유화를 우편으로 보내오기도 했다. 또 어떤 독자는 자신의 개가 죽고 나서 작곡한 노래를 보내왔다. 새로 입양한 우리 개에게 주라며 간식을 정성껏 만들어 보내온 사람들도 있었다. 로스앤젤레스의 경찰견 담당 경관은 그렇게 따기 어렵다는 개 조련사 수료증(가짜)을 정교하게 만들어 액자에 끼워 보내주기도 했다. 많은 독자가 뛰어난 유머 감각으로 나를 웃게 만들었는데, 예를 들어 어떤 젊은 여성 독자는 '침실에서 뜨겁게'라는 자극적인 제목을 단 사진을 한 장 보내왔다. 이 사진에서 그녀는 이불을 뒤집어쓴 채 『말리와 함께한 4745일』을 읽고 있고, 그녀의 반려견 박서는 이불을 턱까지 끌어 올린 채 주인 위에 엎드려 자고 있었다.

모든 작가가 간절히 바라지만 지극히 얻기 힘든 것이 바로 독자들의 입소문이다. 내 책을 가족과 친구들에게 열심히 추천한 사람들, 그리고 여러 권을 사서 주변에 나눠준 사람들에게 나는 감사의 빚을 지고 있다. 필라델피아 근교에 사는 어떤 여성은 25권을 사서 명절 선물로 주변 사람들에게 한 권씩 나눠주었다. 이렇게 적극적인 추천은 돈을 얼마를 주어도 살 수 없다.

Marleyandme.com은 수천 명의 애견인과 책벌레들이 모여 자신들의 이야기와 사진, 조언 그리고 위로를 주고받는 일종의 떠들썩한 마을 광장이 되었다. 여기서 사람들은 친구를 사귀고, 전화번호를 교환하고, 서로를 초대했다. 오프라인에서 만난 사람들도 있었다. 평생 말썽만 부리던 말리가 그를 알게 된 사람들에게 준 또 하나의 선물은 바로 공동체라는 것이었다.

우리 부부는 새로운 개를 입양했는데, 말할 것도 없이 노란색 래브라도레트리버이다. 그레이시라는 이름의 이 암컷은 말리와는 정반대이다. 착하고 차분하고 조용하고 집중도 잘한다. 그레이시는 〈굿모닝 아메리카〉와 〈투데이쇼〉, 내셔널 지오그래픽 채널의 〈도그 위스퍼러〉 등에 나와 함께 출연했을 때 어떤 말썽도 부리지 않고 얌전히 옆에 있었다. 누군가의 신발 한 짝을 훔치지 않은 것은 물론이고. 그레이시에게 나는 매일 말한다. "그레이시, 넌 정말 착한 개야. 하지만 너에 대한 책이 나올 거라는 기대는 버려. 넌 아무 말썽도 안 일으키잖니!" 이 말을 할 때마다 겉으로 보기에는 말썽만 부렸지만 말할 수 없이 큰 즐거움과 기쁨으로 그 시절을 채웠던 말리가 떠올라 웃음을 짓는다. 말리라는 이름이 수많은 이들에게 말썽쟁이 개의 대명사처럼 되었다는 것도 무척 기쁘다. 말리도 좋아했을 것이다.

개들은 좋다. 나쁜 개라고 부를 만한 개가 정말 있다면, 아마 그 개들이 최고로 좋은 개들일 것이다.

2008년 3월
존 그로건

존 그로건과의 인터뷰

💬 말리가 부린 말썽이 재미있는 이야깃거리가 되리라는 생각은 언제부터 하셨나요?

상당히 일찍부터요. 데려온 지 몇 주 만에 벌써 우리 부부는 모임에서 말리 이야기를 했고, 얼마 지나지 않아 사람들은 우리에게 "이번엔 말리가 무슨 짓을 했나요?"라고 묻기 시작했죠. 나는 말리가 부린 말썽을 신문 칼럼에 가끔 등장시키기도 했는데, 곧 이 야단법석은 전설이 되었죠.

💬 그렇게 골칫거리였는데도 말리가 사랑스러운 이유는 뭘까요?

말리의 순수한 마음과 넘쳐나는 신바람 때문이라고 생각해요. 말리는 브레이크 없는 말썽쟁이였지만, 그만큼 사랑과 충성심에도 끝이 없었습니다. 나쁠 것 없잖아요?

💬 책에 실리지 않은 말리의 에피소드가 있나요?

네, 많죠. 말리는 정말 풍부한 이야깃거리를 만들어냈습니다. 한 가지 예를 들어보죠. 어느 날 저는 집에서 창문을 바꿔 달고 있었는데, 그때 제 옆 바닥에는 나사못으로 가득 찬 통이 놓여 있었습니다. 말리가 달려오더니 나사못이 사탕이라도 되는 듯 통 속에 코를 쑤셔 박더니 곧 다른 데로 갔습니다. 방금 나사못이 24개 있었는데 23개만 남은 겁니다. 당연하지만 몇 분도 안 되어 말리는 구역질을 하면서 헐떡거리기 시작했습니다. 날카로운 나사못이 말리의 내장을 다 헤집어놓을까봐 걱정하면서 우리는 얼른 동물병원으로 달려갔습니다. 200달러를 내고 엑스레이를 찍고 나니 말리는 멀쩡해져서 팔짝팔짝 뛰어다녔습니다. 말리의 몸 안에서도 밖에서도 사라진 나사못은 발견되지 않았습니다. 이런 에피소드는 수도 없죠.

💬 말리가 책을 봤다면 어떻게 했을까요?

출판사로 보내기도 전에 원고를 다 뜯어먹었겠죠.

💬 이 책이 그저 기르던 개에 대한 이야기 이상의 그 어떤 의미를 담게 되리라는 것은 언제 느끼셨나요?

좋은 질문입니다. 말리가 죽고 나서 한 달쯤 후에 책을 쓰기 시작했는데, 저술 과정에서 말리와 저의 관계를 깨달아갔습니다. 발견의 과정이었다고나 할까요? 말리의 이야기를 쓰려면 결국 제니와 제 이야기뿐만 아니라 두려움 없이 부모가 되는 여정에 뛰어든 이야기도 해야 한다는 걸 알았죠. 결국 이 책은 그저 '개 기르는 책'이라기보다는 남녀가 만나 아이를 낳고 가족을 꾸리는 이야기, 그리고 그 과정을 도와준 미친 존재감의 개 이야기를 담아낸 책이 되었습니다.

💬 말리가 죽은 뒤 얼마 되지 않아 다시 말리의 삶을 떠올리는 것이 힘들진 않으셨어요?

오히려 치유가 되더군요. 속이 뻥 뚫리는 느낌이었어요. 쓰면서 저는 아이들에게 군데군데 소리 내어 읽어주었습니다. 애들이 슬픔을 극복하는 데 도움이 되는 것 같더군요. 거의 매번 읽을 때마다 웃음이 터졌어요. '달콤쌉싸름'이라는 말이 적당하겠네요.

💬 책 끝에서 작가님과 사모님이 유기견 보호소로 말리와 똑같은 종인 럭키라는 개를 보러 가셨는데요, 이 개를 입양하셨나요?

럭키 이야기는 슬프게 끝났습니다. 럭키를 보러 가자마자 우리 애들이 아직 어린 것을 보고는 보호소 측에서 럭키의 입양을 허가할 수 없다고 했습니다. 심한 학대를 당했기 때문에 어린아이들 근처에서 어떤 행동을 할지 알 수 없다는 것이었어요. 럭키가 워낙 문제가 많아서, 그에 비하면 말리는 아주 적응을 잘한 경우일 정도였으니까요. 그래도 다행인 것은 럭키가 지내는 보호소가 후원금이 많고 잘 운영되는 사설 보호소로, 안락사를 시키지 않는다는 점입니다. 지난번에 제가 알아봤을 때도 그 보호소에서 직원 마스코트로 여전히 잘 지내고 있더라고요. 제 생각에는 럭키가 그 보호소에서 여생을 보낼 것 같습니다.

💬 언제 작가가 되어야겠다고 생각하셨어요?

가톨릭 학교를 다니던 중학교 1학년 때, 말썽을 부렸더니 수녀님께서 벌로 글을 써오라고 하셨어요. 뭐에 대해 썼는지는 기억이 안 납니다. 그 글을 짓궂은 패러디로 썼는데, 정말 재미있었습니다. 너무 재미있어서 수녀님이 시키신 것보다 세 배나 더 길게 썼어요. 곧 아이들이 제 글을 돌려보며 마치 무슨 금서라도 되는 양 서로 보겠다고 싸우기까지 했어요. 이 경험이 너무 신나서 용기백배한 나머지 완전히 낚였죠. 작가가 되어야겠다는 생각은 아마 그때 한 것 같습니다.

💬 기자는 어떻게 되셨어요?

고등학교 2학년 때 교내 신문 스태프로 활동했지만 기자를 직업으로 삼을 생각은 없었습니다. 그러던 어느 날, 교장선생님이 논란거리가 된 기사를 검열한 사건으로 무척 화가 났던 적이 있어요. 격분한 저는 친구 몇몇을 모아 교내 지하 신문을 발행하기 시작했습니다. 이것 때문에 학교에서 정학을 당할 뻔했지만, 결국 학교 당국이 검열 방침을 철회했습니다. 언론의 힘을 그때 처음 느꼈고, 신문기자가 되어야겠다는 생각을 했죠.

💬 글쓰기에서 가장 힘든 것은 무엇인가요?

딱 한 가지를 든다면 텅 빈 화면에 글을 채워야 한다는 작은 어려움이죠. 그것 말고는 아무것도 어려운 게 없어요! 저는 슬럼프에서 빠져나오기 위한 비법 같은 것은 거의 모릅니다. 하나를 꼽자면 이름도 무시무시한 텅 빈 '공식 문서'를 만드는 겁니다. 그리고 '초벌 메모' 파일을 따로 만들어서 아무거나 생각나는 대로 여기에 써넣습니다. 문자 그대로 초벌이기 때문에 아무도 보지 않을 것이고, 어떤 내용이라도 상관없습니다. 어느 정도 분량을 써넣은 다음 하룻밤을 잔 뒤 그 파일을 다시 열어 작업을 시작합니다. 이렇게 해서 완성한 문서는 90퍼센트 정도 실제 저술에 활용됩니다. 우스꽝스러운 방법이죠? 저도 알아요. 하지만 어쨌든 도움이 됩니다. 저는 일기를 매일 쓰는데, 이것도 상당히 도움이 되죠.

💬 글을 쓰실 때 특별한 습관이라도 있으신가요?

저는 야행성이지만, 『말리와 함께한 4745일』을 쓸 때는 일부러 일찍 자고 일찍 일어났습니다. 새벽 5시에서 7시까지 쓰고는 아침 식사를 한 뒤, 출근해서 신문 칼럼을 썼습니다. 이런 식으로 대략 일주일에 한 챕터를 마쳤죠. 2004년 초에 쓰기 시작해서 노동절 직후에 초고를 완성했습니다.

지금은 집에 멋진 서재가 있습니다. 사실, 너무 잘 꾸며놓은 게 아닌가 싶기도 해요. 집중하기가 좀 어렵거든요. 저는 아담하고 근사한 카페에서 글을 쓰는 것도 멋지다고 생각합니다. 헤밍웨이 같잖아요. 하지만 그런 곳에서도 글이 잘 안 써지더라고요. 결국 저는 공공 도서관이나 대학 도서관, 특히 인터넷 연결이 안 되는 곳에서 대부분의 글을 씁니다. 인터넷은 대단한 도구죠. 그러나 인류 역사상 가장 심하게 생산성을 갉아먹은 범인이기도 합니다.

💬 『말리와 함께한 4745일』은 작가님의 삶에서 13년이라는 기간을 담고 있습니다. 어떻게 그 많은 에피소드를 시시콜콜 기억하고 계세요?

이 책은 회고록인데, 회고록은 본질적으로 작가의 기억에 의존하죠. 그러나 여러 에피소드를 정확히 재구성하기 위해 작가가 쓸 수 있는 도구들도 있습니다. 저의 경우, 신문 칼럼에 여러 개의 말리 관련 사건들을 아직 기억이 생생할 때 담아낸 것이 아주 큰 도움이 되었습니다. 경찰 보고서, 편지, 뉴스 스크랩을 비롯한 이런저런 문서들도 이용해 이야기를 엮었습니다. 예를 들어 우리 집 건너편에 살던 여성의 살인 사건은 경찰 보고서와 뉴스 스크랩으로 재구성해냈고, 이웃집 소녀가 칼에 찔렸을 때도 마찬가지입니다. 그러나 가장 큰 도움이 된 것은 13년 동안 꼼꼼히 써온 일기입니다. 이 일기가 당시 우리의 일상을 자세히 풀어내는 데 도움이 되었을 뿐 아니라, 제 자신도 의도하지 않은 방향으로 책을 이끌어나가기도 했습니다. 예를 들어 제니의 유산에 관한 챕터의 경우, 당초에 이 내용을 책에 실으려 한 것은 아니었습니다. 그런데 유산 당일의 일기를 보니 그날 아기를 잃은 과정을 길고도 상세하게 기록해놓았더군요. 내용이 아주 생생하고 실감이 나서 책에 삽입하기로 했습니다. 일기 내용을 별로 고칠 필요도 없었죠.

💬 작가님은 결혼 생활의 아주 개인적인 부분도 솔직하게 책에 쓰셨는데요, 이를테면 부부 생활이라거나 유산, 산후 우울증 등이 있었죠. 사모님께서는 여기에 대해 뭐라고 하십니까?

제 아내도 기자라 감추는 것 없이 이야기를 전달하는 게 얼마나 중요한지를 잘 압니다. 솔직히 털어놓을 수 없는 이야기라면, 차라리 딴 이야깃거리를 찾으라고 하더군요. 그 말을 그대

로 받아들여 자기 검열 없이 책을 썼습니다. 그 부분에 대해서
아내도 동의하고 있습니다.

💬 작가 지망생들을 위해 한 말씀 해주세요.

작가보다는 공무원 시험을 보고 우체국 발령을 바라는 게 낫
습니다. 농담이고요. 매일매일 글을 쓰세요. 도저히 쓸 수 없다
고 생각될 때도요. 뛰어난 작가들의 글을 읽은 뒤 훌륭한 부분
은 소리 내어 다시 읽으세요. 자신이 잘 알고 관심이 있는 분야
에 대해 쓰세요. 자신과 자신의 생각을 믿으세요. 제가 보기에
가장 중요한 측면은 이렇습니다. 다 쓴 글에서 20퍼센트를 잘
라내세요. 놀라지 마세요. 잘라낸 부분이 너무 뛰어나서 세상
에 꼭 알려야겠다는 생각이 들면 나중에 얼마든지 복원할 수
있으니까요. 하지만 그런 경우는 거의 없답니다. 제 경험으로
보건대, 간결한 편이 거의 항상 낫습니다.

💬 어떤 작가들을 좋아하시나요?

누구부터 말해야 될까요? 빌 브라이슨, 특히 『나를 부르는 숲』
을 좋아합니다. 앨리스 세볼드의 『러블리 본즈』도 감동적이
죠. 프랭크 매코트의 1인칭 서술과 물러서지 않는 정직함도
제 글쓰기에 영향을 주었습니다. 저는 짐 해리슨의 팬이기도
하죠. 존 어빙, E. B. 화이트, 애나 퀸들런, 찰스 프레이저, 데이

비드 세다리스, 도나 타트 등도 좋아하고, 데이브 배리는 웃겨서 좋아합니다. 헤밍웨이에 대해서는 호불호가 갈리는데, 저는 좋아하는 쪽입니다.

💬 작가님의 삶이나 일에 가장 많은 영향을 준 책을 꼽으신다면요?

J. D. 샐린저의 『호밀밭의 파수꾼』(이하 『파수꾼』)입니다. 고등학생 때 처음 읽었는데요, 당시에 저는 목적 없이 방황하고 있었고, 친구들이나 어른들 누구도 저를 이해하지 못한다고 생각했어요. 홀든의 이야기에 공감을 했죠. 선병질적이고, 정신 나간, 오해받는 홀든 말입니다. 『파수꾼』을 읽고 글쓰기가 지루한 작업이 아닐 수도 있겠다, 이건 숙제가 아니다라고 생각했습니다. 글쓰기는 터무니없거나 엉뚱하거나 관습에 반항하거나 웃기거나 가슴 저리게 슬프기도 합니다. 저는 『파수꾼』을 몇 년에 걸쳐 여러 번 읽었는데요, 읽을 때마다 뭔가 새로운 것을 얻곤 했습니다. 그리고 저는 샐린저의 말투, 깊고도 측은한 슬픔을 웃음과 함께 엮어내는 탁월한 솜씨를 좋아합니다.

💬 북 투어를 통해 전국을 순회하셨는데요, 가장 기억에 남는 순간은 언제였나요?

전국 도서 축제를 기념하여 영부인 로라 부시 여사와 70명의 작가들이 참여하는 백악관 조찬 모임에 갔을 때가 떠오르는

군요(백악관에 갔었다는 것을 증명하려고 백악관 자수 냅킨도 슬쩍 집어왔습니다). 하지만 그보다도 기억에 남는 것은 역사가이며 퓰리처상 수상 작가인 도리스 컨스 굿윈과 캘리포니아 카멜에서 함께한 저녁 식사입니다. 그날 저희 두 사람은 북 이벤트에 연사로 참가했는데요(다행히도 제가 먼저 연설을 했습니다), 굿윈 작가님은 성격도 좋으시고 말씀도 잘하시더라고요.

💬 말리가 죽은 뒤 「필라델피아 인콰이어러」지에 말리에 대한 칼럼을 쓰셨는데, 이 칼럼이 『말리와 함께한 4745일』을 쓴 계기가 되었나요?

아무래도 그렇죠. 말씀드렸듯이, 말리와 함께하는 동안 저는 말리의 대책 없는 말썽 이야기로 친구들과 독자들을 즐겁게 해주었습니다. 말리가 죽은 뒤 아직 하지 못한 말리 이야기를 다 풀어내야 하는 게 아닐까라는 생각이 들더군요. 맞아요, 말리는 멍청한 데다가 주의가 산만하고 잠시도 가만있지 못하는 개였죠. 하지만 끝없이 순진하고 믿을 수 없을 정도로 사람과의 교감 능력이 뛰어났습니다. 그 칼럼이 실린 날, 거의 800명이나 되는 독자들이 이메일을 보내거나 전화를 걸어왔습니다. 보통은 30건에서 50건 정도인데 말이죠. 그때 저는 말리 이야기를 더 길게 해야 한다는 확신을 얻었습니다.

책 사인회에 가면, "죄송합니다, 저는 고양이만 키워서요"라고 말씀하시는 분들이 가끔 있습니다. 저는 이렇게 대답하죠. "아니요, 괜찮습니다. 저는 고양이도 좋아합니다." 저는 고양이가 있는 집에서 자랐고, 항상 고양이들이 사랑스럽다고 생각했습니다. 안타깝게도 어른이 된 후 심한 고양이 털 알레르기가 생겼고, 한 번은 기도가 막혀 응급실로 실려갈 뻔한 적도 있습니다. 그래서 저는 고양이를 키울 수 없다고 생각했죠. 그런데 몇 달 전 '절대로'라는 말은 절대로 하지 말아야 한다는 사실을 새삼 깨닫는 계기가 있었습니다. 저희 딸 콜린과 함께 시골길을 운전하며 가고 있었는데, 길 옆 풀숲에 뭔가 움직이는 게 있었습니다. 차를 세우고 후진해서 보니 그 안에는 굶주리고 겁먹은 모습의 새끼 고양이 세 마리가 있었습니다. 어떤 피도 눈물도 없는 인간이 버리고 간 게 틀림없었습니다. 그대로 두면 차에 치일 것 같아 저는 딸과 함께 고양이들을 차에 태웠습니다. 처음에는 좋은 입양처를 찾아주려고 했는데, 결국 고양이들은 저희 집 부엌에 살게 되었습니다. 저희 세 아이들은 고양이들에게 첫눈에 반했습니다. 아이 셋, 고양이 셋. 이걸 제가 어떻게 이기겠어요? 저희 세 아이는 저마다 고양이에게 이름을 하나씩 붙여주었습니다. 애기, 뮤스, 시바죠. 래브라도레트리버인 그레이시, 뒷마당의 닭들에 더해 새 식구가 생긴 거죠. 아직까지 알레르기로 큰일을 겪지는 않았습니다.

💬 그레이시는 이 새로운 불청객 고양이들에 대해 어떻게 반응하던가요?

처음에는 전혀 좋아하지 않았어요. 짖고, 낑낑대고, 두어 번 달려들기도 하더군요. 하지만 결국 고양이들에게 적응했고, 지금은 아주 잘 지냅니다. 며칠 전에 차고에 나가보니 그레이시가 고양이들 바로 옆에서 자고 있더라고요.

💬 작가님이 동물들하고 그렇게 친하신데 자녀들이 질투하지 않나요?

아니요, 그 반대죠. 아이들은 동물들이 특별한 가족 구성원이라고 생각하고, 또 제일 좋은 친구라고 생각하기도 합니다. 말리가 떠났을 때 아이들은 심한 상실감을 겪었습니다. 저희 부부는 아끼던 반려동물을 잃은 것이었지만, 아이들은 형제를 잃은 느낌이었으니까요. 말리는 아이들이 갓난아이였을 때부터 매 순간 함께했습니다. 애들 몸을 침 범벅으로 만들면서요. 개는 부모가 아이에게 줄 수 있는 최고의 선물입니다. 아, 교육을 시켜주는 것 다음으로 말이죠.

💬 세상이 문제로 넘치는데 개라는 주제는 책을 쓰기에는 좀 시시한 것 아닐까요? 책을 낼 정도로 반려견이 중요한 이유는 뭐라고 보십니까?

저는 사람들이 개로부터 배울 점이 많다고 믿고 있으며, 이 책을 쓰는 과정에서 그런 믿음은 더욱 강해졌습니다. 더 행복하고 만족스러운 삶을 사는 방법, 남들과 좋은 관계를 유지하는 법 등을 배운다는 뜻이죠. 생각해보세요. 이런 특성은 개에게는 천성적입니다. 충성스럽고, 헌신적이고, 이타적이며, 흔들리지 않는 낙관주의자인 데다 무조건적인 사랑을 줍니다. 사람은 이렇게 되기 힘듭니다. 모르긴 몰라도 개와 비슷하게 행동하는 사람이 결혼 생활도 더 행복할 겁니다. 물론 고양이처럼 행동하는 사람과 결혼하지 않는다면 말이죠. 그런 부부는 문제가 많을 겁니다. 고양이는 항상 개보다 똑똑하거든요.

💬 그런 말씀을 하시다니 재미있네요. 작가님과 사모님은 결혼하자마자 말리를 데려오셨잖아요.

그렇습니다. 사람들이 개를 들이는 때는 각기 다릅니다. 제니와 저는 둘 다 어릴 때 개가 있는 집에서 자랐습니다. 그러나 말리는 우리 각자의 삶을 하나의 공동체로 녹여내려는 시점에 등장했습니다. 말리는 멍청하기 짝이 없지만 우리 부부가 만들어내는 삶에서 빠질 수 없는 기둥이 되었습니다. 이 이야기는 책에도 나옵니다. 말리는 우리 부부가 함께하는 삶에 첫발을 내디딜 때 우리에게 왔습니다. 그리고 우리가 말리를 우리 뜻에 맞추려고 노력하는 과정에서 말리도 우리를 길들여 지금의 우리를 만들었다고 생각합니다.

말리와의 관계에서 얻은 가장 큰 교훈은 뭐라고 생각하십니까?
'약속은 지킨다'입니다. '기쁠 때나 슬플 때나, 건강하거나 아플 때나'라는 약속 말입니다. 우리는 포기하는 것이 더 쉬웠을 때도 말리를 포기하지 않았고, 결국 말리는 끝까지 자신이 위대하고 기억할 만한 반려견임을 증명해 보였죠.

그러면 사실은 말리가 '세상에서 제일 나쁜 개'는 아니었군요?
전혀요.

조건 없는 사랑이란

이제 독자 여러분은 그로건 가족이 겪은 말리와의 온갖 사건을 함께 겪었고, 따라서 말리에 대한 그로건 가족의 애증관계가 상당 부분 이입되어 있을 터이다. 사람마다 가장 인상에 남는 부분이 다르겠지만, 옮긴이가 번역을 진행하면서 가장 먼저 느낀 것은 '부러움'이었다.

플로리다에서든 펜실베이니아에서든 그로건 가족은 적어도 '마당'이 딸린 집에 살거나 아예 넓이가 2,500평에 달하는 부지에 지어진 집에서 산다. 오직 이런 환경에서만이 운동 욕구가 많은 덩치 큰 개를 제대로 키울 수 있다. 한국처럼 인구의 절반 이상이 아파트에 사는 나라에서는 그나마 소형견 한 마리를 키우는데도 어려움이 한두 가지가 아닌데, 말리처럼 '세상에서 가장 형편없는 대형견'을 곁에 두려면 그로건 가족의 고통에 더해 공간 부족의 어려움까지 이겨내야 한다는 얘기다.

미국 기준으로 보아 그로건 가족은 대단히 잘사는 것도 아니다. 그런데도 마당에다가 풀장까지 갖춰놓고 산다. 그러니 한국인과 '한국견'들이 안쓰러운 생각이 들 법도 하지만, 한국은 빽빽한 나름대로 장점이 있다. 음식을 배달시키면 금방 온다. 땅이 좁으니 택배를 부탁해도 전국 어디서든 대개 그다음 날이면 도착한다. 고속도로에서 연료가 떨어져도 큰일이 아니다. 컴퓨터가 고장나도 전화만 걸면 그다음 날엔 고쳐준다. 요즘의 미국이나 유럽은 어떤지 모르겠지만, 옮긴이가 살던 1980년대 유럽에서는 수도가 고장 나면 차라리 배관공 학원에 다녀서 자격증을 따다가 스스로 하는 게 빠르겠다는 생각이 들 정도였다.

이렇듯 사람 사는 모습은 다양하지만 개들의 삶은 어디든 모두 비슷한 것 같다. 왜 그럴까? 아마 인간 같은 욕구나 집착이 없어서 그럴 것이다. 그렇기에 개는 주인에게 '조건 없는 사랑'을 바칠 수 있다. 또 그렇기 때문에 개는 주인으로부터 무조건적인 사랑을 받는 것일 게다. 책의 작가 그로건은 사람이 죽었을 때는 울지 않다가 말리가 죽고 나니 눈물을 쏟는다. 이런 경험은 미국인 그로건의 전유물은 결코 아닐 것이며, 멀리 알래스카에서 썰매 끄는 개를 기르는 이누이트로부터 남아프리카 희망봉 근처에서 개를 키우는 흑인에 이르기까지 인간에 비해 7분의 1로 수명이 빨리 끝나는 개와 함께 삶의 일부를 보낸 사람이라면 누구나 겪었을 것이고, 지금도 겪고 있을 것이다.

왜 개와 인간의 사랑은 그리도 다른가? 인간끼리의 사랑에는 '조건'이 붙기 때문일 것이다. 기브 앤드 테이크의 철칙이 무너지면 사랑은 위기에 빠지며, 이 상황이 오래 계속되면 파국을 맞는다. 조건 없는 사랑을 주는 이성이 있으면 즉시 결혼하겠다는 '망발'을 하는 사람들이 있는데, 이는 불가능하다. 말장난 같지만 이것이야말로 결코 충족될 수 없는 무서운 조건이기 때문이다. 부모자식 간에는 일방적인 사랑이 존재하는 것 같지만, 이것도 꼭 그렇지는 않다. '순종'이나 '좋은 성적'이라는 조건이 붙는데, 이것도 무섭기는 방금 말한 망발에 크게 뒤지지 않는다.

그러나 개에게는 이런 것이 없다. 자신을 개장수에게 팔아버린 주인을 못 잊어 온갖 고초를 겪으며 집을 향해 돌아오다가 결국 뒷다리를 잃고 앞다리로만 몸을 끌며 대문 앞에 도착한 개, 불길에 둘러싸인 주인을 구하려고 몸을 던진 '오수의 개', 주인이 사업에 실패해 가족이 뿔뿔이 흩어지고 걸인으로 전락해도, 흰 털이 회색으로 바뀌도록 여전히 주인 곁을 지킨 개. 걸인의 개는 주인이 걸인이 되었다고 불행할까? 그렇지 않아 보인다. 개가 불행할 때는 주인이 불행할 때이며(예를 들어 제니가 유산했을 때), 개가 긴장할 때는 주인이 위험에 직면했을 때이다(칼에 찔린 리사를 도와주러 갔을 때). 말리는 장난치고 놀 때는 주인이 심하게 때려도 아무렇지도 않지만 화가 나서 때리면 마음에 상처를 입는다. 개는 주인의 경제적, 사회적 조건이 아닌 마음의 상태를 따라가는 것이다. 마치 피부색과 부富와 부모에 상관없이 만난 지 한 시간이면 어울려 노는 어린아이들처럼 말이다.

물론 개는 개의 시각으로 세상을 보는데 인간들이 괜히 법석이라고 주장할 수도 있고, 그것이 사실이기도 하다. 그러나 어떤 종의 생물이 자신의 시각이 아닌 남의 시각으로 세상을 보겠는가? 개의 충성심이나 조건 없는 사랑도 다 인간의 눈에 비친 모습이고, 그것이 실상이든 아니든 여기에 따라 인간이 울고 웃는 것도 그리 부자연스러운 일은 아니다.

개에 대해 전혀 관심이 없던 사람이 있었다. 그런데 개를 좋아하는 친구와 여행을 하게 되어 할 수 없이 셰퍼드 새끼를 태우고 운전을 할 수밖에 없었다. 강아지는 이 사람이 운전을 할 때 손목에 머리를 기대는 등 갖는 재롱을 떨었는데, 여행을 시작한 지 엿새 만에 그만 죽고 말았다. 이제까지 개라면 눈길도 안 주던 이 사람은 엄청난 슬픔에 빠졌다. 개를 키우든 안 키우든 대부분의 독자들은 그의 슬픔에 공감하리라 믿는다.

말리가 죽자 그로건은 "그 많은 단점에도 불구하고, 아니 그 단점조차도 사랑했다"고 회고한다. 어디서 많이 들어본 이야기 아닌가? 사랑을 시작하려는 젊은이들에게 해주곤 하는 얘기다. 이 얘기를 금언으로 해준다는 사실은 그만큼 실천이 어렵다는 뜻이기도 하다. 그러나 개와는 이런 교감이 가능하다. 이 책은 처음부터 끝까지 이와 같은 교감―인간과 개의 유쾌하고도 감동적인 교감―에 관한 이야기다. 그리고 읽는 이를 낄낄거리게 하는 유머와 톡 쏘는 풍자가 양념으로 듬뿍 쳐져 있다.

　오랜만에 과학 분야가 아닌 생명체들의 마음을 다루는 책을 번역했다. 게다가 인간이 아닌 생명체의 마음과 행동을 다룬 이야기를 우리말로 옮겨보기는 처음이 아닌가 싶다. 과학 도서를 주로 번역하던 옮긴이를 믿고 이 책을 맡긴 출판사 여러분, 미국인의 삶과 미국식 영어의 이해를 도와주고 원고 정리를 기꺼이 맡아주신 분들께도 감사를 드린다.

2006년 7월

이창희

반려동물의 위대한 힘

*Marley & Me*의 번역서가 나온 지 12년이 지났다. 그때 20대였던 사람은 30대가 되어 있을 것이고, 이 책의 저자처럼 개를 입양하고 가정을 꾸리기 시작한 사람도 있을 것이다. 그사이에 한국 사회에도 많은 변화가 일어났다. '반려동물'이라는 개념이 도입되었고, 이들에 대한 인식이 급속히 개선되었다. 옮긴이는 이 점도 한국 사회가 품고 있는 긍정적 요소 중 하나, 그것도 제법 큰 한 가지라고 생각한다. 새로운 개념과 명칭을 대수롭지 않게 생각할 수도 있지만 명칭이 인식 변화와 이에 따른 개선의 첫 신호인 경우도 많다. 예를 들어 이제 아무도 주인 없는 고양이를 '도둑고양이'라고 부르지 않는다.

물론 사람의 경우 갈 길이 먼 것만큼이나, 혹은 그보다 더 먼 길을 반려동물은 가야 할지도 모른다. 그러나 세상에는 '뜻있는 사람'들이 있고, 이들의 선구자적 노력으로 인권이 개선된 것처럼 반려동물의 권리도 개선되어가고 있다. 다만 그 속도가 더 빠르다고 느껴지는 것은 그만큼 반려동물의 권리 같은 것은 아예 존재하지도 않았었다는 반증인지도 모른다. 이제 동물학대는 법으로 제재를 받는 범죄가 되었다. 써놓고 보니 '이제'가 아니라 '이제야'라고 했어야 옳을 것 같다.

12년이면 갓 태어나 주인과 인연을 맺은 상당수의 반려동물이 매우 노쇠하거나, 대형견의 경우 지상에서의 삶을 다할 만한 시간이기도 하다. 옮긴이의 주변에도 그사이에 몇 명의 사람들이 반려견을 저세상으로 보냈고, 슬픔을 가누느라 힘든 시간을 보냈다. 그런데 옮긴이의 지인들은 모두 도그 피플dog people(개를 선호하는 사람들)인지 고양이를 잃은 사람의 이야기는 아직 직접 들어본 적이 없지만, 그들이 겪는 충격도 별다를 것이 없으리라는 추측을 해본다.

개정판을 내느라 다시 읽다보니 말리가 죽는 장면에서 여전히 가슴이 먹먹해지는 것은(처음 번역할 때도 몇 번씩 읽었지만) 말리뿐만 아니라 모든 반려동물이 갖는 위대한 힘이 아닌가 한다. 초판 옮긴이의 말에도 썼지만 개는 주인이 잘사느냐 못사느냐가 아니라, 주인이 행복한가 그렇지 않은가에 따라 삶의 질이 결정된다. 주인이 사는 형편이 어떻든, 세상의 모든 개(다른 반려동물도)가 주인이나 기타 다른 인간에게 학대당하지 않고 삶의 마지막 순간까지 주인과 희로애락을 함께하며 살다가 영혼을 씻어내는 한동안의 슬픔을 마지막 선물처럼 안겨주고 떠나는 세상을 기대해본다. 아마 이런 세상은 인권도 훨씬 개선된, 진정으로 살기 좋은 세상일 것이다.

같은 12년 동안 책을 대하는 우리의 시각도 상당히 달라졌다. 이에 발맞추어 활자, 편집, 디자인 등을 가장 적절하게 선택하고, 무엇보다도 말리가 책 속에서 여전히 우리 곁에 있다는 사실을 다시 한번 세상에 알리는 개정판을 낼 결심을 해주신 저스트북스의 많은 분께 감사를 드린다. 또한 초판을 낼 때 도움을 주신 분들께 오래간만에 연락을 해서 새삼 감사를 표할 기회를 얻은 것도 돌아온 말리 덕에 누린 기쁨일 것이다.

2018년 9월

이창희